中国现代性的文学叙事

——20世纪90年代以来中国小说的反思性阐释

王金胜◎著

中国社会科学出版社

图书在版编目(CIP)数据

中国现代性的文学叙事：20世纪90年代以来中国小说的反思性阐释/王金胜著.—北京：中国社会科学出版社，2016.6

ISBN 978-7-5161-7935-2

Ⅰ.①中… Ⅱ.①王… Ⅲ.①小说研究-中国-当代 Ⅳ.①I207.42

中国版本图书馆CIP数据核字(2016)第070592号

出版人 赵剑英
责任编辑 任 明
特约编辑 李晓丽
责任校对 郝阳洋
责任印制 何 艳

出 版 中国社会科学出版社
社 址 北京鼓楼西大街甲158号
邮 编 100720
网 址 http://www.csspw.cn
发行部 010-84083685
门市部 010-84029450
经 销 新华书店及其他书店

印刷装订 北京市兴怀印刷厂
版 次 2016年6月第1版
印 次 2016年6月第1次印刷

开 本 710×1000 1/16
印 张 15.25
插 页 2
字 数 258千字
定 价 58.00元

凡购买中国社会科学出版社图书，如有质量问题请与本社营销中心联系调换
电话：010-84083683

目　　录

第一章

历史转型期小说叙事转换的文化逻辑

——20 世纪 80 年代与 20 世纪 90 年代以来小说叙事的认同建构及其危机

20 世纪 80 年代初期文学通过重建“启蒙”叙事和重构“现代化”意识，以达到对历史的“中断”和“修复”并重建自我认同。在此过程中，现代主义话语与新启蒙话语既有力地参与了“人”和“启蒙理性”的建构，又以其内在的分裂性而自我解构。20 世纪 90 年代启蒙叙事的溃败和“人”的解体，既是全球化背景下认同危机的新变，又是 20 世纪 80 年代文化逻辑的必然结果。从这个意义上讲，80 年代与“历史”构成了第一个辩证，90 年代与 80 年代构成了第二个辩证。

第一节　认同危机及其克服：“新时期”初期文学对历史的“中断”和“修复”

相对于传统型和全能型社会中自我认同的确定性和稳固性，身处 20 世纪 90 年代文化语境的中国作家的认同危机更为突出，其重建自我认同的愿望也更为迫切。

所谓自我认同的危机，是现代社会中人的自我感和身份感的丧失。自我的现代认同与认同危机之间是一种肯定和否定的关系，是同一个问题的两个方面、两种状态。“如果说认同是肯定的状态，认同就是一种包含差异的认同，那么，当代认同危机是认同发展和演化到一定阶段所必然出现的一种否定性状态”，因此“从认同危机的角度看，认同危机也是一种认同，它是成熟了的、对自己的认同进行否定的认同。认同危机绝对不是一种简单的断裂，它标志着认同即将进入一个新的建构阶段，是新的认同形态的开始。认同作为一个过程，总是在认同—认同危机—新认同之间的螺旋式的运动之中。当代认同危机在整个认同过程中，扮演了一个承上启下的角色。认同是潜在的认同危机，认同危机是成熟了的认同的必然走向，认同危机是‘认同’中否定的‘种子’的发芽和成长。”① 作为普遍存在于当代社会语境中的一种文化心理现象，认同危机的产生和发展有着充分的现实依据和必然性，尤其是作为一个从传统农耕文明向现代工业文明乃至后工业文明转型的后发植入型现代国家，它所受到的政治、经济、文化的冲击与震荡，更是前所未有的立体化和全方位。

“新时期”小说肇始于政治的“新时期”——尽管此后其发展远远超出了主流话语对它的最初的构建和设定。在“新时期”初期，随着“解放思想，实事求是，团结一致向前看”的观念更新和“改革开放”国策的实施，人们对曾经无上信奉的权威话语、政治信仰和领袖人物都开始了重新审视、思考和怀疑。个体与群体，内在自我与外部权威，世俗生活与政治信仰，文学与政治，政治与人性，人性、人道与反人性、反人道等曾经被置入二元性框架的诸多范畴，被放在由个体、自我、人性、生活、文学等元素构成的“人学”和“文学”平台上得到充分的审思。在关于这一时期的历史叙述中，“新时期”构成了一个与“文革”乃至“十七年”完全异质、彻底“断裂”的历史时段。“身份要成为问题，需要有个动荡和危机的时期，既有的方式受到威胁。这种动荡和危机的产生源于其他文化的形成，或与其他文化有关时，更加如此。”② 在巨大的历史转型中，人的身份转换无疑成为一个无法避开的严重社会问题和心理问题。

随着“新时期”的工作重心由以“阶级斗争”为中心的政治激进主义转向以“经济建设”为中心的世俗现代化设计，日常生活中人的政治色彩日趋淡化。20 世纪 70 年代末 80 年代初落实政策、平反冤案，使地主、富农、错划“右派”和“文革”中的冤假错案受害者分别被“摘帽”和平反昭雪。政治审查制度虽然尚存但范围缩小，且更重视人们的现实表现而非“遗传”下来的政治身份。风行一时的血统论和阶级身份序列丧失了赖以生存的土壤，人的能力、素质和成就而非家庭出身成为重要的社会评价标准。这些在“伤痕”“反思”“改革”小说中都有集中的表现。

① 王成兵：《当代认同危机的人学解读》，中国社会科学出版社 2004 年版，第 18 页。

② ［英］乔治·拉雷恩：《意识形态与文化身份：现代性和第三世界的在场》，戴从容译，上海教育出版社 2005 年版，第 194—195 页。

王晓华（卢新华《伤痕》）、章永璘（张贤亮《绿化树》）对血统论、出身论，伊汝（李国文《月食》）、张思远（王蒙《蝴蝶》）对激进政治异化的批判、反思，乔光朴（蒋子龙《乔厂长上任记》）、李向南（柯云路《新星》）、陈抱帖（张贤亮《男人的风格》）等“改革强人”强烈的事业心、使命感，高超的业务能力和开阔的世界眼光，都显示出“新时期”初期小说与时代主流精神的同步。而隐藏在时代积极乐观情绪背后的则是老阮头、刘钢炮（邓刚《阵痛》），老霜（矫健《老霜的苦闷》）等“时代落伍者”的困惑、不满和苦闷，它与前一种情绪的对比以及后者对前者的掩盖、涂抹构成了同样无法漠视的真实。正是在这一叙事“缝隙”中，恰恰显示出“新时期”小说克服认同危机、重建自我认同的努力。

在当时的政治文本和文学艺术文本中，20 世纪 80 年代被描述为一个不同于“文革”的“历史的新起点”和“一个新时代的开始”。这种描述隐含的意思是，历史在“关键点”上发生了断裂，它以跳跃的方式中断了既有的连续性。与此相适应，原有的经典社会主义表意方式、表象体系及其建构历史和阐释现实的编码规则也遭到了质疑和排斥，并进行了相应的调整。

相对于它的“前史”[①] 来说，“新时期”初期小说所要做的并不是要提供一个新的元话语叙述框架，而是将具体的、变动的“事实”和“人”导入现实和历史，借此来拆解作为元话语已经被本质化、虚拟化而带有极大压抑性的深度框架——在这个框架中，“人”“人民”“知识分子”是被“阶级”话语本质化的语词。“新时期”初期小说的“写真实”倾向和“人学”大潮有意无意地折射出历史转型时期运行于叙事底层的时代文化逻辑，而“新时期”初期小说与“五四”启蒙文学的差异也由此而生。

“新时期”初期小说面对的是两个方面的“断裂感”。首先，是“人”的传统的断裂。其次，是“文革”后人们在经验、信仰、知识上的严重断裂。前者要求文学把“人”从专制制度下被遮蔽、被压抑、被损害的状态中拯救出来，恢复“人”的地位、价值与尊严。后者迫切要求文学承担起对身心俱受重创的人们在经验、信仰和知识上的“断裂感”进行接续的责任，重建一种新的“想象的共同体”。在刚刚过去的时代里，知

---

① “前史”指的是，“新时期”以前占据主导性位置和影响的“十七年文学”和“文革文学”。

识分子和人民共同受难、共同抗争，这充分体现了它的价值，为它赢得了尊严，并以此重返“人民”的行列，① 对“文革”“极左”政治的“反人性”“反人民”本质的揭示，使“新时期”初期小说在关于人性、人情、人道主义的启蒙叙事中暗含着对“人民”的肯定性书写和对“知识分子—人民”“党（干部）—人民（群众）”关系的建构性思考。对于“新时期”初期的作家来说，这原本是一个事情的两个方面。但二者之间某种潜在的冲突也是难以调和、难以遮掩的。“新时期”初期小说对“人”的人道主义表现，在对无法割断的“人民”情结的沉醉中，恰恰回避了对自我、对以“人民”名义出现的民众的严厉拷问。

“五四”新文学和“新时期”初期小说各自面对和设定的批判与反思对象的差异，导致了二者对民众、对自我不同的叙述、认知和评价。“五四”新文学的启蒙叙事所面临和批判的对象，既包括封建专制统治、专制秩序及其伦理结构、礼教文化，也包括作为其前驱出现的以梁启超为代表的族群（“公”“群”）认同。因此，它的启蒙叙事就隐含着人道主义话语和个人主义话语的并存与冲突。② 在国家与个人的关系上，胡适认为：

① 邓小平在《祝词》中对此进行了充分肯定并给予高度评价：“在林彪、‘四人帮’猖獗作乱的十年里，大批优秀作品遭到禁锢，广大文艺工作者受到诬陷和迫害。在那个时期，文艺界的许多同志和朋友，正气凛然地对他们进行了抵制和斗争。在我们党和人民战胜林彪、‘四人帮’的斗争中，文艺工作者做出了令人钦佩的、不可磨灭的贡献。我在这里，向大家表示亲切的慰问。”参看中国作家协会编《邓小平论文学艺术》，作家出版社 1999 年版，第 246 页。

② 汪晖认为：“‘五四’人物把‘人’的觉醒归结为人的独自性，也就是把人从各种群体的、类属的、观念的领域解放出来。这样一种寻找‘人’的独特性的努力必然导致对于家庭、伦理以至民族和国家的否定，因为一切外在于‘人’本身、‘个体’本身的东西都构成了对‘人’的压迫。”参看汪晖《中国现代历史中的“五四”启蒙运动》，载《汪晖自选集》，广西师范大学出版社 1997 年版，第 320 页。此说未论及作为“五四”个人主义话语和封建政治秩序和礼教之间的“中介”的清末民初的国民（群体）认同。在洋务派、改良派失败后，以梁启超为代表的近代知识分子提倡“新民”——作为国家成员的国民而非具体的个人，将中国古代的“部民”改造为现代的“国民”：“群族而居，自成风俗者，谓之部民；有国家思想能自布政治者，谓之国民。”（参看梁启超《新民说》，载《梁启超全集》，北京出版社 1999 年版，第 658 页）在梁启超的“新民说”中，“国民”是“为国家的存在”“为团体的存在”，“以国家自身为目的者，实国家目的之第一位，而各私人实为达此目的之器具也”。（参看《政治学大家伯伦知理之学说》，载《梁启超全集》，北京出版社 1999 年版，第 1076 页）“泰西之所谓自由”，“无一役非为团体公益计，而决非一私人之放恣桀骜者所可托以藏身也”。（参看梁启超《新民说》，载《梁启超全集》，

“个人绝无做国民的需要。不但如此，国家简直是个人的大害。”① 对于个人与社会的关系，胡适说：“社会最爱专制，往往用强力摧折个人的个性，压制个人自由独立的精神……”② 鲁迅对时行的集体认同进行了分析：“聚今人之所张主，理而察之，假名之曰类，则其为类之大较二：一曰汝其为国民，一曰汝其为世界人。前者慑以不如是则亡中国，后者慑以不如是则畔文明”，并进一步指出这种“国民”认同和以“世界人”为基础的类认同对“自我”的戕害：“皆灭人之自我，使之混然不敢自别异，泯于大群”，形成“以众人虐独”“灭裂个性”的后果③。他既指出了古之独夫民贼“以独制众”的专制形式，又对今之“以众人虐独”的现代专制进行了激烈的对抗，赋予“个（我）”与“群”关系新的理解：“盖惟声发自心，朕归于我，而人始自有己；人各有己，而群之大觉近矣。”④ 个体内在的独特性和主体的精神世界得到了确立，并成为自我认知世界、评判现实的最终标尺和本质上的“唯一者”：“个人的生长与人类的生长，同时并重。以协力与自由，互助与独立为生活的根本。在这样的生活中，才觉得我是‘唯一者’的所有，却又是人类的一员，互相维系着。”⑤ 同时，对历史、社会、民族的责任承担意识，又使“五四”文学的启蒙叙事在反对对“人”之“国性”“族性”定位的同时，引入了立人与立国、建构个人与改造社会的双重理论旨趣。

在“新时期”初期小说中，“封建专制”“极左”路线和极端的阶级斗争话语以及隐藏于个体心理中的权力欲、私欲，被指认为造成历史灾难的根源，并由此进行“有选择的批判”，而不是整体性的否定。在反思和

北京出版社 1999 年版，第 678 页）这种国民（群体）认同作为建立现代民族国家的现代性总体叙事的设计对“个人”的压抑，早在 1907 年就被鲁迅揭示和批判：“个人一语，入中国未三四年，号称识时之士，多引以为大诟，苟被其谥，与民贼同。意者未遑深知明察，而迷误为害人利己之义也欤？夷考其实，至不然矣。”参看《文化偏至论》，载《鲁迅全集》第 1 卷，人民文学出版社 1981 年版，第 50 页。

① 胡适：《易卜生主义》，载《胡适文集》第 2 卷，欧阳哲生编，北京大学出版社 1998 年版，第 484 页。

② 同上书，第 481 页。

③ 鲁迅：《破恶声论》，载《鲁迅全集》第 8 卷，人民文学出版社 1981 年版，第 26 页。

④ 同上书，第 24 页。

⑤ 周作人：《新村的精神》，载《周作人集外文》（上集，1904—1925），海南国际新闻出版中心 1995 年版，第 316 页。

批判中，“新时期”初期小说家显示出了强烈的社会责任感和启蒙意识，在这个意义上，它寻回了失落的“五四”之魂。在国家与个人、个人与社会、个体与群体的关系上，“新时期”初期小说更强调个人、个体对国家、社会、群体的依赖与归属；在写作立场和叙述内蕴上，它更强调写作与时代精神的呼应与和谐。在“传统”中，它选择被认为“优秀”“有意义”“有价值”的“正面”因素，并以此为红线联结起历史“断裂”表层下的“延续”；叙述者也将这些“正面”价值作为评判、裁决“反面”事件、人物与历史的根据和标准。在占据了天时、地利（“文革”后、“新时期”的新时空）和人和（全民性的反思运动，知识分子的人民身份在主流政治话语中得以确立）后，“新时期”初期小说把关涉的政治、制度以及革命伦理、人民伦理等复杂的结构性问题转换为具体的人（体现为好人/坏人、少数人/多数人的人物序列）与事（对理想、信念的背叛与坚守，方针政策本身与对它的理解、贯彻、执行之间的区别），在对“错误”的批判中回避对自我的反思。在这种叙述中，自我处在一个“传统”之外、“人民”之内的优势位置上而没有被置于被审视乃至被否定对象（“文革”“十七年”等）之中加以反思与批判。所以，“新时期”初期小说的批判意识，小说家自我反思的力度和深度都有着一定的时代特征和历史局限性，是特定历史意识运作的结果。

与此形成对照的是，在“五四”启蒙文学中，作为启蒙者的知识分子往往是以自我审思、自我剖析的形象出现在作家笔下的。如果说，以鲁迅为代表的“五四”启蒙叙事同样有着知识分子在面对普通民众时理智上、知识上的优越感的话，那么在叙事的具体展开中，这种知识分子的优越感逐渐则消泯于创作主体对民众的同情、悲悯之中，消泯于知识者将自我置于与民众同样的锐利的解剖刀下，消泯于知识者对自我灵魂深处的“鬼气”和传统遗毒的锐利发现、无情审视和深沉思虑之中。鲁迅先生曾经对“知识分子”的责任、立场进行过明确界说：“真的知识阶级是不顾利害的，如想到种种利害，就是假的，冒充的知识阶级”[①]；他们永远站在社会文化的边缘，进行永无止境的批判：“他们对于社会永不会满意

① 鲁迅：《关于知识阶级》，载《鲁迅全集》第8卷，人民文学出版社1981年版，第190页。

的，所感受的永远是痛苦，所看到的永远是缺点。"[①] 相对于"确能替平民抱不平，把平民的苦痛告诉大众"[②] 的俄国知识阶级，中国知识分子在问题面前"闭眼睛"，粉饰太平，以"瞒和骗"找寻逃路而缺少正视现实的勇气，不仅自欺而且欺人的弊病，在鲁迅那里遭到了严厉的剖析和批判。[③] 此外，他对知识分子的欺瞒、撒谎、帮忙、帮闲等"奴性"的发掘和展示[④]，也呈现出尖锐的批判力和延续至今的持久生命力。但鲁迅启蒙的力度来自于他把自己放在被批判的对象之中，而不是置身事外地冷眼旁观，"我的确时时解剖别人，然而更多的是更无情面地解剖我自己"[⑤]，并对自身的"鬼气"和"毒气"所可能造成的后果充满忧虑，"我自己总觉得我的灵魂里有毒气和鬼气，我极憎恶他，想除去他，而不能。我虽然竭力遮蔽着，总还恐怕传染给别人"[⑥]，"发表一点，酷爱温暖的人物已经觉得冷酷了，如果全露出我的血肉来，末路正不知要到怎样"[⑦]。鲁迅的创作始终把"我"（自己）放在"民众"（"人民"）和"知识分子"平等的位置上接受理性的同等审查和评判，"我"作为"民众"和"知识分子"中的一员体验、感受自身被撕裂、被剖析的痛楚，承担并接受历史、传统及其当下遗传的重压。在鲁迅的精神结构中，爱与憎形成了一个巨大的张力场，"爱"以其主导性地位和价值统摄"憎"为它的归属，二者之间复杂而深刻的内在缠绕源自知识者真诚、无私的价值关怀。知识分子所进行的有效的自我批判，其目的在于唤醒民众投入社会改造和民族振兴而不是使自己泯然于"众人"，"由历史所指示，凡有改革，最初，总是觉

① 鲁迅：《关于知识阶级》，载《鲁迅全集》第 8 卷，人民文学出版社 1981 年版，第 191 页。

② 同上书，第 188 页。

③ 鲁迅：《论睁了眼看》，载《鲁迅全集》第 1 卷，人民文学出版社 1981 年版，第 237—241 页。

④ 可参看鲁迅《二丑艺术》《帮闲法发微》《帮忙文学与帮闲文学》，分别收入《鲁迅全集》第 5 卷、第 7 卷，人民文学出版社 1981 年版。

⑤ 鲁迅：《写在〈坟〉后面》，载《鲁迅全集》第 1 卷，人民文学出版社 1981 年版，第 284 页。

⑥ 《鲁迅致李秉中信》，1924 年 9 月 24 日，载《鲁迅全集》第 11 卷，人民文学出版社 1981 年版，第 431 页。

⑦ 鲁迅：《写在〈坟〉后面》，载《鲁迅全集》第 1 卷，人民文学出版社 1981 年版，第 284 页。

悟的智识者的任务”①。从这个意义上讲，知识分子与民众、个与群之间就在共同的历史体验、共同的对现实压迫的反抗的情感基础上，呈现为一种有着内在转换可能的二元机制。

与之形成对比的是，“新时期”初期小说叙事对知识分子与“人民”之间和谐、自然状态的设定。尽管这显然更多地属于一种带有一厢情愿色彩的想象，但其中暗含的“干部”“知识分子”那种建基于自身使命感、责任感之上的自命不凡的优越感也显而易见。这一点限制了知识分子自我反思和批判的力度与深度。《蝴蝶》的叙述者在讲述主人公找“魂”的过程中不断强调他对人民的“感恩”“不忘”和“老张头与众人平等”，但在具体叙述时却让山区农民的代言人——秋文一再强调“老张头”也即未来的“张副部长”的重要性及其所要承担的历史使命，并且让她对主人公在官复原职（此后又获升职）后的称呼也由一般性的“你”“你们”升格为尊称“您”“您们”，而主人公并未对秋文使用的“我们”/“你们”对举式的言辞以及称呼的改变有任何不适感，足见这种改变是自然而然甚至是必须和理所当然的。《绿化树》的叙述者，一方面让章永璘极力表现知识分子广博的文学知识和良好的艺术修养，让他喋喋不休地提到莎士比亚、但丁、拜伦、普希金、惠特曼、歌德和古印度的诗，威尔第、勃拉姆斯的音乐，亚里士多德的《诗学》，笛卡儿的哲学；并让他以知识分子的超凡眼光臧否周围的人物：哲学系讲师、“营业部主任”、马缨花、海喜喜、谢队长等，使主人公从一开始就显得与“众”不同，为此后的“自我超越”预埋伏笔。另一方面，又让他不断地通过“忏悔”来洗刷自己“肮脏”的灵魂，承担起与生俱来的“原罪”：“我虽然不自觉，但确实是个‘资产阶级右派分子’，其所以不自觉，正是因为这是先天就决定了的。……我所属的阶级覆灭了，我不下地狱谁下地狱？”——这是作为“资产阶级右派分子”的“原罪”；“知识分子对人和生活的那种虽然纤细，却是柔弱的与不切实际的态度，是无法适应如狂飙般的历史进程的。在以后的一生中，我都常常抱着感激的心情，来回忆她在潜移默化间给我的如旷野的风的气质。”——这是作为“知识分子”的“原罪”。

需要注意的是，叙述者借主人公的忏悔和“原罪感”来实现对其“资产阶级右派”和“资产阶级知识分子”身份带来的“优越感”和

① 鲁迅：《门外文谈》，载《鲁迅全集》第6卷，人民文学出版社1981年版，第102页。

“浅薄”“无知”的批判，这是在“革命”和“阶级”话语之中进行的；在后者的支配下，小说把残酷的知识分子改造运动叙述为主体苦难中的升华。这是时代意识形态所赋予主人公的鲜明的政治眼光。在这种眼光的监视之下，主人公的一切行为都运行于“右派”和“原罪”的逻辑之中：叙述者让他阅读《资本论》，心甘情愿地参加繁重的体力劳动，思索社会主义“理论问题”，这些都力图表明他的非“右派”（非“敌人”，即“人民”）身份，处于这种状态中的主人公是“委屈”的；但在“委屈”地接受了被派定的身份后，他在阅读和劳动中真正接触、理解了“人民”——“普通劳动者”，在灵魂净化和精神升华中实现了“自我超越”并最终踏上红地毯、走进大会堂。“委屈”最终被“感恩”所替代。

其他小说也不同程度地存在着“干部”“知识分子”对自己道德完善、精神崇高、灵魂纯净等方面的刻意表现或标榜。《雪落黄河静无声》中的范汉儒身处“文革”乱世却“看不见他身上的一点杂质，透明得就像我们医药上常用的蒸馏水”，“因为我是中国的知识分子，我懂得自爱！你说我‘反革命’‘极右派’我都听着，可是你不能侮辱我的人格！”《班主任》既以“救救被‘四人帮’坑害了的孩子”成为“新时期”“人的文学”的开端，又是新的“人民文学”的开山之作。小说选取一个知识分子——“人民教师、班主任”张俊石为主角，以一个觉醒的启蒙者视角看取现实、评判人物、裁决历史。小说开篇便赋予了主人公鲜明的启蒙身份：“从这对厚嘴唇里迸出的话语，总是那么热情、生动、流利，像一架永不生锈的播种机，不断在学生们的心田上播下革命思想和知识的种子，又像一把大扫帚，不停息地把学生心田上的灰尘无情地扫去……”怀着“对丑恶的恨”和“对人民的爱”，他犀利的目光从谢惠敏、宋宝琦身上看到了蒙昧、盲从、“空虚与愚蠢”和“被污水泼得变了形的灵魂”。值得注意的是，小说除了把批判的矛头直指“四人帮”和控制团市委的“那个女黑干将”之外，对宋宝琦和被叙述者充分肯定的石红的家庭也进行了对比。石红的爸爸是“区上的一个干部”，妈妈是“小学教师”，他们早在“四清”就入了党，有“坚持学习马列、毛主席著作”这一“良好的习惯”，受父母的熏陶，石红也“成了个小书迷”，晚饭以后一家人还“互相督促着学习马列、毛主席著作”。与之形成鲜明对比的是，宋宝琦的在园林局苗圃场工作的父亲下班后，“打扑克消遣，有时打到天黑也不散”，“缺乏丰富而有意义的精神生活”，而从宋宝琦的售货员母亲“含怨的叙述”中，也“不难看出她是怎样自食了溺爱与放任独生子的苦果”。同时，叙述者又不忘提醒读者“绝不要以为这个家庭很差劲”，从“两张镶镜框的毛主席、华主席像”和“被郑重地摆放在了小衣柜的正中”的“稍小的周总理像”中可以看出他们“内心里也涌荡着和亿万人民相同的情感波澜”。叙述者由此追问造成宋宝琦悲剧的原因：“除了他们自身的弱点以外，谁应当对他们精神生活的贫乏负责呢?”实际上，答案已经明确地包含在这追问之中了。

在有意的对比中，小说无意间（?）将两个家庭成员的身份也进行了说明（对比）：“工人”“售货员”和“干部”“教师”。后者明显具有更高的政治素质，二者的区别更多地在于是否坚持学习“马列、毛主席著作”。这样，小说就把“党”和“知识分子”在正确“政治”上统一了起来，也实际上宣告了二者在此后创作中的中心和主角地位。“人民”内部的差异和缝隙，被“人民代言人”所提供的明确答案覆盖起来，启蒙者也就有效地回避了对自身的省察和反思。除了家庭和“四人帮”（作为最终承担者）的责任，学校教育以及老师（张老师、尹老师、石红的妈妈、老曹等）的责任则被叙述者排除在外。当谢惠敏要跟宋宝琦搞“阶级斗争”时：

> 张老师心头一热，一霎时，那在泥泞的大车道上奔跑的背影活跳在记忆的屏幕上。他亲热地对谢惠敏说：“你赶紧把团支部和班委会的人找齐，咱们到教室开个会!”

在启蒙者对自身尚存“‘四人帮’的流毒”而毫不自知和自省的情况下，小说所确立的启蒙身份无疑带有更多的理想化色彩。《伤痕》中张俊石也曾产生过自责：

> 今天，张老师有了新的感触，他责问自己，虽然去年十月以前的那个学期里，是个乌云压顶的形势，可是，难道自己就不能更勇敢、更坚决地同荒诞、反动的东西作斗争吗?就不能更直截了当地、更倾注全力地同谢惠敏谈心，引导她擦亮眼睛、识别真假吗?

这段带有自白色彩的叙述，使作为启蒙者的张老师与此前“高大全”

式的英雄区别开来，但轻微的自责不仅没有降低对主人公的评价反而更加衬托出了他的高大与完美，正如有论者所言："……我们应该认识到知识分子这种在道德意义上的自省与自责，其实是与他们在'文革'后全面扩张的启蒙意识和启蒙话语是一致的。启蒙者在拥有一种道德完美意识之后，才能发出强有力的启蒙话语，这也就是孟子所规定的士的原则：'治国''平天下'必须建立在'诚心''正意''修身'基础上。"①

"新时期"初期小说以个体话语和人道话语为中心的启蒙认同和以群体为中心的人民认同之间的纠缠，源起于中国现代革命文化以及"新时期"政治的有意引导和规训。②"归来"和"知青"小说中将毛泽东思想策略中知识分子"改造""再教育"的命题转换为"寻找—收获"的主题，不仅宣告了这一策略的合法性、合理性和历史意义，而且也显示出作者自审意识、反思意识的匮乏。

类似情况在王蒙和张贤亮的笔下表现得也很明显。《蝴蝶》中的"审判"一节，主人公以自问自答的方式进行灵魂的剖析和审判。有意味的是，这种自剖、自审同时伴随着自我辩解、自我维护，纠缠于有罪与无罪、幸福与毁灭、爱与不爱、权利与责任、幼小纯洁与成熟理性的自责、反诘之中。应当说，小说在这里揭示出了主人公内心世界的复杂与矛盾。经历了历史恶意的嘲弄之后，主人公已经在一定程度上展露了其内心的痛苦与自责。但当心理挖掘渐入深层时，主人公似乎难以承受痛苦的重负，难以承受严厉的道德审判，他开始把死亡作为消除心灵痛楚的良药。痛苦

① 易晖：《"我"是谁——新时期小说中知识分子的身份意识研究》，百花洲文艺出版社2004年版，第117页。

② 如贯穿毛泽东一生思想的知识分子阶级归属问题、知识分子思想改造问题。进入"新时期"以后，邓小平明确指出，"我们的文艺属于人民"，"我们要坚持毛泽东同志提出的文艺为最广大的人民群众、首先为工农兵服务的方向"，"人民是文艺工作者的母亲"，并从题材内容、人物塑造、艺术追求等方面做了具体阐释。对于"人民"的形象、气质和历史性格，他概括为："我们的人民勤劳勇敢，坚韧不拔，有智慧，有理想，热爱祖国，热爱社会主义，顾大局，守纪律。几千年来，特别是五四运动以后的半个多世纪来，他们满怀信心，艰苦奋斗，排除一切阻力，一次又一次地写下了我国历史上光辉灿烂的篇章。任何强大的敌人都没有把他们压倒。任何严重的困难都没有把他们挡住"，因此"文艺创作必须充分表现我们人民的优秀品质，赞美人民在革命和建设中、在同各种敌人和各种困难的斗争中所取得的伟大胜利"。（参见《在中国文学艺术工作者第四次代表大会上的祝词》，载《邓小平文选》第2卷，人民出版社1983年版，第207—214页）

就在与忏悔对象“等生死”的齐一状态中得以慢慢化解：

> 我们都有一死。我希望在我离开这个世界的前一刹那再说一句：海云，我爱你！但假如我真的爱她，我就不应该在五〇年和她结婚，我就不应该在四九年和她相爱。我们不相信灵魂，但我假设我们还有一千个一万个来世，我愿意一千次一万次地匍匐在海云的脚下，请她审判我，请她处罚我。

在这里，主人公把自我责难与自我舒解相融合，把当下的忏悔与历史中“革命”和爱情的冲突，与“来世”对自己的假想性惩罚结合起来，使反思主体的灾难性感受找到了恰切的宣泄口。而且，在主人公以“应该”的后设语气反思了自己所应负的责任之后，又怀着强烈的不满指责了忏悔对象，把自身关爱的缺失归因于对方有错（犯错）在先：

> 然而后来是她不爱你了，她太轻浮，她有毛病。在大学，她有了自己的情人，该责备的只能是她而不是你。

叙述者（主人公）显然不想在这种缠绕的话语中迂回，因为纯内心的辩驳并不能使他真正解脱。于是，冬冬作为海云的替代审判者出现了。对于主人公来说，适时的惩罚以“因果报应”的形式有效地满足了自己赎罪的心理需求——惩罚的实施缓解了主人公内心的不安与焦虑。从叙述层面上看，冬冬的出现又使文本从心理驳难转移到现实叙述中来，转移到对历史的社会政治学层面的反思上来。

自审的深度、忏悔的力度来自于主体内在的冲突，来自于主体对自身与外部环境、对自我心灵世界内部冲突的探究与挖掘。身处外部客观环境和特定社会网络中的知识分子，应当以正直的社会良心，展开对外界的不公正、不自由、不民主和肆意戕害、践踏人权人性的现象，对社会中广泛存在的大搞个人专制、个人崇拜的疯狂无耻的政治野心家和权力攫取者，对存在于现实但其根源却可以追溯到历史深处的传统文化和民族心理，进行坚决批判和深层思索；应当对与这些丑恶、黑暗现象无法摆脱干系的个人进行决绝的审查与反省。在内外冲突和内心冲突的艰难承担中，确立自己不受外部力量包括政治因素约束的独立主体地位。相反，仅仅把自己摆在无法直面的“现实”和人生之外，只能对现实进行表面化的肤浅描述，使现实呈现为主体某种理念的演绎或自然化的物象堆积，自身也只能蜕变为某种意识形态的有效载体。身受历史潮流的洗刷和冲击却意图超脱于惨痛的历史之上，对主体进行超历史化处理，虽然可以得到精神的自救和灵魂的超脱，但他所张扬、所追求的社会责任感和历史使命感也随之失落，创作因此成为无关于历史的自我陶醉。对此，洪子诚先生的看法颇具启发意义：“人们常认为，不把个人摆进其中，对外部因素的思考便会缺乏深度，会演化为对一些命题的抽象探讨；对个人责任的思考不放在大的历史背景上，这种思考便会成为道德完善式的闭门思过——也许这对个人的灵魂自赎是有效的，却与社会历史的实际运动无关。”① 对历史和现实的批判性书写，其广度、力度与深度来自于主体对自身生存境域的历史性精神观照，来自于对“我也吃过人”的警醒，来自于站在历史制高点上对自身无法刷洗干净的历史性遗传的痛切感、孤独感乃至无力感。对于创作来说，深沉的无力、彻骨的悲凉比肤浅的乐观和扬扬自得更能勾画出存在的地图。对于作家来说，倾听自我心灵矛盾和冲突的推进，倾听灵魂深处的搏斗、克服以及无效克服，更能勘测到自己作为人的伟大、高贵和卑微、渺小相纠缠的立体性、复杂性容涵。

“新时期”初期（甚至包括今天在内的更为广阔的历史时段），知识分子作家或沉溺于高居庙堂的优越感而欣欣然，或在“四体不勤，五谷不分”的贬抑性宏伟言辞中对改造话语进行某种合理性的论证，或心醉神迷于采菊东篱、独钓寒江的美学乡村场景……他们发现了以政治立场、阶级立场为首要组织原则的“人民”话语中包含的贬斥知识分子，美化抬高工农、民众到无限地位的隐形结构。在下放、劳教、劳改、再教育的过程中，在底层、在民间，他们发现了民众的生命和精神状态——优良品质与蒙昧顺从混杂一处，崇高道德与粗俗野蛮纠结不清。与民众的对比，使他们从自卑自贱中解脱出来，在对“多数”的生存和命运的关注、审视中，在对自我走过的历史道路和心路历程的反省中，他们确立了自己的启蒙者身份。但这种反省因为历史的、时代的和自身历史遗传等方面的原因却又有着明显的局限性，正如张贤亮所说：“不断地自我反省是中国知识分子的特点。我们反省的根据不是自身的直接感觉，而是某种规范，某种既成

① 洪子诚：《作家的姿态与自我意识》，陕西人民教育出版社 1998 年版，第 94 页。

观念，在我们国家，任何一种在历史上曾经行之有效的措施、方法都容易成为长久的规范：只要给谬误以时间，谬误也会成为真理统治人们的头脑。请别忘了我们有五千年的历史。这些东西形成了一个坚硬的外壳，我们却要在这坚硬的外壳中孵化出来。所以，可以理解，任何一个自诩为现代派的中国作家，也都散发着我们这个古老民族的气味。”①

从王晓华、伊汝到张思远、章永璘，他们的忏悔、反思都过分依附于主流政治话语而无法深入自我的心理深层，他们无法把自己和民众放在同一个反思平台上进行灵魂的透视。他们之所以倾心于“人民”，更多的是因为后者是他们成为“新时期”主导者的合法凭证。在具体的、个体的民众面前，他们无法掩饰自己作为精神贵族的优越感，这种优越感经常藏身于超越世俗、超越自我的精神渴求中，从而避开了可能导致的政治化批评和道德指责，也使自己获得灵魂和良心的安宁。这份安宁的获得同样得益于当他们把“人民”的光环戴在民众头上时发出的赞誉和欢呼。“人民”既是他们的歌颂和感谢对象，也是他们走向成功和辉煌的跳板。在《男人的一半是女人》中，当叙述者借黄香久之口说出“……你呀你，劳改了二十多年还是个少爷胚子，要人伺候你吃，伺候你喝”时，完全可以回想起“绿化树”时期他在批判自己的资产阶级出身时不经意间（?）流露出的某种阿Q式语气：“我小时候，教育我的高老太爷式的祖父和吴荪甫式的伯父、父亲……”他们在对大众进行“超越”时始终是站在“人民”立场上表达着自己对后者的膜拜之情，但这一切又都始于对大众的虚化与模糊化处理。在完成对“人民”的借势成为“人民代言人”之后，他们的绝对优越感不能自抑地爆发出来：“占人口10%的识字人中，只需要那么‘一小撮’人真正占领了精神领导地位，就能对一个国家的文化与文明起决定作用。所谓‘代表’，从来不会是群体中的多数，一个人就能代表一万人、一百万人、一千万人、一个民族、一个国家，或国家社会的某个方面。”② 这样，借助知识分子在政治暴力下身心俱残的经历，来反思“苦难的历程”、传达启蒙意愿的叙事，就渐渐滑向对作为“人民代言人”的知识分子的自我崇拜和基于自我道德完善的自得。

---

① 张贤亮：《我的倾诉》，载李延青主编《文学立场——当代作家海外、港台演讲录》，河北教育出版社2003年版，第35页。

② 张贤亮：《小说中国》，经济日报出版社、陕西旅游出版社1997年版，第115页。

形成对比的是，作为现代中国启蒙精神的集中体现者，鲁迅同时也是一个决绝的灵魂审判官。《死火》传达的是个体被冻灭的生命激情及其复活，表现“抉心自食”的《墓碣文》更是勇于自我剖析的主体对自己的“心”之“本味”的究根求底的探问。《秋夜》中孤独而傲岸的枣树，《影的告别》中在明暗之间彷徨于无地的影子，都是这种个体、自我外在于群体的孤寂、痛楚与无奈的内心处境的真实写照，是一种伤痛感和清醒理性的结合。这与在“革命伦理”“人民伦理”的笼罩和支持下写作的“新时期”初期小说中的自审和忏悔形成了过于鲜明的对照。未经深层反思而进行的自我超越，书写沉落民间时无法自抑的优越感，回望野蛮与血腥岁月时或执着于个体的道德完善或以怜悯之心对某个共同体抒发“归来者”的感谢之意和赞美之词，如此等等，都表明“新时期”初期小说家无法在残酷的历史场景中，在多种矛盾、张力造成的自我撕裂感中，体验并深究自我被种种力量和权力异化的沉痛、苦楚与悲哀，以血为墨、以笔为旗写出灵魂深处的博弈，写出心灵的辩证法。

透视历史转型期小说叙事的表层，我们可以看到，在其叙事深层，对“历史”的颠覆性叙述与对“历史”的建构是并行不悖的。原因就在于，作为特定历史意识的产物及其传达者、阐释者，它必须在解构“历史”的同时，缓解和释放因历史“断裂”所引起的“人”与“文学”的认同危机。也就是说，对历史的“中断”和“修复”是当时政治文本和文学艺术文本共同的叙述目标。这一努力是通过重建“启蒙”叙事和重构“现代化”意识实现的。

首先，“五四”新文化运动以其“反封建”的“人学”意义被视为“新时期”“思想解放运动”的前驱和榜样。“新时期”文学对“五四”启蒙意识的回归，是在“思想解放”的背景和前提下，把“文革”文学（包括它的前奏——“十七年”和更早的源头——“左翼”文艺或“革命文学”）作为一个“他者”处理，以图为重接和推进被“中断”的中国现代化进程提供历史依据。同时，它又以把“人”还原为“人”的方式，将“人”叙述为“生产力”的代表而组织进现代化话语的运作中——这往往被称为“人的现代化”。因此，“改革开放”“启蒙”“现代化”与“人”“文学”在“新时期”之初是对同一思想界面的不同侧面、不同领域的表述。其中“现代化”无疑是统摄其他话语变奏的主题部，政治、经济体制的改革，人的解放，主体性倡导和“文学是人学”的讨论都作为它不同的声部而存在。徐迟曾经热情洋溢地欢呼："我们的'四个现代化'是这样一场革命，是比过去的产业革命更加宏伟的大革命。……在我国发生的大革命必然具有世界影响。'四个现代化'不但是为了中国，又是为了世界的一场生死搏斗，进攻才有胜利。""我们要争朝夕，争分夺秒！伟大事业正迫使我们迅速实现'四个现代化'的宏伟目标。这宏伟的目标呵，应当激励我们尽快完成历史的使命。""文艺工作正是可以在这个事情上起到一定的促进作用的。我们的文艺要为'四个现代化'服务！'四个现代化'迫切要求我们很好地为它服务！文艺的现代化是我们的当务之急。"① 此后，他又以《现代化与现代派》参与了现代派文学论争，他认为"现代派"文学的出现正是"现代"社会的重要标志，"我们将实现社会主义的四个现代化，并且到时候将出现我们现代派思想感情的文学艺术"②。冯骥才、李陀、刘心武、徐敬亚等也都把现代派文学的发展看作现代化的需要③。论者无一例外地试图以经济基础决定论为立论基点，为"现代派"文学寻找一种合法化的话语策略。

第二节 现代主义话语与"新启蒙"话语：作为认同资源的有效性及其内在的分裂

在西方，包括象征主义、表现主义、存在主义、荒诞派、意识流、未来主义、超现实主义等各流派的现代主义作为一种文学思潮和创作方法，是以反理性为其哲学基础，以反理性、反逻辑，注重直觉和潜意识为其艺术风格的。卡林内斯库认为存在着两种"截然不同却又剧烈冲突的现代性"：资产阶级的现代性（社会现代性或启蒙现代性）和审美的现代性（文化现代性）。前者"大体上延续了现代观念早期阶段的那些杰出传统"：进步学说、科技和理性崇拜、时间关切、自由信念、实用主义等，

① 徐迟：《文艺和现代化——在文联全委扩大会上的发言》，载《文艺与现代化》，四川人民出版社 1981 年版，第 5—6 页。

② 徐迟：《现代化与现代派》，载洪子诚主编《中国当代文学史 · 史料选：1945—1999》（下），长江文艺出版社 2002 年版，第 656 页。

③ 参见冯骥才《中国文学需要"现代派"——给李陀同志的信》，《上海文学》1982 年第 8 期；刘心武：《在"新"、"奇"、"怪"面前》，《读书》1982 年第 7 期；徐敬亚：《崛起的诗群》，《当代文艺思潮》1983 年第 1 期。

它们是中产阶级建立其文化的核心价值观。后者则倾向于“激烈的反资产阶级态度”。它“厌恶中产阶级的价值标准，并通过极其多样的手段来表达这种厌恶，从反叛、反政府、天启主义直到自我流放”。它以强烈的否定激情对抗、排斥资产阶级的现代性①。审美现代性既是社会现代性（启蒙现代性）的产物，又是作为后者的对立面出现的文化反抗者，它的职责是对启蒙现代性在确立统一、绝对和秩序的过程中所存在的缺憾与不足进行反省和批判。它对社会现代性（启蒙现代性）的反叛主要表现在两个方面。首先，以非理性反抗理性主义。资产阶级社会是在对封建专制赖以维系的以宗教、血缘为基本内涵的非理性主义的对抗和战胜中确立自我的，理性主义自诞生之日起，就成为其世界观和文化心理基础。因此，“至十九世纪中叶，资产阶级世界观——理性至上，讲究实际，注重实效——不仅统治了技术—经济结构，而且逐步控制了文化，尤其是宗教体系和向儿童灌输‘合宜’动机的教育体系。它到处取得胜利，只是在文化领域受到了抵制”②。其次，现代主义在非理性主义牵引下，通过惊世骇俗的艺术产品冲击一切传统、权威、理性思维模式以及由此形成的集体文化积淀。它采取怪诞、荒唐的非理性形式反抗资产阶级社会以理性为特征的运行机制，“颠覆这个社会就类似一种恐怖行为——非理性的东西攻击有秩序结构的版图”③。西班牙哲学家加塞特把现代主义这一否定性美学特征称为“艺术的非人化”：“现代艺术家不再笨拙地朝向实在，而是朝与之相对立的方向行进。他明目张胆地把实在变形，打碎人的形态，并使之非人化。……通过剥夺‘生活’现实的外观，现代艺术家摧毁了把我们带回自己日常现实的桥梁和航船，把我们禁锢在一个艰深莫测的世界中，这个世界充满了人的交往所无法想象的事物。……或许可以说，为实现这个结果，必须消解诸多人的形式——人、房屋、山——然后再建构出

① ［美］马泰·卡林内斯库：《现代性的五幅面孔》，顾爱彬、李瑞华译，商务印书馆 2002 年版，第 47—53 页。

② ［美］丹尼尔·贝尔：《资本主义文化矛盾》，赵一凡等译，生活·读书·新知三联书店 1989 年版，第 100 页。

③ ［美］罗伯特·休斯：《新艺术的震撼》，刘萍君等译，上海人民美术出版社 1989 年版，第 197 页。

完全新颖独特的形象。”[1] 在西方现代主义文学中，伴随着中心的消失、意义的离散和结构的瓦解，出现了人的废墟化、碎片化和人道主义的终结。

与西方现代主义不同的是，“伤痕”“反思”等“新时期”初期小说却把现代主义作为一种现代化的推进力量来促进自我的生成。这一目标是通过两个途径实现的。首先，把反理性、反“人”性的现代主义世界观/文化理念与形式技巧剥离开来。《剪辑错了的故事》《我是谁?》《蝴蝶》《春之声》《自由落体》《七奶奶》等“意识流”“荒诞派”的小说，有意无意地“误读”和利用现代主义文学技巧传达作家的现实体验、认知。作家大多用“内容决定形式”的传统文学观念来解读现代主义文学：“复杂化了的经历、思想、感情和生活需要复杂化了的形式。我尝试着在作品中运用复线条甚至是放射线的结构，而不拘泥于一条‘主线’。”[2] “西方现代主义、超现实主义的作品并非全是呓语，而有可借鉴之处。”[3] 其次，突出文学创作的“虚构性”，但目的却是要达到更深层次的“真实”。“新时期”现代主义实验的先行者之一王蒙认为：“小说最大的特点恰恰在于它是‘假’的……小说是根据生活的真实来的，但它本身是假的，这是它最大的一个特点。英文管小说叫作‘fiction’，‘fiction’本身的意思是虚假。这个‘假’是非常严肃的假，是从生活当中来的，是根据真的东西变出来的。但是它变了，它变的方式是通过虚拟。”[4] 对于自己小说的荒诞特征，宗璞是这样解释的：“一种沽名为超现实主义的，即透过现实的外壳去写本质，虽然荒诞不成比例，却求神似。”[5] 王安忆同样认为：

---

① ［西班牙］何塞·奥尔特加·伊·加塞特：《艺术的非人性化》，载福柯、哈贝马斯、布尔迪厄等《激进的美学锋芒》，周宪译，中国人民大学出版社2003年版，第138页。

② 王蒙：《我在寻找什么？——〈王蒙小说报告文学选〉自序》，载王蒙《漫话小说创作》，上海文艺出版社1983年版，第27页。

③ 宗璞：《给克强、振刚同志的信》，载彭华生、钱光培编《新时期作家谈创作》，人民文学出版社1983年版，第475页。

④ 王蒙：《漫话小说创作》，载王蒙《漫话小说创作》，上海文艺出版社1983年版，第78页。

⑤ 宗璞：《小说和我》，《文学评论》1984年第3期。在另一篇文章中，她特别谈到卡夫卡的影响：“我从他那里得到的是一种抽象的，或者说是原则性的影响。我吃惊于小说原来可以这样写，更明白小说原来可以这样写，更明白文学是创造。何谓创造？即造出前所未有的世界，文学从你笔下开始。而其荒唐变幻，又是绝对的真实。在‘文革’中，许多人不是一觉醒来，就变成了牛鬼蛇神了吗？”参见《独创性作家的魅力》，《外国文学评论》1990年第1期。

“小说的另一类是往往被叫做‘现代派’的那类，表面上距离现实很远，甚至违背了现实，事实上则是揭示和反映了更为真实的现实……目的是为了表现其更为本质因而更为真实的生存状况。”[①] 通过“严肃的假”“更为真实的现实”“本质”“神似”等理性语词对“非理性”“意识流”“荒诞”的分解、消化与吸收，经过这一奇妙的“误读”，反启蒙理性、反人道主义的现代主义在“艺术技巧”和“写真实”的层面上成为“人的现代化”和“文学的现代化”的积极推动力，而非西方思想文化脉络中的否定和反叛力量。

实际上，在文学的形式、技巧和思想观念、意识形态之间并没有截然的界限。文本是一个复杂的意义构造，形式和技巧中也包含着丰富、难解的意识形态元素。伊格尔顿提出的“形式的意识形态”为我们揭示了艺术形式中的社会意识形态编码。正如西方先锋派的审美现代性是对资产阶级现代性的反叛一样，“新时期”初期出现的“中国式现代派”显然也受到时代精神的触发，并成为时代精神的重要组成部分而参与了对它的构造[②]。对于“新时期”初期小说来说，以非理性为核心的现代主义既有力地参与了“人”和“启蒙理性”的建构，而最终又解构了它们。中国现代主义文学在“新时期”的最初显形被人道主义的“大写的人”所遮掩，二者由此在“必要的张力”中形成了短暂的平衡。北岛《回答》中所蕴含的英雄主义色彩和强烈的责任承担、现实介入意识与带有存在主义色彩

---

① 王安忆：《游戏的规则》，浙江人民出版社1991年版，第69页。

② 在当时，无论是现代主义的赞成者还是反对者，都强调了它的意识形态功能。赞成者如许子东认为：“‘中国的现代派’自觉不自觉地意识到他们的‘荒诞’工作，实际上是具有政治意义的。在我看来，进入‘文革’后中国文学的现代主义影响，虽然高举时代进步（20世纪现代文化）的旗帜，虽然力图寻找民族文化的依据，但实际上它的文化意义，主要还是对现有政治文化环境的一种冲击。这种政治文化意义上的冲击作用具体表现在两个方面，一方面是帮助中国‘新时期文学’解脱政治宣传功能的束缚，帮助文学向政治‘申请自主权’，争取文学的独立性；二是帮助中国青年宣泄他们的精神文化的危机感。显然，后一种精神宣泄带有更多争取个性自由（乃至社会变革）的思想启蒙意义。”（参见许子东《现代主义与中国新时期文学》，《文学评论》1989年第4期）反对者如程代熙则认为“西方现代主义的文学家、艺术家几乎把他们的‘自我’当作唯一的表现对象，说得具体一点，把文艺作为表现他们资产阶级、小资产阶级个人主义及无政府主义思想（即否定理论）的唯一手段”，而“自我表现”说正是“步了它的脚迹”，是一种与“抒人民之情”相对立相排斥的文艺观。（参见程代熙《评〈新的美学原则在崛起〉》，《诗刊》1981年第4期）

的虚无情绪相混杂，以及后者最终被前者所“遮蔽”的情形，普遍存在于“新时期”初期小说中。《剪辑错了的故事》《冬天里的春天》《蝴蝶》《我是谁?》都以鲜明的政治、社会反思精神和人道主义内涵，通过将“非人性”“非理性”归结为特定时代的“反常”特征（而非人本身所固有），从而完成了对“真”与“善”的讲述，而小说对现实的描述也因此具有充分的可还原性。即使在《无主题变奏》《你别无选择》这些刻画了所谓“边缘人”“多余人”的小说中，人物、场景、氛围中的非理性和颓废情绪也被其内在的执着信念或孤芳自赏的心态所冲淡。“我只是为了让人们知道真正的作曲是怎么回事，它是一种艰苦而高尚的创作。”① 对个体自由选择权利和作为精神个体的独立性的追求，把自我从对存在之荒诞本质的认知中解脱出来，进而与“伤痕”“反思”等小说对人的自由、价值、尊严和生命权利的呼唤相交融。但其中的“非理性”思想、情感质素也似乎从启蒙理性中破壳而出，从而与王蒙、宗璞、李国文们拉开了距离。这一点在张辛欣的《在同一地平线上》《疯狂的君子兰》，王安忆的“三恋”，残雪的《山上的小屋》《黄泥街》等小说中得到了充分而明确的艺术呈现。在这里，对潜意识，非理性，人的情欲、性欲的强调，对人的生命原欲和非理性状态的表现，已经超出了人道主义话语的限约。理性与非理性、情（欲）与理、社会现代性与审美现代性出现了明显的不和谐，“新时期”初期缔造的“大写的人”的形象开始出现崩解和分化的征兆。

“新启蒙”领军人物之一刘再复的“人物性格二重组合”论和“文学主体性”理论对人性问题的思考就隐含着传统人道主义、现实忧患精神和现代人本主义之间的内在理论分裂。他针对中国文学在历史唯物主义世界观的指导下把人的本质确定为“社会的人”即作为阶级斗争符号的“人”（“社会人的本质乃是阶级本质”），进而“忽视，甚至忘记了‘人的社会’这一观点”，提出“社会是以人为主体，以人为中心的”②。他认为，人的“主体性”的伟大之处在于“内宇宙”的强大调节力量：“这个内宇宙是一个具有无限创造能力的自我调节系统，它的主体力量可以发挥到非

① 刘索拉：《“创作谈”——关于我这篇小说》，《作品与争鸣》1985 年第 7 期。

② 刘再复：《性格组合论》，上海文艺出版社 1986 年版，第 4—5 页。

常辉煌的程度，而这，正是人的伟大之处。"① 作为人的"主体性"实践的文学应以人性、人情、人道主义为中心："文学最根本的原动力，就是情感"，"文学不仅是某种个体的精神主体学，而且是以不同个性为基础的人类精神主体学，正是这样，文学无法摆脱最普遍的人道精神"②。在刘再复的"文学主体性"理论构架中，"主体"是超历史、超现实的存在，他"最终将一个受制于历史具体的有限能动'主体'，演化成一个漫游于历史时空之外的无限能动的'主体'"③。但这个带有梦幻色彩的"主体"却不是笛卡尔式的以"我思"为本体的绝对的、超验的主体，也不是以自身为目的，在无功利的审美愉悦中体验自由的超宗教、超道德、超认知的康德式主体，因为它又通过"国魂反省论"介入了中国的历史进程，并直接转化为具强烈政治性的"文体革命"："马克思主义过去的思想统治实际上是一种文体统治，我们致力于文体革命，就是要打破这种专制式的思想统治，而通过文体革命解放思想，使心灵获得最大的自由。"④刘再复这种把现代人本主义、"文体革命"融入人道主义思想体系之中的理论思路具有明确的现实针对性，他把西方"人学"和"文学"的历时性演进糅合在一个蕴含着鲜明意识形态导向的共时性理论模式，这恰恰昭示着论者试图以一个关注个体与群体价值、背负现代化重任的带有强烈人文色彩的公共主体参与宏伟社会目标的巨大热情⑤。

"新时期"中前期人道主义热潮将人性、自我、主体、心灵、精神作为现实批判的标准和衡量历史进步的优先标尺，其深层则是对现代性时间观念的执着。在这种视野中，西方后现代主义文学夹杂在现代主义文学中成为"新时期"中国文学的追赶目标，即使倡导回归民族传统文化的"寻根小说"也不能彻底祛除现代化焦虑的纠缠。"寻根小说"看似淡化了历史—时间感而突出了文化—空间意义，但其中时间上的停滞感和空间

① 刘再复：《论文学的主体性》，载《文学评论》编辑部编《我的文学观》，上海社会科学院出版社1988年版，第122页。

② 同上书，第110、111页。

③ 夏中义：《新潮学案——新时期文论重估》，上海三联书店1996年版，第31页。

④ 刘再复、刘心武、刘湛秋：《文体革命三人谈》，《上海文论》1989年第1期。

⑤ 这也是20世纪80年代中前期人道主义热潮出现的重要原因。人道主义被认为对政治改革、经济建设和思想解放有着积极的推动作用。参见高尔泰《马克思主义是指南还是公式?》，《读书》1986年第6期。

上的边缘化却恰恰反衬出西方“他者”视角的存在。整体化、绝对化的主体以其强烈的吸附力把非理性完全纳入自己的运行轨道。在高速的现代性时间行进中，一个担当历史变革重任的强大主体通过政治批判、文化批判和群体性的社会启蒙叙事在摧毁当代中国“极左”文化和“一言堂”政治禁锢的过程中建立了卓著功勋，但其内在的裂纹却被视而不见。

第三节 “启蒙”的溃败与“人”的解体：全球化时空背景下认同危机的深化

20 世纪 80 年代后期和 90 年代初期，这个积极组织社会成员投身社会变革的绝对主体随着时间神话的破灭并走向分解。如果说，在西方，主体——“人”从确立、被神化到被物化、崩溃经历了一个逻辑的发展过程，是西方“人”的自我粉碎，那么在中国，“人”的消解更来自于外力的冲击。当曾经是时间中的追赶前景——“现代化”以现实形态出现在“新启蒙”知识分子面前时，失去了批判性言说对象的他们变得茫然失措、彷徨无地。

在 90 年代全球化时空背景下，包括民族—国家构成的变化及其功能的变迁、进步的危机、政治合法性的危机、意识形态的危机在内的政治层面的危机，包括全球化文化功能的变迁、同质文化和异质文化之间冲突和张力在生存个体心理深层的充分展开在内的文化层面的危机，尤其是个体固有的生活意义感的丧失和自我价值的迷惘也即包括精神层面的危机在内的种种当代危机形式，对经历了“文革”理性失序、信仰几近崩溃的国人更是造成了文化上和价值观念上的急剧挑战。他们在告别了一个文化蒙昧与专制的时代，刚刚以人性、人道主义话语建构起“大写的人”的呼喊回答了“我是谁”的锥心追问，刚刚描画出一个相对清晰的“自我”形象、建立起一个相对稳定的认同心理机制时，就被接踵而至的新的认同危机如影随形般地纠缠。现代信息技术、计算机网络文化、当代消费文化的全方位渗透，使中国社会的认同危机以前所未有的形式和强度对当代国人产生猛烈的冲击。生活于这一充满着矛盾、悖论和危机时代的作家，作为敏感的精神个体，对认同危机不仅有着切肤之痛，而且这一危机所播撒的种子也在无形中植入了他们的精神肌体，使其共同呈现出某种认同危机的病症，并促使他们调动起全部的生命和文化能量来抵御这一“病菌”

的侵袭，而对其艺术文本进行必要的病症描述和病理分析，以寻求解决“新时期”小说认同危机、重塑当代认同的理念和途径，是“新时期”小说重塑自我的必需，也是包括作家在内的国人确证自我的必需。

与80年代相比，90年代小说自我认同的危机出现了一些显著的变化。

首先，80年代那种从“伤痕”“反思”直到“寻根”“先锋”小说潮流急速的历时性演进，转换为90年代各种文学现象平面化的空间“拼贴”。受“作家—文化市场—读者”这一新型文学生产—消费模式的制约，“文学出版从以生产为本位的计划机制向以消费为本位的市场机制过渡”①，读者成为影响文化市场风向和作家创作的重要的潜在因素。出版机构为获得社会效益和经济效益的互动，深入把握大众消费心理的脉动，积极介入公众热点，文学出版进入市场化运作。文学期刊体现出相当强烈的市场意识，从买方市场向卖方市场过渡，注重内容的可读性、娱乐性和外部包装，并以编辑为核心，集结大批作家和评论家，策划、推出了大批文学口号和文学命名。其中尤为引人注目的是各种“新”字号旗帜招展于世纪末文坛，成为一道引人注目的风景。《钟山》推出“新写实小说大联展”；《北京文学》推出“新体验小说”；《上海文学》和《佛山文艺》刊出了“新市民小说联展征文暨评奖启事”，前者早在1994年第11期上就打出了“新市民小说”旗号，刊载“新市民小说”作品。后来《钟山》和《文艺争鸣》又倡导“新状态小说”，《上海文学》又提出“新现实主义”（又被称为“现实主义冲击波”），此外还有“新历史”“新乡土”“新军事”“新移民”“新都市”等以“新”字号为标榜的各色旗帜的树立，它们与90年代后期以年龄划分的“新生代”“60年代作家”“70年代作家”等“代际”口号一起体现了进入市场化社会后文学刊物的生存策略。虽然90年代“新”字号小说倡导的切入点主要是“想通过一些行为来引起文坛的关注，来吸引作家的好作品”②，但它们同样也明显地体现出由社会文化转型所带来的迷惘感和应急性。90年代后期出现的“代际文学”和“美女文学”更偏重从文学之外入手，具有鲜明的商业炒作意味。不可否认，各种字号的小说有着艺术变革的目标，但它们并没有呈

① 黄发有：《文学出版与90年代小说》，《文艺争鸣》2002年第4期。

② 王干：《90年代文学论纲》（下），《南方文坛》2001年第2期。

现出通过思想和艺术的突破而实现历时性的累积和深化，难以在共同的行进方向上保持一种连续性的有序推进。它们普遍流露出对生存现实的关切和对艺术现实的不满，但这种不满或愤怒因缺乏80年代那种“现代化”共同想象的有力牵引，而更多地属于丧失现实确定性和历史方向感的焦虑和恐慌。从具体操作和阅读效果上看，这些出自作家、评论家或文学编辑的组织行为，更像詹姆逊所指出的，它“只不过是彻底的旧的‘意识形态的终结’，是在特别保守的市场气候里玩世不恭地利用正在消失的集体的希望”，它是“时间悖论的最后形式”：“一种绝对变化（或者是某种新的追随潮流的浮华意义上的‘永远革命’）的修辞，对后现代而言，并不比由大公司制造的绝对同一性和不变的标准化的语言更令人满意（但也并不更令人不满意）……”① 这似乎可以理解为，作家们的力比多激情在理性消歇、教条死亡、乌托邦隐身之后的无定向发射，所形成的文学现象的平面点状散布。

其次，市场环境中文学功能的变化以及由此引起的某些文学构成元素意义的蜕变。90年代文学的功能注重消遣娱乐、指导教化和审美净化等多方面共存，同时，消遣娱乐功能得以凸显。文学与市场经济的关系，市场经济对文学的创作、出版和发行带来了挑战和机遇，市场化体制的形成对作品带来了主题、内容、艺术手法的变化，这些都显示出文化市场对市场经济的敏感。在经济杠杆的撬动下，在大众传媒的引导下，适应乃至迎合公众审美需求的，以消遣性、娱乐性为旨归，以商业性、时尚性为外表，以现实性、及时性为内核的大众通俗文化逐步扩大了对90年代文化版图的侵袭。90年代的文化转型直接影响着文学的转型，使90年代文学呈现出浓郁的世俗化乃至庸俗化色彩。

在时尚化、泛审美的消费时代，作家往往被一些阶层化、类型化的东西所包裹，后者制约着其能动性与个性走向深广。从展现现实苦难的“底层叙事”来看，其单纯的道德义愤仍显示出知识分子独立思考的理性精神的匮乏，或对消费时代审美趣味的迎合。熊正良的《谁在为我们祝福》《我们卑微的灵魂》，荆歌的《爱你有多深》，吴玄的《发廊》《西地》，艾伟的《爱人同志》，刘庆的《长势喜人》，董立勃的《白豆》，杨映川的

① ［美］弗雷德里克·詹姆逊：《时间的种子》，王逢振译，漓江出版社1997年版，第20页。

《不能掉头》，陈应松的《马嘶岭血案》等众多在艺术上成熟的作家以其悲悯情怀大规模地描写了底层的苦难。但细读之下，我们会发现小说中的苦难是无根的、漂浮的，苦难的本质并没有被揭破，它们只是对现象的极端化表现。大多数作品“在小说叙事中，运用突然转折的情节和技巧，寻求从表达‘苦难’压抑性的结构中逃脱的途径，形成当下小说艺术表现的审美脱身术”，这使其小说的“人民性”表达，“并不能在政治思想意识方面深化下去，而是变成了一种美学表现策略，或者说转化为一种美学表现策略。反过来，美学上的表现也使‘人民性’的现实本质发生实际的变异”。[①] 这在美学上显出现代性的疲惫而滑入当今消费社会的审美趣味，对底层的悲悯也只能是人道主义的悲悯，而这种简单的人道主义的悲悯使“底层叙事”在审美现代性的救赎上陷入价值虚无的消极性。

这与西方先锋文学的历史遭遇极为相似。后者最开始也是反资本主义现代性的，但发展到后来，却被资本主义文化市场机制收编，正如丹尼尔·贝尔所说：“反叛的激情被‘文化大众’加以制度化了。它的试验形式也变成了广告和流行时装的符号象征。它作为文化象征扮演起激进时尚的角色，使得文化大众能一面享受奢侈的‘自由’生活方式，一面又在工作动机完全不同的经济体制中占有舒适的职位。”[②] 曾在80年代“思想解放”中发挥强大摧毁功能的荒诞、非理性、颓废、性、身体以及叙述风格上的朦胧、晦涩在90年代在一定程度上正逐渐蜕变为商业主义的消费品，曾经的先锋艺术（艺术元素）成为市场意识形态的外围部分。在《我是谁?》《泥沼中的头颅》《减去十岁》等小说中，“荒诞”曾经作为对黑暗时代之专制本质的同构性表达而显示出巨大的爆破力；在《你别无选择》《无主题变奏》等小说中，“颓废”曾经是体制性物质和思想力量的反叛者、对抗者；“性”“身体”也曾经作为匮乏时代的被压制因素而在《被爱情遗忘的角落》《绿化树》《男人的一半是女人》中显示出欲望美学的革命力量……但在90年代，“颓废”在《上海宝贝》《蝴蝶的尖叫》《香港情人》等小说中以“异类”的身份加入了浩浩荡荡的时尚队

---

① 陈晓明：《“人民性”与美学的脱身术——对当前小说艺术艺术倾向的分析》，《文学评论》2005年第2期。

② ［美］丹尼尔·贝尔：《资本主义文化矛盾》，赵一凡等译，生活·读书·新知三联书店1989年版，第66页。

伍；“性”和“身体”既在卫慧、棉棉们那里与“异类”合流，又在林白、陈染们的叙述中成为性别权力的角斗场，同时在韩东、朱文那里又是表述哲理升华诗意的立足点，它们都以隐喻的形式展现着世俗化环境中建构个体的尴尬，而《废都》则以“□□□□（此处作者删去××字）”的形式宣告它们“缺席的在场”，在视觉快感的延宕中拉动着“眼球经济”的高速增长。

进入90年代乃至21世纪以来一直拥有大量读者的“官场小说”也是一个典型个案。王跃文的《国画》《梅次故事》《朝夕之间》《官场春秋》，李佩甫的《羊的门》，李唯的《腐败分子潘长水》，田东照的《跑官》《卖官》，祁智的《狗日的前程》，肖仁福的《一票否决》《官运》《空转》，王大进的《欲望之路》，刘春来的《水灾》，何德来的《贪官艳史》，少鸿的《花枝乱颤》，于卓的《首长秘书》，王晓方的《驻京办主任》，汪宛夫的《机关滋味》，范小青的《女同志》，于艾香的《女书记》等“官场小说”在各类群体中拥有越来越多的读者。它们曝光官场内幕，描写官场内权力倾轧，揭露官场黑暗腐败，刻画官员们的卑劣心态和无耻行径，叙写中国的体制文化、政治生活以及权力对个人生存处境和精神状态的影响。虽然这些小说也写腐败问题，然而其关注焦点却在官场权力斗争和权力运作逻辑上，尤其是对官场潜规则的揭示更对读者构成一种指南般的魅惑。一方面，它们刻画出权力运作的神秘及引发人们对权力运作规则的窥视与羡慕；另一方面，它们也在一定程度上谴责了官场对人性的扭曲。这既满足着人们对“官场”“官人”的心理想象，也呈现出一种意识形态和道德上的双重含混性。这一问题的出现，实际上是一种对“官场”变相的承认。这是由官场小说对政治符号的消费所决定的。大众通俗文化本身，对主流意识形态具有消解和承认的双重功能，然而，其“消解”功能，也极容易在市场规则的统摄下，变成一种软性的包装，它将价值核心判断“悬置化”“中立化”，或引向一些更具普世性的类型概念，如伦理亲情、人的生存合理性等。更为可悲的是，启蒙叙事，在这里也被消解了应有的批判力度，成为一种“辩解的艺术”，为主人公的堕落提供各种必要的人性证据。价值选择的含混是符号经济在文化与经济之间进行嫁接，以取得利润最大化的策略所决定的。正如费斯克所说：“利益的多元化及在价值上的冲突，并不意味着这些利益不可能通过同一商品获得满足：这是可以做到的，虽然这仅仅因为文化产品流通于两种同时存在但并不相同的经济中，我们可以称之为金融经济和文化经济。"① 这些官场小说通常是"含混"的，不会排斥任何一种意识形态，也不会刻意抬高一方，以压制另一方。相反，它甚至会乐于将不同意识形态"杂糅并置"于同一艺术表现体内，从而为不同阶层读者提供不同自我认同位置，并以这些不同目标人群对主题、人物和故事的争论，达到符号利益最大化的目的。作为一种"符号经济"，官场小说对政治符号的消费，正是着眼于"现实政治"与"理想政治"之间巨大的心理差距所引发的读者的政治利比多冲动。从而使得读者在小说提供的政治幻象中，得到"认同满足"和"批判满足"，远离真实的政治反思。

90 年代在对阿多尔诺、马尔库塞等西方马克思主义学者的"再次认同"中，中国知识界掀起了对 90 年代文学市场化世俗化的批判潮流。有关"人文精神"大讨论，"二王之争"，葛红兵的"悼词"事件，实际上也涉及文学与世俗性的关系、文学与大众文化的关系、日常化叙事崛起与宏大叙事的死亡等诸多命题。批评家蔡翔如此表示自己的忧虑："一个粗鄙化的时代业已到来——私利造成了私人与公共空间的矛盾和分离，为了保护这种在当下仍显脆弱的私人性，一种粗鄙化的保护方式正在盛行，有关'公共'的各种道德规范被无情拆解，道德沦丧，今天的市场成为一个没有规则的游戏场所。"② 美学家李泽厚在《世纪新梦》中也不无伤感地说："本来，继革命化巨大创伤之后，商品化又漫天盖地在污染中国，这些作品谈龙说虎，抚今追昔，低回流连，婉嘲微讽；真是往事如烟，今日何似，正好适应了'太平盛世'中需要略抒感伤，追求品味，既增知识，还可消闲的高雅心境。"③ 而对 90 年代文学生态描述中最有影响的，则来自批评家孟繁华。在《众神狂欢》中，他为 90 年代文化做了总结性发言："一个世纪以来，启蒙主义作为一个伟大神话几乎成了知识分子行动的全部出发点和归宿……但历史的发展与启蒙者的逻辑想象并没有构成同构关系。特别是 90 年代以来，经济的巨大发展越来越接近于启蒙主义者梦想的现代化，但现实又无情地暴露了它另一面的残酷。生活中充满了

① ［美］费斯克：《大众经济》，载吴士余主编《大众文化研究》，上海三联书店 2001 年版，第 130 页。

② 蔡翔：《日常生活的诗情消解》，学林出版社 1994 年版，第 215 页。

③ 李泽厚：《世纪新梦》，安徽文艺出版社 1998 年版，第 531 页。

荒诞，物质的极大丰富却也导致了道德的进一步沦丧，唯利是图，人欲横流。”[①] 接着，他用“天鹅绝唱”意象来隐喻20世纪80年代带有浓重官方色彩的启蒙理想主义的死亡，而用“众神狂欢”来指涉90年代多元无序的文化状态。

于是，我们看到，叶兆言的《关于教授》所叙述的学者苏抑卮真实而沧桑的一生：早年作为校长助理的宏大理想与浪漫爱情，中年在“文革”时期的隐忍与困顿，以及晚年成为“国宝”后的不拘小节、贪财好色的缺点。小说描述了近一个世纪以来，中国知识分子内心世界的变迁。当苏教授追悼会后，大家回到校园，却发现很多用过的避孕套散落在草地上。这无疑是一个粗鄙与堕落时代来临的寓言。徐坤的小说《先锋》以辛辣的讽刺笔触写废墟画派的艺术家撒旦、鸭皮、屁特等人，在作家的眼中，他们被剥落了神圣的艺术光环，成为一群蝇营狗苟、热衷名利的市侩之徒。苏童的小说《一个朋友在路上》则为我们描绘了浪漫诗人力钧理想的破灭。他愤世嫉俗，却又蛮横自私，喜欢用“深刻思想”向别人借钱。他大学毕业后，奔走于西藏，结识了女友小米。而小米却投入哲人老刚的怀抱，最终在南方做妓女。而力均则转为考察黄土高原。“在路上”，一个颓废派激动人心的口号，成了启蒙激情风云流散的最后挽歌。在《故乡天下黄花》《温故一九四二》等小说中对革命历史进行了沉痛反思后，刘震云在《故乡相处流传》《故乡面和花朵》《一腔废话》中将这种批判反思激情，化解为不知所云的语言能指游戏。乡村中轮回转世的历史人物，如曹操、袁绍，完全被消解了正面意义，在解构宏大历史中，却透露出很多前现代宿命感和农民意识，展现出“语义匮乏”的无聊和话语的狂躁焦虑。同样，我们在张炜的《柏慧》、张承志的《金草地》、梁晓声的《一个红卫兵的自白》与《教授》、刘玉堂的《最后一个生产队》、何申的《天下荒年》、李锐的《北京的金山上》、王安忆的《叔叔的故事》、李贯通的《天缺一角》、邱华栋的《正午的供词》、徐小斌的《羽蛇》等小说中，也看到了理想主义的毁灭，秩序感的沦丧，高贵情感被践踏，粗鄙物欲被推崇，“革命叙事”连同“启蒙叙事”成了被文坛凭吊和祭奠的亡灵。

90年代小说过分注重“小写的人”——一个无法表述自我、把握世

---

① 孟繁华：《众神狂欢——世纪之交的中国文化现象（最新版）》，中国人民大学出版社2009年版，第141页。

界的个体，这无疑是自信的整体自我溃散后的本能式反射。尽管“人”曾经在80年代对拆解本质化的全能意识形态起过积极作用，但当其批判对象因地制宜地与市场意识形态融合，从而部分地转化了结构—功能与监控方式，并对作家构成双重压抑之后，这个软弱化、侏儒化、弱智化的“人”显然无法对坚硬的、流动的现实发出强有力的反叛之音。“现代性打开了自我的投射，但这是在强烈地受到商品化的资本主义标准化效应的条件下才得以实现的”①。对个体的非理性化处理，使它无法摆脱强大的现实压力和标准化商业消费模式的垄断性塑造，90年代小说中“人”的物化、碎片化和超量的经验化并不完全是一个利好消息。90年代小说对差异性个体和私人空间的青睐有加，既隐含着主体建构自我的真诚（尽管它与现实有“合谋”或“同构”的一面），又有着被权力排斥的因素。更应该引起重视的是，90年代小说在对“个体”和“私人”书写中所显露出来的对权力（包括政治权力和市场权力两方面）的自觉不自觉地疏离和排斥，因为它对公共生活没有或只有转瞬之间的兴趣。从这个意义上说，它又参与了20世纪90年代权力地形图的绘制。

“人”是特定历史的产物，它为历史所生产，也参与历史的生产和再生产。90年代个体自我的存在状态与80年代对“人”和“个体”的理想化设计有着内在的关联。相对于“当代文学”中“人”的失落，80年代“人”的设计是历史的触底反弹，其意义不可低估，但对其局限也不能轻视。因此，80年代与“历史”构成了第一个辩证，90年代与80年代构成了第二个辩证。90年代小说自我认同的危机提醒我们必须对二者（包括“历史”）进行必要的反思，因为历史是人/个体全部经验和认知的来源，其全部经验和认知都无法与历史相剥离。

① ［英］安东尼·吉登斯：《现代性与自我认同》，赵旭东、方文译，王铭铭校，生活·读书·新知三联书店1998年版，第231页。

第二章

中国现代性悖论与知识分子的言说困局

——20世纪90年代以来小说叙事的认同危机（上）

"现代性"是20世纪中国文化与文学的统摄性意识形态。诞生于中国现代性悖论语境中的中国知识分子是中国现代性问题的突出个案呈现，近百年中国历史与文学的生成、嬗递及其形态是知识分子的认同焦虑的叙事表征。20世纪80年代以来知识分子由"立法者"向"阐释者"身份的变奏及其写作的沉浮，本质上也正是中国现代性悖论的历史性展开。在此论域中，对知识分子进行谱系学考察，揭示中国知识分子的悖论性精神构成，重提知识分子及其叙事的公共性和反思性品格，是一个具有重大意义的绝对文化难题。

第一节　现代性与知识分子："中国现代知识分子"考古

从根本上说，知识分子的出现是一种典型的现代现象，正是现代性创造了知识分子赖以产生和发挥其独特功能的条件与空间，同样，也正是知识分子的持续反思与批判进一步推进了现代性的无限扩张，并加强了现代性的自我反思性品格。正如张汝伦先生所指出的："知识分子是现代性的特有产物，离开现代性的特殊语境与问题，知识分子问题得不到合适的说明。知识分子与现代性之间存在着一种内在的紧张。他们既依附于现代性的种种机制与结构，并且促进了现代性的统治，但仍有某种独立批判的可能性。"① 而自从"启蒙时代"以来，作为新的世界体系生成的重要内推力的"现代性"，则被指称为一种持续进步的、合目的性的、不可逆转的

---

① 张汝伦：《知识分子与现代性的共谋关系》，《文汇报》2002年12月17日。

宏大历史进程。作为代表着人类最广泛而又无限进步的价值理念，现代性就是知识阶层在普遍地反思和批判地运用知识的过程中逐步建构起来的，它蕴含着知识精英变革现实和改造世界的强烈愿望。按照吉登斯的理解，社会科学与现代性关系最为密切，“因为对社会实践的不断修正的依据，恰恰是关于这些实践的知识，而这正是现代制度的关键所在”[①]。正是社会科学对人类和社会发展的概念、规律、经验性的描述，以及这些概念、规律、经验性结论的常识化、普遍化和社会化，使知识分子参与到现代性的建构中从而推进了现代文明国家、社会制度和生活形态的建立。正是知识分子和现代性之间的这种复杂互动的关系，加之中国知识分子的地域特性，使“知识分子”成为一个近年来国内学术思想界颇具争议的热点话题。

作为一个外来词，“知识分子”的来源主要有两个，分别是19世纪的俄国和法国。[②] 在19世纪末20世纪初出现的时候，知识分子的内质及使命是：“意在重新确认知识分子在启蒙时代与知识生产和传播相联系的那些普遍关怀（global concerns）和社会中心性，呼唤知识分子越出种种只有局部利益和局部关怀的专业飞地，复兴‘知识人’（men of knowledge）体现和践行真理（真）、道德价值（善）和审美判断（美）的‘集体记忆’或传统，赋予知识分子站在党派分歧和世俗宗派利益之上，以理性的

① ［英］安东尼·吉登斯：《现代性的后果》，田禾译，黄平校，译林出版社2000年版，第35—36页。

② 阿尔文·古尔德纳：“‘intelligenty’（知识人）这个词于19世纪60年代出现于俄国，指的是一群受过良好教育、爱批判现状的自觉的精英；‘intellectual’（知识分子）这个词则是通过抗议法国政府迫害德雷弗斯的《知识分子宣言》而流行起来的。”（参见阿尔文·古尔德纳《新阶级与知识分子的未来》，杜维真等译，人民文学出版社2001年版，第61页）雷蒙·阿隆则认为：“知识分子一词似乎是在俄国最早使用，适值19世纪：那些已从大学毕业并接受了本质上源于西方的文化的人，组成了一个人数较少且独立于传统分类的团体。他们从贵族家庭出身的军校学生、小资产阶级甚至富农的子弟中吸纳新人；这些摆脱了原有社会的人，通过已获得的知识和对现存秩序的态度感觉到彼此之间是一致的。”（参见雷蒙·阿隆《知识分子的鸦片》，吕一民、顾杭译，译林出版社2005年版，第216页）以赛亚·柏林在其名著《俄国思想家》一书中，专门讨论了俄罗斯知识分子概念演变及其实践过程。他认为，“知识分子”一词的创造，是俄罗斯知识界的一大贡献，而别林斯基、屠格涅夫、巴枯宁、赫尔岑等是真正的创始人。柏林还认为，应严格区分“知识阶层”和“知识分子”两个概念。（具体内容可参见《俄国思想家》中“辉煌的十年”部分及该书中文译者彭淮栋第144页之“译者注”，译林出版社2001年版）

名义向国民发言的权利和义务，使之成为最佳代言人和道德权威。"① 这是依托于哈贝马斯"公共空间""公共领域"（public sphere），呼唤在国家和市民社会之间关怀并影响公众的知识分子。也即，从词源学意义上讲，现代知识分子指的是那些凭借独立精神和自由意志，借助知识和精神的力量，对社会表现出强烈的公共关怀，体现出一种公共良知和社会参与及介入意识的文化人及文化群体。其内质如萨义德所表述："知识分子是具有能力'向（to）'公众以及'为（for）'公众来代表、具现、表明讯息、观点、态度、哲学或意见的个人"，敢于"质疑权威"和"对权势说真话"②。它不仅仅是学历的、职业的描述，而且是独立的精神性主体意识，是一种牺牲精神和担当勇气，是一种超越个人利益的公共关怀。知识分子在资本主义上升期相对自由、民主的公共空间中，依靠自身和社会健全的理智与善意建立起理性规范，依据普遍真理向公众发言。此时，知识分子的话语言说不仅作为自我确证和表达人性诉求，更是作为反抗国家专制统治和等级社会的有效武器。当时的文学知识分子实际上成为推动时代的先进阶级——中产阶级自身解放运动的先驱者，担当的是启蒙意义上的知识分子角色。

西方历史文化中对"知识分子"内质的确定无疑带有西化、理想化和本质化色彩。要谈论"中国知识分子"，特雷西的观点颇具启发："对语言进行诠释意味着发现自己置身于被人称为历史的偶然性之中"，"语言与历史不可分解地交织在一起"，"我们不可避免地是由我们生于其中的历史造就和形成的"。③"知识分子"作为一种叙事或话语，是一种福柯所谓的"陈述的整体"："说话的实践是一个匿名的、历史的规律的整体。这些规律总是被确定在时间和空间里，而这些时间和空间又在一定的时代和某些既定的、社会的、经济的、地理的或者语言等方面确定了陈述功能

① 昌切：《谁是知识分子——对作家身份及其功能变化的初步考察》，《文艺研究》2005 年第 2 期。

② ［美］爱德华·W. 萨义德：《知识分子论》，单德兴译，生活·读书·新知三联书店 2002 年版，第 16—17、74、78 页。

③ ［美］特雷西：《诠释学·宗教·希望：多元性与含混性》，冯川译，上海三联书店 1998 年版，第 107 页。

实施的条件。”[①] 这里所说的“话语”就是指一种历史整体的意识形态的陈述，其理论抽象性和理论统一性，使我们很难对研究对象（“知识分子”）进行有效的分析与研究。因此，有必要将其历史化、语境化，还原到具体的本土历史脉络中。事实上，由于中国知识分子特定的历史（前世）、地域特征和现实社会文化语境（今生），我们对中国知识分子的身份认定和阐释，不得不持谨慎的态度。

中国现代知识分子的出现同步于中国现代性的发生。中国现代意义上的知识分子伴随着一系列痛苦而无奈的现代性进程而生成。它在中国历史中的所扮演的角色、所处的地位、所发挥的功能和所遭遇的命运也就有其独特性和复杂性。

中国现代知识分子有两种思想和人格资源：一是中国传统的“士”的品格。余英时先生在研究中国知识分子的“原始形态”时，曾经指出，中国知识分子起源于战国时代的“游士”，他们恪守“士志于道”的文化传统——“士不可以不弘毅，任重而道远”（《论语·泰伯》）。居于四民之首的“士”是中国知识分子的前世和原型。据此，余英时先生认为：“如果依据西方的标准，‘士’作为一个承担着文化使命的特殊阶层，自始便在中国史上发挥着‘知识分子’的功用。”[②] 这与杜维明先生对“士”之功能的理解不谋而合：“儒家学者在公众形象和自我定位上兼具教士功能和哲学家作用，迫使我们认为他们不仅是文人，而且还是知识分子。”[③] “士”的存在与地位由“道”所维系和规定。对于“士”来说，“道”是至关重要的精神义理。“士”通过对“道”的学习与修行，塑造自身的精神人格，并由内及外地转化外部世界，以创建“修齐治平”的伟业。但自汉代“独尊儒术”以后，历代统治者都奉“孔孟之道”为正统，一直延续下来。“帝王辅弼”这一政统给“士人”的道统所确定的位置大体上如此。漫长的大一统文化建制对灵魂和精神的浸透，塑造了中国知识分子一种根深蒂固的、有别于西方传统的历史性格：依附型人格和文以载道的理念，这使得中国知识分子的身份认同带有鲜明的中国特色。如

① ［法］米歇尔·福柯：《知识考古学》，谢强、马月译，生活·读书·新知三联书店 1998 年版，第 150 页。

② ［美］余英时：《士与中国文化》，上海人民出版社 1987 年版，第 14 页。

③ ［美］杜维明：《道·学·政——论儒家知识分子》，钱文忠、盛勤译，上海人民出版社 2000 年版，第 11 页。

张汝伦所说："中国古代的士虽然不同于现代意义上的知识分子，但'以天下为己任'的传统却深入世世代代读书人的心灵。处士横议，议的就是天下之事。士志于道，士是道的传承者和维护者，'天下有道，以道殉身；天下无道，以身殉道。'（《孟子·尽心上》）这个传统比西方的知识分子定义更多地影响了现代中国知识分子的自我认同。"[①] 但在中国历史文化传统中，"'道'的存在并不能通过具体的、客观的形式来掌握。它既不化身为人格性的上帝（Personal God），也不表现于教会式的组织；而只有靠以'道'自任的个人——知识分子——来彰显。……这样一来，个人在'道'的实现过程中所承担的责任便异常沉重。"[②] 知识分子以"道统"高于"政统"而守道自重，以"王师""官师"自居，而没有发展出独立于政治之外的价值体系。统治者为维护王权的合法性，往往以道统为引导，征用"士"所拥有的丰富的符号象征资源。道统由此而成为维系古代人文知识分子的中心地位的桥梁与纽带。也因此，在道统与政统的合作中，一方面，儒家学者凭借符号资源对政统进行道德化阐释和合法化论证，"儒家的道德价值经常被政治化，为残暴的极权统治服务。同时，儒家的政治道德化成了中国政治文化的显著特征，儒家符号以极权主义施控的意识形态为形式而政治化，一直是中国政治史的最重要的传统"[③]。在中国传统政治文化中，儒家知识分子成为持异见者的可能性极小，因此"历史上，中国知识分子是统治机器政治体的一个组成部分。尽管少数统治者和文化精英之间存在着紧张，但是，科举制度（儒家对传统中国社会流动性的贡献）却使文人可以跻身官僚体制的上层。结果，政治不仅被视作一种权力游戏，而且还是符号控制的练习"。[④] 另一方面，在统治者的现实权力结构、权力规范、政治运作与知识分子赖以安身立命的道统理想之间，也存在着难以弥合的裂痕，这也成为历史上知识分子以道抗势、命运多舛的重要原因。

中国现代知识分子身份认同的另一个资源是西方知识分子的启蒙主义理念和品格。启蒙主义以人本主义、个人主义和理性主义的原则，张扬人

① 张汝伦：《知识分子与现代性的共谋关系》，《文汇报》2002年12月17日。

② ［美］余英时：《士与中国文化》，上海人民出版社1987年版，第122—123页。

③ ［美］杜维明：《道·学·政——论儒家知识分子》，钱文忠、盛勤译，上海人民出版社2000年版，第11页。

④ 同上书，第177页。

的自由意志，打破信仰主义对人的禁锢，激活人的人性情感和理性思维，增强人的理性能力和道德感，重建生活的社会秩序和符合人自身的道德价值，通过科学与民主以达致自由的真正获得。很显然，这一对知识分子的现代定义已超出了中国“士”的范畴，彰显出知识分子身份的现代性意义：知识分子是社会的良心，是人类的基本价值，是理性、自由、民主、博爱等现代性价值的守护者，即使其具有某种特殊的社会身份，他也应该为国家、社会以至世上一切有关公共利害之事承担超越个人及其所属小集团私利的道义责任。这种近乎于绝对的道德律令，强调的是知识分子的独立精神和道义承担。

正是以上两种资源塑造了现代意义上的中国知识分子。问题是，虽然中国古代以“道”自重（self-esteem）的士阶层与西方知识分子精神存在一定的契合之处，但是，“西方近代的‘知识分子’在思想上与希腊哲学和中古基督教都有渊源，其最直接的依据则是‘俗世化’的历史发展……由于中国文化没有经过一个彻底的宗教化历史阶段，如基督教之在中古的西方，因此中国史上也没有出现一个明显的俗世化运动”①。最为重要的是，中国古代知识分子安身立命的“道”所内含的是人间品格，其人文主义是一种世俗人文主义，他们所持守的是“人道”而非“天道”，他们面临的是政治秩序的建构。“这就使得他们既有别于以色列先知的直接诉诸普遍性、超越性的上帝，也不同于希腊哲人对自然秩序的探索。因此之故，中国知识分子一开始就和政治权威发生了面对面的关系。”② 中国“士”阶层因对政治的过分依附，其安身立命的“道”与现实世界的“人伦日用”之间存在着一种不即不离的关系，他们无法拥有健全的人格与理性也就成为一种必然，恰如雷蒙·阿隆所认为的那样：“中国士大夫维护和阐明赋予自己显要地位和使等级制神圣化的理论学说，这种学说更多的是道德伦理，而不是宗教学说。”③ 同时，生活在现代性社会语境中的中国知识分子，同样无法脱离各种现代性条件的种种制约，虽然他们以现代西方意义上的知识分子而非中国传统的“士”自期，

① ［美］余英时：《士与中国文化》，上海人民出版社 1987 年版，第 11 页。

② ［美］余英时：《中国知识分子的古代传统》，载祝勇《知识分子应该干什么》，时事出版社 1999 年版，第 23 页。

③ ［法］雷蒙·阿隆：《知识分子的鸦片》，吕一民、顾杭译，译林出版社 2005 年版，第 217 页。

但中国现代性的独特性、本土性，使其无法符合前者，他们所表现出来的种种缺憾，却是现代性与知识分子之间及中国现代性内部之矛盾冲突的现实显影。

第二节　中国现代性悖论与知识分子的认同困境

在由传统社会向现代社会转型的过程中，中国知识分子起到了先驱者的积极引导和推动作用。可以说，是知识分子在实现自身现代性转型的同时，将西方现代思想文化理念撒播于整个社会，促进了中国社会历史的转型。如果说“现代化”（modernization）“倾向于把现代社会的成长视为‘自然’或‘可欲’的过程①，那么‘现代性’则是个体—群体心性结构及其文化制度之质态和形态的变化”。② 在刘小枫先生看来：“社会经济结构、个体心性结构、文本观念结构之转形是‘现代性’这一晶状概念的三项主要棱面。知识分子作为一个社会阶层的形成，是现代化社会转形的结果，指以知识的买卖为职业的人，他们的活动构成文化言说的空间。”③在社会巨变酝酿阶段，知识分子以其知识与思想优势承担了社会的预言者与启蒙者责任，但是随着现代性进程的深入展开，知识者先知先觉的启蒙身份开始陨落。特别是当现代性成为20世纪中国社会进程的决定性因素时，我们无法否认知识分子启蒙身份的获得与陨落以及知识分子叙事的流变与“现代性的后果”有着无法割舍的内在关联。陶东风先生认为：“20世纪中国文化的几乎所有特点、中国知识分子在价值选择上的几乎所有困境与尴尬，差不多都可以归结到一点：现代性冲击所带来的中国文化与知识分子的认同危机（身份）危机。”④ 五四现代知识分子启蒙话语的选择正是“导源于‘落后’的焦虑情结”，“来自渴求超越历史、迅速自我更新的理想”。⑤ 他们以狂飙突进的精神横扫一切传统文化，试图建构以西方话语为唯一参照的现代社会文化体制与价值体系。但当启蒙者在现代性焦虑的推动下建构起中国现代性的集体想象之后，他们面临着更为棘手的

① 王铭铭：《社会人类学与中国研究》，生活·读书·新知三联书店1997年版，第282页。

② 刘小枫：《现代性社会理论绪论——现代性与现代中国》，上海三联书店1998年版，第3页。

③ 刘小枫：《这一代人的怕和爱》，生活·读书·新知三联书店1996年版，第179页。

④ 陶东风：《社会转型与当代知识分子》，上海三联书店2001年版，第6页。

⑤ 陈晓明：《现代性与文学研究的新视野》，《文学评论》2002年第6期。

问题，如西方思想与传统认同，主义信仰与启蒙理性，人道主义与个性解放，天理与公理，乡土与国际，民族与普世，“国民”与“世界人”，自由主义与民族主义、独裁主义，民族国家自主权与跨国公司权威之间的冲突，等等。现代性进入中国必然面临着本土化语境化问题，而本土化语境化是否又存在着被中国文化这一个“大酱缸”污染、扭曲、变形和同化的问题？撼动五千年超稳固的文化秩序谈何容易！启蒙知识分子不但没有发展出与西方现代性相似或足以与之抗衡的文化价值系统与文明形态，而且自身也因现代性方案的未完成性或遥遥无期而遭受炼狱之火的灼烧。知识分子现代性认同危机的发生，不仅影响着“知识分子人格与思维方式的基本形构，使中国的文化建构始终无法摆脱悖论性的命运，同时也使中国知识分子的心理一直处于自卑与自负（自恋）的奇特的矛盾组合中”。[①] 即使刚健冷峻如鲁迅也只能在一个狭窄逼仄的“公共领域”中建构其批判性言论文化空间。他的彷徨无地，他的反抗绝望，他的充实与空虚，何尝不是这种认同危机的心灵投影？魏连殳式的痛苦何尝不是作者的心声？

现代性是笼罩百年中国历史的整体性意识形态。20世纪中国文学最初的形态和最终的使命都是在中国现代性这个场域中生长、展开的。历代优秀知识分子都是在现代性意识的催动下履行着神圣的职责。20世纪20年代末至30年代以来，“救亡”话语覆盖“启蒙”话语成为中国现代性新的历史形态。中国现代性以“反现代性的现代性”形态开始了新的历史叙事。知识分子也主动或被动地对自我认同进行相应的调整。应当看到，他们投身民族解放、阶级解放的行动，促成了中国现代性的阶段性成果，建立了独立自主的现代民族国家，其认同重构的历史功能，正如国外研究者指出的：“今天，除非得到知识分子在政治和文化上的训诲指导，单靠农民的不满而导致推翻政权或者引发重大的财富转移的革命，几乎是不可能的。”[②] 同样，不可否认的是，当初魏连殳的痛苦变成了蒋纯组（路翎《财主的儿女们》）的痛苦、江玫（宗璞《红豆》）的感伤、露莎（韦君宜《露莎的路》）的悔怨、于永泽的猥琐与林道静的狂喜（杨沫《青春之歌》）。在革命激进主义话语、民族主义话语、集体主义话语中，自由主义、个人主义是被忽略乃至

---

① 陶东风：《社会转型与当代知识分子》，上海三联书店2001年版，第10页。

② ［美］阿尔文·古尔德纳：《新阶级与知识分子的未来》，杜维真等译，人民文学出版社2001年版，第3页。

压抑的。在工农兵话语体系中，“知识分子”的本质是空洞化的，其位置及功能亟须超级能指的赋予和指派。从这个意义上讲，几乎所有经典革命知识分子小说都具有显在或潜在的“成长”叙事模式。

当我们从更深广的历史时段来考察“新时期”作家认同建构及身份功能嬗变时，不难发现，中国现代性的悖论性语境，决定了中国知识分子悖论式的生存状态、价值理念和精神结构。这种悖论从近代、现代一直延续到当代知识分子的存在与写作中。在这一大的历史条件下，尽管“文革”后意识形态观得到了彻底的改变和重组，曾经处于被否定、被批判地位的知识分子重新被授予了辅国济世的角色认同，但“新时期”初期政治、文化的高度整合性也使知识分子难以建立自己独立的话语体系和言说空间，知识分子仍处于国家文学体制的严格控制之下，国家的现代性文化想象和文化意志要求作家为“新时期”的社会政治实践进行合法性论证，并以其文学叙事实践进行广泛的社会动员，为达致这一目标而对文艺活动进行严厉规约，这在很大程度上影响了“新时期”知识分子写作的基本面貌和历史命运。如微拉·施瓦支所指出的：“一旦知识者被‘中国化’，他们就不能积极有力地投入启蒙，不能有效地发出警告：中国人还没有从封建文化中得到完全的解放。”① 国家的社会主义文化领导权在给予知识分子崇高的社会地位时，也赋予了文学超量的意识形态任务。

在“伤痕”“反思”小说中，与“阶级”话语相对的“自己”“自我”是“人”的代名词，“人”不仅与“人民”相同一，而且它们还共同沟通着“党”“国家”“民族”等宏大话语。在这些小说中，以“人”为中心的个体启蒙话语与以“人民”为中心的群体话语的内在纠缠，具有“五四”启蒙文学所不能涵概的中国革命现代性经验。由此，“新时期”初期小说的“个体”话语就呈现出其启蒙认同与人民认同之间的融合、冲突和对立，其认同危机就表现为它始终摇摆于群体（国家、民族、社会）与个人之间彷徨不定的困境中，大多数创作主体未能真正实现启蒙个体对群体的超越和穿越，这最终导致了其创作中深层反思的匮乏。以知识分子在政治暴力下的惨痛经历来反思苦难、传达启蒙意愿的作品，就渐渐滑向对作为“人民代言人”的知识分子的自我崇拜和对自我道德完善

① ［美］微拉·施瓦支：《中国的启蒙运动》，转引自林贤治《自制的海图》，大象出版社2000年版，第69页。

的刻意追求。同时，存在于主体想象世界中的“人民”具有某种程度的抽象性，其面目模糊难辨，“人民”更多的是在一种“品质”和“立场”的意义上发挥其政治功能、道义功能或精神寄托功能。“人民”是作家基于自己的立场、情感而进行的民众想象，是作家再塑主体、重建自我认同的合法性依据。作家们普遍对“人民”、对自己的“人民代言人”身份、对“人民”一词所内在蕴含的排斥性结构功能缺乏深刻的反思。

“改革小说”的“现代化”想象也受到“新时期”的现代化思路的深刻影响。作为一种现代性叙事，“改革小说”对历史的想象和叙述在双重意义上受制于意识形态的制约。首先，是主流政治话语的限定。在这种历史讲述语法的制约下，“改革小说”的历史叙述总体上仍然是“新时期”政治话语的一种艺术折射。其次，它同样也受制于把“现代化”作为一种精神信仰而非作为一种意识形态从而进行必要的反思和省察。“改革小说”中现代性话语对历史的“断裂”性叙述，与对现实的浪漫化处理相辅相成，其背后则是对历史上“社会主义文化/文学”遗产的改写式继承。这种群体性认同在“寻根小说”中发挥到了极致，并从此破解为“先锋小说”个体化的形式探索。

通过上述分析可以看出，“新时期”初期文学叙事的现代性追求从一开始就隐含着知识分子独立品格的匮乏，个人自我主体的发展和解放并没有成为文化重建的中心，自我价值的实现亦遭到相当的忽视。“文革”时代的思维模式和文学叙事并没有太大的改观。

不过，也应看到在“新时期”初期小说中，知识分子的独立品格毕竟从国家化、集体化的状态中解脱出来，摆脱了持续多年的批判话语的规训、监督与驯化，在专业知识、公共关怀、现代知识的建制与传播、现代公民社会与民主政治的建构等方面，延续了中国知识分子的现代传统。可以说，在20世纪80年代的启蒙狂飙中，知识分子的道义承担的独立性和理性批判精神引领时代风气之先，他们在试图以“国师”“立法者”的身份建构一定历史语境之内的共同体的公共价值。

第三节　“无神”时代知识分子的认同危机

20世纪80年代中期尤其是90年代以后，知识分子的自我认同受到来自三个方面的巨大挑战。

第一，随着市场社会的出现，知识分子的地位、价值和尊严受到轻佻的嘲弄或严峻的挑战，被迅速边缘化，启蒙者成了启蒙（和市场）祭坛上的牺牲。如果说此前中国知识分子启蒙认同危机源自东/西、传统/现代、愚昧/文明的二元对立，那么当中国历史进入“新时期”以后，当代知识分子境遇的变化恰恰体现为“现代性的后果”。虽然国家的结构和政治性的象征系统维持不变，但主流意识形态的强制性要求在很大程度上已隐身幕后，新的意识形态和话语范型尚未形成，这使得市场经济和消费伦理迅速占领了社会舆论和大众生活的公共空间。曾是人文知识分子热切呼唤对象的现代化，却给人文知识分子带来了极为“不利”的后果。诚如汪晖所言：“中国的启蒙主义面对的已经是一个资本化的社会：市场经济已经日益成为主要的经济形态，中国的社会主义经济改革已经把中国带入全球资本主义的生产关系之中，在这一过程中，国家及其功能也相应地发生了虽然不是彻底的、但却是极为重要的变化。资本主义的生产关系已经造就了它自己的代言人，启蒙知识分子作为价值创造者的角色正面对深刻的挑战。”① 知识者作为启蒙者、“立法者”、预言家、“普遍知识分子”的神圣光环正在消失。他们一面慨叹于整个社会的物欲横流、价值失范，一面不得不承受无法逆转的现代性洪流的冲击。吊诡的是，启蒙理性所设计的现代化图景不仅并未合逻辑地展开，反倒是设计者自身遭到了大众文化、市民文化、消费文化等市场意识形态的无情解构，实利原则、快乐原则与现实原则取代了理想主义、浪漫主义与英雄主义。王蒙的“躲避崇高”、王朔的“玩主姿态”、刘震云的“贱民视角”、池莉从“灰色人生到都市传奇”的叙事转型等，显示着大众话语与精英话语之间再无对立的鸿沟，文学消费完全合理化、合法化。

第二，西方后现代文化哲学的引入，进一步将知识分子启蒙话语推进无人喝彩甚至无人倾听的境地。20 世纪下半叶，以福柯、利奥塔、德里达为主要代表的后现代主义对现代性与人的主体性采取了全盘否定的态度。在后现代主义思想家看来，人的主体性观念是现代工业社会的旧观念，支撑西方现代化的主体性原则只是一种虚幻的“神话”，没有任何实际意义。罗蒂认为：“‘主体性’原则只是现代的某一方面，为了这一方

---

① 汪晖：《当代中国的思想状况与现代性问题》，载汪晖《死火重温》，人民文学出版社 2000 年版，第 66 页。

面，一群孤立的圣职人员奋斗了二三百年，但却对欧洲国家实现启蒙理想的成败没有产生重大的影响。”① 贝尔从分析“后工业社会”的文化特征出发，认为在这个新时代中，现代性的主体已经消失了，主体性已经终结了，人的“自我本质在消除个体自我（ego）的努力中”“解体”了。② 德里达写了《人的终结》一文来表达其消解主体性的思想。多尔迈揭示“主体性的观念正在丧失着它的力量”。③ 后现代主义对主体性的消解形成了巨大的声势，主体性被送上了被告席并被宣判“死刑”。

后现代主义主要从以下几个方面对“人”进行消解，以便彻底摧毁“主体性”。首先，反对主客体的对立，解构二元论。可以说，西方近现代哲学中的主体性观念，是以主客体二分模式为基础的，而后现代主义哲学家们正是从否定这种二分模式出发，来解构人的主体性。他们认为，主客二分是西方传统形而上学思想方法即一正一反的二元模式的产物，这种二元模式纯粹是人虚构出来的，是西方哲学步入迷途的根源。二元论不仅为人们设定了一个确定的客体，而且通过各种方式引导人们去达到对客体的控制与征服。他们甚至把人类思维一切错谬的根源，以及人类实践一切错误的根源皆归结为主客二分。因而，在他们看来，要消解主体性，必须跨越主体，消解主客二分。后现代主义哲学家德里达关于摧毁逻辑中心主义的论述，罗蒂关于否认观念作为自然之镜的论述等，都“破坏了他们认为是西方智力传统中普遍存在的二元论”。④ 后现代哲学从现代社会中二元论与主体性的互动以及在互动中互相论证、互相激发的逻辑事实出发，认为解构了主客二元对立结构，就使主体失去了藏身之处；而瓦解了主体，也就使二元论失去了客观意义。其次，消解理性主义。在某种意义上来说，人的主体性是由人的理性至上性所造就的。后现代主义认为，随着现代性主体原则的盛行，现代化进程的加速，理性必然占据统治地位，从而陷入理性主义。因此，消解理性主义就成为后现代主义消解主体性的重

---

① 王岳川、尚水编：《后现代主义文化与美学》，北京大学出版社 1992 年版，第 66—67 页。

② ［荷］汉斯·伯顿斯：《后现代世界观及其与现代主义的关系》，载佛克马、伯顿斯编《走向后现代主义》，王宁等译，北京大学出版社 1991 年版，第 57 页。

③ ［美］弗莱德·R. 多尔迈：《主体性的黄昏》，万俊人、朱国钧等译，上海人民出版社 1992 年版，第 1 页。

④ ［美］约翰·墨菲：《后现代主义对社会科学的意义》，载王岳川、尚水编《后现代主义文化与美学》，北京大学出版社 1992 年版，第 168 页。

要任务和必然走向。德里达对逻各斯的藐视和逻辑中心主义的批判充分说明了这一点。福柯对理性主义的批判更为彻底，他采取人类科学的历史写照的形式，对理性、对自古希腊以来从认识论来定位的真理观和理性主义给予了彻底的批判。在后现代主义看来，理性只是一种权力并且不具有中心位置，因此，颠覆理性主义是具有合理性的，而一旦粉碎了理性主义的基础，现代主体性最终也就必然会被瓦解了。再次，瓦解线性进步观。历史进步论是西方现代性历史概念中的基础概念。"现代性"的概念错综复杂，富有争议，但有一点是明确的："只有在一种特定时间意识，即线性不可逆的、无法阻止地流逝的历史性时间意识的框架中，现代性这个概念才能被构想出来。在一个不需要时间连续型历史概念，并依据神话和重现模式来组织其时间范畴的社会中，现代性作为一个概念将是毫无意义的。"① 现代性是以线性不可逆的进步论历史时间意识作为根基的，二者互为表里关系。后现代主义哲学认为，由于过于迷信主体力量的强大和人的理性的无所不能，因此，在现代社会流行的是一种线性的连续进步观。这种线性进步观其实只是粉饰现代性、张扬主体主义的借口，它滋生出人类的自大情绪，"人类中心主义""主体主义"就是这种观念的具体表现。因此，后现代主义认为要消解主体性，必须消解线性进步观。福柯把线性进步看作传统思想家杜撰出来的神话，把片面相信社会必然进步看作一种"乌托邦式思维"。利奥塔则认为进步观学说出现了"叙述危机"，即一切所谓的"宏大叙述"诸如人类进步的学说、意义的阐释学、财富的创造学说等统统失去了各自原有的可信度。罗蒂通过对哲学语言学转向的研究，指出决定人行动的，乃是人的欲望，而"真理"等宏大观念，不过是人类欲望是否达到满意程度的"名词化"的形容词。因此，这个时代"将不存在任何称作哲学家（大写）的人，因为已经没有人能说明文化与实在的关系"。② 后现代主义力图通过消解线性进步观，而瓦解人类对主体性所持的盲目乐观与迷信。总之，后现代主义通过消解二元对立，摧毁了人的主体性的前提；通过消解理性主义，摧毁了人的主体性根基；通过

① ［美］马泰·卡林内斯库：《现代性的五幅面孔》，顾爱彬、李瑞华译，商务印书馆 2002 年版，第 18 页。

② ［美］理查德·罗蒂：《后哲学文化》，黄勇译，上海译文出版社 1992 年版，第 13—15 页。

消解线性进步观，摧毁了人的主体性的理想。由此，人的主体性在后现代主义这里遭遇了最大的冲击，并面临着被彻底消解的危险。

“先锋小说”的“叙事圈套”“叙事迷宫”“叙事空缺”“叙事重复”，让我们看到了“人”的解体和“人”被“叙事”“结构”控制、支配的完全被动地位，看到了对人道主义的反叛和解构。在承“先锋小说”余续的“新历史小说”中，“结构”而非“人”成了历史的主角；“历史”的线性时间性被“结构”的空间性彻底替代；历史叙事的稳定性、渐进性、连续性、必然性、决定论被偶然性、不确定性、不连续性、无序性、断裂性所取代，“关于历史的那种伟大的生物学神话（指把历史看成一种逐步进化的有机过程的观点）”[1] 被彻底祛魅。“新写实小说”“新生代小说”则弃经典现实主义元叙事模式如敝履，以小叙事、片段叙事对总体性思维进行悬置、缩减、分割、瓦解。启蒙理性及其所注重的“真理”“综合”“体系”所有这些曾经伟大的事物都遭到了严重的质疑。“个人化写作”“身体写作”则关注放任自然本能的纵欲时刻，文本中充斥着种种非理性体验和欲望的野蛮发泄。凡此种种，全面体现出 80 年代中期以来小说叙事质疑宏大叙事、质疑启蒙理性、质疑人文主义的后现代文化倾向。

第三，20 世纪 90 年代的知识谱系由 80 年代的外部启蒙（反思传统文化和现实政治体制）转向内部自我启蒙，转向对启蒙的自我反思。知识分子不再以当代文化英雄与价值的塑造者自认，其“天职感”开始被“志业感”所取代，“普遍知识分子”转向“专业知识分子”。这一标志着 80 年代“新启蒙”运动解体的转变自有其必然性，也完全符合历史发展的逻辑，是现代性悖论的呈现，也是现代性自身紧张和冲突的结果。20 世纪 90 年代后知识分子面对的真正问题不再是要不要现代性，因为现代性是所有启蒙知识分子的共同诉求，而是要怎样的现代性。这就是问题的关键：现代性本身充满了矛盾、冲突和悖论，它从来就不是一个纯粹的、单一的思想体系。这一新的发现，促使知识分子反思现代性，反思启蒙。当现代性问题意识发生改变之后，对启蒙和现代化的理解也相应发生了变化[2]。

---

① ［美］詹姆斯·米勒：《福柯的生死爱欲》，高毅译，时报文化出版公司 1995 年版，第 283 页。

② 对这一变化的分析可参见许纪霖、罗岗等著《启蒙的自我瓦解：1990 年代以来中国思想文化界重大论争研究》“总论”部分，吉林出版集团有限责任公司 2007 年版。

20世纪90年代初的“躲避崇高”“人文精神”大讨论，“二王”之争，葛红兵“为20世纪中国文学写悼词”等事件，无不显示出知识分子在自我的定位、功能与认同建构等问题上的分歧。

王蒙的《躲避崇高》无疑是考察20世纪90年代知识分子作家文化心态和精神状况的标志性文本之一。从中我们可以看到在一个市场化、世俗化时代来临后，现代世俗个体对既往神圣宏大叙事话语权威的消解：“我们大概没有想到，完全可能有另外的样子的作家和文学。比如说，绝对不自以为比读者高明，而且大体上并不相信世界上有什么太高明之物的作家和作品，不打算提出什么问题更不打算回答什么问题的文学。”通过我们的叙事逻辑，我们会发现，他主要针对的，还是一体化权威政治及其革命叙事，而且即使以一体化权威政治为建构世俗个体话语的立论基础与解构对象，王蒙的态度也颇可玩味：“但我们必须公正地说，首先是生活亵渎了神圣，比如江青和林彪摆出了多么神圣的样子演出了多么拙劣和倒胃口的闹剧。我们的政治运动一次又一次地与多么神圣的东西——主义、忠诚、党籍、称号直到生命——开了玩笑……是他们先残酷地‘玩’了起来的！其次才有王朔。”① 由此可见，尽管王蒙试图通过对王朔的定位，曲折地表述自己颠覆一体化权威政治及其革命叙事，赞赏世俗性现代个体书写的意图，但另一方面，王朔的创作本身，就有对世俗性个体精神突破力的圆滑规避，如王蒙所言“智商满高，十分机智，敢砍敢抡，而又适当搂着——不往枪口上碰。他开了一些大话空话的玩笑，但他基本上不写任何大人物（哪怕是一个团支部书记或者处长）”。这既让我们看到了，大众文化崛起对传统的政治和文化权威的威胁和挑战，同时，我们也会看到这种颠覆与挑战的基于特定历史和现实政治语境所形成的特色及有限性；一方面，王朔的出现，展现了世俗性个体的主体性要求，以世俗性个体逻辑对一体化宏大叙事进行一种讽刺性解构。从这个意义上讲，他为平民趣味的合法性立言，表达了对世俗利益的渴望：“我写小说就是要拿它当敲门砖，要通过它过体面的生活，目的与名利是不可分的……我个人追求体面的社会地位、追求中产阶级的生活方式。”② 另一方面，我们也可以从王朔小说中，看到他对世俗性个体原则爱情、亲情等普适性因素的追求，以及对宏大革命叙事流逝的青春追忆。正如批评家敏锐

---

① 王蒙：《躲避崇高》，《读书》1993年第1期。

② 王朔：《王朔访谈录》，《联合报》1993年5月30日。

指出的，王朔是“革命大院文化”的恶果，恰是“文化大革命”的思想专制，造成了一代人在社会转型期对知识的轻蔑[①]。进入21世纪以来，王朔的小说，一方面，仍表现出对世俗人性的诉求；另一方面，则以游走于大众通俗叙事、启蒙与主流意识形态之间的姿态，取消了启蒙个体性叙述的精神性，将之日益沦为一种中产阶级的休闲幽默与对革命符号的想象消费：“恰是在1994—1996年间，曾被视为具有政治颠覆性的、以王朔为代表的通俗文化，开始有效地参与构造中产阶级文化，或曰大众文化，至少其颠覆性因素已获得了有效的吸纳与改写。”[②]

在被称为“知识分子的自我清理和自我拯救”[③]的“人文精神”讨论中，坚持启蒙主义姿态的人文学者将中国语境下资本主义化过程中产生的问题归结为“人文精神的失落”，试图从西方哲学与中国古典哲学那里寻找终极关怀与伦理规范，最终将问题化作以安身立命为目的的道德实践。反映在文学上就是对回归自然和内心生活为特征的伦理化、道德化生存形态的迷恋与向往，最终致使理性与感性、道德与历史、审美与现实之间失去了平衡与张力。在这一“事件”中，启蒙知识分子所坚持的现实责任感及公共关怀意识被对手冠名为“知识分子最后的神话”[④]。这充分标志着80年代作为整体存在的知识分子群体开始出现分化的趋势。事实上，在“人文精神”倡导者那里，“90年代”被描述为一个“断裂”与“堕落”的时代。[⑤] 知识分子又一次遭遇了尴尬的认同危机。对此，陈思和如

---

① 袁良骏：《王朔的知识分子观》，《南方文坛》2001年第3期。

② 戴锦华：《大众文化的隐形政治学》，《天涯》1999年第2期。

③ 王晓明：《“人文精神”讨论与中国知识分子的认同困境》，载王晓明《思想与文学之间》，人民文学出版社2004年版，第60页。

④ 张颐武：《人文精神：最后的神话》，《作家报》1995年5月6日。

⑤ 蔡翔：“一个粗鄙化的时代业已到来——私利造成了私人与公共空间的矛盾和分离，为了保护这种在当下仍显脆弱的私人性，一种粗鄙化的保护方式正在盛行，有关‘公共’的各种道德规范被无情拆解，道德沦丧，今天的市场成为一个没有规则的游戏场所。”（参见蔡翔《日常生活的诗情消解》，学林出版社1994年版，第215页）曾经的新启蒙美学家李泽厚在点数了汪国真短诗、王朔小说、张中行杂著、余秋雨散文之热卖畅销、风靡一时后，不无伤感地慨叹：“本来，继革命化巨大创伤之后，商品化又漫天盖地在污染中国，这些作品谈龙说虎、抚今追昔，低回流连，婉嘲微讽；真是往事如烟，今日何似，正好适应了‘太平盛世’中需要略抒感伤，追求品味，既增知识，还可消闲的高雅心境。”（参见李泽厚《世纪新梦》，安徽文艺出版社1998年版，第531页）

是说："20 世纪知识分子最大的悲哀不在于政治上不得意，而在于自己失去了赖以安身立命之本……我们既然已经失去了传统的庇护，惟一能守住的只能是我们的岗位。"① 作为知识分子的作家也同样陷入了角色认同的困境。

费瑟斯通在《消费文化与后现代主义》中指出，消费文化有双层含义："首先，就经济的文化维度而言，符号化的过程与物质产品的使用，体现的不仅是实用价值，而且还扮演着'沟通者'的角色；其次，在文化产品的经济方面，文化产品与商品的供给、需求、资本积累、竞争及垄断等市场原则一起，运作于生活方式领域之中。"② 20 世纪 90 年代以来，身处世俗化消费语境中的文学，似乎取消了审美建构和价值理性表达的努力，更多地从市场角度，按照读者阅读心理和阅读时尚进行写作，其价值追求体现在经济利益而非思想探寻、精神建构、艺术创新与文化建设上。尽管在写作过程中难免要考虑到如何调动文学手段、如何增强对读者的吸引力等与审美相关的问题，但这一切都必须依照读者的需要来进行，按照一套大众认可的模式化的话语系统进行写作，其最终目的是获得市场效应，在这一点上与市场上的物质商品没有本质的区别。曾为先锋作家的余华、北村、苏童等也难以抗拒市场的诱惑。余华在 2005 年成为杭州市作协的签约作家之前，曾经做过 12 年完全靠稿酬生活的自由作家，20 世纪 90 年代低廉的稿酬让他不得不去写电视剧赚钱养家。2005 年发表《兄弟》时，余华坦陈："如果让我选择是出版界认可还是文学界认可，我肯定选择出版界认可。"③ "出版界认可" 其实也就是市场认可。北村曾坦率地解释自己为张艺谋写电影剧本《武则天》的原因："现在看小说的人越来越少，很多作家为了功利的原因去改变自己的写作方式，自己的定力没那么高，赶紧找一个有良心的挣钱办法。很多小说是靠电影红火起来的，拍成电影了，小说就好卖。" 作家为市场而写作可能带来的弊端就是对大众文化品位的迎合与趋附，什么畅销就写什么，怎么畅销就怎么写。市场化的受众成为作家的期待读者，市场成为创作的风向标，读者趣味成为创

① 陈思和：《试论中国知识分子转型期的三种价值取向》，《上海文化》1993 年创刊号。

② ［英］迈克·费瑟斯通：《消费文化与后现代主义》，刘精明译，译林出版社 2001 年版，第 123 页。

③ 戴靖婷：《余华：作家应该走在自己前面》，《中国新闻周刊》2005 年第 31 期。

作指南。对此，曾经的先锋作家苏童也承认，从《妻妾成群》开始，自己渐渐背离了当初“先锋文学”的道路①。

20世纪90年代以来，中国文学叙事处于“前现代传统”的束缚、“现代性”的重温与张扬、“后现代性”的预支相杂糅的境遇中，知识分子既经历了现代性追求的激情和眩晕，又领略了后现代的惶惑与失落。文学既面临着一个新的历史纪元也面对着空前的复杂性和矛盾性。“新时期共识”的破灭危机、“启蒙的终结”“知识分子之死”使知识分子普遍产生了自我认同与阐释中国的双重焦虑。文学叙事在中心/边缘、诱惑/反叛、解构/建构之间变得暧昧、游移、矛盾重重②。

应该承认，如同1985年一样，1993年在当代文化—文学史上也极具象征意味。《废都》的出版和顾城之死，给“知识分子”抹上了浓重的颓败色彩，似乎时代无可置疑地宣告了“知识分子之死”和精英文化理想的幻灭。《废都》之后，格非《欲望的旗帜》，李劼《丽娃河》，李洱《导师死了》，朱文《我爱美元》等描绘知识分子陷入精神和现实困境的作品大量涌现。徐坤的小说也对“知识分子”的精英形象进行了消解。《白话》写一群下乡锻炼的博士、硕士，他们已经丧失了用口语表达自己思想感情的能力，在乡下只是被当作简单的工具使用，是一群“被看者”；《先锋》中的几个艺术家都是赝品：人格低下、作品拙劣而又自吹自擂；《热狗》中的陈维高晚节不保；《梵歌》中的文学博士王晓明则忙于拍电视剧，编剪刀浆糊辞典，学术问题让位于经济开发。作为社会良心和理性代表的知识分子已失去了维护人类基本价值和理性、自由、公正平等的能力。小说中，知识分子的道德、人格、精神在与物质生活相关的如工作、家庭、职称、购买力、拜金主义、商业投资、男女关系等形而下的领域里经受着一次又一次的考验与洗礼。“残”“废”“畸”成了知识分子

① 董彦：《莫言王朔等被电影和电视剧而捧红的作家》，新浪网（http：//ent. sina. com. cn/2004 - 04 - 06/0852355961. html）。

② 何立伟谈道：“作家者，人类灵魂之铸匠也。我做不来铸匠，而且，我也没有什么思想，我简直在思想上极其平庸。”（参见何立伟《说自己》，《文学自由谈》1989年第4期）王朔自白：“我觉得咱中国的知识分子可能是现代最找不着自己位置的一群人。商品大潮兴起后危机感最强的就是他们，比任何社会阶层都失落。……现在在大众文化、通俗小说、流行歌曲的冲击下，文化上的优越感也荡然无存了。真有点一无所有的感觉。如果不及时调整心态，恐怕将来难有一席之地。”（参见王朔《王朔自白》，《文艺争鸣》1993年第1期）

留给我们的世纪背影。

知识分子的人文精神、文化理想和道统意识之所以在这一时代出现危机并非偶然，而正是因为自“五四”以来，中国的现代化进程和文学的审美现代性演进始终处于互相缠绕的困境中，始终处于“他者”话语的制导下，始终没有形成自己独立的、稳定的文化价值系统，这使他们不可避免地由“立法者”滑向“阐释者”甚至“游民”。部分深谙消费社会游戏法则的知识分子，则以欲望的生产与再生产等大众文化策略迎合受众的口味，集体的乌托邦冲动退化为个人欲望的流淌，文化英雄蜕变为欲望主角。这或许是知识分子作为叙事对象从未像今天这么触目惊心的一个重要原因。

方方的《行云流水》《无处遁逃》、旭峰的《王谢堂》、戴厚英的《脑裂》、李贯通的《天缺一角》等展现了知识分子在跻身世俗与坚守人格的两难处境中，灵魂所承受的煎熬与挣扎。刘恒的《白涡》，刁斗的《证词》，葛红兵的《沙床》，张者的《桃李》，史生荣的《所谓教授》，莫怀戚的《经典关系》，张旻的《情戒》《情幻》，格非的《欲望的旗帜》，韩东的《障碍》，朱文的《我爱美元》这些知识分子情爱叙事对性爱的本体化书写正是以知识分子主人公的欲望冲动作为叙事的原动力，将其欲望与情感的困境作为叙事中心。道德价值判断的缺席与纯粹欲望的呈示，折射出知识分子对20世纪90年代个人生存状态的非道德化判断与阐释。

任何时代总有一些不合时宜的人在坚守着道德理想情怀，经历着孤独而痛苦的内心流亡。相对于时代主导文化而言，他们是属于少数的否定性一极。但正是他们的否定性、对抗性、批判性写作，将知识分子先天的幻想性、乌托邦性张扬得淋漓尽致。在时尚性、世俗性写作蔚为大观时，这种边缘声音的制造者，同时也是一种权衡、批判和改造现实的实践者。

张炜《柏慧》《外省书》《家族》《能不忆蜀葵》等小说纠结于苦难/自由、清洁/污浊、背叛/宽容等主题，通过正义与邪恶二元对立的人物关系模式的设置，以内心辩驳与公开议论的方式表达出对时代的思索、判断与坚守。尤凤伟创作的被称为中国人的“辛德勒名单”的《生命通道》，写的是面对残暴的日军，日本军医高田与“汉奸军医”苏原，出于人道主义精神，为秘密抢救日军枪口下的中国人生命，而实施着一项不为人知的“生命通道”计划。在正史叙述中，两个人都是“国家叛徒”的角色，而正是这两个不同国籍的叛徒，为我们演绎了高尚的启蒙人道精神。他的另一篇小说《生存》，则将民族大义与村里所有老少的生死存亡之间的矛盾，尖锐地放置在抗日战争这样一个背景下，拷问人的灵魂救赎。在《泥鳅》《为国瑞叔叔善后》中，作家则把人道主义目光，投于底层民众，以悲悯情怀和深切批判，写出转型期人性挣扎的痛苦。

此外，韦君宜的《露莎的路》、李洱的《花腔》、方方的《乌泥湖年谱》、韩东的《扎根》、杨显惠的《夹边沟记事》、王安忆的《叔叔的故事》、李锐的《银城故事》与《旧址》、王小波的《黄金时代》、艾伟的《1958 年的唐吉诃德》与《爱人同志》均属于反思性叙事文本。这种反思性写作承继着并超越了 80 年代的反思精神，从不同视角揭示了一个世纪激进思潮理论与实践的脱节，给中国社会带来的心灵创伤，其断裂性意识形态冲突给历史理性进步造成的灾难性后果。他们努力规避 80 年代“新启蒙”所崇信的历史进化论，将对国民性批判延伸入国民性格的微观考察，以至人性内部的虚无与黑暗。这是一种更为深微的“反思”。

第四节　知识分子否定性写作的内在品格

“在一个贫乏的时代，诗人何为?”这一荷尔德林终生关注的问题，也应成为知识分子身份建构的思考核心，从而成就其否定性写作的沉思性品格。

仿佛任何在自反性现代性逻辑中开出“济世良方”的行为都显得滑稽可笑，但这并不妨碍我们对中国知识分子的自我认同及其叙事提出我们的真诚期待，而这种期待也包含着我们对知识分子否定性写作应该具有的内在品格的理解。

知识分子及其叙事需重建其公共性品格。在社会急剧变化的 90 年代，民族国家内部空间造成了极大的分化，社会各阶层级之间的差距越来越大。这种差距不仅是物质的，还是精神的；不仅是经济和生态环境的，也是文化和意识形态的。王晓明以上海为例，列举了经过 15 年的市场经济改革后，原有的阶层中间至少已经产生了四个新的阶层：新富人、白领、失业在家的工人、男女民工。[①] 这些阶层正大张旗鼓或悄悄地引导着文化

① 王晓明：《九十年代与“新意识形态”》，载韩少功、蒋子丹主编《失控与无名的文化现实·天涯理论卷》，云南人民出版社 2003 年版。

的生产与消费以至新的意识形态的产生。这种变化的现实，质疑着曾作为90年代文化思潮的一个总体的价值趋向的“回归个人”“个人化”等表述。作为对1989年政治创伤性记忆的反应，“个人”“个人化”“个人形象”在某段时间内是有内在深度的表达，它本身具有革命性的价值，它颠覆和消解着权威话语和主流话语，成为一道完整的想象图景上的裂隙。但是，随着对后现代的接受，“个人”越来越平面化，越来越变成对欲望的表达和释放，越来越脱离变动的现实生活，成为“私人空间”无望的呓语。如丹尼尔·贝尔所说：“小说诞生后的最初一百来年里，小说家的任务是解释社会。然而，这一任务最后证明是无法完成的。正如戴安娜·屈瑞林在试图标明小说家的当代重任时所说的那样：‘……当今小说家的任务仅仅是帮助我们弄明白与这样一个世界有关的自我，这个世界包围着我们并大有湮没自我之势’。”到了20世纪60年代中期，作品“变得越来越孤僻，小说家的声音越来越空幻了”。[①] 这与90年代之后小说创作的现状十分相像。90年代以来的文学存在着这样的情状：作家们专心讲述“我”的故事，女性就描述孤独、发现自己的身体，与男人的战争和与女人的默契；男人则虚构或回味与女人的暧昧交往，激烈的性爱和无谓的写作。细节写得很感性，整个故事却很抽象。他们就用这种方式与社会剧变保持距离。[②] “与社会剧变保持距离”的姿态曾经是一种反抗方式，但是如果过头，就会走向自己的反面。毕竟，“欲望无法作为一种更深的力量催生出新的价值坐标”。而且，在全球化的背景下，“个人”“个体性”已经失去了它曾经具有的“普遍的意义”，“随着经济、社会生活、日常文化领域里的标准化或‘美国化’，随着资本和商品对整个社会领域的占有，抽象的个人早已不是构建生活世界整体性的原子。在一个共同的宏观物质条件下，新的生活共同体需要把自己重新作为意义的基本单位塑造出来”[③]。张旭东的“把自己重新作为‘意义’的单位”在笔者看来，可能强调的就是个人背后被遮蔽的一种集体性、社会性和政治性。这些要求着

① ［美］丹尼尔·贝尔：《资本主义文化矛盾》，赵一凡等译，生活·读书·新知三联书店1989年版，第187页。

② 王晓明：《从“淮海路”到“梅家桥”——从王安忆小说创作的转变谈起》，《文学评论》2002年第3期。

③ 张旭东、薛毅：《代序　批评与历史经验——张旭东访谈》，载张旭东《批评的踪迹——文化理论与文化批评》，生活·读书·新知三联书店2003年版，第8页。

“个人”不脱离中国的现实巨变，不脱离现实的经验，个人要具有介入世界和生活的能力。

而事实是，20 世纪 90 年代以来，精英主义文学叙事呈现出越来越私人化、内心化的主导趋势，越来越不具备交往功能而使启蒙成为梦呓，文学公共性品格已丧失殆尽，其重建也势在必行。正如在 21 世纪初，李陀在反思“纯文学”时所指出的：“由于对‘纯文学’的坚持，作家和批评家们没有及时调整自己的写作，没有和 90 年代急遽变化的社会找到一种更适应的关系。很多人看不到，随着社会和文学观念的变化与发展，‘纯文学’这个概念原来所指向、所反对的那些对立物已经不存在了，因而使得‘纯文学’观念产生意义的条件也不存在了，它不再具有抗议性和批判性，而这应当是文学最根本、最重要的一个性质。虽然‘纯文学’在抵制商业化对文学的侵蚀方面起到了一定作用，但是更重要的是，它使得文学很能难适应今天社会环境的巨大变化，不能建立文学和社会的新的关系，以致 90 年代的严肃文学（或非商业性文学）越来越不能被社会所关注，更不必说在有效地抵抗商业文化和大众文化的侵蚀同时，还能对社会发言，对百姓说话，以文学独有的方式对正在进行的巨大社会变革进行干预。不过，我觉得真正严重的是，90 年代的文学批评并没有指出这一问题，相反，批评家或者以‘后现代’的名义赞扬、鼓动那些应和市场化和商品化的写作，或者和作家一道慨叹‘文学边缘化’啦、‘知识分子边缘化’啦，然后更进一步论证‘边缘化’怎样必要，怎样合理。我基本上不赞成这样的态度。还有一个更大的问题：在这么剧烈的社会变迁中，当中国改革出现新的非常复杂和尖锐的社会问题的时候，当社会各个阶层在复杂的社会现实面前，都在进行激烈的、充满激情的思考的时候，90 年代的大多数作家并没有把自己的写作介入到这些思考和激动当中，反而是陷入到‘纯文学’这样一个固定的观念里，越来越拒绝了解社会，越来越拒绝和社会以文学的方式进行互动，更不必说以文学的方式（我愿意在这里再强调一下，一定是以文学的方式）参与当前的社会变革。”[①] 作为曾经的“纯文学”创作的理论倡导者和实践者，李陀的反思具有相当的现实针对性和力度。作家是社会中人，是公民；文学是作家的思想和创造的结晶，也是作家作为公民在具体的社会环境和公共群体中与他人共同

① 李陀：《漫说“纯文学”》，《上海文学》2001 年第 3 期。

拥有生存世界的方式。作家选择文学这种方式与他人交往，不单是出于审美或艺术的理由，而且也是因为文学体现了人的公共生活和行动特征。“文学创作本身就是一种积极生活、介入与他人共同生活世界的方式。……只有当在现实公共生活中有真话要说，而且确实能把真话公开地说出来的时候，文学才能成为一种体现人的主体价值的社会行动。”① 文学叙事是社会历史的产物，只有对社会历史敞开的文学叙事，才能获得真正属于自己的激进的美学锋芒。那种将文学叙事看作没有社会、历史、文化维度的看法无疑是偏颇的。

从根本上说，导致文学“边缘化”的主要原因并非单纯的“市场化”“消费化”，而是以鲁迅为代表的中国现代文学的伟大传统——文学公共性被彻底放弃。精英主义文学叙事，为了在表征领域获得文学权力，通过对自我主体性——“纯文学”的强调为标志，而这种激烈的方式，也反过来加剧了小说的危机。因为，精英主义小说叙事对现实经验的放弃，以及对个人化的内心复杂空间的转向，不是以追求“理解”为叙事目标。在这种理念制导下的小说叙事就成为展示创作个体复杂性的舞台，一个“可写的创作”，一个没有确定答案的语言魔方游戏。因此，对知识分子及其叙事公共性品格的强调，既是对那种居高临下的以知识精英权威的否定，又是对被消费价值所替代的文学批判意识的热切期待。这就要求我们的小说叙事走出苍白孱弱的纸面虚构，重建文学与当下生活的切实、真切的联系。

王安忆曾这样比较鲁迅和张爱玲：“张爱玲的人生观是走在了两个极端之上，一头是现时现刻中的具体可感，另一头则是人生奈何的虚无。在此之间，其实还有着漫长的过程，就是现实的理想与争取。而张爱玲就如那骑车在菜场脏地上的小孩，‘放松了扶手，摇摆着，轻倩地掠过。’这一‘掠过’，自然是轻松的了。当她略一眺望到人生的虚无，便回缩到俗世之中，而终于放过了人生的更宽阔和深厚的蕴含。从俗世的细致描绘，直接跳入一个苍茫的结论，到底是简单了。于是，很容易地，又回落到了低俗无聊之中。所以，我更加尊敬现实主义的鲁迅，因他是从现实的步骤上，结结实实地走来，所以，他就有了走向虚无的立足点，也有了勇敢。就如那个‘过客’，一直向前走，并不知道要到哪里去，并不知道前边是

① 徐贲：《在傻子和英雄之间：群众社会的两张面孔》，花城出版社 2010 年版，第 223 页。

什么。孩子说是鲜花，老人说是坟墓，可他依然要向前去看个明白，带着孩子给他裹伤的布片，人世的好意，走向不知名的前面。”① 应该说，王安忆的阐述是精确而到位的。按照笔者的理解，鲁迅之所以成为卓越的思想家、文学家，之所以成为“民族魂”，一个很重要的原因，就在于其经典文本与中国历史之间的深刻嵌入关系。在鲁迅的那些杰出的思想—艺术文本背后，隐含着一个巨大的关于中国的历史潜文本。正是由于这个巨大历史潜文本的坚实存在，决定了鲁迅将对中国历史—现实的体验、思考、记忆写入文本的写作方式，也决定了通过这种历史的写作，鲁迅将自己也深刻地写入了中国的历史。从这个角度看，鲁迅确乎不仅是一位伟大的思想家，同时也是关于中国历史—文化的记忆者。鲁迅以小说、杂文、散文等各类文字传达着对中国历史—文化的深刻记忆和思考。对历史—文化的深刻记忆、体验和思考构成了作为启蒙思想家的鲁迅的思想资源、写作动力及其怀疑与痛苦的生命体验。可以说，乡土中国给予了鲁迅生命——思想的、精神和文学的生命，赋予了鲁迅博大、深沉、仁爱、诚实、坚韧、质朴、冷峻、激烈等生命品质和文化个性。鲁迅是立于乡土中国深厚、坚实土壤上的巨人，他的思考、他的知识，皆因乡土中国的滋养而获得生生不息的活力。张爱玲所缺少的恰是一位作家之所以成为思想巨人和文学巨匠所必需的。

需要说明的是，文学公共性品格的建立，并不意味着对私人经验的取消，更不意味着为某些超级话语招魂，而应该是通过私人经验、个体话语对公共性的穿越，而达到一种微妙的平衡，使自己的写作有效地介入对复杂的社会现实和社会问题的思考，并通过叙事的内在力量，从内心走向现实，从自我走向世界，从身体欲望走向升华，从单纯、精致走向深沉、深重，从琐屑、细微走向宽广、开阔，对抗消费社会审美趣味，质疑公众化的生存现实与价值秩序，超越某些大众化的经验、常识和模式化的思维。这是需要作家去深思和省察的。

与此相关的是，重建知识分子及其叙事批判性品格的必要性。在实利主义、技术主义、消费主义甚嚣尘上的当下，人/文学难免受其钳制。但文学之存在的价值和理由就在于，它用诗性视角所提供的与现实世界截然不同的另一个充满可能性的世界，这个世界遵循着与现实世界完全不同的

① 王安忆：《世俗的张爱玲》，《解放日报》2000 年 11 月 29 日。

逻辑，是一个充满着思想力度和精神力度的“陌生化”世界。文学写作意味着作家对现有符号和话语体系所建构起来的社会秩序进行必然的也是必要的质疑和挑战，意味着它是一种反世俗、反市侩的纯粹的精神实践，是一种否定庸俗的精神现状和平面化、单维化现实—思维逻辑的思想艺术实践。它需要超越大众化的经验、常识和趣味，需要以形而上的精神和心灵的终极价值来质疑和否定思想的平庸和精神的颓败。因此，马尔库塞才认为：“在其先进的位置上，艺术是大拒绝，即对现成事物的抗议。”① 纵观古今中外的伟大作家，无不具有坚实的内在精神品格，即使那些被我们视为“纯文学家”的写作，也远非“艺术技巧”“审美创造”所能涵概。在马尔克斯看来：“关于现实，我认为作家的立场就是一种政治立场。……改变那个社会的任务如此紧迫，以致谁也不能逃避政治工作。而且我的政治志趣同文学志趣都从同样的源泉中汲取营养：即对人、对我周围的世界、对社会和生活本身的关心。文学志趣是一种政治志趣，政治志趣也是一种文学志趣。两者都是关心现实的形式。”“现实应该通过文学作品尤其是长篇小说来说明。一切小说都是用来解释生活问题、人的问题的。”② 在略萨看来，小说的生命来自用人道、幸福、自由这些精神尺度来质疑人性和社会现实，通过颠覆虚饰、残缺的现实和伪造、有限的生活来揭示更为深刻的真理是文学存在的理由：“重要的是对现实生活的拒绝和批评应该坚决、彻底和深入，永远保持这样的行动热情——如同唐吉诃德那样挺起长矛冲向风车，即用敏锐和短暂的虚构天地通过幻想的方式来代替这个经过生活体验的具体和客观的世界。”③ 威廉·福克纳则认为：“我相信，人不仅能挺得住，他还能赢得胜利。人之所以不朽，不仅因为在所有生物中只有他才能发出难以忍受的声音，而且因为他有灵魂，富于同情心、自我牺牲和忍耐的精神。诗人、作家的责任正是描写这种精神。作家的天职在于使人的心灵变得高尚，使他的勇气、荣誉感、希望、自尊心、同情心、怜悯心和自我牺牲精神——这些情操正是昔日人类的光荣——复活起来，帮助他挺立起来。诗人不应该单纯地撰写人的生命的编

① ［美］马尔库塞：《单向度的人》，刘继译，上海译文出版社 1989 年版，第 59 页。

② ［哥］加西亚·马尔克斯：《两百年的孤独》，朱景冬译，云南人民出版社 1997 年版，第 132、134 页。

③ ［秘］马里奥·巴尔加斯·略萨：《给青年小说家的信》，赵德明译，上海译文出版社 2004 年版，第 6 页。

年史，他的作品应该成为支持人、帮助他巍然挺立并取得胜利的基石和支柱。”① 上述三位作家之外，近年来获得诺贝尔文学奖的作家们充分对人的现实反思，对人的生存困境的深沉忧虑，对人的终极价值的关怀及对人类未来出路的苦苦探究。托妮·莫里森融合了海明威、福克纳和魔幻现实主义手法，揭示的却是美国黑人妇女的生存困境和黑人自我的异化，奈保尔以硬朗节制、从容利落、幽默超然的叙述对殖民地知识分子精神失根、流亡问题的探究；库切对南非种族隔离主义的批判，耶利内克将性、文化、政治、权力糅合在一切，以执着的反叛精神，通过欲望、性的叙述为我们揭示了一个充满着控制与反控制、抗争与反抗争、压抑与反压抑、暴力与反暴力的阴暗与残酷的世界，深度探讨了现代人精神的焦虑、无助……

鲁迅曾如此谈到阻碍中国文艺家思想和艺术创造的“双重桎梏”：一是中国固有的“三千年陈的桎梏”，一是西方先进的文艺形式。由于我们不了解其创制的历史文化语境及历史过程，“以各时代各民族的固有的尺，来量各时代各民族的艺术”，只知“敬谨接收”，于是“又成了一种可敬的身外的新桎梏”。② 具体到90年代以来的小说叙事来看，处于这“双重桎梏”中的作家和理论批评家们，往往出于过于切近的功利主义和浅表的经验主义，而将这些具有极强的现实关怀和人类情怀的作家作品，仅仅从创作手法、艺术技巧的角度来接受“魔幻现实主义”“结构现实主义”或“意识流”，不能不说这是严重的误读，不能不承认这是一种买椟还珠的盲视和短见，特别值得我们的作家和理论批评家加以深思。反观90年代以来的欲望/性叙事，更是甘做市场意识形态权力话语的传声筒，与市场展开表情暧昧的调情。正如汪晖所指出的那样：“……市场化不是一个经济学范畴，而是一个政治、社会、文化和经济的范畴。在90年代的历史情境中，中国的消费主义文化的兴起并不仅仅是一个经济事件，而且是一个政治性的事件，因为这种消费主义的文化对公众日常生活的渗透实际上完成了一个统治意识形态的再造过程；在这个过程中，大众文化与

---

① ［美］威廉·福克纳：《在接受诺贝尔奖时的演讲》，赵永穆译，载《美国作家论文学》，刘保瑞等译，生活·读书·新知三联书店1984年版，第368页。

② 鲁迅：《而已集·当陶元庆君的绘画展览时》，载《鲁迅全集》第3卷，人民文学出版社1981年版，第549页。

官方意识形态相互渗透并占据了中国当代意识形态的主导地位，而被排斥和喜剧化的则是知识分子的批判性的意识形态。”①

无法摆脱传统思想文化的影响和误读西方思想文化的“双重桎梏”，加之当代一体化政治性文化体制对知识分子精英话语的打压及消费主义文化这一“双重桎梏”，多管齐下，极大地削弱了当代知识分子及其叙事的批判性。以90年代以来吸引了众多读者目光的历史小说、主旋律小说、新革命历史小说为例来看：其一，在凌力的《倾国倾城》《少年天子》《暮鼓晨钟》等“百年辉煌”系列，二月河的《康熙大帝》《雍正皇帝》《乾隆皇帝》等“清帝系列”等历史小说中充满着帝王崇拜、清官迷恋、皇权迷醉，充满着对灵异迷信、法术通灵、看相测字等荒诞之事煞有介事的渲染，甚至对皇帝嫔妃、太监宫女的怪异性事的津津乐道。作家的批判意识迷失于其暧昧陈腐的前现代文化价值观。其二，在“现实主义冲击波”“官场小说”“反腐小说”等具有一定现实批判性的小说中，青天意识、一把手崇拜、资本膜拜、“经济至上”等“前现代”思想观念借助“市场经济”面孔得以死灰复燃，对启蒙主义叙事形成巨大冲击。刘醒龙的《分享艰难》，关仁山的《九月还乡》，张平的《天网》《抉择》等包含着强烈的依附性的意识形态和为既得利益集团辩护的保守性，“为领导们做补充工作”。② 其三，在邓一光的《我是太阳》《父亲是个兵》，石钟山的《父亲进城》《遍地鬼子》《军歌嘹亮》《玫瑰绽放的年代》，都梁的《亮剑》等“新革命历史小说”中，我们看到的是对主流意识形态的契合，对革命历史敏感问题的刻意回避，对“革命”和“市场”的双重迎合。

知识分子及其叙事需重建其反思性品格。这里所说的“反思”，不是一次推倒重来的历史进化游戏的重演，而是包含着对以往意识形态中积极因素的“建设性挽留”；不仅是对反思客体的既定观念的突破，也是对反思主体行为本身所包含的偏见的反思，是对“历史”与“正在发生”的历史的理性反省。通过反思，真正形成心灵的“历史观”：“在它出现的那些情况中，进步仅只是以一种方式出现的，即心灵在一个阶段里保留着前一阶段所成就的一切。这两个阶段是相联系着的，不仅仅是通过相继的

---

① 汪晖：《当代中国的思想状况与现代性问题》，《天涯》1997年第5期。

② 何申：《放松一下生活》，《中篇小说选刊》1994年第4期。

方式，而且还是通过连续性的方式，并且是一种特殊的连续性。”① 知识分子的事业是批判的事业、反思的事业，在面对现实世界的种种现象进行批判性思考和艺术呈现时，他并不天然享有批评与自我批评的豁免权。对知识分子反思者自身的反思是“反思”的题中应有之义，如果缺少这种内在的自我反思冲动，其反思与批判的力度和价值是可疑的。通过反思，寻找文学叙事进入“公共领域”的有效方式，在反思中发现“文学性”的非既定性，寻找新的“文学性”，透视中国现代性的困境，使中国文学叙事能富有成效地展开对现代性的反思。

知识分子及其叙事需重建其独立性品格。中国现代知识分子的出现与中国现代性的发生是同步进行的。中国现代意义上的知识分子伴随着一系列痛苦而无奈的现代性进程而生成。中国现代知识分子有两种思想和人格资源：一是中国传统的“士”的品格，二是西方知识分子的启蒙主义理念和品格。问题是，虽然中国古代以“道”自重的士阶层与西方知识分子精神存在一定的契合之处，但是，中国古代知识分子安身立命的“道”所内含的是人间品格，其人文主义是一种世俗人文主义，他们所持守的是“人道”而非“天道”，他们面临的是政治秩序的建构。“这就使得他们既有别于以色列先知的直接诉诸普遍性、超越性的上帝，也不同于希腊哲人对自然秩序的探索。因此之故，中国知识分子一开始就和政治权威发生了面对面的关系。”② 中国“士”阶层因对政治的过分依附，其安身立命的“道”与现实世界的“人伦日用”之间存在着一种不即不离的关系，他们无法拥有健全的人格与理性也就成为一种必然。同时，生活在现代性社会语境中的中国知识分子，同样无法脱离各种现代性条件的种种制约，“他们会更愿意把自己看成是现代西方意义上的知识分子，而不是中国传统的士，但中国现代性的特殊条件，又使得他们并不完全符合上述理想化的知识分子定义。但是，他们所表现出来的种种缺憾，却更鲜明地表明了现代性与知识分子的内在紧张关系”。③ 中国知识分子的人文精神和道统意识之所以在历史转型期出现危机，正是因为自“五四”以来，中国的现代

① ［英］柯林武德：《历史的观念》，何兆武、张文杰译，商务印书馆 1997 年版，第 456 页。

② ［美］余英时：《中国知识分子的古代传统》，载祝勇编《知识分子应该干什么》，时事出版社 1999 年版，第 23 页。

③ 张汝伦：《知识分子与现代性的共谋关系》，《文汇报》2002 年 12 月 17 日。

化进程和文学的审美现代性演进始终处于互相缠绕的困境中，始终处于“他者”话语的制导下，始终没有形成自己独立的、稳定的文化价值系统，这使他们在消费经济大潮中随波逐流，无法有效地担当起社会的良心和希望以及反思历史、沉思自我的责任。

在当下社会文化语境中，“知识分子”再一次成为文学的重要话题，这也正说明了知识分子主体性和当代中国思想和文化的重建已经行至一个重要的关口。毕竟，在全球化语境中如何重铸国民的灵魂，如何走出现有的思想秩序和文化秩序，以寻求新的叙事渴望和叙事激情，如何有效激活本土/民族文化的活力，在中国现代性悖论性语境中找到新的精神价值体系，以回应全球化的挑战，不仅成为当下中国面临的一个绝大的文化难题，也是对中国知识分子的一个严峻考验。

第三章

镜像自我与语言建构的主体

——20世纪90年代以来小说叙事的认同危机（下）

作为普遍存在于当代社会语境中的一种文化心理现象，认同危机的产生和发展有着充分的现实依据与必然性，尤其是作为一个从传统农耕文明向现代工业文明乃至后工业文明转型的后发植入型现代国家，中国所受到的政治、经济、文化的冲击、震荡，更是前所未有地具有立体感和全方位。“身份要成为问题，需要有个动荡和危机的时期，既有的方式受到威胁。这种动荡和危机的产生源于其他文化的形成，或与其他文化有关时，更加如此。”① 在中国这样一个广袤而深厚的空间内，前现代、现代和后现代诸种在它的原生地历时性逻辑展开的文化因素在不到十年的时间内全面抢滩中国。

相对于以往传统型或全能型社会中自我认同的确定性和稳固性，身处“新时期”语境的中国作家的认同危机更为突出，其重建自我认同的愿望也更为迫切。在全球化时空背景下，包括民族——国家构成的变化及其功能的变迁，进步的危机、政治合法性的危机，意识形态的危机在内的政治层面的危机，包括全球化文化功能的变迁，同质文化和异质文化之间冲突和张力在生存个体心理深层的充分展开在内的文化层面的危机，尤其是个体固有的对生活意义感的丧失和自我价值的迷惘，也就是说，精神层面的危机，对那些经历了“文革”理性失序、信仰危机的国人更是造成了文化与价值的急剧挑战。他们在告别一个文化蒙昧和专制时代，刚刚以人性、人道主义话语建构起“大写的人”的呼喊回答了“我是谁”的锥心追问，刚刚描画出一个相对清晰的自我形象、建立起一个相对稳定的认同

---

① ［英］乔治·拉雷恩：《意识形态与文化身份：现代性和第三世界的在场》，戴从容译，上海教育出版社2005年版，第194—195页。

心理机制时，就被接踵而至的新的认同危机如影随形般地纠缠。此外，现代信息技术、计算机网络文化、当代消费文化的全方位渗透，使现代中国社会的认同危机以前所未有的形式和强度对当代中国人产生了猛烈的冲击。生活于这一充满着矛盾、悖论和危机时代的小说家，作为敏感的精神个体，对认同危机不仅有着切肤之痛，而且这一危机所播撒的种子也在无形中植入了小说家和艺术的肌体，使他们共同呈现出某种认同危机的病症，并促使他们调动起全部的生命、文化能量来抵御这一“病菌”的侵袭，而对他们进行必要的病症描述和病理分析，以寻求解决“新时期”小说认同危机、重塑当代认同的理念和途径，是“新时期”小说重塑自我的必要，也是包括小说家在内的国人对自我的重寻和确证的必需。

第一节　语言的焦虑

语言是存在的家，是作家思索存在、把握世界意义的工具和本体。胡塞尔说，语言不仅是符号，而且是一种引向内心深处的符号（Index）；海德格尔则认为：“一旦人思考地环顾存在，他便马上接触到了语言，以语言规范性的一面去规定由之显露出的东西。”[①] 存在唯有在语言中显现，我们也只能在语言中与存在相遇。存在须臾不离作为语言性的阐释。海德格尔这种充分个体化、主体化的存在主义语言观固然有其神秘性和飘忽不定性，但它对于当代小说语言中存在的黑格尔似的以理性压制个性化、主体性的现象来说，是颇有借鉴意义的。而他对人与语言关系的诗意喻说，以及他将“用语词思索和创作的人们”称为语言“这个寓所的守护者”，对90年代以来小说中对语言的漫不经心、别有用心或竭泽而渔的功利性使用无疑是当头棒喝。主体自我总是一个说话者，而说话则是一个真正具有人性的主体的个性行为。

从“新时期”小说的语言流程来看，“伤痕”“反思”小说开始摆脱“话在说我”的强制和暴力状态而在“我在说话”的路途上迈出了相对于“十七年”和“文革”来说可谓是惊天动地的一步，“我”觉醒并成长为“大写的人”。真正作为个体自我来“说话”是从“文化寻根”小说开始的，在对马尔克斯句式的借用中显示出小说家认同对象和文化心理机制的

① ［德］海德格尔：《诗·语言·思》，彭富春译，文化艺术出版社1991年版，第165页。

微妙调整。《爸爸爸》中的“×妈妈”“爸爸爸”显示出作家对传统文化根性和封闭性二元思维模式的思考，《棋王》以清瘦飘逸的语言显示出道家的清风俊骨与无所住心，《红高粱》中天马行空美人枯骨的酒言醉语则是一种语言与生命的灿烂对接。可以说，语言的魅力来自于小说家超越性的情思对日常世俗语言的剔除和梳理，方此，语言才能带出人的生活的独特性和具体性。强调文本自足性和审美自律性的“先锋小说”使小说在语言上达到了它貌似辉煌的顶点，而作家自我感的丧失也就在语言爬到竿顶时暴露无遗。真正的艺术语言要携带着社会中那些目光敏锐的人们的声音，无论华丽还是稚拙，它都应当向当代社会中的其他人，向其他社会和其他历史时期的人，传达出深邃的个人意义。把文本实验、语言操作、叙事圈套作为小说的本体，表面上看是对语言的极度膜拜，实际是对它生命力源的釜底抽薪，表面上是对语言习性驾轻就熟之后的得心应手，实际是对语言本性的“有知的无知”和极大的蔑视，表面上是对语言“撒豆成兵”神力的膜拜，其背后却是对语言的暴虐驱遣。“新潮作家不再相信文学的社会学和人学价值，也不再理会所谓的典型说，而是把文学视为一种纯粹的审美本体。他们认为人物和小说中的其他因素比如结构、语言一样都只不过是审美符号，就是卡西尔所说的‘符号’。”[①] 先锋小说对语言的轻率处理的背后潜藏着巨大的认同危机：文学何为？作家何为？纯文学何为？这一危机在王朔这个“码字儿”的那里终于浮出水面。[②] 王朔对作家所进行的定位性的宣言，是对作家、文学、语言的多重剥夺。正是借助市场经济话语的祛魅功能，王朔竟一语成谶。

小说叙事借助语言文字来传达心灵，展现思想，承载文化，小说如何叙事，其叙事风格如何，都需通过语言来获得表现。但“文变染乎世情，兴废系乎时序”，小说叙事语言的存在与发展，却并非单纯的文学语言观念问题，它涉及政治、经济、文化等各个方面，涉及与时代语境之间的关联。在语言的背后，是作家对自身和语言文字复杂的生存境遇的体贴和理解。

传统语言学观念建基于认识论和工具论，将语言确定为一种主体传达思想认识的工具，用于对“在场”的言说——指称事实，并将事实经验

① 吴义勤：《文学革命与“小说人物”的沉浮》，《南方文坛》2005年第2期。

② 关于先锋小说潜在的通俗化倾向，可参看吴义勤《先锋的还原》，载吴义勤《告别虚伪的形式》，山东文艺出版社2004年版，第1—11页。

抽象为普遍同一的概念逻辑。在此，语言被认为是透明的，无须解释、证明。语言真正成为一个有待解释和理解的问题，始自“语言学转向”。20世纪以来，首先出现于哲学领域的“语言学转向”对于当代思想、美学、文学产生了深刻的影响。结构主义、解构主义以索绪尔的语言革命为基点，发展出结构主义或解构主义的语言学文化策略。现象学美学、存在主义美学、精神分析学、符号学、阐释学、结构主义、后结构主义等都以语言为中心，试图理清语言、思想与存在之间的关系。如伽达默尔断言：“毫无疑问，语言问题已经在本世纪的哲学中获得了一种中心地位。”① “谁拥有语言，谁就有世界。”② 保罗·利科指出：“当今哲学的主导性质之一，就是对语言的兴趣……我们时代的特征正是竟然有许多哲学家认为，语言知识是解决哲学基本问题的必需准备。……大量哲学思想界具备如此特点：认为在制定出有关事物的理论之前，可以而且必须有一个关于符号的理论。”③ 伊格尔顿也认为：“语言，连同它的问题、秘密和含义，已经成为20世纪知识生活的范型与专注对象。”④ 将语言置于存在的本源之中，突破了工具论的弊端，极大地扩展了语言蕴含空间。哲学、美学领域的语言观转换也深刻影响了20世纪以来的文学观念和叙事观念。其实，早在19世纪，爱伦·坡、波德莱尔、马拉美等诗人就已经将诗人的言说视为语言的自我言说，认为语言而不是观念、思想、情感才是诗歌中最重要的因素。王尔德认为：“生活模仿艺术远甚于艺术模仿生活”，⑤ “真正的艺术家不是从情感到形式，而是从形式到思想和激情”。⑥ 兰波甚至认

① ［德］汉斯－格奥尔格·伽达默尔：《科学时代的理性》，高地等译，国际文化出版公司1988年版，第3页。

② ［德］汉斯－格奥尔格·伽达默尔：《真理与方法》，洪汉鼎译，上海译文出版社1992年版，第578页。

③ ［法］保罗·利科：《哲学主潮》，转引自王一川《语言乌托邦》，云南人民出版社1994年版，第30页。

④ ［英］特里·伊格尔顿：《二十世纪西方文学理论》，伍晓明译，陕西师范大学出版社1986年版，第121页。

⑤ ［英］王尔德：《谎言的衰朽》，载赵澧、徐京安主编《唯美主义》，中国人民大学出版社1988年版，第132页。

⑥ ［英］王尔德：《作为艺术家的批评家》，载赵澧、徐京安主编《唯美主义》，中国人民大学出版社1988年版，第174页。

为：“不是诗人在说语言，而是语言在说诗人。”①

语言对人的生存的影响，当代作家是有着理性的认识的。如徐坤在《游行》中曾如此描述：“他的脑袋里被各种各样哲人名人的论断塞满了，他能脱口而出背诵出来，引用得相当准确得当，不用查原文也知道连标点符号都不带引错的。可是这种搅和到一块的引用和背诵，产生的效果却是那么的奇异和混乱，简直让人不知所云，也让他自己不知所措，仿佛他只有不停地说，说，用他自己制造出的嗓音把自己的视听充塞住，这样才能感到安全些。否则他简直就要惶恐死了。他似乎并不在乎说的是什么，只要还在不停地说，口舌还在蠕动着，他才能证明自己还活着，否则他可真的要死了。”李洱的《午后的诗学》中，大学讲师费定无论在生活中还是在讲台上，都是一个非常饶舌的人。他的喋喋不休令人不堪忍受。费定的饶舌绝不是因为他有说不完的话，相反，费定经常处于一种无话可说的失语状态，他必须借助说话甚至说谎的方式来掩饰难言的静寂。对于费定而言，说话是他掩饰精神空洞与内心脆弱的一种方式。费边们频频引经据典、旁征博引，但这只是灵魂放逐后的话语盛宴而已。日常生活的琐屑细节一经费边的分析，便具有了某种诗学的“高度”。但是，真正的诗性也正被消解在这无边的分析中，生活诗学的背后掩饰不住精神的脆弱与苍白。通过上述分析，我们可以看到，语言符号学模式对形而上的主体性哲学的瓦解。从韩少功的《马桥词典》里也可以看出现代西方语言哲学对他的深刻影响：“大概自维特根斯坦开始，西方很多哲学家把哲学问题归结为语言问题，于是潮流大变，哲学家都成了半个语言学家，被人称作为‘语言学转向’。说实话，我写《马桥词典》就是多多少少受到这一思潮的启发。”② 这部以词典形式出现的小说在对具体词条进行阐释分析时，遵循着一切从语言出发的原则，在“马桥世界”探索方言对马桥人的生活方式、思维方式、价值观念、道德评判等的规约。

韩少功、徐坤对语言对人的规约、限制及其对主体的解构和致命性攻击等现象和问题的揭示，在“先锋小说”的历史性命运中有着突出表现。形式和语言在“先锋小说”中具有先在的重要性，但二者又都被放置在社会文化结构中，突出其“现实”内涵和指涉功能。因此，“先锋小说”

① 转引自周宪《20世纪西方美学》，南京大学出版社2000年版，第19页。

② 韩少功、王尧：《语言：展开工具性与文化性的双翼》，《钟山》2004年第1期。

叙述语言的感觉化、直觉化和不确定性特征，既反驳了此前小说对本质论叙事的注重，又通过对整体性现实、理性主体、总体性意义和形而上中心的颠覆与解构，而最终完成了对“新时期”人的主体性话语的内在消解。也即，从语言的意识形态角度看，它既是80年代“思想解放”和“新启蒙”运动关于人的现代化设计的后续推进，是“人的主体性”倡导的组成部分，又是对“新启蒙”和“人的主体性”的瓦解。在“先锋小说”中，我们看到的是“人”的渺小及其存在的非正当性，“自我”也就在符号能指链的滑动中无限延宕，并随着意义的弥散而成为一个不断分离、裂变的角色，我们无法从“先锋小说”中看到文学的精神力量和作家的人文主义激情①。

对西方经典现代、后现代文本的“影响的焦虑”和对跻身这一经典序列的极度渴求相纠缠，使“先锋小说”对创新性深度的刻意追求转变成了压力之下的胡涂乱抹——一种严肃面孔下的文字游戏。对梦境、幻觉乃至欲望、性、暴力（革命暴力和以革命名义出现的暴力）的叙述不再具有“思想解放”时期的“解放思想”的爆破力，而变成了打破过于一本正经的广场氛围（以启蒙、教谕、唤醒等为关键词）和学院氛围（以文体、形式、语言等为关键词）的爆竹（以戏谑、反讽的方式，既实现了“解构”“颠覆”的目的，又使读者从“历史”“思想”的压力中抽身而出从而进入“文本的狂欢”）。“摒弃艺术的指称功能并非一定要割断艺术与现实的联系，但是它却把现实贬到一个微不足道的地位，现实除了提供原材料没有存在的理由，艺术无条件地按照自身的要求进行创造。”②面对着作为“原材料”的现实，作家显然缺乏足够的对话兴趣，小说不再也不能对现实“发言”，它变成了自言自语、自说自话，作家不再以历史主体的身份面对历史、社会，他面对内心却又逃离内心，成为一个耽于幻想、忧郁迟疑的个人。

尤其值得一提的是，“先锋小说”在叙事形式和语言上对“陌生化”的追求。这一追求是通过对“文学语言”和“日常语言”设置了一个二

---

① 具体分析可参看拙作《拆除深度与意义的重建——论“先锋小说”叙述语言的意识形态性》，《社会科学论坛》2010年第11期。

② ［美］杰拉尔德·格拉夫：《自我作对的文学》，陈慧、徐秋红译，河北人民出版社2004年版，第36页。

元性构架实现的。余华认为："日常语言是消解了个性的大众化语言，一个句式可以唤起所有不同人的相同理解。那是一种确定了的语言，这种语言向我们提供了一个无数次被重复的世界，它强行规定了事物的轮廓和形态。……这种语言的句式像一个紧接着一个的路标，总是具有明确的指向。"[①] 孙甘露希望"创造一个远离世俗的，并且否定生活世界常规秩序的语言幻想世界"。[②] 格非认为由于文学语言和日常语言使用同一种"文学代码"，两者互相包孕又互相缠绕，所以很难区分，为了防止日常用语对文学语言的磨损和消耗，作家要不断地对语言进行"'反常化'处理"，并由此推动"文学语言本身不断发展变化"。他坚信："尽管文学语言与日常用语共有一个母语系统，但作家却可以通过创造新的'意象'找到词语之间新的组合关系，或者构筑起新的'隐喻系统'来激活读者的想象力。"[③] 为了挣脱日常语言惯性和惰性的囚笼，"先锋小说"无限拉大文本叙述语言与日常语言乃至日常生活的间距，避免语言的均质化、生活化和大众化的倾向。但是，也使语言由此进入了一种超重负荷的劳作状态，所以，从"先锋小说"中可以看到一种奇妙的景观，一方面它避免了传统小说单调重复的话语模式，叙述语言绚丽、新奇、缠绕而蕴藉；另一方面，语言的活力、才智与情韵也在循环往复的、不间断的艰苦劳作中消耗殆尽。王安忆曾如此分析小说的困境："小说的困境是什么呢？首先它讲的是人间故事，不是神话，童话，这些故事的情节所要求的逻辑是现实生活的逻辑。其次小说是用语言来表达，不是诗歌，而是我们大家日常使用的语言。我们怎样来区别小说的材料和我们生活的材料，这两者如何区别？这是个很困难的事情。……我们平时说的语言和我们用来写小说的语言有什么区别呢？为了区别它，我们试着用诗句和谶语样的语言来写小说，但这只能建立一种独特而狭隘的风格，这样的另辟蹊径在突破限制的同时，其实是取消了小说的特性。假如我们承认小说是一个具有着写实形式的艺术，那么我们必须要正视它的困境。"[④] 这一病症分析，同样适用于"先锋小说"。有着这种认识的王安忆，在其《长恨歌》等小说中，探

① 余华：《我能否相信自己——余华随笔选》，人民日报出版社1998年版，第167页。

② 转引自旻乐《母语与写作》，山西教育出版社1999年版，第200页。

③ 格非：《小说叙事研究》，清华大学出版社2002年版，第86页。

④ 王安忆：《小说的技术》，《花城》1997年第4期。

索一种能在上海弄堂色彩的生活家常语言和纯粹精致的文学语言之间保持适当张力的叙述语言。在完成《马桥词典》写作后，韩少功在《暗示》中对自己《马桥词典》中的“语言观”进行了进一步的反思：“我在写完《马桥词典》一书后说过：‘人只能生活在语言之中。’这有点模仿维特根斯坦或者海德格尔的口吻。其实我刚说完这句话就心存自疑，而且从那时候起，就开始想写一本书来推翻这个结论，来看看那些言词未曾抵达的地方，生活到底是否存在，或者说生活会怎样地存在。”[①] 作家希望能通过这部小说来揭示语言符号背后的话语权力，资本对人的压迫，揭破在语言符号压迫下被隐蔽的生活真相。

也正是基于对“先锋小说”语言实验的不满，最终导致了先锋小说家向“新历史”小说的转向，在“新历史”小说中残留了此前的一些形式技巧、哲理思考和诗性氛围，但更强调了小说在主题、结构、写作方式、审美趣味等方面的模式化、通俗化[②]，小说家以当下“现实”的情趣、感受、体验化解历史的沉重，文本流溢出浓郁的后现代怀旧风格。在对“历史”的形式化、情趣化、通俗化处理上，“新写实”小说与其一脉相通。90 年代后，小说叙事语言开始普遍走向日常化、大众化甚至口语化。

语言的使用并不是一个简单的修辞学问题，“想象一种语言意味着想象一种生活方式”[③]。因此，对小说叙事语言的考察也应该放在具体的社会背景、生活历史和文学的历史之中，发现它所依存的现实场域和文化蕴含。

20 世纪 90 年代后，在消费文化粗暴的抹平作用下，文学叙事以饱满充实的理性内涵来撼动读者的力量遭到极大削弱，其存在的价值仿佛更多地在于让人获得一种心理快慰、欲望宣泄，一种娱乐休闲，一种好奇心和窥视欲的满足，一种与消费规则的私下和解与甜蜜拥抱。尽管在 90 年代小说中，也可以看到天马行空的想象力，看到对这个时代发生的经验细节和灵魂裂变的忠实记录，看到崇高、凝重、壮美、绮丽或空灵的美学风

① 韩少功：《暗示·前言》，人民文学出版社 2002 年版。

② 参看吴义勤《先锋的还原》，《文艺评论》1995 年第 1 期。

③ ［奥］路德维希·维特根斯坦：《哲学研究》，陈嘉映译，上海人民出版社 2001 年版，第 19 页。

格，看到作家们重构宏大叙事的内在冲动，体会到未曾彻底退隐的人文精神和终极关怀。但不可否认，文学的审美功能发生了重要转向，而且这一转向得到越来越多的潮流性肯定。苏珊·桑塔格的《反对阐释》代表了 20 世纪 60 年代就开始出现的取消“深度模式”的表面化倾向，“她说我们不需要那帮教授、批评家来告诉我们文学的意义究竟是什么，也不需要他们无止无休地来解释一部作品。她认为我们不需要解释文学，而是去体验文学；我们需要的是新的经验，文学应该给我们带来新的经验。文学的刺激性就是目的，而不是要去追寻隐藏在后面的东西”。这无疑是与传统文学理论截然不同的一种新的文学观念、理论视野、思维模式，“所有当代的理论都抨击解释的思想模式，认为解释就是不相信表面的现实和现象，企图走进一个内在的意义里去。所有以这种解释性方法思维的思想模式，都被后结构主义理论抛弃了”。① 在后现代消费社会中，读者从文学作品中获得的美感享受（用杰姆逊的表达就是“陶醉”或“刺激”），与从商品消费过程中所获得的感受庶几近之。实际上，90 年代以来的小说叙事固然打破了“先锋小说”叙事革命所营造的纸面幻象，并重返现实，书写日常生活中个体生存的经验，接通了小说与中国社会、现实的根源地气，但我们也同样能在小说叙事中的社会、现实、经验的背后，发现市场话语和消费话语逻辑的运演。小说叙事逐渐成为一种处于各种消费主义潮流中的消费品。

简单说来，20 世纪 90 年代以来的小说叙事语言存在着如下突出特点。

第一，语言的日常化、生活化，经验主义色彩突出。书面语与口语、文学语言与生活语言之间的距离尽可能缩短，小说叙事语言不受限制地接受甚至完全照搬日常用语。小说语言与现实生活语言之间的界限模糊，叙事变成了一个巨大的语言加工厂。语言的历史、文化和审美特性，都只能从日常化、景观化的生活中获得资源和合法性证明，都停留在对“现在”“当下”的平面上。在此情境下，语言的认识、揭示和批判的功能将被大大削弱甚至完全消失。“文学不再高于现实，而是以自身的浅薄组合低于

① ［美］杰姆逊：《后现代主义与文化理论》，唐小兵译，北京大学出版社 1997 年版，第 201 页。

现实，从而遭到现实洪流的一次次无情抛却。”①

对“当下”“现在”的极度依附导致了小说叙事语言的浓厚经验主义色彩，也导致了叙事想象力的匮乏。小说以高保真模拟现实为荣为乐，缺乏一种突破纯个人化经验和公共性常识的桎梏，获得深挚的情思以传达出生活的多种可能性的能力。想象力是艺术的根基和生命，文学艺术就是通过强劲有力的想象，借助诗性的力量突破庸常现实的桎梏，实现主体内心的自由，展示人类广阔而丰饶的精神景观，体现人类灵魂的深沉、伟岸和不朽。正因为如此，想象力可以被视为审察一位作家精神高度、灵魂深度和艺术品位的重要标准，也是作家最为重要的素养之一。

第二，语言的世俗化、感官化、符号化。20 世纪 90 年代以来，小说家普遍表现出对个体生存经历和生活经验过分表象化的执着。小说家们在谈到一些具体的事物时，滔滔不绝，可以使用丰富而出色的词汇，“70 年代”小说不仅将时装店、影剧院、超市、咖啡馆、夜总会、宾馆、舞厅、网吧、浴室等消费环境、消费空间复制为叙事空间，而且将“德芙”巧克力、“七星”香烟、“资生堂”化妆水、CD 香水、派对、模特、造型师、同性恋、吸毒、画家、酒吧、日本菜、朗姆酒、卡布奇诺、星巴克、范思哲时装等商业消费符码点缀其间。卫慧的《上海宝贝》中的一段叙述颇为典型：“在家里我铺开雪白的稿纸，不时照着一面小镜子，看自己的脸是不是有作家的智慧和不凡气质。天天在屋里轻声走动着，给我倒‘三得利’牌汽水，用‘妈妈之选’牌色拉乳给我做水果色拉，还有‘德芙’黑巧克力有助于启发灵感，唱片选有点刺激但不分散注意力的来放，调试空调的温度，巨大的写字台上有数十盒七星牌香烟，像墙那样整齐地堆砌着，还有书和厚厚的稿纸。我还不会用电脑，也不打算学。有一长串的书名已想好，理想中的作品应该是兼具深度的思想内涵和畅销的性感外衣。我的本能告诉我，应该写一写世纪末的上海，这座寻欢作乐的城市，它泛起的快乐泡沫，它滋长出来的新人类，还有弥漫在街头巷尾的凡俗、伤感而神秘的情调。这是座独一无二的东方城市，从 30 年代起就延续着中西方互相交合、衍变的文化，现在又进入了第二波西化浪潮。天天曾用一个英文单词‘Post’Colonial（后殖民）来加以形容，绿蒂咖啡店里那些操着各国语言的客人总让我想起大兴词藻华丽之风的旧式沙龙，时空交

① 毛峰：《后文学时代》，《文艺争鸣》1994 年第 6 期。

移，恍若一次次跨国旅行。”在这里，消费空间和消费品完全符码化，甚至于小说在描述倪可在与马克做爱的匆忙中也不忘展示一下“消费品位”：“我们在二楼不太干净的女用洗手间里挤作一团，像一个急于求欢的骗子，把我顶在紫色的墙上，撩起裙子，利索地褪下 CK 内裤，团一团，一把塞在他屁股后面的口袋里，然后他力大无比地举着我，二话不说，就准确地戳进来，我没有其他的感觉，只是觉得像坐在一只热乎乎而危险的消防栓上，高潮还是在恐惧与不适中降临了，又一次完美的高潮，尽管姿势很别扭，尽管在这么个有些臭的洗手间。他推开我，拉一下水阀，随着旋转的水一堆秽物很快消失了。”消费性符码已经不再仅仅作为人物的活动空间，而成为整个叙事的巨大动力，构成了文本主导的审美意趣。小说在告别了意识形态的写作之后，一头扎进了意象形态的温柔乡，做起了中产式的“全球梦”。

在90年代以来的小说中，消费性符码不仅以“商品”的面目出现，甚至某些“哲学”“思想”也会变异为消费性符码。一个有意思的现象是，作家们在谈到一些带个人化色彩的经历时，对难以把握的瞬间情绪变动、无法抑制的生理快感也都详尽无遗地津津乐道，但话题一旦进入意义的论域，不是缄口不言就是干枯无味，时时插入国外某大师或其名言警句，更显示出小说家们在言说意义时的“张口结舌，结结巴巴”。[①] 卡夫卡、博尔赫斯、纳博科夫、米兰·昆德拉、乔治·奥威尔、马尔克斯、杜拉斯、亨利·米勒、乔尼·米切尔、村上春树、西尔维亚·普拉斯……这些名字在作家的笔下出现，像路易·威登、宾利、迪奥、阿玛尼、蒂梵尼在90年代以来小说叙事中频繁出现一样，成了某种流行气质和高尚品位的特别表征，成了别在胸前的耀眼徽章，或某些特定群体的接头暗语。

阿莱斯·艾尔雅维茨指出，图像正在成为后现代社会最日常的文化现实，且所谓的“语言学转向”迅速地被“图像转向”所取代，后现代社会的最大特征就是图像统治。他援引米切尔的话说：“图像就是符号，但它假称不是符号，装扮成（或者对于那迷信者来说，它的确能够取得）自然的直接和在场，而词语则是它的‘他者’，是人为的产品，是人类随心所欲的独断专行的产品，这类产品将非自然的元素例如时间、意识、历

① ［美］罗洛·梅：《人寻找自己》，冯川、陈刚译，贵州人民出版社1991年版，第46页。

史以及符号中介的间接性干预等等引入世界，从而瓦解了自然的在场。”①我们可以看出：图像从其本性而言是符号性的，即它被其使用者用于表情达意，但同时它也总是被当作直接的现实或现实本身，而非语言那样自认为只是现实的模仿、中介或有所不及的替代品。与语言的“现代感性”不同，艾尔雅维茨称图像的感性为“后现代感性”：“后现代感性则是形象性的，它特许视像的感性高于文字的感性，形象高于概念，感觉高于意义，直接高于更带中介意味的知识形式。拉什指出，苏珊·桑塔格的‘新感性’以及‘感觉美学’对‘阐释美学’的优胜预示了一个后现代美学的到来，这种美学的概念基础是通过利奥塔关于话语与形象的区分而建立起来的。”② 由此可见，形象并非语言的专利，而语言更多是话语性的，苏珊·桑塔格的“新感性”与“感觉美学”在图像时代得到了强化。20世纪90年代以来小说叙事所体现的“新感性”或“感觉美学”特征，充分展露了视觉文化符号对传统文字书写符号领域的入侵，这不仅体现在以上所说的小说对消费环境、消费品实物的复制，还体现在文学杂志和小说出版中的插图、配图片（照片），影视改编与小说创作互动所引起的小说家为导演打工现象以及小说叙事能力的减弱和可视性质素的剧增。“商品物化的最后阶段是形象，商品拜物教的最后形态是将物转化为物的形象。”③ 因此，当代消费文化究其实质而言，是一种符号文化，是一种符号的自我显现的文化活动，其目的不是反映现实，而是消费现实，是从复杂多变的社会中抽取出可供消费的符号，并对其重新进行排列组合。

在消费环境中出现的“物”，由于其内部流贯的交换原则而具有了商品的属性，以及与之相伴随的表演性、展示性。这就与刘心武笔下的书籍（《班主任》）、立交桥（《立体交叉桥》），张洁的长笛（《从森林里来的孩子》），铁凝的铅笔盒（《哦，香雪》）、红衬衫（《没有纽扣的红衬衫》），王蒙的火车（《春之声》）等区别开来。“物”的含义发生了奇妙的转化。在后者那里，“物”不仅仅是“物”，它们还是表达启蒙话语的道具，是对“现代化”的召唤，是对消除蒙昧、走出贫穷的乐观想象，

---

① ［斯洛文尼亚］阿莱斯·艾尔雅维茨：《图像时代》，胡菊云、张云鹅译，吉林人民出版社2003年版，第26页。

② 同上书，第95页。

③ ［美］杰姆逊：《后现代主义与文化理论》，唐小兵译，北京大学出版社1997年版，第224页。

作为激情的载体，它们有着深沉、厚重的意义附着，因而具有对文本整体性的统摄意义，它们专注于精神、意识，具有朴素的实在论和极强的认识论色彩。附着于它们的话语不再是纯粹的个人声音，而是那个特定时代文化“我们”的产物。这些小说有着它们自己的意义建构方式和阐释方式，它们的意义建构和解读在普通人的日常经验中就可以顺利进行，日常经验和审美经验的同一性使文学产生了轰动的社会效应。当“先锋小说”摒弃了实在世界的参照，而转向主体的内在世界，强调艺术家的“虚构”“想象”的时候，对意义的解读也就只能让位于艺术自身关于情感、想象和虚构世界的自身判断。“艺术的手法是事物的‘反常化’（остраНеНие）手法，是复杂化形式的手法，它增加了感受的难度和时延，既然艺术的领悟过程是以自身为目睹的，它就理应延长；艺术是一种体验事物之创造的方式，而被创造物在艺术中已无足轻重。”[①]“被创造物”在艺术中的无足轻重决定了小说家以审美自律为最高法令，那么他们的创作就自然从生活、情感、想象、虚构转向了虚构的虚构，转向了艺术的纯形式特征，对它的意义阐释与其自身的合法性证明一样也只能在它自身的内在世界中进行，由此先锋小说就从最初的唤回人们对生活、事物的感觉而走到了它的反面。评论家蔡翔的说法颇有见地：“一种过于精致的语言，往往只是经验的重复或累积，而语言的真正力量，却往往来自于它的‘生涩性’。正是新的思想和经验的加入，使语言变得生涩起来，从而也使它变得更加强大，拥有更多的信息。”[②]作为中国“纯文学”的代表性思潮，先锋小说追求叙事创新和语言的能指性（自我指涉性）是公认的，其合法性依据就是西方形式主义美学。但是，其间存在着对形式主义美学的误读。在形式主义美学家（如什克洛夫斯基）看来，“陌生化”并非纯艺术学或语言学意义上的问题，它存在于艺术与现实之间的恒定性张力关系。“陌生化”的意义不在于建构一个索绪尔意义上的纯语言文本，而是通过将日常事物从日常语境中移植、纳入艺术的框架，把艺术特有的轰动效应再归还给生活，让我们重新感受这个世界，重新发现这个世界，把生活变得更生动活泼，也更有价值。在什克洛夫斯基那里，

① ［俄］维克托·什克洛夫斯基：《作为手法的艺术》，载什克洛夫斯基等《俄国形式主义文论选》，方珊等译，生活·读书·新知三联书店 1989 年版，第 6 页。

② 蔡翔：《何谓文学本身》，春风文艺出版社 2006 年版，第 125 页。

反对对现实生活采取审美的超然态度，反对艺术天衣无缝地移植或模仿生活，反对艺术直接地、完全地为现实生活服务。因此，在笔者看来，“陌生化”既是对艺术自主权力的定义，也有对艺术自主权力的挑战。类似的误读，同样存在于对西方经典作家的接受中。关于这一点，本书已有阐释，不再赘述。

“先锋”“新历史”“新写实”以后的小说普遍性地对传统文学和艺术关于真理和人类价值提出了质疑，正如理查德·玻伊利尔所说的那样：“当代文学作品以表达消解的种种观念为标识，这些观念从前总是让人感到它的存在是正当的。许多人囿于文化上、道德上、心理上的种种前提，认为文学的本质依然是人文主义的事业，但现在的文学却正在告诉我们它的意义是多么微不足道。”① 进入市场状态的小说家感受到的是日常生活而不是思想、意义、精神的压力和磨损（“新写实”），感受到的是日常生活而不是思想、意义、精神的炫目和闪光。“日常生活”而不是“生活”成为写作的对象和材料源泉、动力源泉乃至小说叙事流风格。感官化的标题、诱惑性的情节、性感化的细节、暧昧性的场景令人目不暇接，而小说家的创意和表现技巧被“物”的光泽所掩盖，由艺术文本产生联想的意义已经降到最低限度，“日常生活”直接进入艺术，艺术直接进入日常生活，“先锋小说”的自律论转化为一种新的他律论。小说因其世俗性而成为日用消费品，因其实用性而充当了商品购物指南、商业成功手册或政客官场指南。微不足道的文学又一次奇妙地发挥了它教谕、引导的实用功能。意义在日常经验和审美经验的混杂中，在喋喋不休与欲说还休的间隙里扭曲、挣扎，无以解脱也让人无以索解。由此，对存在于20世纪90年代后小说中的一个普遍现象——表象的丰饶繁复与意义的贫乏苍白之间存在着可怕的落差，就不难理解了。

第二节　主体的困境

“文革”后小说中，尽管现代主义文学已经呈现出主体解构的趋向，但作家对社会性、历史性维度的注重，极大地压制着非理性对理性主体的

① ［美］理查德·玻伊利尔：《展示自我：当代生活语言中的组成与分解》，转引自杰拉尔德·格拉夫《自我作对的文学》，陈慧、徐秋红译，河北人民出版社2004年版，第36—37页。

颠覆。而从“先锋小说”开始，理性主体的地位才真正面临着瓦解性的攻击。从哲学的角度来看，“先锋小说”对主体的解构主要是通过结构主义语言符号学和拉康的以结构主义和解构主义为工具的后现代精神分析学实现的。按照结构主义语言学的观点，自给自足的语言是先在于主体的一个结构、一个系统，言说主体被语言所建构。于是，言说主体、叙事主体就陷落于语言编织的网络中，不是人在说话，而是话在说人。这种观念显然是对主体、理性意识和人道主义的解构。凝固的理性主体在语言的自由嬉戏中变成了需要重新拼接的碎片，确定性的理性主体消融在语言符号的延异中。也就是说，在“先锋小说”强调形式和语言的重要性时，主体的地位也就随之丧失。由于主体地位的丧失，历史也就成为无主体的历史，历史也就变成了“叙事”，也就变成了非连续的、断裂的历史。黑格尔、马克思以来的现代性历史观——连续的历史观、螺旋上升的历史观、辩证发展的历史观遭到了质疑。历史，是无主体的过程，是叙事的幻想，存在的只是文本的历史和历史的文本。拉康用结构主义语言学理论对弗洛伊德的精神分析学理论进行了重读和重构，他认为，自我主体可以分裂出言述的“自我”、想象的“自我”和心理的“自我”等多个不同的“自我”，它们构成了一个奇异的自我形象。因此，所谓真实意义上的自我是不存在的，所有的主体自我都不过是幻想、想象和镜像建构起来的。幻想、想象、镜像和语言在建构主体的同时，也解构了主体。

如果说20世纪80年代小说叙事中主体的崩解，与西方（后）现代主义哲学、美学和文学有着更深层的关联的话，90年代小说叙事中主体的困境则来自于其特殊的上下文语境和复杂的文化系统。

90年代消费文化日趋占据社会文化系统的主流位置，构成了当代作家新的生存处境与写作处境。作为一种有着双重属性的精神产品，文学在其生产与传播过程中受到消费文化语境和强大的市场逻辑的深刻制约，给作家的生存状态、生命体验、创作心态和审美体验，以及文学文本的审美特征与审美范式带来了新中国成立后前所未有的变化。布迪厄这样论及文学的外部因素（“经济场”）对“文学场”自主性的侵害：“对于置身于一定场域中的行动者产生影响的外在决定因素，从来也不直接作用在他们身上，而是只有先通过场域的特有形式和力量的中间环节，预先经历了一次重新形塑的过程，才能对他们产生影响。”[①] “经济场” 对文学场最为深入的侵害，便是作家身份的转型和文学标准的变异：“作家和艺术家与市场建立了联系，市场的无名制约可以在他们之间创造出前所未有的差别。”[②] 面对市场和消费文化逻辑，作家们的表现，如格非所指出的：“与1980年代的‘新时期文学’对西方现代文学的盲目拥抱所不同的是，90年代以后的文学（包括一部分所谓‘80后’文学）所拥抱的并不是西方现代主义，甚至也谈不上西方文学，而是其背后的市场机制。因此，就对市场的依附关系而言，90年代的文学并不是对80年代文学的解放，而是对它的反动，表现在对市场的更深的依赖。……在90年代，对市场的利用一开始就是一种主动的策略。……中国90年代以来的文学，却将这种文化策略完全当成了自己的目的；现代主义对市场的利用与对市场的批判构成了极为复杂的悖论关系，而中国90年代后的文学则干脆将市场销售的数量作为衡量文学作品价值高低的唯一标准。”[③] 处于消费文化语境中的文学，最显著的变化是从以往单纯的精神文化建构，演化成为整个社会文化消费的一个组成部分；曾居主流的精英文学、高雅文学退居边缘，而具有明显商业化倾向的大众通俗文学则异军突起，占据社会文化中心。“真正意义上的文学在进入90年代以后，似乎忽然‘盹着’了，进入了集体休眠的状态。而倒是在为精英文学所不屑的电视剧制作领域，出现了某种新的活力。但这种活力对于文学创作而言并非福音。”[④]

后现代主义文化思潮与消费意识形态的合流。伊格尔顿曾指出：“**后现代主义**一词通常是指一种当代文化形式，而术语**后现代性**暗指一个特殊历史时期。**后现代性**是一种思想风格，它怀疑关于真理、理性、同一性和客观性的经典概念，怀疑关于普遍进步和解放的观念，怀疑单一体系、大叙事或者解释的最终依据。与这些启蒙主义规范相对立，它把世界看作是偶然的、没有根据的、多样的、易变的和不确定的，是一系列分离的文化或者释义，这些文化或者释义孕育了对于真理、历史和规范的客观性，天

① ［法］皮埃尔·布迪厄、华康德：《实践与反思》，李猛等译，中央编译出版社1998年版，第144页。

② ［法］皮埃尔·布迪厄：《艺术的法则：文学场的生成和结构》，刘晖译，中央编译出版社2001年版，第72页。

③ 格非：《文学的邀约》，清华大学出版社2010年版，第16—17页。

④ 同上书，第17页。

性的规定性和身份的一致性的一定程度的怀疑。”① 后现代主义文化理论进入中国后，在市场消费文化语境下处于极大的被误读或被实用主义的阐述状态，如有学者所言：“后现代在当代中国的历史不只是紊乱，而且被严重扭曲和涂改——后现代在当代中国一直就被妖魔化，人们根据对后现代的一知半解，不知何故后现代居然被塑造为‘什么都可以’的语言游戏——或者解构一切价值准则，反对任何思想目标的破坏者形象。这是对当代中国后现代最经典的定位。”② 后现代思潮借助文学、大众传播媒介和消费方式等载体把西方对个体自我的极度张扬，对传统、权威、主流价值观、普遍人性的怀疑、反叛、解构，尤其是后现代的怀疑主义和相对主义对现代性的正义、整体、深度、权威、理性的解构，中国版的“后现代”剔除了其在西方哲学思想脉络中最为重要的反思现代性的部分，转而成为大众消费文化的先声并为后者提供合理性论证。

受制于市场消费语境和中国式后现代主义文化逻辑，文学的叙事美学范式发生着急剧的裂变。90 年代以来小说叙事裂变最突出的表现是，作为现代性叙事的“宏大叙事”及其内含的思维方式、历史结构和美学风格，被以后现代性为核心的“日常叙事”“微型叙事”“小叙事”所替代。在此基础上，衍生出其他一系列 90 年代以来的小说叙事美学：反本质性的解构叙事，反总体性的碎片化叙事，反思辨性的感觉化叙事，反理性的感性化叙事，反深度的平面化叙事，“时间”的淡出与“空间”的凸显，“叙事”向“描写”的转换，等等。

在上述叙事美学的种种转换中，隐含着一个共同的主题部，就是生命中英雄主义维度的丧失，崇高感、悲剧感的失落。

“也许最后的时刻到了/我没有留下遗嘱/只留下笔，给我的母亲/我并不是英雄/在没有英雄的年代里/我只想做一个人。”（北岛《宣告》）但在一个没有英雄或不需要英雄的时代里，做一个人也许会更加艰难。北岛毕竟相信历史会作出权威的裁决，相信“在我倒下的地方/将会有另一个人站起”（北岛《结局或开始》），所以他的“我只想做一个人”的宣告里放射出英雄主义的热力和历史承担的悲剧感、崇高感。如果说在 20 世纪

① ［英］特里·伊格尔顿：《后现代主义的幻象·前言》，华明译，商务印书馆 2000 年版，第 1 页。

② 陈晓明：《现代性与后现代的缠绕及其出路》，《辽宁大学学报》2004 年第 1 期。

80年代前期的一些小说里还充溢着一种崇高的英雄气质和道德激情，那么，90年代后文学则普遍沉入了一种迷乱、颓废、眩惑的精神状态，或热衷于叙写暴力和残忍，或迷恋于怪诞畸形的心理体验，或沉醉于形式主义操练，或倾向于私人感官欲望，或迷醉于自以为是的特立独行。一言以蔽之，这是一个“躲避崇高”、告别悲剧的时代，“它倾向于把丰富多彩的、有深度的和有意义的生活空虚化。……没有为英雄主义、贵族的德性、生活的高级目的或值得为它们而死的事情留有足够的空间……没留下任何能够给生活以深刻而又强有力的目的感的东西；激情失落了……生活中除了‘可怜而又可鄙的舒适’，没有留下任何渴望”。[①]“新时期”小说自“伤痕”“反思”“寻根”的愤怒揭露和深沉批判之后，就逐渐地整体呈现出以悲剧的独特形式来净化心灵的可能性的弱化，悲剧似乎已经失去了以往曾经有过的审美震撼力和吸引力。“先锋小说”以对人性阴暗的挖掘、暴力场景的展现和对存在之中的偶然性的青睐而著称，但强烈的解构欲望使它在或强或弱的“看客”眼光和反讽语调中与悲剧擦肩而过，“新写实”小说中卑微人物的灰色人生与无奈生存无疑也是形成悲剧的良好机缘，但小说家过于推重与笔下人物“同悲欢”的视点下沉，使二者都对自己的苦难、困境无所体察，从而成就了一种可以称之为“经历化”（“经验化”）的叙事风格，并传承至今。

可以说，经验构成了小说的叙事动力、材料和根本。日常生活中的身体经验、感官经验，灵魂和精神的阅历，甚至一些不经意的细节，通过作家细密的描绘、耐心的书写，同样可以建构起一个坚固密实的小说世界，一个精神和灵魂的高地。但是，要通过经验书写而获得丰厚的收益，是有条件的。比如，对被同质化的经验有着一份可贵的清醒。如耿占春先生所说：“人人都记得的一件事，谁也不会对它拥有回忆或真实的经验。这反映了经验的日益萎缩，这也表明了人与经验的脱离，人不再是经验的主体。看来不太可能的状况已经出现在我们的生活中：我们生活在并非构成自身经验的生活中。我们的意识存在于新闻报道式的话语方式中，因而偏偏认为：不能为这种话语方式所叙述的个人生活经验是没有意义或意指作

① ［加拿大］查尔斯·泰勒：《自我的根源：现代认同的形成》，韩震等译，译林出版社2001年版，第787页。

用不足的。"① 实际上，在90年代存在着一个悖谬的现象就是，经验的高度同质化，经验的个人化区隔日益弥散——它往往被全球化的时空分离机制和消费主义逻辑所分割和抹平，而在小说叙事中对经验的所谓"个人化"表现却甚嚣尘上。表面的经验膨胀，掩盖不了作家仅仅是在复制某种被某种公共价值所主导的"生活"。仿佛字字都有生活的底子，句句都落在实处，不凌空蹈虚，却对自己已经蜕变为生活的爬行者而不自知，甚至洋洋自得。正如陈晓明先生所指出的："过分堆砌欲望化场景，追求奇观性效果，面对'现在'的小说叙事普遍忽略复杂多变的艺术表现方法。当然，这里并不是所有的小说要进行形式主义实验，而是说小说应该有一定高度和复杂度的叙述意识，这种叙述意识未必要延续先锋派小说曾经进行过的探索老路，恰恰是融化在对当代生活的全方位表现方面，对当代有生气或没有诗意的生活重新进行编目，这需要更高的叙述视点，更广阔的叙述视野，更强的思想穿透力度。"②

本雅明用经验（Erfahrung）和经历（Eriebnis）来区分传统社会和现代社会给人的不同的精神—文化影响。他指出："经验的确是一种传统的东西，在集体存在和私人生活中都是这样。与其说它是牢固地扎根于记忆的事实的产物，不如说它是记忆中积累的经验是无意识的材料的汇聚。""在严格意义上的经验中，个体过去的某种内容与由回忆聚合起来的过去事物（材料）融合了起来。"③ 也就是说，经验体现出叙事者（讲故事的人）对过去与现在、个人和集体、特殊和一般的整合，其中蕴含着由长期

① 耿占春：《回忆和话语之乡》，广西师范大学出版社2003年版，第181—182页。

② 陈晓明：《先锋派之后：九十年代的文学流向及其危机》，《当代作家评论》1997年第3期。在这篇论文中，陈晓明集中分析了20世纪90年代小说叙事存在的不足和局限："其一，缺乏深刻复杂的思想意识和历史意识，无力在历史/现在的多元对立关系中来展开叙事。其二，过分的个人化和私人性，使90年代的文学叙事对现在的把握显得狭隘，无法在深度和广度上表现'现在'。其三，对'现在'进行表象式的书写并未达到较高的艺术水准，表现力单调而缺乏创新的动力。无法把对'现在'的有力表现与更高水准的艺术方法结合起来。其四，90年代的年轻一代的作家过分热衷于表现怪异的非常态的生活状态，这又使得他们试图表现个人的独特感受的作品殊途同归，显得雷同。其五，在文化全球化的时代，对世界格局，对当今世界思想文化潮流缺乏必要的理解与认识。其六，过分追求市场化的成功，为各种非文学的利益因素所支配，这一切都使90年代年轻一批作家的艺术水准无法上升到一个较高的层次。"

③ ［德］本雅明：《论波德莱尔的几个主题》，载王先霈等主编《文学批评术语词典》，上海文艺出版社1999年版，第566页。

的体验所产生的智慧。而在当下的中国社会中，我们也正经历着本雅明所经历过的经验能力的丧失和经验的贬值，而被本雅明称为经历的个人瞬间破碎的体验则为小说家所普遍感受，这表明个人无法用经验的、传统的方式（知识、技艺）对周围急剧变幻的现实材料进行有效的整合，“新写实”之后小说中普遍存在的新闻化、影像化叙事膨胀而悲剧感、崇高感的丧失直接相关。

按照亚里士多德对悲剧的经典定义：“悲剧是对于一个严肃、完整、有一定长度的行动的模仿。”悲剧意味着人对自己所处的困境有着清醒的认识，并赋予这种困境艺术化的形式，来实现对困境的把握。所以悲剧意识首先就是把人类文化的困境揭示出来，其次就是把人类文化的困境从形式上、情感上予以弥合。而只有当人意识到自身价值的高贵，意识到自己本质力量的强大，才可能为人的本质力量的异化而悲怆。因此，悲剧精神从本质上说，是人的自我肯定意识觉醒之后的直接现实。悲剧意识的产生来源于人的理性意识的觉醒和文学的人学主题的确立。只有理性才能使人深切体会到现实的悲剧性，才能使人直面现实的挑战——揭示本身就是一种挑战，理性是悲剧产生的前提。但理性作为特定时代人的实践力量的总和又有其历史局限性，它对于人的悲剧性的把握也无能为力。悲剧意识就产生于理性作为前提与必需和理性作为无力与无果所形成的张力之间。悲剧意识因其对困境的揭示而使人产生对现实的怀疑和质询，因其是以艺术化的形式对困境的把握而呈现出一种韧性的承受力。从这个意义上讲，“人类的悲剧意识是由暴露和弥合这两个功能场所组成的”。[①] 悲剧作为一个文化的审美的范畴，不仅需要主体情感的投入，还需要主体理性的介入，并“艺术化”而使创作者与接受者共同在恐惧和怜悯中以净化的方式达到灵魂的升华。“新时期”中后期，小说家开始淡化主体的介入，淡化所表现的人物和事件的社会—历史根源，将悲剧从一个审美的和文化的范畴演化为一个单纯的事件或行为的结果，这就将悲剧处理为悲情或悲哀。悲剧的日常生活化，使悲剧的精神也随之消失。而随着遵循快乐原则的大众文化的兴起，它所具有的娱乐性、消费性以及直接的享乐主义倾向，使拒绝悲剧称为历史的必然。这个时代，如贝尔所说：“文化大众的人数倍增，中产阶级的享乐主义盛行，民众对色情的追求十分普遍。时尚

① 张法：《中西美学与文化精神》，北京大学出版社1994年版，第90页。

本身的这种性质，已使文化日趋粗鄙无聊。”① 在社会占主导地位的日常生活意识形态，使人们沉溺于日常生活的现状，滋长着强大的现世主义、享乐主义、物质主义和感官主义，以崇高为内在主导精神的英雄主义让位于日常生活哲学，二者的冲突成为时代审美文化的一个基本冲突，理想型文化开始为世俗型文化让步。

正如克尔凯郭尔所言，焦虑在一定程度上与自由相随。“自由并不是人类个体的天赋特征，而是导源于对外在现实和个人认同的本体论理解。人类所获得的自主性源于其拓展经验传递的广度的能力：即洞悉在感知卷入的即时情景之外的客体和事件的性质。”② 人的“自由”来自于主体能够把现实、现时放在一个对个体来说可以整体和连续把握的整体性和连续性之中，这是一种本体性信念，它能够创造出一个本体性的参照系统来接受现实、理解现实，否则他就会丧失对自我的肯定，而“自我肯定的丧失是焦虑的本质”。③“新时期”小说家面临着严重的时空经验的断裂。“新时期”就是一个以“断代”的形式开始的“新历史”，80 年代末 90 年代初的市场化转型是市场经济与计划经济的“断裂”，90 年代中期以来中国社会结构的演变又出现了新的趋势，或者说，中国社会发生了一些前所未有的新变化④，而传媒、网络的发达所造成的现实经验的倒置，前现代、现代、后现代诸种文化体验的共时杂糅，更是强化了小说家的时空经验的断裂感，这种断裂使他们无法获得自身经历连续性，没有焦点的时空感觉促成了焦虑的个体情感。“新时期”之初，小说家的自我肯定是在“新时期”/“文革”“自由”/“专制”“人”/“非人”的二元对立框架中确立的，其反思、批判的勇气与立场和时代的主导政治文化有着直接的关

① ［美］丹尼尔·贝尔：《资本主义文化矛盾》，赵一凡等译，生活·读书·新知三联书店 1989 年版，第 37 页。

② ［英］安东尼·吉登斯：《现代性与自我认同》，赵旭东、方文译，生活·读书·新知三联书店 1998 年版，第 52 页。

③ ［美］保罗·蒂利希：《存在的勇气》，成穷、王作虹译，贵州人民出版社 1998 年版，第 68 页。

④ 社会学家孙立平将这种新变化概括为：“从生活必需品时代到耐用消费品时代”“资源配置：从扩散到重新聚集”“资源的集中与底层社会的形成”“社会结构显现出种种断裂的迹象”“开始出现断裂的城乡结构”“社会生活‘西西里化’于新的秩序”等几个方面的特征。［可参见孙立平《关注 90 年代中期以来中国社会的新变化》，《社会科学论坛》2004 年第 1 期（A）］

系，目标明确，态度坚决，而对“大写的人”的确立资源也来自于以鲁迅为代表的“五四”新文化对“人”的询唤与设计，西方文艺复兴、启蒙主义的人道情怀，他们有明确的对“神性”“鬼性”“人性”的感受和认知，其恐惧、痛苦与幸福、欢欣皆来自于此，作为一种政治型写作，其文本有着鲜明的焦点，并成为时代人所关注的焦点。① 这种写作的“政治性”还体现在对“细节”的“总体性”关怀上。在他们的笔下，“细节”不仅不是庸俗无聊的代称，而且是塑造人物形象的主要艺术手段，是推动情节发展的重要动力，更是传统小说包括“革命现实主义小说”（“社会主义现实主义小说”）的“总体性”和“权威”要求，“细节”是“显微镜”与“望远镜”，只有在总体性统摄下的“显微”才不会堕入沉溺于细节的自然主义，正如卢卡契所说：“艺术反映现实的客观性在于正确反映总体性，因此一个细节在艺术上的准确性与这个细节是否对应于现实中的相同细节没有关系。艺术作品中的细节只要属于精确地反映客观现实完整过程中的一个必不可少的方面，它就是对生活的精确反映，无论它是来自于艺术家对生活的观察，还是来自于由直接或间接经验所构成的想象力的创造。一个细节照相似地对应于生活的艺术真实纯属偶然、任意或主观。……仅仅将成千上万的偶然性细节简单排列永远产生不了艺术的必然性。”作家为了达到对现实本质的深刻洞察和艺术把握，为了能够对现实作出目的论或总体化的解释，“为了能够用艺术的必然性把偶然性控制于合适的语境中，必然性必须隐身于偶然性并必须表现为细节本身的内在动机。细节必须从一开始就如此选择和描写，以使它与总体的关系成为有机和动态的。对细节的这种选择和组织主要依靠对现实进行艺术的和客观的反映”。②

① 程光炜指出：“虽然与传统的政治文学不同，伤痕文学突出了人本主义的色彩，而坚决删除了文学依附于政治的做法；然而，它与传统的政治文学却又有着惊人的相似之处：例如声称为‘人民代言’，例如用意识形态之手来反抗意识形态等等。”（可参见程光炜《经典的颠覆与再建——重返八十年代文学史之二》，《当代作家评论》2005 年第 3 期）

② ［匈］乔治·卢卡契：《艺术与客观真理》，载拉曼·塞尔登编《文学批评理论——从柏拉图到现在》，刘象愚、陈永国等译，北京大学出版社 2000 年版，第 63 页。

第三节　“结构”的铁笼

随着市场意识形态对主流和精英意识形态的冲击、渗透，以及学术界知识型的转换，任何总体性的历史和现实叙事都被视为意识形态建构，背后隐藏着掌握历史、现实的野心和“权力意志”。基于此，强调脱离于整体语境，强调“日常生活”的过程的随意性，强调历史的断裂、矛盾、偶然性和不连续性，就成为自“新写实”以来小说创作的一种重要精神流向。自我从“总体”场景中逃逸并成为无家可归的流浪者徘徊于历史的街头。面对具体的“宏大叙事”而生的恐惧让位于进入由“看不见的手”所织成的“无物之阵”的焦虑。“焦虑以不同的形式，潜在地存在于每一个个体身上；如果意义、权力、信仰和秩序的惯常结构解体，它们便一跃而成为普遍的东西。”[①] 市场褪去了80年代人文主义和“主体性”哲学的肤泛化、浪漫化色彩，并以“转型”的方式照见了人之存在的非广延与非连续的一面，一种无力感由此而生。

这是一种典型的“结构”文化观。它从“先锋”小说的技术操作层面，逐步渗透到了文本的肌理和血液。“先锋”小说中人物的表象化、符码化是它最初的显形并以其“解神话”效应而赢得广泛的赞誉。而当它成为一种意识形态时，其反“人”性和反“主体”性的一面便暴露无遗。就其所揭示的人之存在是一种社会文化时空的存在这一层意义上讲，它有其不可忽视的价值、地位，它把叙事从对现实场景、客观经验的复现中挣脱出来，而将叙事看作一个生产新的意义和经验的场域，看到了叙事对社会现实的生产、建构和阐释功能，这对于古典人道主义和“主体性哲学”的肤泛化、浪漫化是一种积极的解构。但是，它向“结构”的全面认同所隐含的价值趋向也不可忽视：“结构”取代“人”成为又一个神话。既然人的经验和意识，甚至“人”都是文化和意识形态以话语的形式建构的，那么，揭示它们的构成机制，呈现话语背后运作的权力机制，而不是它们的具体内容、内涵，就成为持这一“结构”文化观的小说家写作的出发点和目的地。

---

① ［美］保罗·蒂利希：《存在的勇气》，成穷、王作虹译，贵州人民出版社1998年版，第49页。

“新时期”小说的“结构”文化观主要由几个层面构成。首先，“新时期”小说的诸多文本，包括“先锋”“新写实”“新历史”的写作，其轰动的引爆点以及意义的产生和阐释，大多在一种普遍性的“互文性”中进行，它们分别对应于国外现代后现代文本、经典现实主义文本、传统权威历史叙事文本等。尽管从文学的承传、发展的角度来看，这种情形无可厚非，但对其文本制作中普遍存在的带有较为明显的先验论意味的“结构”倾向以及由此带来的“结构”性阅读方式，也不可轻视。其次，也是最主要的，这些文本内部所潜藏“结构”文化观以及“结构”意识形态。

最简单地说，无论是“先锋”小说形式的结构化，“新写实”小说的日常生活结构化，“新历史”小说的历史结构化，“女性写作”的性别结构化，还是“个人化”写作的个体经验结构化，甚至在以“解构”为终极目的的颠覆性写作中都无处不在的“结构”魅影，都显示出“结构”的“整体性”和“本质化”威力，以及“结构”的压制力量和决定作用。将人的生活或生存的过程和场景纳入一个整体的“结构”中，人的经验的具体性复杂性，被一个个体无法把握的“结构”所控制而体现不出丝毫的主观能动性。在“先锋”小说中，“结构”体现为形式的语言对“人”的控制和压抑，在“新写实”小说中，“人”在“日常生活”的结构性压力下无所作为而不自知。带有后现代主义倾向的“新历史”小说突破传统历史小说文本将个体话语溶于权威话语的企图而强调个体话语、底层话语（或草根话语）、边缘话语、弱势话语对主流权威话语的消解，但它又对“权力”“欲望”“性”“恶”过度强调和渲染，使人对历史的发展动量、方向、目的茫然无措，它以历史叙事的文本性揭穿了隐藏于其背后的意识形态性，但又赋予了历史新的“结构”意识形态。

瑞士心理学家皮亚杰发现了在一些实体的排列组合中存在着结构，这些排列组合体现出整体性、转换，自我调整性等基本概念。实体并非由其排列组合的各部分以独立形态组成的混合物，它受决定着结构及其各个组成部分的性质的一整套内在规律所支配，并在这一规律的支配下活动；结构借助其具备的转换程序不断加工新的材料生成新的话语，但这些新的话语又被保存在它的特定结构之中；转换只在结构内部进行而不向外界求援。[1] 在受“结构”文化观支配下写作的小说体现出以上观念，在其中，“人”“历史”“世界”“本质”“理性”等任何一种因素的本质就其自身而言是没有完整意义的，它的意识由它与既定情境中的其他因素的关系所决定，也就是说，只有这一因素被整合到结构之中并成为结构的一部分，它的意义和本质才能呈现。“因此，结构主义者的最终目标是永恒的结构，个人的行为、感觉和姿态都纳入其中，并由此得到它们最终的本质。”[2] 在这种“结构”文化观的笼罩下，“人”不复是历史的主体，不复是历史的意义与归宿。意识形态接替了它遗留下的位置，成为历史的主体，而屈从于它的个人则就此失去了自身的目的、计划、理性和意志，因为个人只有在结构中并作为此结构的一部分存在，方能确立自我的主体性。因此，它也就有浓厚的命定论色彩，其文本也就散发出无处不在的虚无意味和神秘气息。区组织部的小林“调到”中央某部，位也高了权也重了，但却因纠缠于分梨、买豆腐、分房子、偷自来水等日常事务而丧失了与官僚习气作斗争的勇气，丧失了一个青年应有的朝气、遭遇挫折时淡淡的迷惘和感伤（刘震云《一地鸡毛》《单位》）；作为领导阶级一员的工人印家厚也失去了其所属阶级应有的撼天动地的宏伟气魄，家里的一切、单位的一切已经够他烦的了（池莉《烦恼人生》），就是当了皇帝又有什么意思呢，还不如做一个游走江湖的杂耍艺人更有趣（苏童《我的帝王生涯》），既然杀父仇人永远不在场（余华《鲜血梅花》），敌人也无影无踪、神秘莫测（格非《敌人》），既然革命热血青年仅仅由于房东太太近乎胡闹的行为就轻易成为自己人的刀下冤魂（李晓《相会在K市》），既然人算不如天算，一切都躲不过命运的埋伏，于是对一切都安然承受：你可以安坐酒楼，在日寇侮辱、残杀同胞时，观赏老板娘“落魄的容貌是精心打扮的，可她手举手帕的动作有些过分妖艳”（余华《一个地主的死》），看着老婆跟土匪头子睡觉也不敢言语（苏童《十九间房》），对父亲的死毫不悲悯，却对周围亲人的伤悲投以揶揄和冷漠（洪峰《奔丧》），等等。面对着权威的焦虑、经典的焦虑、生存的焦虑、意义的焦虑，使叙

---

① ［瑞］皮亚杰：《结构主义》，倪连生、王琳译，商务印书馆1984年版，第1—12页。

② ［英］特伦斯·霍克斯：《结构主义和符号学》，瞿铁鹏译，上海译文出版社1997年版，第9页。

事在“空白”“圈套”“重复”“反讽”“戏仿”“元小说”“反小说”的背后喃喃自语：“一切等级的和固定的东西都烟消云散了。”① 支撑叙事的“结构”理念观却在消解了一切之后顽强地生存了下来。在经历了“先锋”小说的形式化演绎之后，它内化为叙事中神秘的“命运”。

对索绪尔来说，语言不是现实本身，而是对现实的描述（Version），对于“先锋”及其以后的一些小说家来说，小说是一种虚构，历史是一种修辞，也不是现实本身，在其背后伫立着的是无所不在的强大的“意识形态”，它以“真实”“革命”“解放”“自由”“批判”“再现”“群体”“阶级”的名义通过渗透到写作主体之中，制约着主体看取现实的立场、态度、角度以及表现现实的艺术手段。② 从某种意义上说，此后的写作便进入一种反“意识形态”写作的“新意识形态”状态。这种“新意识形态”在对经典马克思意识形态观的反向上，接近于阿尔都塞的结构主义文化观。受马克思以唯物认识论和政治经济学为构成要义的社会结构理论的影响，阿尔都塞认为，被一定社会生产条件所决定和选择的个体要获得对自身的清醒认识，必须祛除“人道主义”所预设的“人类主体”以及由此所形成的“人的形象”的虚幻性，“由于马克思，我们知道了人类主体——经济的、政治的或哲学的自我——不是历史的‘中心’；与启蒙时期的哲学家和黑格尔相反，历史甚至是没有中心的，除非在意识形态的错误认识中”，真正的主体或具体的人类存在“并没有自我的形态，也不是以‘自我’‘意识’或‘存在’为中心的——无论他是为自身的存在、身

---

① ［德］卡尔·马克思、弗里得里希·恩格斯：《共产党宣言》，载《马克思恩格斯选集》第1卷，人民出版社1995年版，第275页。

② 马原说：“与利用逆反心理以达到效果有关的，是每个作者都密切关注着的多种技法。最常见的是博尔赫斯和我的方法，明确告诉读者，连我们（作者）也不能确切认定故事的真实性——这也就是在声称故事是假的，不可信。当然，这还要有一个重要前提，就是提供可信的故事细节，这需要丰富的想象力和相当扎实的写实功底。”（参见马原《小说》，《文学自由谈》1989年第1期）余华说：“当我发现那种以往就事论事的写作态度只能导致表现的真实以后，我就必须寻找新的表达方式，寻找的结果使我不再忠诚于所描绘事物的形态，我开始使用一种虚伪的形式。这种形式背离了现状世界提供给我的秩序和逻辑，然而却使我自由地接近了真实。……我并不认为人物在作品中享有的地位，比河流、阳光、树叶、街道和房屋来得重要。我认为人物和河流、阳光等一样，在作品中都只是道具而已。人物与河流、阳光、树叶、街道、房屋等各种道具在作品中组合一体又相互作用，从而展现出完整的欲望。这种欲望便是象征的存在。”（参见余华《虚伪的作品》，《上海文论》1989年第5期）其他作家对于“传统”写作理念也多有表述。

体的存在或‘行为’的存在——人类主体是非中心的，他由没有‘中心’的结构构成，除非在对‘自我’的虚构的错误认识中，即在自己‘认识’自己的意识形态结构中”。[①] 中国“新时期”中前期小说，出于对政治、意识形态以及庸俗社会学在历史上对人与文学双重控制的极度反感和厌恶，而诉诸人的形象的塑造和人的本质的现代化，将政治和经济等构成人的存在语境的因素，视为纯粹的束缚性的事物。以“人类”为本位的主体性的倡导，以“人”的内心世界和精神价值为中心的启蒙式的写作诉求，凭借其对“非人性”“非人道”历史的批判确立了其合情、合理、合法的存在。“一方面是个体的自主性、自足性和自律性，但是另一方面，当时的文学也多少忽视了和社会/经济结构的联系。”[②] “新时期”小说由对专制、愚昧和人性恶的批判到对美好、崇高、尊严的人性的赞美以及对人的理想化设计，到对纷繁复杂的人的内心世界的表现和生命意识的剖析，走过了一条逻辑化的发展道路。这种对个性解放和人类伟大性的歌颂，经过启蒙理性的合法化论证，明显地具有对人（无论是作为个体的人，还是作为类的人）的理性能力和情感激情的先验崇尚。如果说，“伤痕”“反思”和“改革”小说还是基于人作为一种特殊类属在世界上的优先地位，而在“人性”中寄寓着明显的社会政治含义，那么从张辛欣的《在同一地平线上》《疯狂的君子兰》，王安忆的《小城之恋》《荒山之恋》《锦绣谷之恋》以及徐星、刘索拉的“现代派”小说，则更多地显露出尼采唯意志论哲学、萨特存在主义哲学、柏格森生命哲学以及弗洛伊德精神分析学的影响。在20世纪80年代前期，“人”“人性”在大多数情况下是衡量正确与错误（从政治上说）、前进与倒退（从社会发展方向上说）、先进与落后（从社会发展指标上说）、正常与反常（从社会生活总体上说）等对立性因素的准则和尺度，在对正确的选择和对错误的批判中，它显示出无与伦比的攻击力。其内蕴的普泛性、纯粹性和抽象性也是显而易见的。在《班主任》《伤痕》《大墙下的红玉兰》《小镇上的将军》《重逢》等“伤痕”小说中，人的话语突破了阶级、界限等的重重围困而

---

① Louis Althusser, *Lenin and Philosophy and Other Essays*, New York: Monthly Review Press, 1971, pp. 218 – 219.

② 王晓明、蔡翔：《美和诗意如何产生——有关一个栏目的设想和对话》，《当代作家评论》2003年第4期。

崭露头角，但过于显露、直接的政治话语又使它载浮载沉，强调“故国八千里，风云三十年”，“寓政治风云于风俗民情画面，借人物命运演乡镇生活变迁”的《蝴蝶》《爬满青藤的木屋》《月食》《李顺大造屋》等“反思”小说，人的地位空前提高，但作家对“故国”“风云”“政治风云”“生活变迁”的相对侧重无疑也使自己对人的丰富性、复杂性以及形成于心理、性格多面性基础上的辩证性缺乏进一步的艺术表现。尽管“新时期”被视为“五四”新文学传统的回归，但作为20世纪50年代至70年代异端而存在的“写真实”话语相对于“人”话语尚且居于优势地位。从这个意义上讲，将“新时期”以来的小说潮流概括为政治反思、社会反思、文化反思是有着较为合理的理由的。值得注意的是，在这种“反思”式的写作中，“人”的回归更多地表现为，在一种“群体性”话语中人的外部社会际遇，通过人的悲剧性遭遇来实现对极“左”政治、非人政治和反人道政治的反思，个体成为反思和批判的载体、工具，人物内部心理、性格等主观冲突或者被处理为某种不同政治倾向的斗争（以《班主任》为代表），正常的人情人性与某种政治路线的冲突（以《伤痕》为代表），以“人民”为衡量标准的正确政治与错误政治的冲突（以《蝴蝶》为代表），或专制主义权力话语结构的心理模型（以《啊!》为代表），某种渗透着传统文化遗传的经济体制对现代化进程的阻碍（以《乔厂长上任记》为代表），等等。这样说，并不是否定“新时期”中前期小说在“人”的启蒙上的意义，而是说，这一时期的文本更多的是在价值尺度的意义上来使用“人”、表现“人”的，人自身的景观、厚度、丰富复杂和物质性并没有得到更多的艺术展现。王安忆的“三恋”以及徐星、刘索拉的“中国式现代派”小说，分别在历史之外的现象学意义上对人的本体给予了关注，张贤亮的《绿化树》《男人的一半是女人》则着重从“食”和“性”的普遍人性层面进行历史的反思，这一“升华”过程所呈现出的叙事上的尴尬和情感上的做作痕迹，以及发表后所引发的诸多争议，既说明了反思式的启蒙写作深化到“人学”话语所遭遇的困境：生命激情与政治信仰之间并不能如想象的一般会自然获得一种容纳性的平衡，又显示出自以为高居历史中心的知识分子叙事在“新时期”群体性话语潮流中所显露的杂糅性和过渡性。从《绿化树》《男人的一半是女人》到《习惯死亡》，从一个“右派”到一个蜚声海内外的知名作家，章永璘也完成了从“幸福地”“受难”到“痛苦地”纵情声色的蜕变。肉体受难而精神成长，肉体存活而精神死亡，这一悖论几乎可以说是“新时期”小说历程的一个缩影。将这一精神嬗变的原因单纯归于外部社会环境对主体精神支点的拆解，无疑简化了“新时期”作家启蒙叙事的复杂性，首先应该注意的是这个“精神支点”的含义到底是什么，它来自何处，作家在何种意义上接受了它将其内化于叙事之中。我们认为，正是由于“精神支点”本身的脆弱使“新时期”小说始终在现实叙述与文本实验、高雅与通俗（世俗）、陷落与升腾、崇高庄严与卑琐庸俗之间摇摆不定。而进入90年代后的“新时期”文学的自我认同危机在此之前就已经有所“预设”，市场化语境只不过起了一个催化和显影的作用而已。

“新时期”中后期的小说解构了此前的以“主体性”为核心的启蒙叙事，放弃了对人的理性化和感性诗意化的整合努力，由“走向世界”的豪情堕入“在世界中”的迷惘、无助，“大写的人”由历史主体也变成了无法直面现实的“结构人”。它精神孱弱，人格萎缩，缺乏对异己性力量和命运的抗争意志，直面死亡和毁灭的献身意识更是严重匮乏。歌德曾说：“一般来说，作者个人的人格比他作为艺术家的才能对听众要起更大的影响”[①]，而“一个作家的风格是他内心生活的准确标志。所以一个人如果想写出明白的风格，他首先就要心里明白；如果想写出雄伟的风格，他也首先就要有雄伟的人格。”[②] 在人格萎缩、消解神圣、躲避崇高的时代，在道德堕落、放纵肉欲的时代，更需有人格担当、责任担当的真正意义上的文学，从中我们可以感受到一种崇高而伟大的力量，感受到一种能将我们从绝望和痛苦中，从腐败污浊中，从实利主义和享乐主义中，引领出来的雄强力量和诗意激情，借此我们得以祛除颓废、粗鄙、油滑、低俗、虚无和酸腐，达到至真至善至美之境，“正如朗吉努斯曾在《论崇高》中所言：‘天之生人，不是要我们做卑鄙下流的动物，它带我们到生活中来，到包罗万象的宇宙中来，要我们做造化万物的观光者，所以它一开始便在我们心中植下一种热情——对一切伟大的比我们更神圣的事物的渴望。’”[③]

---

① ［德］艾克曼辑录：《歌德谈话录》，朱光潜译，人民文学出版社1978年版，第38页。

② 同上书，第39页。

③ 章安祺编订：《缪灵珠美学译文集》第1卷，中国人民大学出版社1987年版，第123—124页。

第四章

“历史”原型与精神之火

——20世纪90年代以来小说叙事的文化批判意识

第一节 “吃人”意象与“酷虐文化”批判

——《狂人日记》与《酒国》的比较

“吃人”意象，在鲁迅的笔下用来对愚弱的国民性，以及造成国民性劣性的传统社会制度、文化进行批判。在《狂人日记》中，他就将中国的历史概括为“吃人”，其后不久在给许寿裳的信中说偶读《资治通鉴》而醒悟中国人尚是一个食人民族：“所谓中国者，其实不过是安排这人肉的筵宴的厨房。”① 鲁迅“吃人”这一概括既具有比喻意义②，又是中国历史的现实，其具体内涵表现在：一是实指“吃人”现象，通过对中国传统文化中漠视生命的因素的揭露，以此批判国民性的残酷和嗜血。二是政治意义上的“吃人”，是指家族制度和封建礼教“吃人”，是对人的个体精神自由的否定，也是对人的生存发展的贬抑，由此对四千年的文化进行了批判。三是人性意义上的“吃人”，即每个人都有“吃人”的本性和可能，由此达到对人性的深刻忏悔，体现了现代主义的人性意识。“吃人”的深层蕴含在鲁迅的杂文、小说、散文、散文诗、书信中均有揭示。

到了20世纪90年代，这一文学意象在作家莫言笔下得以集中再现。在《酒国》中，莫言并不回避他关于“吃人”的构思与鲁迅的《狂人日记》有直接关系。小说借文学青年李一斗之口，对自己的写作动机进行了

---

① 鲁迅：《坟·灯下漫笔》，载《鲁迅全集》第1卷，人民文学出版社1981年版，第216页。

② 参见王乾坤《关于“吃人”》，《鲁迅研究月刊》1996年第2期。

明确剖白：“在这篇小说中，我认为我比较纯熟地运用了鲁迅笔法，把手中的一支笔变成了一柄锋利的牛耳尖刀，剥去了华丽的精神文明之皮，露出了残酷的道德野蛮内核。”“我写这篇小说，是对当前流行于文坛的‘玩文学’的‘痞子运动’的一种挑战，是用文学唤起民众的一次实践。我的意在猛烈抨击我们酒国那些满腹板油的贪官污吏，这篇小说无疑是‘黑暗王国里的一线光明’，是一篇新时期的《狂人日记》。”虽然作家采用的是戏拟和调侃的笔调，但从中依然可以看出以下几点：一是他希望用李一斗的笔“剥去了华丽的精神文明之皮，露出了残酷的道德野蛮内核”；二是对当前流行的“痞子文学”创作态度的一种反拨；三是“意在猛烈抨击我们酒国那些满腹板油的贪官污吏”。这第三条便是小说所体现的现实批判精神的重要内容。由此来看，《酒国》里写到的“吃人”意象比《狂人日记》里的吃人意象的象征指向要具体得多。莫言要说的“吃人”并非对所有的人都吃人的人性邪恶的忏悔，而是“酒国里腐败的官员吃人”，实际上是作者对“贪官污吏”的批判。当然，两者“吃人”的文学意象也有相通之处，在对“吃人”意象的深刻理解、艺术感受及由此而生的悲愤绝望心理等方面，两者异曲同工。他们所面对的吃人者都不是一两个人或者一两群人，甚至也不仅仅是家庭制度和封建礼教的弊害，而是一个有着几千年吃人履历、无所不在地摆着由吃人者、被吃者以及介于吃与被吃者共同组成的人肉宴席。在莫言这里与“吃人”的文学意象相对应的是“食婴”，他站在现实的基点上，对现时代的文化与人性进行严厉的批判。在商品经济大潮下，人类本身存在的劣根性暴露无遗。个体面对集体“食婴”的暴行时，回避责任，主动追索欲望，陷入同流合污的境地，最终沉沦。他时他地的“英雄”在金钱权势的诱惑下没落。莫言用民间话语方式描画了一个狂欢的世界。在虚幻又真实的酒国中，我们目睹了人类的残暴、血腥和文化的衰败。

《酒国》由三层时空结构相互穿插，相互补充，立体刻画了酒国市真假难分，正邪莫辨的世态人相，恰如其分地传达了一份“荒诞的真实”。其三层叙事模式是：其一，省人民检察院高级侦察员丁勾儿奉命到酒国办案；其二，以专业作家出现的莫言和酒国市业余作家李一斗之间的书信往来；其三，李一斗的九篇小说连缀一二结构中相关的人物、事件的背景和细节。三个叙事文本都在暗示“酒国”市“吃人”事件的存在和社会群体的关联。这部小说表面上与鲁迅的《狂人日记》有许多相似之处。两者批判和反思的主题是一致的，但其立足点和旨归却又不同。

鲁迅立足传统文化，对国民性反思，批判；而莫言则立足于现实社会，对现实社会文化进行现代性的反思和批判。在《酒国》中，他批判的锋芒不是指向传统文化，“如果说‘吃人’主题在鲁迅那里是一个关于民族传统文化的批判性主题的话，那么，在莫言笔下则主要是一个关于人性的和现实政治性的批判性主题”。[①] 莫言批判的锋芒不是像鲁迅那样指向几千年的封建文化，而是指向商品经济大潮冲击下沉渣泛起的现实，这种现实批判的锋芒首先指向了能够支配一切而又腐败变质的权力。小说中出现的腐败官员主要有：双胞胎似的矿山党委书记和矿长、一尺酒店的经理以及那个酒国市的宣传部副部长金刚钻等人。矿山的两位领导看上去宽厚、慈祥，温和、热情，中规中矩，他们有一套官场里的运行规则，运用奉承、宴请、假惺惺的关心引诱对手与他们同流合污，共同“大吃人肉”。一尺酒店的侏儒经理出身贫寒，中年发达，有着一连串耀眼的头衔：市个体户协会主席、省级劳模，却是一个道貌岸然的流氓，仗着权力与金钱玩弄了无数女性，可以说是人性恶的代表。金刚钻出身农村，凭着酒量好，成为酒国市的宣传部副部长。他外表温文儒雅，骨子里却是一个制造“红烧婴儿”的罪魁祸首。作者通过这些腐败官员形象，把批判的锋芒直指僵化落后的官僚体制，对其进行了尖锐的讽刺和批判。

终其一点，他们在国民性的思考上是一致的。除了与《狂人日记》中的“吃人”意象的对应点外，《酒国》文本中，也有鲁迅笔下麻木不仁的“看客”的影子。从批判、启蒙的主题来看，《酒国》对鲁迅精神的确有某种程度的继承。人类本身内蕴着野蛮与人性的两个方面，在虚幻、狂欢的酒国，面对巨大的诱惑，人类野蛮的一面越过人性的一面，展露人身的残暴和血腥。“啃食婴儿”的同时，人类在吞噬自己的希望，死亡之路是由人类自身铺就的。对社会现实的批判终归是对人类自身的审判。三层叙事文本的穿插，构架了一座虚幻又真实的“王国”，那里人类尽情地享乐，也在尽情地虚耗着自己的肉体与精神。主流世界的英模在这个世界回避责任，追求欲望，在不安惶恐中沉入粪坑。残暴兽行的受害者（金元宝夫妇、小妖精）麻木地承受着一切，面对金钱的诱惑失去话语能力，成为暴行的帮凶。集体的暴行源于个体的放纵。个体的反抗在自身的缺陷（无

---

① 张闳：《感官的王国——莫言笔下的经验形态及功能》，《当代作家评论》2000 年第 5 期。

限的欲望）和外在环境强大的同化力量下，最终妥协。

“吃人的筵席”在“五四”新文化运动期间被发现。在中国古老的大地上“吃人”早就存在了：在饥荒年代的易子而食，在愚忠时代的割股饲主，在医书中的以肉疗伤。刘再复、林岗在《传统与中国人》中，曾指出：在个别的地方，“吃人”指绵延不绝的残酷而野蛮的风俗，但更多的地方则指对独立人格和个人精神的束缚，否定和阉割。极度无视人的尊严与剥皮寝食的风俗之间很难划清界限。日常行为方式的风俗往往折射出作为“人”的文化缺陷。正如周作人《吃烈士》一文所说：“中国人本身是食人族，象征地说有吃人的礼教，遇见要证据的实验派可以请他看历史的事实，其中最冠冕的有南宋时一路吃着人腊去投奔江南行在的山东忠义之民。”又说：“前清时抓到行刺的革命党，正法后其心脏大都为官兵所炒而吃，这在现在看去大有吃烈士的意味，但那时无非当作普通的逆贼看，实行国粹的寝皮食肉法，以维护纲常，并不是妖魔之于唐僧，视为大全大补的特品。若现今吃烈士，则知其为——且正因为烈士而吃之，此与历史之吃法又截然不同者也。”① 文化精神上缺乏个性尊严和野蛮吃人风俗的流行，就不足为奇。此两点有内在相通之处，因此取而喻之。鲁迅的《狂人日记》《药》《祝福》等作品中，都有“吃人”这一主题。“吃人”的文学意象是他的独创。古老“吃人”的习俗与旧礼教、旧制度之间有契合之处，用“吃人”的文学意象来喻旧制度、旧社会，可谓恰当之至。可见，明确的理性认识和思想意图是鲁迅创作《狂人日记》的主观动因。而统摄全篇，负载作者创作意念的核心意象是“吃人”这一文学意象。“吃人”这一文学意象包含了叙事人面对强大敌人时的恐惧、激愤、绝望、悲恸等丰富的心理因素。《狂人日记》是依照狂人十三则“语颇错杂无伦次”的日记连缀起来。由狂人的颠言颠语，对周围的目光（包括狗和死鱼的眼睛）的疑惑和紧张，对周围景物荒诞怪异的感受，对周围人和物偏执性地推断过程中迷乱错杂的思路，可以看出狂人作为叙事者的不安、狂躁。作为被吃的对象，狂人对生存的环境深有戒备和敏感的直觉，当他面临被吃的境地时，翻开历史查看“歪歪斜斜的每页上都写着仁义道德”几个字，自己横竖睡不着，“仔细看了半夜，才从字缝里看出字来，满本都写着两个字是‘吃人’”，“我也是人，他们想吃我了！”伴随着自

① 周作人：《周作人早期散文选》，上海文艺出版社 1984 年版，第 58 页。

我意识的不断澄明，越来越清楚地认识到自己掉入了“吃人”的陷阱。狂人发出了震天的呐喊：“四千年来时时吃人的地方，今天才明白，我也在其中混了多年。”狂人在“被吃”到“吃”的过程中清醒。狂人一直生活在别人的眼光中，赵贵翁想害“我”又怕“我”的眼光，小孩子议论的眼光，佃户们笑吟吟的怪眼，老大夫满眼的凶光，家人怪怪的眼光，甚至狗多叫唤了两声，都使狂人臆想不断，想他们是要合伙“害我”“吃我”。在他逐渐清醒的过程中，意识到自己也曾吃人。“自己想吃人，又怕被别人吃了，都用了疑心极深的眼光，面面相觑。”在别人的眼光注视中“狂人”明白了“被吃”的必然和“吃人”的无奈。“我未必不无意之中，吃了我妹子的几片肉”，所有观照者都无不将狂人置于对象物的位置，“吃”与“被吃”都是必然的。“吃人”与“被吃”的二元对立的模式是《狂人日记》的基本叙事模式。鲁迅借由“吃人”的意象设置来批判国民性中的残酷与嗜血，批判传统文化对个体精神自由的否定，对生存发展的贬抑，因而达到对人性的深刻的忏悔。

“吃人”与“被吃”的二元对立模式在《酒国》中主要体现在丁勾儿身上。侦察员丁勾儿奉命到酒国调查地方杀食婴儿事件，尽管他精明干练而富有经验，仍然抵御不了金刚钻的凌厉攻势。在似醉非醉的情况下“误食”了“红烧婴儿”，彻底地陷入了“吃人”的尴尬境地。“狂人”是从“被吃”开始清醒，而丁勾儿则由“误食婴儿宴”陷入混沌，由开始的侦察员的身份而陷入被观察者的身份境地。在别人的眼光注视、引诱下，在群体目光的大力观照下，最终被“一个露天的大茅坑”“吃掉”，抛弃了一切“理想，正义，尊严，荣誉，爱情等等诸多神圣的东西”，“沉入了茅坑的最低层”。作为启蒙先觉者的狂人形象，对周围外在环境中的一切产生怀疑，不安和恐慌，但又无法自救。在清醒后，“赴某地候补矣”，重新混迹于“四千年来时时吃人的地方”。启蒙先觉者个体力量单薄，在面对强大的传统文化力量时，“狂人”陷入了“吃人的是我的哥哥！我是吃人的人的兄弟”的无法自救的两难境地。最后“狂人”发出了“救救孩子”的呼喊，希冀借由这一喊叫唤醒“沉睡的国民”。鲁迅在这里揭示的是传统思想文化的庞大，国民意识的高度缺乏麻木，个体的觉醒和斗争的有限性，只有呼唤千万个个体，唤醒沉睡的国民意识，战斗才有希望。丁勾儿作为野蛮行径的反抗者，最终被同化，被酒国腐化的社会所吞噬。个体意识面对强大的群体意识只有缴械，丁勾儿和狂人都没有走出生命的悖论。相对于“狂人”来说，丁勾儿境地的造成，除了外在环境的诱惑和腐蚀外，其个体生命的缺陷是更为重要的因素。在第一层叙事文本中，也就是在酒国以外的社会中，有一段关于丁勾儿现时生活状态的描写：“丁勾儿生于一九四一年，一九六五年结婚，婚后生活平淡，夫妻关系不好也不坏，有一个儿子，比较可爱。他有一个情妇。他有时非常可爱，有时非常可怕。有时像太阳，有时像月亮，有时像妩媚的猫，有时像疯狂的狗。有时像美酒，有时像毒药。他想和妻子离婚又不想离婚。他想和情妇好下去又不想好下去。他每次犯病都幻想癌症又惧怕癌症。他对生活既热爱又厌烦。他摇摆不定。他经常把手枪按在太阳穴又拿下来，胸口，心脏部位，也经常承受着这种游戏。他乐之不倦的唯一一件事是侦察破案。他是检察院技压群芳的侦察员，几位高级干部熟悉他。他身高一百七十五厘米，体瘦，皮肤黑，眼睛有点眍。嗜烟。好饮，酒量不大。牙齿不整齐，会一点擒拿术。枪法不稳定：情绪好时弹无虚发，情绪坏时百发不中。他有点迷信，相信运气。好运气经常光顾他。”由这段叙述我们可以看出优秀的侦察员同志身上的犹疑不定的性格，对一切事物缺乏判断的标准，所有的一切对于他皆是“似是非是”的状态。在他去酒国办案的过程中，好饮，好色，摇摆不定的性格，凸显了他的酒囊饭袋的角色。在布满诱惑的酒国中，丁勾儿的正义、责任、使命，被自己沸腾的欲望所淹没。他薄弱的正义感、责任心，在面对“周身金黄，流着香喷喷的油的”的“红烧婴儿”时，“持枪的手脖子酸软，枪口渐渐下落，他的眼前迷蒙一片，那只缩回茧壳的美丽的蝴蝶又开始向上爬行，恐怖的感觉沉重如巨石，压着他的肩头，他感到自己立场不稳，骨骼随时都会瓦解”，在经过怀疑、否定，内心的极大挣扎后他扔掉筷子，双手捧着油腻腻的男孩胳膊大嚼起来。丁勾儿的沉沦、被吞噬，除了外在环境的诱因外，其对自我责任的逃避，对欲望的追索是根本原因。面对集体“食婴”的暴行时，个体的欲望被释放，可见，群体的腐化离不开个体的参与。

“吃人”这一文学意象中存在“吃人”的主体，也就是“吃人”这一残暴行为的主动者、发起者。在《狂人日记》中，“吃人”指向的不是个体或群体，而是整个传统思想文化，整个民族。《酒国》中“吃人”的是地方现象，是独立于主流世界外的“疯狂的世界”和其中的人群。转型期特有的思想文化特质使一部分人，尤其是手中有权、有钱的一部分人迷失人生方向，享乐主义乘虚而入，欲望无限膨胀，使他们在主流社会中用他们的权势建立了一个独立的狂欢的“王国”。欲望是无止境的，欲望加速了人性的沉沦，当享尽了人世的荣华富贵后，他们将目光投向了“吃人”，人性中阴暗面暴露无遗。酒国中，“吃婴儿”的主体是金钱和权势的掌握者——酒国的上层人物。在第三层叙事文本中，由李一斗小说《烹饪课》中由其岳母之口把“红烧婴儿”的暴行合法化，且给予了冠冕堂皇的理由。“我们即将宰杀、烹制的婴儿其实并不是人，它们仅仅是一些根据严格的两厢情愿的合同，为满足发展经济、繁荣酒国的特殊需要而生产出来的人形小兽”，“我的岳母”一直重申“它们不是人，它们是人形小兽”，“它们本质上与鸭嘴兽没有区别”。由于权势者的欲望，残暴的行为被合法合理化。以金刚钻为代表的“食婴者”，在文明文雅的外衣下，做着“吃人”的野蛮兽行。文明与野蛮在这里并存。野蛮的行径是与文明发达同步的人和文化的异化。

莫言在这里，对那群过度饮食的“肉食者”进行了批判，对腐化的政治、颓败的个体进行了深刻的反思。“食”一直是中国这个民族及其文化的重要课题，从文化层面讲，是中国的美食文化。中国人对吃不单关心吃得饱不饱，而且还讲究吃得美，吃得有文化，吃得有美学。《酒国》大量地铺陈这种豪华、铺张、奢侈但也令人战栗的“吃”文化。小说用铺张的笔墨写了几次宴请。在侦察员丁勾儿初到酒国时，煤矿的厂长书记请他吃饭，作者在极力铺写餐厅的豪华，服务小姐的漂亮，菜肴的高级之外，不吝笔力地写到酒国市的招牌菜“红烧婴儿”：“那男孩盘腿坐在镀金的大盘里、周身金黄，流着香喷喷的油，脸上挂着傻乎乎的笑容，憨态可掬。他的身体周围装饰着碧绿的菜叶和鲜红的萝卜花。……男孩水水的眼睛回望着他，鼻孔里喷出热气，嘴唇翕动，好象要开口说话。”有论者指出：“在‘吃’的活动中表现出来的现实生存的权力关系，意味着一类人的感官享乐往往是建立在另一类的生存饥渴之上。”① 莫言对“吃”文化的权力运作机制有着清醒的认识，因此，小说中出现了对“吃”的愤怒控诉：“战国时易牙把儿子蒸熟了献给齐桓公，其味鲜美，宛若羊羔胜过羊羔……天理难容！我听到儿童们在蒸笼里啼哭，在油锅里啼哭。在砧板上啼哭。在油、盐、酱、醋、糖、茴香、花椒、桂皮、生姜、料酒里啼

① 张闳：《感官的王国——莫言笔下的经验形态及功能》，《当代作家评论》2000 年第 5 期。

哭。在你们的肠胃里啼哭。在厕所里啼哭。在下水道里啼哭。在江河里啼哭。在化粪池里啼哭。在鱼腹里啼哭。在庄稼地里啼哭。……哭啊哭，令人不忍卒听的啼哭声。从苹果里、鸭梨里、葡萄里、桃里、杏里、核桃里发出。水果店里是婴孩的哭声。蔬菜店里是婴孩的哭声。屠宰场里是婴孩的哭声。酒国的盛宴上回响着一个个被害男童的令人毛骨悚然的啼哭声。”这一段看似酒醉后的呓语，一针见血地指出了腐败官僚们的享乐是建立在另外一部分人生命被摧残之上的，其清醒程度与现实批判力度几无二致。

“论者指出：挖空心思、绞尽脑汁想出来、千奇百怪的‘美食’其实源自过度的欲望，它所指涉的是整个文化的颓废。”[①] 丁勾儿的酒国之行和饮食分不开，李一斗的小说与饮食也分不开。丁勾儿被“押解”去吃的“红烧婴儿”宴，市里领导享用的红烧骡蹄、鸡汤骡蹄，《美食杂志》介绍的蟋蟀的吃法，“一尺酒店”的著名菜式全驴宴，一道道精致的菜肴，将中国的美食文化推向极致。“食婴”事件的发生不是由于饥饿，而是由于饮食的过剩，欲望的膨胀。过度的饮食是腐化的象征。“美食”和“酒”一样，既是饮食文化的载体，又被戏剧性地纳入了意识形态的范畴而成为某种意识形态的载体，小说在第五章借“矮人酒店”掌柜余一尺的嘴道出了酒的“意识形态”身份——“你知道酒是什么？酒是一种液体。屁！……酒是国家机器的润滑剂，没有它，机器就不能正常运转！”“酒”和“美食”一样摆脱了特定角色的限制，而成为某种意识形态的代言人。在一篇随笔中，莫言写到所谓“官家的酒场”时说：“我渐渐地感到，中国的酒场，已经成了罪恶的渊薮；而大多数中国人的饮酒，也变成了一种公然的堕落。尤其是那些耗费着民脂民膏的官宴，更是洋溢着王朝末日的奢靡之气，巨大的浪费，扭曲的心态，龌龊的言行，拙劣的表演，嘴上甜言蜜语，脚下使绊子，高举着的酒杯里，似乎都盛着鲜血。”（《会唱歌的墙·我与酒》）

在酒国疯狂的世界中，整个文化亦走向颓废。美食伴随着暴行，有着极其残忍、暴力的一面，《驴街》杀驴一幕书写了血淋淋的美食暴力。“红烧婴儿”宴更是美食暴力的极端，是美食文化与“吃人”传统的重合。面对文化颓废，有的作家放弃了原有的坚持和高洁，由文学的圣坛走

① 陈燕遐：《莫言的〈酒国〉与巴赫汀的小说理论》，《二十一世纪》1998 年第 49 期。

向俗世。酒国酿造大学勾对专业李一斗博士倾慕“莫言”的才华声名，立志献身文学。他写信拜师求教，寄上自己的作品，希望获得指点并推荐到《国民文学》发表，李一斗栖身于宣传部副部长金刚钻、暴发户余一尺、高级教授袁双鱼夫妇等人组成的上层社会，对杀食“婴儿”事件耳闻目睹：他清高自诩，发奋创作，立志对沧桑世态以剥皮剜疮般地暴露，并一度以此为自己的理想和使命。但同时，李一斗始终摆脱不了权势和财富的诱惑，他与凭借金钱纵情声色的余一尺称兄道弟，对手握权力名利双收的金刚钻羡慕不已；而他献身文学的理想就像是始终拒绝发表他作品的《国民文学》一样虚无缥缈，加之上下悬空的生存困境和混乱不堪的情感纠葛，李一斗终于迅速还俗——混进酒国市市委宣传部开始了“搞宣传报道”的新生活。李一斗的生活变迁时时牵动着专业作家莫言的徘徊不定的生活状态。他最后来到酒国，走向被《国民文学》所抛弃的俗世世界。文学负载着文化，作为创作文学的作家对于文学的心态，决定了文学的价值趋向，影响到文学的生存状态。作家委身于权势，文化亦走向颓势。酒国中，不论作为美食文化的极端表现的“吃人”还是作家的生活状态，都引导我们对人性和社会文化进行深刻反思。

“吃人”的文学意象有三个层次的含义：“‘吃人’——食人者‘吃人’，由上对下施以严酷的压迫和凌辱；‘吃人’——被人吃者也食人，自己既是被压迫的对象，同时又去压迫更不如己者，既是被吞噬者，又去吞噬比自己更弱的弱者，即《狂人日记》上说的‘我亦吃人’；‘吃人’——自食，对个性的自我压抑，自我扑灭。”① 这种不假外求，自我碾灭的自食，是中国人最可怕的“吃人”。鲁迅的“吃人”这一文学意象在其作品中，尽显了它三个层次的蕴意，尤其对第二、第三层次所显示的麻木不仁、自我放逐的愚弱的国民性进行了严厉批判。《酒国》也揭橥个体在强大的群体意识掌控下，渐渐丧失话语能力，随着群体意识而流动，放弃自己思考的主体意识，成了自我“啃食者”。莫言本人并不回避对鲁迅作品的借鉴，对鲁迅精神的继承。莫言借由李一斗的信件，阐明了此点：“在这篇小说中，我认为比较纯熟地运用了鲁迅笔法，把手中的一支笔，变成了一柄牛耳尖刀，剥去了华丽的精神文明之皮，露出了残酷的道德野蛮内核——我写这篇小说——是用文字唤起民众的一次实践。我的意

① 刘再复、林岗：《传统与中国人》，安徽文艺出版社1999年版，第99页。

在猛烈抨击我们酒国那些满腹板油的贪官污吏，这篇小说无疑是‘黑暗王国里的一线光明’，是一篇新时期的《狂人日记》。”整个《酒国》就是新时期的《狂人日记》，是对现时社会文化和人性的批判的力作。《酒国》大量借用《狂人日记》中的词句，如“吃人的宴席”“我自己也吃人”，等等。透过这些表面的相似，可以看到的则是小说对鲁迅的“吃人”主题的承继，以及莫言对鲁迅批判国民性的思想的深层次继承。小说中的知情人李一斗创作的小说《肉孩》的开篇部分极像《药》的开头，写一对夫妇专门生产孩子供烹饪学院制作菜肴所用。虽然没有写到实际上的吃人，但是对国民性中的残酷与嗜血的批判则是非常深入。

除此之外，《酒国》文本中的人物许多与鲁迅作品中“吃人”含义的承载人物相重合。《狂人日记》中有段对青年的描述：“他的年纪比我哥哥小得多，居然也是一伙；这一定是他娘老子先教的。还怕已经教给了他儿子；所以连小孩子，也都总狠狠地看我。”“他”是吃人者，又是自食者。吃别人的时候，是自然的选择，是人性的惯性，是四千年来的时时“吃人”，吃来吃去，习惯成自然，将野蛮积淀下来，成了天经地义的事情，自我的残害使个人丧失精神的自主性。《肉孩》中的小宝儿的姐姐在晚上被吵醒，看到爹娘搓洗弟弟时，睡眼惺忪地问：“爹娘，你们洗他干甚么？要煮了他给我们吃吗？”在被金元宝呵斥后，只是不敢出声，手把着门框在看。小女孩的问话是那么自然直截，没有犹豫，可见在她幼小的心里，年幼的弟弟就是养来“吃的”。强势的群体意识已在幼儿身上刻下烙印，他们丧失了自我意识，高度的麻木不仁。鲁迅笔下的祥林嫂是一位不能掌握自己的命运，麻木到骨髓的人物，一生备尝艰辛，守寡帮佣，被卖改嫁，又丧夫丧子。生活对于她来说不公平之至，但她的精神世界却翻不出一丝波澜，不停地咀嚼自己的悲哀过日子：“我真傻，真的”，不断重复唠叨自己的悲惨身世，供冷漠的人群玩赏。在生命的尽头，所关心的只是“人死了之后有没有魂灵”。祥林嫂的死固然有外在环境压迫的因素，社会应负有责任，但其自身对环境压迫的认同，显然她自己也是有责任的。她所揭示的不仅是环境的压迫，而且更有主动放弃人权而与环境认同的“自食”问题。鲁迅作品中那些看客形象也是一群“自我啃食者”。在麻木冷淡中走向末路。他们的性格不是个体性的，而是全民族性的，是传统思想文化积淀下来的集体无意识。悲剧之于他们，不管是自身的还是他人的，对自己来说仍然是无关紧要的，他们不带悲喜，不带任何情感地看着自身及周围的世界。国民心理的保守、狭隘，公益精神的缺乏和主体意识的薄弱，国民性中最恶劣的部分在他们身上展露无遗。关于这一点，莫言在小说《红蝗》的结尾处也有表述："亲爱的朋友们、仇敌们！经年干旱之后，往往产生蝗灾。蝗灾每每伴随兵乱，兵乱蝗灾导致饥馑，饥馑伴随瘟疫，饥馑和瘟疫使人类无情，人吃人，人即非人，人非人，社会也就是非人的社会，人吃人，社会也就是吃人的社会。"

《酒国》虽然以现实为基点，在对国民性思考、批判上，没有鲁迅先生走得深远，但它仍涉及了国民身上根深蒂固的弱点——主奴根性，无视基本人权，横行无忌，虐杀无辜的劣根性和自甘为奴隶，泯灭自我良知，甘愿处于非人地位和处境的劣根性。"五四"新文化运动时期曾对传统文化特别是病态的国民性进行反思，但由于当时救亡主题的迫切要求，其在时间和规模上都是有限的。像鲁迅先生那样坚持从社会文化思想角度深思国民性问题，并将其作为终身职业的人并不多，所以国民性问题仍然有待进一步思考。虚伪、残酷、麻木，被杀者的无助，杀人者的冷酷，看客的麻木等国民性问题在当代语境下，仍然是具有现代感或当代意识的作家所思考的触点。《肉孩》中，作为"食婴暴行"的受害者，金元宝夫妇体现了祥林嫂式的麻木无知。"食婴"在酒国不是个体的行为，而是集体的暴行。"婴孩"的提供者、制作者、食用者构成了酒国"吃人"的完整结构。婴孩的提供者以"受害者""自食者"的双重身份出现，制作者以"看客""自食者"的双重身份出现。"吃人"再现了人类在野蛮时代残暴、冷血的一面。比起以金刚钻为代表的食用者，"婴孩"的提供者、制作者的"帮凶"身份更值得深思。集体的暴行，归根结底，源于个人的行为。金元宝夫妇在面对酒国"吃人"的大环境、面对"婴孩"所带来的巨大金钱收益时，自我主体意识丧失。除了金钱，外在世界的一切均排除在他们的意识之外，他们丧失了作为人的最基本的情感——亲情。金钱成了唯一可以让他们沉闷了无生趣的生活有一丝震动的东西。他们成了金钱的奴隶，成了没有情感和温度的行尸走肉。当酒国市烹饪学院特购处的工作人员"拍拍手，对坐在桌后的人说'特等'"时，"元宝激动万分，眼泪差点流出眶外"，亲生的血肉竟然不如一叠钱。当他接过钱时的那一刻，带着哭腔，再三确定"这些钱归我了吗"，显然，金钱的魅力，超越了一切。作为女性角色的母亲，成了没有情感的生产工具，她所生产的是一种名为"孩子"而不是"人"的特殊商品。面对自己孩子的命运，她表现了高度的麻木。当小宝儿饥饿时“女人无奈，坐在门槛上，掀开衣襟”，完全没有作为母亲的自觉，对亲生的孩子更没有丝毫的母爱可谈。在金元宝拍打小宝时，女人的不高兴不是出于疼爱，而是出于“怕”，怕“打出青紫来又要降低等级”。和孩子联系最密切的父母亲，成了亲自送孩子进油锅的刽子手。孩子作为新生命，是父母生命的延续，未竟的事业的延续，是人类的希望所在。父母亲自葬送自己的骨肉，无疑是吞噬自己的生命，摧毁人类的未来。在金元宝夫妇身上展现的国民意识的薄弱，高度的麻木愚昧，虽有传统文化的潜在存活和历史渊源的深层原因，但在新时期，在酒国发达的空间里，金钱外在的诱惑，个体对金钱占有欲的追求，也是使他们无条件认同“吃人”现实而没有一丝情感波动的基本原因。如果说个体欲望催生的麻木人群，还有酒国那些“红烧婴儿”宴的制作者，以及助纣为虐的金元宝夫妇，我们尚可将其看作传统思想文化积淀的集体无意识的国民劣根性的话，那么又是什么让美丽端庄的袁夫人和那群生机勃勃的青年学生心甘情愿地没有抵触地去学习、去制作“红烧婴儿”？当美丽的袁夫人讲解“红烧婴儿”的烹饪方法时，学生们“一个个涨红了脸，兴奋的情绪加速了他们的心脏跳动”。面对即将上演的“活杀婴儿”，他们的表现是兴奋的，这让人不寒而栗。暴力加速了他们的血液流动，又一次让人领教了人类血液中的疯狂、血腥和残暴的因子。他们是一群受过高等教育的人，所接受的是自由、平等、博爱的人文价值教育。但是，面对即将消失的新鲜生命，他们个个如痴如醉，发出一阵“大笑”。他们的兴奋，他们对生命的麻木，来自于袁夫人的承诺：“只要掌握了肉孩的烹饪方法，走遍天下都不怕。你们不是盼着出国吗？只要掌握了这道超水平大菜，你们就等于领到了永久的签证，你们就能征服洋人，无论是美国佬，德国佬，还是甚么佬”。酒国是一个虚幻的发达的城市，这里的人群面对经济的大发展，外来文化的渗入，都有着出国的强烈愿望和美好梦想。为了实现自身的追求，满足个体的欲望，他们不惜以伤害弱小的生命为代价，出卖自己的灵魂和精神。随着社会的进步，文明的发展，人类的欲望越来越膨胀，甚至发展到“吃人”的境地，走向异化的道路。黑格尔曾说过：“人们以为，当他们说‘人本性是善的’这句话时，他们就说出了一种很伟大的思想；但是他们忘记了，当人们说‘人本性是恶的’这句话时，是说出了一种更加伟大得多的思想。”恩格斯在引述这段话时解释说：“在黑格尔那里，恶是历史发展的动力借以表现出来的形式。这里有双重的意思，一方面，每一种新的进步都必然表现为对于某一神圣事物的亵渎，表现为对陈旧的、日渐衰亡的，但为习惯所崇奉的秩序的叛逆，另一方面，自从阶级对立产生以来，正是人的恶劣的情欲——贪欲和权势欲成了历史发展的杠杆。关于这方面，例如封建制度的和资产阶级的历史就是一个独一无二的持续不断的证明。”① 人的情欲促进了社会的进步和发展，反过来，社会的进步和发展，使人产生更多的欲望，欲望的无限膨胀，使人走向了“吃人”的境地，铺就了人类自己的衰亡之路。在酒国这个个体、群体腐化、文化颓废的疯狂世界中，人类为了自己的欲望，而忘却了自身的发展。在酒国的世界中，还有一类人需要看一下，其实他们也无非为了证明酒国饮食的过剩和高度的腐化。在酒国中，那些捞食残羹剩肴的人，也都油光满面。《神童》中有一群老头、老太太在烹饪学院的下水道通往小河口处等待抢食学院排泄出来的美味食物。而在莫言第一层叙事文本中，则有“街道的排水沟里升腾着乳白色的蒸汽，有一些猪头肉、炸丸子、甲鱼盖、红烧虾、酱肘子之类的精美食品”，“几个衣衫褴褛的老人用绑着网的长杆打捞那些食物。他们嘴上油漉漉的，面孔都红润。显然从这些垃圾中汲取了足够的营养”。这些被权势者视为垃圾的东西养活了一群“衣衫褴褛”的人。美食的过剩，是权势者过剩的欲望。

在《酒国》这个虚幻而狂欢的世界中，国民的弱性，人性的残暴，欲望的无餍足，社会文明、政治的腐败展露无遗。它透视了人类最大的敌人是人类自身，灾难性的生存环境和敌对的世界都是由人自己的活动造成的。莫言作为一位具有现代感或当代意识的作家，他以人文精神为起点和支点，在现实基础上，就社会、文化、政治和人性展开悲剧性的批判。因此，他在《酒国》中明显地继承了鲁迅的批判启蒙精神。他在国民性批判上虽然没有鲁迅的犀利、深刻，但他对现实政治、文化、人性的批判上，所显示的对文明、社会的发展及人的生存困境的思考则具有强烈的现代意识。

在《酒国》中，面对整个“吃人”系统残忍、血腥的暴行，出现了为数不多的反抗者（丁勾儿、小妖精），但是他们远未被描写成集正义、

① ［德］恩格斯：《费尔巴哈与德国古典哲学的终结》，载《马克思恩格斯选集》第4卷，人民出版社1972年版，第233页。

责任和使命于一身的英雄式人物，相反，他们英雄式的反抗行为在不同程度上被消解。在酒博士李一斗的《神童》中，小妖精被作为肉孩卖到烹饪学院，他是一个不足三尺的孩子，却有着“一双典型阴谋家的眼睛”“闪烁着冷冰冰的成熟光芒”。小妖精在文本中成为反抗“吃人”社会的暴动领袖。但他却是另一个十足的暴君，软硬兼施地在婴儿群体中建立自己的威信，他用同样残忍、血腥的手段咬掉不听话婴儿的耳朵，用手挖出敌人的眼睛。超过年龄的成熟，异于常人的残忍，小妖精英雄式的反抗瞬间瓦解。他不同于《红高粱家族》中集圣洁和龌龊于一身的王八蛋式的英雄好汉。余司令、罗汉大爷、奶奶、父亲都是铮铮铁骨般的英雄好汉，尽管他们抢劫、残杀、放荡，但是却积极地高扬自己的生命力，同日寇血战，用基于生命正义的抗争证明个人存在的价值。而小妖精的反抗是建立在压制同类、取得权威的基础上，这使得他反抗的价值大大地削弱。丁勾儿作为高级侦察员的使命是维护正义，救世俗于苦难，侦察员在传统样板戏中，是救苦救难、大智大勇的英雄形象。作为一个无能的侦察员，丁勾儿是世俗救星的反面形象。他的嗜酒、好色已经消解了他的英雄形象，在酒国案件的侦破过程中，他所显示的无能进一步消解了其作为英雄的形象。中国传统文学作品中，酒壮孤胆、挥洒豪气，在《红高粱家族》里，酒给人反抗的勇气，使人突破社会规范的压抑，对抗侵略者。在《酒国》中，酒则成了让人麻痹意识、失去自主权的“凶手”。酒通过醉把人由现实的、正常的、理性的生活中拖曳出来带进幻觉的、反常的、非理性的世界。丁勾儿几杯酒下肚，意识开始模糊，不能分辨真伪，失去支配自己意识的能力，面对“红烧婴儿”的案件更是陷入混沌，无法找到真实。这标志着自我意识的丧失，表明了外界力量（表面上是自然的，但根本上是社会的力量）的彻底支配。醉在这里不能被看作积极的、自律的，而应该被看作消极的、他律的行为，是自我意识的被迫放弃。丁勾儿在酒国宴席上被迫饮酒而醉，成了酒的受害者。确切地说，成为供酒者的受害者，非自愿地加入酗酒的团体，抛弃了社会秩序和心理完整，他在酒醉后肉体和灵魂发生了分裂，丧失了自我统一，规避了自己的责任。莫言在文章结尾处出现在李一斗真实而丁勾儿虚构的酒国中，加入了丁勾儿吃过的宴席，只是“红烧婴儿”没有出场。莫言用醉来重复丁勾儿的角色（他在昏沉沉中终于意识到“醉死在酒国竟跟丁勾儿一样了”），使整部小说结束在各自使命绝望的深渊中。丁勾儿在精神崩溃后沉入粪坑，彻底地消解了自己的英雄形象。正如杨小滨曾指出的："丁勾儿不但是中共建国以来一意确立的革命样板、人民救星的反面形象，也是现代文学自鲁迅以来拯救民族文化，推动历史进步等宏大主题的蓄意颠倒。"相较于丁勾儿、小妖精，李一斗笔下的鱼鳞少年，铲奸除恶，偷富济贫，颇富英雄狭义精神，但酒博士李一斗又用笔消解了他作为英雄的形象，"你想，酒国市的干部腐败到如此程度，老百姓竟然没有扯旗造反，原因何在？因为有了鱼鳞少年！大家都在暗中看着，等待着鱼鳞少年对那些贪官污吏实行惩罚，受到了鱼鳞少年的惩罚等于受到了正义的惩罚，就等于受到了人们的惩罚。鱼鳞少年实际上成了正义的化身，成了人民意志的执行者，成了维护治安的减压阀"。李一斗的笔下，鱼鳞少年的存在更大程度上是帮了酒国市的大忙，尽管酒国市的腐化天怒人怨，但他的行为却平抑了百姓的怒火，一定程度上成了帮凶，与酒国市的腐化同流合污了。在《酒国》的叙事中，英雄式的人物统统被消解，可以看作新环境下的英雄的没落。文章中老革命看守着烈士陵园，守着历史过着余生，过去的英雄只存在于过去，今日的英雄不复有昔日的意义。

"吃人"这一蕴含政治、文化、人性批判的严肃性主题，在莫言的笔下，不是大谈"魂灵"和"拯救"，而是集中了一系列的狂欢的因素，构成了一个"狂欢的世界"。人性的冷血，对欲望无休止的追求，社会的腐败在酒国这个舞台上竞相亮相。在现代汉语写作的作家中，莫言的声音是独特的，作为一位乡村走出的作家，乡村独有的生活经历，潜在地促使他最终走向民间写作立场。从总体上来说，莫言对严肃性内容的讲述和表达，既不是哭诉，也不是记账式的恐吓，而是一种欢乐的力量。正如巴赫金把狂欢看作民间文化最集中的体现，它的嘲笑、诙谐、戏谑、贬低——汇成了一条永恒欢乐的河流。莫言用民间的笔法创作了《酒国》这部都市题材的长篇小说。虽然《酒国》以其戏仿而著名，但我们从文本中仍可感受到作家的民间写作倾向，用民间欢乐、诙谐的笔调叙写人的生存、社会制度、文明等形而上的宏大主题。小说借由琳琅满目的乡土喻体，用民间嘲讽的口吻对酒博士李一斗，《酒国日报》记者袁美丽，食品学院的教授们等知识分子精英形象的嘲弄，各种带有民间揶揄色彩的人名，这些尚不足以说明酒国中作者含悲带笑的心态。辱骂、贬低是"民间"因素里最激进的话语，面对刁钻古怪而又笨拙无比的辱骂方式，我们的反应不是愤怒而是发笑。肮脏、粗俗的话语出自秀丽的女司机之口，狠毒、粗鲁的骂声发自身长不足三尺的孩童之口，愤怒被言说者和言说话语之间的巨大反差消解。在各种声音沉寂后，悲哀的情绪慢慢涌上来。民间类型的辱骂有几个明显的特点：“首先，他尽量将被辱骂者贬低为低等动物（蛤蟆、臭虫、害人虫等容易对付的小东西）；一旦出现高等哺乳动物（牛、马、驴），被骂者就只能（或者只配）是他们的生殖器或身体上的某个器官。第二，将自己同骂的对象一起贬低，意思就好像是：咱们都别活了，没有甚么意思，都变成畜生算了。第三，不顾脸面就是将平常视为秘密和禁忌的东西公开化，尤其是将生殖器官，性生活，下部的污秽物公开化。”① 在文本中，作家用贬低的、粗俗的笔调描绘着酒国的世情百态。博士李一斗《驴街》中的驴宴是以驴的各种器官做成的，尤其以性器官而成的“龙凤呈祥”更是龌龊，但在酒国却被誉为名菜。这是同骂人一样的，食用者食用了低下的动物及动物的性器官，自身也同样被贬低，颇有同归于尽的意味。生与死，高雅与卑下，强势与弱势的界限被搅乱了。而这正是“民间性”因素中的基本而永恒的力量。在《酒国》中正是这种辱骂的方式，搅混了一切是非的界限、美丑的界限、正义与邪恶的分界，使酒国成了一个混乱的广场，呈现为一种“末世景观”。

辱骂，贬低所达到的是一种意象上的反讽效果。除此之外，反讽还有其他形式。从符号学的角度来看，反讽只是提供一套符号代码，但却包含两层信息：表层信息和深层信息。表层信息和深层信息互为条件且相互颠覆彼此矛盾悖谬，由此形成二元对立的信息代码架构。无论从何种意义上而言，反讽都具有双重指涉功能，表层指涉（虚指）的含义悖谬迫使人们思索文本背后的深层指涉（实指）。深层指涉最终消解颠覆表层故意设置的形式迷障。因此，米克这样解释反讽：“既有表面又有深度，既暧昧又透明，既使我们的注意力关注形式层次，又引导它投向内容层次。”② 反讽指对某一事件的陈述和描绘，包含着与人所感知的表面的意思正好相反的含义。事实与意象之间形成对照和龌龊。言语反讽是其中一种，将一个时期的流行用语移植到另一个时期，或将一领域的专门术语移植到另一领域，语言与语境的错位就产生了压力。莫言常把真假、美丑、崇高鄙陋的事物并置，反差对照达到反讽式观照。在当代中国作家那里，“反讽”

① 张柠：《文学与民间性——莫言小说里的中国经验》，《南方文坛》2001 年第 6 期。

② ［英］D. C. 米克：《论反讽》，周发祥译，昆仑出版社 1992 年版，第 7 页。

的诙谐、幽默，“民间性”的东西，都被严肃化了，官方化了。莫言的创作是要瓦解这种“严肃性”，利用民间的诙谐、幽默，给权力戴上丑陋的面具。《酒国》中，李一斗的信件将政治术语、领袖语录、格言民谚、市井俚语进行随意的嫁接，文白雅俗，庄谐真假互相干扰，排斥冲突，变得斑驳迷离，连珠炮般的反讽话语给读者带来酣畅淋漓的快感。借李一斗对文学的诸多膨胀的亵渎式的语言，以狂欢的节奏去冲击美丑、善恶。言语和现实的错位，形成了语境压力，庄严肃穆神圣崇高崩裂成荒诞的碎片。反讽的叙事方式让我们领略到文本所含的幽默与诙谐。在诙谐与滑稽的背后，是一种真正的悲剧式的严肃。《酒国》中整个所彰显的诙谐和幽默背后，是对社会文化、政治腐化、人类的生存等严肃的主题的批判和反思。

现代性是以启蒙理性原则建立起来的对社会历史和人本身的反思性认知体系。它代表着人类最广泛而又无限进步的理念，反映着人对自身的认知和评价达到了前所未有的高度。现代性的产生和形成离不开启蒙思想的作用，离不开人们在精神文化领域的创新和反思，其发展也必将依赖于精神文化的发展，同时精神文化也必然内化为现代性的一个维度。如伯曼所言：成为现代的就是发现我们自己身处这样的境况中，它允诺我们自己和这个世界去经历冒险、强大、欢乐、成长和变化，但同时又可能摧毁我们所拥有、所知道和所是的一切。“成为现代就是成为这个世界的一部分，如马克思所说，在那里，‘一切坚固的东西都烟消云散了。’”“现代化把人变成现代化的主体的同时，也在把他们变成现代化的对象。换言之，现代性赋予人们改变世界的力量的同时也在改变人自身”。①《酒国》这部作品整体上看具有浓厚的《狂人日记》的影子，对现代性的思考，对民族、国家和社会现代化的追求是《狂人日记》和《酒国》超越文本之外的共同价值趋向。但《酒国》在当下又具有特别重要的意义。这部小说的创新意义在于“食婴”主题的叙写，在于对“吃人”的传统文化的批判，并把文化的批判与现实社会、人性的丑恶现象联系起来，揭示历史与现实的内在联系，从而把当下纳入历史范畴，使整部小说具有浓厚的历史感，历史成了当下的一面镜子。高度荒诞化的食婴主题，不仅蕴含了暴露和批判的内容，更传达了作家对现实和未来的深切期待。（本节与吴义勤先生合作）

---

① 周宪、许钧：《总序》，载马泰·卡林内斯库《现代性的五幅面孔》，顾爱彬、李瑞华译，商务印书馆2002年版，第4页。

第二节 酷刑叙事与“酷虐文化”批判
——《檀香刑》与《药》《阿Q正传》的比较

“酷虐”作为一种文化现象，它发生于特定的个体或群体之间，在虐/被虐的二元对立结构中呈现特定个体或群体的现实处境、生存状态、生命状态和精神状态。处于二元对立结构中的个体或群体往往以强/弱、施虐/受虐、杀/被杀等主动/被动浑然一体的形式出现。“酷刑”作为“酷虐”文化的重要表现方式，更着重于施刑者使用特定刑具和行刑手法，通过一定的刑罚程序，实现对受刑者肉体的惩罚、戕残乃至毁灭，从而在观刑者及更大的社会范围内达到对身体、思想、心理和精神的警戒、规训和控制。

有研究者指出：“与穷极想象力和创造力去描绘自己的生活、思想和情感体验，致力于艺术作品的创作一样，自私有制出现后，人类一直在穷极想象力和创造力去创新包括肉刑和死刑在内的行刑方式。千百年来，其‘技艺’可谓形形色色，林林总总，不断翻新，世界各国莫不如此。”刑罚和杀人作为一种客观的历史存在，是一段“抹杀不去的人类丑陋的历史史实”。酷刑“其残酷性带有原始社会食人复仇时期血族斗争的遗风”，然而就是这样一些恐怖残忍震胁人心威吓异类的屠戮行为，却引得世人“自动去奔赴行刑的仪式，甘愿承受死刑悲剧的沉重惊吓，其劲头甚至比参加某项庆典活动还要兴奋、热烈”。[①] 于是人类害怕屠戮又热衷观赏他人被屠戮的复杂心理以及人本性是善还是恶，成为文学艺术思考的重要问题。“酷刑”在不同时代不同作家的艺术文本中呈现出不同的存在形态。在对为“酷刑”进行艺术表现所选择的叙述方式的背后，隐藏着作家对“酷刑”现象和“酷虐”文化的不同社会心理、价值评判和道德意识，甚至连作家本人也未察觉的潜意识心理。

鲁迅是中国“酷虐文化”的集中展示者和激烈批判者。早在《狂人日记》中，他就将中国的历史概括为“吃人”，其后不久在给许寿裳的信中说偶读《资治通鉴》而醒悟中国人尚是一个食人民族：“所谓中国者，

---

① ［法］马丁·莫内斯蒂埃：《人类死刑大观·译本前言》，袁筱一等译，漓江出版社1999年版，第1—2页。

其实不过是安排这人肉的筵宴的厨房。”[①]“吃人”这一概括既具有比喻意义[②]，又是中国历史的现实。“吃人”的深层蕴含在鲁迅的杂文、小说、散文、散文诗、书信中均有揭示，我们再从鲁迅小说中的“酷刑”叙事做一些简单的分析。

众所周知，鲁迅的弃医从文源起于他在日本仙台医学专门学校所看到的“砍头”示众“盛举”，而鲁迅小说直接涉及酷刑的主要有《药》《阿Q正传》两篇，且二者写的都是“杀头”。鲁迅在《呐喊·自序》中，对“砍头”的描写可谓简练至极：“一个绑在中间，许多人站在左右，一样是强壮的体格，而显出麻木的神情。”对于砍头的具体细节和过程，作者未置一笔，而对“绑着的”和“围着的”“赏鉴这示众的盛举的人们”的“麻木的神情”则写意传神。酷刑作为一种规训和惩罚机制，其构成可分为几个要件：施刑者、受刑者、刑罚工具、场面和过程、观刑者。从这两篇小说来看，在构成酷刑的几个要件中，鲁迅唯一着重表现的是受刑者和观刑者。那么，鲁迅为什么不去写对观刑者最富吸引力的“砍头大观”以发泄胸中的愤怒（鲁迅可是一个“易怒的老人”呢），或提高作品的销量和阅读率以获得更多的稿费和版税呢（在他生活的时代，这是作为自由撰稿者所不得不考虑的事，鲁迅也不例外）？到底为什么：是不能，是不忍，还是不欲？

综观鲁迅的创作，对“酷刑”的叙述可并不总是如这般一略而过，让心怀期待的我们意犹未尽，扫兴而归的。深得中国历史文化精髓与奥义的鲁迅对“文明古国”从古至今的诸种酷刑可谓了如指掌，并在其艺术文本中给予了淋漓尽致的表现。他在《病后杂谈》中就引述了一系列“文明古国”酷刑的类型、方法和场景。就类型讲，鲁迅列举的有：宫刑、幽闭、大辟、剥皮（分张献忠式、孙可望式）、凌迟、灭族等。就方法、场景讲，《蜀龟鉴》卷三载张献忠剥皮：“剥皮者，从头至尻，一缕裂之，张于前，如鸟展翅，率逾日始绝。有即毙者，行刑之人坐死。”《安龙逸史》载孙可望剥李如月皮：“剖脊，及臀，……及断至手足，转前胸……至颈绝而死。随以灰渍之，纫以线，后乃入草，移北城门通衢

① 鲁迅：《坟·灯下漫笔》，载《鲁迅全集》第1卷，人民文学出版社1981年版，第216页。

② 参见王乾坤《关于“吃人”》，《鲁迅研究月刊》1996年第2期。

阁上，悬之……”[①] 晚年在给友人的信中，他还提道：“五六年前考虐杀法，见日本书记彼国杀基督徒时，火刑之法，与别国不同，乃远远以火焙之，已大叹其苛酷。后见唐人笔记，则云有官杀盗，亦用火缓焙，渴则饮以醋，此又日本人所不济也。”[②] 在另一处，他又引用了《申报》的一则涉及“现代”酷刑的新闻：“……以布条遍贴背上，俟其稍干，将布之一端，连皮揭起，则痛彻心肺，惨不忍闻。”并说：“‘酷刑’的记载，在各地方的报纸上是时时可以看到的。”[③] 可见，酷刑在当时可谓比比皆是且花样繁多，加之鲁迅又颇为精通历史中的“酷刑”，那他在小说中为何却又如此吝啬笔墨呢?

与鲁迅小说中几乎难以窥见的酷刑叙事相比，酷刑在莫言小说中不仅栩栩如生、纤毫毕现，甚至成为了一种令人叹为观止、毛骨悚然的暴力奇观。

《红高粱家族》中最令人怵目惊心的莫过于活剥“罗汉大爷”的暴力场景。莫言对此似乎有种享受式的痴迷，无论是描述整个剥皮的宏观流程，还是每一个部位的微观审视，他对整个场景的书写可谓津津乐道、巨细无遗。比如当他述及两只被割掉的耳朵的状态时，就不无暴力地写道：“父亲看到那两只耳朵在瓷盘里活泼地跳动，打击得瓷盘叮咚叮咚响。日本兵拖着瓷盘，从民夫面前，从男女老幼们面前慢慢走过。父亲看到大爷的耳朵苍白美丽，瓷盘的响声更加强烈。”与《檀香刑》中蔚为大观的刑场刑罚相比，这种剥人皮表演实在是莫言崭露头角、牛刀小试而已——从某种意义上说，这部奇书简直可以称为“刑场文学”了。

《檀香刑》中有六大刑场处决场面：赵甲看刽子手处决犯人；刽子手余姥姥腰斩国库库丁；余姥姥和赵甲在皇帝面前用“阎王闩”处死太监小虫子；赵甲斩首“戊戌六君子”；赵甲凌迟刺杀袁世凯未遂的钱雄飞五百刀；赵甲给孙丙上檀香刑。行刑的场面越来越壮观，行刑者的技艺越来越炉火纯青、出神入化，小说接连不断地蓄势、铺陈，直至上演了一场惊

---

① 鲁迅：《且介亭杂文·病后杂谈》，载《鲁迅全集》第 6 卷，人民文学出版社 1981 年版，第 165—167 页。

② 鲁迅：《书信·340524 致杨霁云》，载《鲁迅全集》第 12 卷，人民文学出版社 1981 年版，第 427 页。

③ 鲁迅：《南腔北调集·偶成》，载《鲁迅全集》第 4 卷，人民文学出版社 1981 年版，第 584 页。

天动地的檀香刑。

关于“阎王闩”，小说首先写了小虫子的眼睛：“这是个眉清目秀的小伙子，文文静静地，乍一看是个大姑娘。尤其是他那双眼睛，生得真叫一个俊：双眼叠皮，长长的睫毛，眼珠子水汪汪的，黑葡萄一样。这种酷刑的‘精彩’全在犯人的那双眼上”，进而写了刑罚时的场景：“可惜了一对俊眼啊，那两只会说话的、能把大闺女小媳妇的魂儿勾走的眼睛，从‘阎王闩’的洞眼里缓缓地鼓凸出来。黑的，白的，还渗出一丝丝红的。越鼓越大，如鸡蛋慢慢地从母鸡腚里往外钻，钻，钻……噗嗤一声，紧接着又是噗嗤一声，小虫子的两个眼珠子，悬挂在‘阎王闩’上了。”形神皆备，绘声绘色。

关于凌迟钱雄飞，《檀香刑》首先借助赵甲的眼光对刑罚对象进行了如此描绘：“他执刑数十年，亲手做过的活儿有近千件，但还是第一次见到如此匀称健美的男性身体。罪犯隆鼻阔口，剑眉星目，裸露的身体上，胸肌发达，腹部平坦，皮肤泛着古铜色的光泽。尤其是这家伙的脸上，自始至终挂着嘲讽的微笑。”然后莫言用整整二十页巨细无遗地展示赵甲五百刀凌迟钱雄飞的嗜血场面。屠杀成为艺术，凌迟成为表演，群众成为观众，刽子手反成主角。“当赵甲用刀尖扎着钱肉转圈示众时，他感到自己是绝对的中心，而他的刀尖和刀尖上的钱肉是中心里的中心。”小说在凌迟场面的展示中将行刑者和围观者的享虐心理展露无遗：“你如果活干得不好，愤怒的看客会把你活活咬死……在演出的过程中，罪犯过分地叫喊自然不好，但一声不吭也不好。最好是适度地、节奏分明地哀号，既能刺激看客的虚伪的同情心又能满足看客邪恶的审美心。”在观刑中，“所有的人都是两面兽，一面是仁义道德、三纲五常；一面是男盗女娼、嗜血纵欲”。书中反复强调凌迟大刑中，犯人必须在最后一刻毙命，赵甲也感到：“如果让钱在中途死去，那刑部大堂的刽子手就真的变成了下九流的屠夫。”在这整整二十页的篇幅里，赵甲阉割钱雄飞并生剜其双眼的场景写得惊心动魄：

赵甲不再去看那张令他心神不安的悲壮面孔。他低头打量着钱的那一嘟噜东西。那东西可怜地瑟缩着，犹如一只藏在茧壳中的蚕蛹。他心里想：伙计，实在是对不起了！他用左手把那玩意儿从窝里揪出来，右手快如闪电，嚓，一下子，就割了下来。他的徒弟高声报数：

“第五十一刀！”

他把那宝贝随手扔在了地上，一条不知从哪里钻出来的、遍体癞皮的瘦狗，叼起那宝贝，钻进了士兵队里。狗在士兵的队伍里发出了转节子的声音，很可能是受到了沉重的打击。这时，一直咬住牙关不出声的钱雄飞，发出了一声绝望的嚎叫。赵甲对此尽管早有思想准备，但还是吓了一跳。他不知道自己的眼睛打闪一样眨巴着，他只感到双手灼热、胀麻，仿佛有千万根烧红了的针尖，刺着自己的手指，难忍难挨的滋味无法形容。钱的嚎叫声非驴非马，十分地瘆人。他的嚎叫，让在场观刑的武卫右军全体官兵受到了深刻的刺激和巨大的震动。按理说袁世凯袁大人也不可能无动于衷。赵甲无暇回头去探看自己身后的袁大人和他的高级军官们的表情，他听到那些马都在打着表示惊恐的响鼻，马嘴里的嚼铁和脖子下的铃铎发出丁丁当当的声响。他看到执刑柱后那被绑腿缠得紧绷绷的腿都在不安地抖动着。钱连声嚎叫，身体扭曲，那颗清晰可见的心脏跳动得特别剧烈，“嘭嘭”的声音清晰可闻。

惊恐的背后不仅是目睹钱雄飞痛苦表情和残破肢体而引发的生理疼痛，更多的是对赵甲施虐心理的期待和紧张。无论是刑罚的围观者还是读者都自觉不自觉地加入施虐的行列：围观者并未因为钱雄飞的痛苦而四散而去或哀求减刑，读者也并未因为酷刑的惨烈和血腥而停止阅读，反而会因此而激发起进一步的阅读兴趣，甚至会在惊惧中不自觉地反复咀嚼凌迟所带来的莫名快感。他们会惊恐，会齿冷，会疼痛，但在这背后却往往是享受屠杀盛宴的共同心理。钱雄飞健美刚劲的身躯和刚正不阿的品格震慑了观刑者，也为刽子手的执刑提供了绝好机会。这里执刑和受刑是一场精彩的表演，执刑者犹如一位技术精湛的解剖师，手法娴熟，游刃有余，受刑者则是血气方刚的硬汉——他目睹自己健美壮硕的身躯被利刃一刀一刀、一片一片生生地切割。

钱雄飞受刑过程中还穿插着中国历朝统治者如何将凌迟这丧失人性的酷刑“艺术化”的叙述，以及余姥姥凌迟一个图财害命的绝色妓女的故事：

在师傅的心中，那个美妙无比的美人，先是被一片片地分割，然后再一片片地复原。在周而复始的过程中，师傅的耳边，一刻也不间断地缭绕着那女子亦歌亦哭的吟唤和惨叫，师傅的鼻子里，时刻都嗅得到那女子的身体在惨遭脔割时散发出来的令人心醉神迷的气味。……她的身体已经皮肉无存，但她的脸还丝毫无损。只剩下最后的一刀了。师傅的心中一片酸楚，剜了她一块心头肉。那块肉鲜红如枣，挑在刀尖上宛如宝石。师傅感动地看着她的惨白如雪的鹅蛋脸，听到从她的胸腔深处，发出一声深沉的叹息。她的眼睛里似有几粒火星在闪烁，两颗泪珠滚下来。师傅看到她的嘴唇艰难地颤抖着，听到她发出了蚊虫鸣叫般的细声：冤……枉……她的眼神随即暗淡无光，她的生命之火熄灭了。她的在执刑过程中一直摇动不止的头颅软绵绵地向前垂下，头上的黑发，宛如一匹刚从染缸里提出来的黑布。

公开刑罚具有一种司法——政治功能。“它是重建一时受到伤害的君权的仪式。它用展现君权最壮观时的情景来恢复君权。”① 公开刑罚中的享虐行为主要通过刽子手（有时也包括群众）的施虐及刑犯的受虐行为表现。它把人的生命分割成“上千次的死亡”②，在生命停止之前制造最为深刻精致剧烈华丽的痛苦。小说对刑罚的政治权力血液进行了分析：“据他自己分析，刽子手向监刑官员和看刑的群众展示从犯人身上脔割下来的东西，这个规矩产生的法律和心理的基础是：一，显示法律的严酷无情和刽子手执行法律的一丝不苟。二，让观刑的群众受到心灵的震撼，从而收束恶念，不去犯罪，这是历朝历代公开执刑并鼓励人们前来观看的原因。三，满足人们的心理需要。无论多么精彩的戏，也比不上凌迟活人精彩，这也是京城大狱里的高级刽子手根本瞧不起那些在宫廷里受宠的戏子们的根本原因。”《檀香刑》以刑罚命名，书中的种种行刑场景无疑是华彩乐章，它们展现了“权力的微观物理学”的奇异运作、“政治躯体”的充分表演、历史书写的吊诡和刑场（广场）狂欢节对权力的颠覆。莫言以绚烂而又残酷之笔如庖丁解牛恢恢乎游刃于历史、权力、民间、人性之

① ［法］米歇尔·福柯：《规训与惩罚》，刘北成、杨远婴译，生活·读书·新知三联书店2003年版，第53页。

② 同上。

间，酣畅淋漓地解剖了纠结在刑场行刑之上的权力、历史的幽暗。正如有论者所言：“酷刑在表面上是国家主义的专利，一如刽子手是国家公务员中的一种，但这酷刑戏剧终究是一种国家与人民合谋的节日，人民不仅是演剧的观众和拥有者，更是它的主权拥有者。人民需要一个这样的颂扬暴力的仪典，犹如需要一场古老的人肉祭来满足灵魂的需要。在这种仪式上，牺牲者（祭品），祭司（法官与刽子手）和观众（人民）结成了神圣同盟。人民目击着暴力在酷刑的进程中被实施，赞叹着鲜血、人肉的碎片、受刑者的痛嚎、姗姗来迟的死亡和照亮茫茫黑夜的火焰。”①

统治者极尽刑罚之能事，目的就是要充分显示权力的神圣不可侵犯，通过对围观者的震慑以起到杀一儆百、巩固权力的意图。因为受刑者微不足道的罪犯地位和任由处置、宰割的弱势处境，戊戌六君子、钱雄飞、孙丙的肉体就成了统治者想方设法演练权力的所在。正如福柯所言，在过分的酷刑中包含着一整套的权力经济学。它将胆敢践踏法律的臣民与展示具有威力的全权君主之间的悬殊对比发展到极致。它用罪犯的肉体来使所有的人意识到君主的无限存在。因此，酷刑极刑又是一种延续生命痛苦的艺术，它把人的生命分成上千次的死亡，在生命停止之前，制造“最精细剧烈的痛苦”：“死刑也是一种酷刑，因为它不仅剥夺了人的生存权，而且它也是经过计算的痛苦等级的顶点，它包括从斩首（这是将全部痛苦化简为在一瞬间完成的一个行为——这是零度的酷刑），绞刑、火刑和轮刑（这些都延长了痛苦），到肢解活人（这种方法使人的痛苦达到极点）。最后，极刑是一种延续生命痛苦的艺术，它把人的生命分割成‘上千次的死亡’，在生命停止之前，制造‘最精细剧烈的痛苦’。酷刑是以一整套制造痛苦的量化艺术为基础的。不仅如此，这种制造痛苦的活动还是受到调节的。酷刑将肉体效果的类型、痛苦的性质、强度和时间与罪行的严重程度，罪犯的特点以及犯罪受害者的地位都联系起来。制造痛苦有一套法律准则。”② 死亡降临的无限延宕使行刑成了可量化、可控制、可调节的制造痛苦的行为艺术，根据肉体效果的类型、痛苦的性质、强度和时间与罪

① 朱大可：《流氓的盛宴：当代中国的流氓叙事》，新星出版社2006年版，第255—256页。

② ［法］米歇尔·福柯：《规训与惩罚》，刘北成、杨远婴译，生活·读书·新知三联书店2003年版，第36—37页。

行的严重程度，罪犯特点的不同，这个行为艺术的每一次表演各异。正如小说中师傅所说：“一个优秀的刽子手，站在执行台前，眼睛里就不应该再有活人；在他的眼睛里，只有一条条的肌肉、一件件的脏器和一根根的骨头。”“师傅说，完美的凌迟刑的最起码的标准，是割下来的肉大小必须相等，即便放在戥子上称，也不应该有太大的误差。这就要求刽子手在执刑时必须平心静气，既要心细如发，又要下手果断；既如大闺女绣花，又似屠夫杀驴。任何的优柔寡断、任何的心浮气躁，都会使手上动作变形。要做到这一点，非常的不容易。因为人体的肌肉，各个部位的紧密程度和纹理走向都有不相同，下刀的方向与用力的大小，全凭着一种下意识的把握。师傅说，天才的刽子手，如皋陶爷，如张汤爷，是用心用眼切割，而不是用刀、用手。”经过了四十多年的磨练，赵甲已经达到了这种炉火纯青的境界。这种酷刑的残酷性、展示性、仪式化、力量悬殊的演示等特点使之具有了“观赏性”，满足了统治者看一场独一无二的大戏好戏的心理，而这种变态的观赏需求刺激了刽子手赵甲的想象力、创造力、表演欲，使刑罚不断花样翻新精益求精。酷刑在杀戮的被延缓和围观者屏息凝神注视的过程中获得了强烈的形式感和审美意义上的观赏价值，杀人超越了刑罚的范畴带上了戏曲表演的色彩，参与肉体斫砍成了刽子手和围观者的艺术化理想。受刑者死得价值实现与否及大小，甚至取决于广场上的这一公开处决是否符合美学和艺术的标准，刑场是否能转换成一个灿烂辉煌的剧场：“师傅说刽子手对犯人最大的怜悯就是把活儿做好，你如果尊敬她，或者是爱她，就应该让她成为一个受刑的典范。你可怜她就应该把这活儿干得一丝不苟，把该在她的身上表现出来的技艺表现出来。这同名角演戏是一样的。”

那么这里有一个问题，就是：精通中国“吃人”文化和暴力哲学的鲁迅，为什么没有如莫言一般精细地展示这刑场上的狂欢呢？

细细想来，作者显然既非不能，又非不忍，乃是不欲也。鲁迅之所以要进行这样的艺术处理，原因是多方面的。这首先是因为他在叙述“酷刑”时所执着的是“他们的精神”、灵魂和心志。他的一篇杂文透露了所以如此的缘由。在这篇文章中，鲁迅在摘引了《申报》上一则“文笔做得很好”的长沙全城空巷观看处死刑者的奇观后，引用罗喀绥夫斯奇的话写道：“安特列夫竭力要我们恐怖，我们却并不怕；契诃夫不这样，我们倒恐怖了。”文章最后“还要揭出一点黑暗，是我们中国现在（现在！不是超时代的）的民众，其实还不很管什么党，只要看‘头’和‘女尸’”。[①] 这对于我们理解鲁迅何以不写酷刑场面及他的国民性批判立场是深有帮助的。它至少给我们几点启发：首先，真正的恐怖，不在于对肉身的残忍杀戮，不在于血腥的场面描写。其次，现在的民众并不关心超出他们实际生理心理范畴的“光明”“黑暗”“出路”等抽象语词，他们只是“铲共大观”的“旁观者”。最后一点，也是很重要的，即从鲁迅思想发展的现实来看，民众的现状并非永远“超时代的”如此。在鲁迅的眼中，对个体的肉体消灭和生命剥夺固然可怕，对血腥的渲染性描写固然可能因对死亡的恐惧而引起人对生命的珍视，从而产生相应的惩戒作用。但对于杀戮者来说，他对统治的维护主要是通过对人心的禁锢、麻醉和精神虐杀来实现的，刑罚只是必要的辅助手段。“中国之治，理想在不撄……有人撄人，或有被人得撄者，为帝大禁，其意在保位，使子孙王万千世，无有底止，故性解（Genius）之出，必竭全力死之；有人撄我，或有能撄人者，为民大禁，其意在安生，宁蜷伏堕落而恶进取，故性解之出，亦必竭全力死之。”[②] 对于撄人者/得撄者、撄我者/撄人者，“帝”与“民”都“必竭全力死之”。而为统治者与被统治者的这种共同心理、现实需求提供理论依据的是“圣人之徒”，是他们的“意见和道理”将民心纳入了封闭的思维轨道。未庄人认为阿Q坏，所以被枪毙，而被枪毙就是他坏的证据。思维的封闭性循环论证就是“民”心志不张的表现，民间的道义心、正义感、同情心等思想与情感的发生机制与表现形态笼罩着浓重的主流统治思想阴影。作者在进行艺术表现时，所使用的是“精英”与“民间”交融而形成的第三视角：既非高坐俯视，也非俯首低眉。“自我”产生于二者的对话过程，他不是“精英”或“民间”任何一方霸权的代理人。“哀其不幸，怒其不争”就产生于这种真诚对话机制的运作。鲁迅不是“民间”的盲目崇拜者，无论是对未庄的“乡土民间”还是城里的“市井民间”他都保持着足够的警惕并进行了理性的批判。他喜欢、推崇民间戏

---

① 鲁迅：《三闲集·铲共大观》，载《鲁迅全集》第4卷，人民文学出版社1981年版，第106页。

② 鲁迅：《坟·摩罗诗力说》，载《鲁迅全集》第1卷，人民文学出版社1981年版，第68页。

曲并将其视为和童话、民谣一样的人民群众的口头创作[①]，但对其中的一些“圣人之徒的意见和道理”及其具体叙事手法（如奴才哲学、红颜祸水论、因果报应论、迷信思想、“大团圆”模式等）进行了系统深入的剖析，并于1931年首次提出“旧瓶可以装新酒”。[②] 鲁迅是在“民间”与“启蒙”相遇、对话中共同抵抗“意见和道理”的污染，重构一个新的“精神”话语空间。

这也就无怪乎在阿Q的心目中“枪毙”就是“杀头”了：它们都意味着对个体生命和精神的残酷剥夺。“躯体的腐朽断裂，犹可担待，重寻心灵的头绪，才是首要之务。”[③] 鲁迅的各种文本无不挥毫于“精神的虐杀”。作者在“呐喊”时期虽然从历史和现实中对知识者、先觉者的思想、灵魂、精神和所走过的路进行了思考和自我批判，但其笔墨主要还是落在看/被看的场景设置中，观刑者是只有“合群的爱国的自大”而没有“个人的自大”的庸众，是只会赏鉴残暴与痛苦的松散聚集的看客，被看者（受刑者）则往往有两种情况：“独异个人”（“精神界之战士”）或庸众中的一员。

《药》写对“独异个人”的刑罚。小说从华老栓在暗夜中起身买馒头开始，到大亮茶馆开门、茶客喝茶闲谈，直到康大叔闯进茶馆点出华老栓买人血馒头为小栓治痨病为止，在小说近一半篇幅内活动的都是庸众。“独异个人”——受刑者则始终被置于后台。《药》写了三个“反面”（以传统的眼光来看）人物：康大叔、阿义、夏三爷，康大叔是实写，曾不止一次出场，后两者是虚写，被作者置于幕后，但阿义的贪婪凶残和夏三爷的自私阴险都通过康大叔的言行透露出来。夏瑜则是不在场的在场，他早在华老栓清早买人血馒头、看客纷纷赶赴刑场就已经出场，并在最后夏四奶奶上坟时再次出现——他因与其他人物的“密切”关系而无处不在。作者对夏瑜受刑的场景、过程并没有进行正面描写，“一阵脚步声响，一眨眼，已经拥过了一大簇人”——夏瑜被押解到刑场；“那三三两

---

① 在写于1922年的《社戏》中，鲁迅把在北京看名角演出京剧和少年时与农民的孩子看社戏进行了鲜明的对比，前者是雅化的正统大戏，它使作者“醒悟到在这里不适于生存了”，后者是源于民间传达民众情感思想的民间戏曲，是作者再也看不到的“好戏”。

② 鲁迅：《准风月谈·重三感旧》，载《鲁迅全集》第5卷，人民文学出版社1981年版，第325页。

③ ［美］王德威：《从头谈起——鲁迅、沈从文与砍头》，载王德威《想象中国的方法：历史·小说·叙事》，生活·读书·新知三联书店1998年版，第136页。

两的人，也忽然合作一堆，潮一般向前赶；将到丁字街口，便突然立住，簇成一个半圆”——看客们争先恐后地赶赴刑场排好阵势，等待“杀人大观”；“脖颈都伸得很长，仿佛许多鸭，被无形的手捏住了的，向上提着”——看客们观刑的“美妙姿态”；“似乎有点声音”——夏瑜被砍头。在写《药》时，鲁迅还没有集中展开对知识者和“精神界之战士”的审视和自审，其笔墨还主要落在“愚弱的国民”，所针对的主要还是传统历史文化和社会现实语境、氛围，是存在于“历史”和“现实”中的“无主名无意识的杀人团”对知识者和先觉者无声的谋杀。“掊物质而张灵明，任个人而排众数”，“况人群之内，明哲非多，伧俗横行，浩不可御，风潮剥蚀，全体以沦于凡庸”，鲁迅在这一时期所尊崇的是以“凡一个人，其思想行为，必以己为中枢，亦以己为终极：即立我性为绝对之自由者也”[①] 为核心的不合众器、独具我见的个性主义，他以此在个人/众数、明哲/众庶、庸众/天才的对立式思维构架内展开“人国”思想的构筑。鲁迅曾对英法美诸国政治制度进行概括性描述：“扫荡门第，平一尊卑，政治之权，主以百姓，平等自由之念，社会民主之思，弥漫于人心”，指出它迥异于中国的皇权（君主）专制，是以“个人”——的“社会之分子”为指归的现代民族国家。中国要现代化首在“立人”，由个体主体的建立走向民族主体的建立——“立国”。这样，鲁迅就把个性主义（对底层“不争”的“恨”）与人道主义（对百姓“不幸”的“哀”）结合了起来。对“盲瞽鄙倍之众”“个性”和“灵明”的伸张，既是鲁迅对“旧有之文明，而加之掊击扫荡”的武器，又是他对“物质”“富有”之“近世文明”进行反思的依据。于是，个体的精神存在（“人心”）就成为鲁迅的关注焦点，也是《呐喊》以庸众为病象解剖的标本，在先觉/庸众之间形成的张力中叙事的思想内核。

在鲁迅的笔下，作为“庸众”之一员的阿 Q 只是一具缺少灵魂和内心自我的躯体，在被砍头之前，他已经被“圣人之徒的意见和道理”剥夺了精神和灵魂的生存，过着一种非存在的无意义的生活。“这刹那中，他的思想又仿佛旋风似的在脑里一回旋了”，他记起了那永远不远不近地跟定他的饿狼似的又凶又怯的鬼火似的眼睛，它们“又钝又锋利”，“似乎远远的来

---

① 鲁迅：《坟·文化偏至论》，载《鲁迅全集》第 1 卷，人民文学出版社 1981 年版，第 46、51 页。

穿透了他的皮肉”，“不但已经咀嚼了他的话，并且还要咀嚼他皮肉以外的东西，永是不远不近的跟他走”。而且“这些眼睛们似乎连成一气，已经在那里咬他的灵魂”。这些对死亡恐惧的记忆和感受，是阿Q临刑前的生命本能反应——作者是在用清明的启蒙理性使他的混沌得以清晰呈现。阿Q始终没有对自我、现实及其相互关系的明确认知，正如《药》中的华夏两家、康大叔和喝茶闲谈的茶客们。夏瑜是被看者中“独异个人”的典型，他和狂人、吕纬甫、魏连殳等所构成的“精神界之战士”谱系与“庸众”间形成了一种隔而不通的关系。“精神界之战士”不被理解的孤独、悲哀，与民众的隔膜，恰似一堵厚障壁，阻塞于启蒙者/被启蒙者、拯救者/被拯救者、个体/群体、儿子/母亲之间，阻塞于付出与回报、牺牲的事实与意义价值之间。“暴君治下的臣民，大抵比暴君更暴；暴君的暴政，时常还不能餍足暴君治下的臣民的欲望。”① “庸众”是残暴嗜血的“戏剧的看客”，在他们的眼里，刑罚就是“悲壮剧”或者“滑稽剧”，一切要看受刑者的临场表现，于是阿Q的被砍头就因为他猥琐、怯懦、无能、可笑的表现而被视为一出“他们多半不满足”的“不佳”的滑稽剧。

简言之，从受刑者来看，对作为“精神界之战士”的夏瑜，小说有意忽略了对其形象的正面叙述、描写而竭力刻画市井的茶客的“舆论”，忽略了行刑工具、程序和场面的描写而关注刑场看客的行为、形态，但先觉者（受刑者）是不在而又无处不在的在场者。阿Q作为“盲瞽鄙倍之众”，作者却想“我要给阿Q做正传，已经不止一两年了”，并有“才下笔，便感到万分的困难”之感。作者竟把先觉者置于幕后，而为自己连姓名也不清楚的乡间流民树碑立传，来“做这样一篇速朽的文章”。何以如此？这自然与作者此时更为关注“庸众”，以及他将阿Q视为“愚弱的国民”的标本有关。小说以绝大的篇幅书写阿Q的行状——被砍头只是其行状的一小部分而已。阿Q的肉体被结束了，但他的“精神”却在城里和乡下人中流传不息，因而导致他被杀的深层动因也被揭示得淋漓尽致。相对于受刑者，施刑者和观刑者的形象则是模糊的，在《药》中康大叔可能是刽子手——这也仅仅是猜测而已，《阿Q正传》中则干脆连“凶手”的一点影子也没有。对于一个所谓的主张睚眦必报、牙眼相还的“仇恨政治学”崇拜者来说，鲁迅怎么就这么轻易地就放过了“杀人凶

① 鲁迅：《热风·暴君的臣民》，载《鲁迅全集》第1卷，人民文学出版社1981年版，第366页。

手”呢？关于这一点，鲁迅早就借狂人之口向我们做了说明：“他们大家连络，布满了罗网，逼我自戕。”原来是“大家”这一个“杀人团”！它无主名无意识，不仅是现场观刑者，更是我们这些场外观刑者——读者。这一点易被我们忽视，但在鲁迅的“酷刑”叙事中却尤其重要。这个“杀人团”涵括了“庙堂”这些手持刀枪的屠杀者、“民间”的未庄人及城里人和以“精英”自居的“圣人”“圣人之徒”。伦理纲常、仁义道德、英明圣武的抹布擦不掉流淌于食人者及其后裔血脉中的淋漓鲜血，擦不掉弥漫于食人者及其后裔无意识中的“刀与火”的血腥气息。在这里，鲁迅反思的触角推倒了“帝王将相”的朱门豪宅、“地主土豪”的深墙大院，伸向了“才子佳人”的书房绣楼和“市井工农”的平房旧屋。“中国历史的整数里面，实在没有什么理想主义在内。这整数只是两种物质——是刀与火，‘来了’便是他的总名。……何谓‘如此’？说起来话长；简单地说，便只是纯粹兽性方面的欲望的满足——威福，子女，玉帛——罢了。然而在一切大小丈夫，却要算最高理想（?）了。我怕现在的人，还是被这理想支配着。”① “看客”与“做戏的虚无党”是可以通约的。无特操的国民只能是“做戏的虚无党”，他们只关注自己基本生理生存欲望的满足（阿Q既要元宝、洋钱、洋纱衫、宁式床和女人，又要杀死王胡和小D这些和他一样没有自己地位、姓名的人），他们既是戏台上的演员又是戏台下的看客。“刑罚”对于他们来说，就是一场须自己参与才有意义的大戏。《阿Q正传》没有描写行刑的血腥，它倾笔力于此前后：“游街示众”和“舆论”。小说中写游街时“阿Q忽然很羞愧自己没志气：竟没有唱几句戏”，只是“‘无师自通’的说出半句从来不说的话”，这虽然赢得了看客们“豺狼嗥叫一般”的喝彩，但阿Q显然不能满足看客们在天长日久的“看戏”中培养出来的“高级品位”：这个“可笑的囚犯”“游了那么久的街，竟没有唱一句”，真是让“他们白跟一趟了”。夏瑜同样也是被这些“没有什么理想主义”的“一切大小丈夫”所杀。

从这些“盲瞽鄙倍之众”“愚弱的国民”“看客”“做戏的虚无党”中，鲁迅看到了冷漠、麻木、残暴和嗜血。痛苦、愤懑、悲哀、绝望郁积于心，使他义无反顾地走向“复仇”。《药》和《阿Q正传》对“酷刑”

① 鲁迅：《热风·“圣武”》，载《鲁迅全集》第1卷，人民文学出版社1981年版，第355页。

的叙述中就潜藏着这种强烈的复仇意识。1931 年，鲁迅在为《野草》英译本所撰序言里写道："因为憎恶社会上旁观者之多，作《复仇》第一篇。"[①] 1924 年 12 月 20 日深夜，怀着"愤激"的情绪写完《复仇》之后，先觉者不被理解的痛苦使他不能平静，于是就有了《复仇（其二）》。《复仇（其二）》与《药》可以直接参照阅读。《复仇（其二）》写"神之子"耶稣受难的故事。耶稣为"可悯的"以色列人的幸福而布道，却不仅得不到理解还受到他们的迫害，被"兵丁们""路人"乃至"和他同钉的两个强盗"所戏弄、侮辱、嘲笑、钉杀。但耶稣"终于还是'人之子'"，"钉杀了'人之子'的人们的身上，比钉杀了'神之子'的尤其血污、血腥"。[②]《药》写"人之子"——孤独的革命者不被他为之谋幸福的人群所理解，为其出卖、侮辱嘲弄（他被称为"贱骨头""这种东西""发了疯了"，而且还被剥了衣服，打了"两个嘴巴"）、砍头并成为他们茶余饭后的谈资。《复仇（其二）》是通过描写钉杀过程和耶稣内心的感觉，以及他对施刑者（以色列民众）之残忍的清醒的"玩味"和"较永久地悲悯"，来实现复仇的。《药》没有直接写酷刑和先觉者的心理、情感与感觉。它的"复仇"和《阿 Q 正传》一样，是通过对刑罚观看者——"读者"（在创作前，作者内心早有"设计"）施行"无血的大戮"来实现的。鲁迅在给郑振铎的信中说："我在《野草》中，曾记一男一女，持刀对立旷野中，无聊人竞随而往，以为必有事件，慰其无聊，而二人从此毫无动作，以致无聊人仍然无聊，至于老死，题曰《复仇》，亦是此意。"[③]《复仇》如《阿 Q 正传》一样写了"看"与"被看"双方的姿态、动作和心理，对"看"的表现的细腻甚至超过了后者，但鲁迅的深刻不止于此，且在于"被看"向"看"的主动转换："被看"对"看"的心理具有深邃的洞察。"复仇"于是展开，它不仅让看客感到极端的无聊，而且让看客反过来成为这场"无血的大戮"中的"干枯者"，并以"干枯"的"死人的眼光"去"鉴赏"他们。在这里，看客被"看"更

---

① 鲁迅：《二心集·〈野草〉英文译本序》，载《鲁迅全集》第 4 卷，人民文学出版社 1981 年版，第 356 页。

② 鲁迅：《野草·〈复仇〉（其二）》，载《鲁迅全集》第 1 卷，人民文学出版社 1981 年版，第 175 页。

③ 鲁迅：《书信·340516 致郑振铎》，载《鲁迅全集》第 12 卷，人民文学出版社 1981 年版，第 415 页。

被“复仇”。《药》和《阿Q正传》中对“酷刑”场景的“漠视”，实际上也就成为对带着“吃人”原罪和“嗜血”基因的国民施行的“无血的大戮”。它不仅使读者——嗜血者感到“无聊”，而且使他们处于作者所精心设计的独特的“酷刑”叙事结构的“注视”和“鉴赏”中。看/被看、施刑/受刑发生了悄然而令人震惊的置换，流露出“酷刑”叙事中所潜藏着的激烈的复仇意识。

1933年，鲁迅在杂文中引述了《申报》的一则新闻，其中写到绑架者对肉票“大施酷刑”，“时为该处居民目睹，恻然心伤”，进而指出：“酷刑的发明和改良者倒是虎吏和暴君，这是他们唯一的事业，而且也有工夫来考究。”“但是，对于酷刑效果的意见，主人和奴隶们是不一样的。主人及其帮闲们，多是智识者，他能推测，知道酷刑施之于敌对，能够给与怎样的痛苦，所以他会精心结撰，进步起来。奴才们却一定是愚人，他不能‘推己及人’，更不能推想一下，就‘感同身受’。”在这里，鲁迅提出了“酷的教育”命题：那些“用奴隶或半奴隶的幸福者”“要防‘奴隶造反’，就更加用‘酷刑’，而‘酷刑’却因此到了末路。在现代，枪毙早已不足为奇了，枭首陈尸，也只能博取民众暂时的鉴赏……酷的教育，使人们见酷而不再觉其酷……人民真被治得好像厚皮的，没有感觉的癞象一样了，但正因为成了癞皮，所以又会踏着残酷前进，这也是虎吏和暴君所不及料，而即使料及，也还是毫无办法的。”[①] 这样，鲁迅就在个体思想的发展中，从“酷刑”“看客”的表象和发展中看到了残酷背后的真实。在写于1933年7月12日的杂文中，他认为将中国人“好像一盘散沙”的“倒霉的责任，归之于大家。其实这是冤枉了大部分中国人的。……小民知道关于本身利害时，何尝不会团结”。进而指出造成沙聚之邦的是实际上是“沙”的“大小统治者”，国人是“被统治者‘治’成功的，用文言来说，就是‘治绩’。”[②] 在这里，鲁迅并没有完全否定“愚弱的国民”的基本判断，只是他的着重点已经从对被治者思想精神状况的解剖、批判，转移到了对治/被治的关联和“治”的社会、心理产生

① 鲁迅：《南腔北调集·偶成》，载《鲁迅全集》第4卷，人民文学出版社1981年版，第585页。

② 鲁迅：《南腔北调集·沙》，载《鲁迅全集》第4卷，人民文学出版社1981年版，第549页。

机制与运作机制的揭示中，这是他的“以改革而胎，反抗为本”、奴隶/奴才、“中国的脊梁”等基本命题的延伸。“理若极于众庶矣，而众庶果足以极是非之端也耶？”“故苟有外力来被，则无间出于寡人，或出于众庶，皆专制也。”① 终其一生，鲁迅所反抗的是一切形式的专制，无论它是“独夫”（“帝”）还是“众庶”（“民”），他所关注的始终是以个体精神自由为核心的“立人”及建基于其上的“人国”。

小说在将近结尾时写到，作为“盲瞽鄙倍”之徒的阿Q在被杀头后竟然产生了巨大的“影响”。鲁迅叙述“影响”的这段话历来因研究者的忽视而不被深究，实则大有意味。鲁迅写道：“至于当时的影响，最大的倒反在举人老爷，因为终于没有追赃，他全家都号咷了。其次是赵府，非特秀才因为上城去报官，被不好的革命党剪了辫子，而且又破费了二十千的赏钱，所以全家也号咷了。从这一天以来，他们便渐渐的都发生了遗老的气味。”这一段说阿Q之死的影响，作者不仅把它独成一个“段落”，而且还把它处理成一个意义上的“层次”“部分”，实在值得品味。作者谈“影响”，是把阿Q与举人老爷、赵府，阿Q与“革命党”、“革命党”与“二十千的赏钱”放在一起来说的。表面上看，是“被侮辱和被损害”向“侮辱者和损害者”“复仇”了，但这“复仇”是何等的“间接”，“间接”得与阿Q没有任何关系，而作者竟把阿Q之死与“统治者”的没落表称为“影响”与“被影响”的关系似乎有点“牵强”，这似乎成了小说的一个纰漏——而这对于有着严肃的理性态度和自觉的语言文体意识的小说家来说，几乎是不可能的。从作品将“影响”独成一个“段落”（“层次”），以及使用小说文体中少见的“首先”“其次”这种论述、分析式的语言的艺术处理上看，它有着强烈的理性色彩——从这些来看，作者显然是有意为之的。阿Q之死是一种没有影响的“影响”，这就宣告了“阶级战胜”论阐释的失效。小说中，“没有追赃”的是“官”，索要“二十千的赏钱”的也是“官”，但“官”则是“革命党”。“革命党”与这样的“官”的关系到底该怎么理解？再联系到从“革命党”的“兴起”到举人家和赵府的“没落”，二者的关系到底该怎么理解？……从这一连串的疑问中，可以看出鲁迅对“群众”“革命”“革命党”乃至“历史”所存有的深切的思考和深沉的忧虑。

---

① 鲁迅：《坟·文化偏至论》，载《鲁迅全集》第1卷，人民文学出版社1981年版，第48、51页。

由此出发，我们再来看在研究界颇有争议的夏瑜死后坟上的“花环”、阿Q被杀前的“觉醒”和被杀后所引起的“舆论”。美国历史学家史景迁在谈到《药》时说，它“精心地说明了年轻人同老年人相比还显得过于稚嫩了，换句话说就是青年人还没有解决中国问题的答案”。[①] 其实，“青年人”与“老年人”的背后是吃/被吃两种意识形态力量的对抗，新生的个体被传统历史文化及其熏陶出来的人群所扼杀。中国的出路何在？小说设计了一个“听将令”的“曲笔”，对于到底是谁在夏瑜的坟上放上了花环，是革命者还是群众历来颇有争议。与鲁迅相熟的孙伏园认为“有了花环也还是很自然，愚昧的群众中往往有极少数极少数比较清醒……”[②] 这种说法是有道理的，它既符合夏瑜的原型秋瑾被害后的实际，总体上也契合鲁迅的思想实际。从“不主张放”到“听将令”放，而且还要在《呐喊·自序》中说明缘由，这对于要“自己”，不要“皇上的圣旨”“金元和真的指挥刀”的鲁迅来说[③]，是颇有深意的。同样，作者对阿Q死之前的思想也有意处理得暧昧难明：阿Q似乎看到“又凶又怯”的狼眼“远远的来穿透了他的皮肉”，而看客的“更可怕的眼睛”“似乎连成一气，已经在咬他的灵魂”，他想喊救命却没有喊出来。“这是‘狂人’对吃人社会的呐喊在阿Q耳中微弱的反响。”[④] 阿Q临死之前终

---

① ［美］史景迁：《天安门：知识分子与中国革命》，尹庆军等译，中央编译出版社1998年版，第103页。

② 孙伏园：《鲁迅先生二三事》，载《鲁迅回忆录》（专著·上册），北京出版社1999年版，第80页。

③ 鲁迅终生坚持自我的建构和个体的思考，避免角色的同化。在“名人”与“自己”之间，他看到了：“一变‘名人’，‘自己’就没有了”（《两地书·八八》）的危险，所以他在写给朋友的信中谈道：“我在这里（指广州——引者注）被抬得很高，苦极。”“我不想做‘名人’了，玩玩。一变‘名人’，‘自己’就没有了。”（《书信·270225致章廷谦》）他作小说的目的是“将旧社会的病根暴露出来，催人留心，设法加以疗救”（《南腔北调集·〈自选集〉自序》），他选择杂文的原因是这种形式可直接用于“批评社会现实，尤其是文坛的情形”（《准风月谈·后记》）。由此可见，鲁迅对现实有着近乎功利性的执着，但他的文学创作却是立足于个体自我对现实的体验与思考，而非名利和威权的外在强加。另外，鲁迅还对文学与革命、革命与人的关系进行了深入的现实思考，这些集中于《书信·340412致姚克》《书信·340516致郑振铎》《书信·340602致郑振铎》《二心集·非革命的急进革命论者》《二心集·上海文艺之一瞥》《三闲集·现今的新文学的概观》《集外集·文艺与政治的歧途》等书信与杂文中。

④ ［美］李欧梵：《铁屋中的呐喊》，尹慧珉译，岳麓书社1999年版，第89页。

于本能地领悟到了自己作为“牺牲”的地位。虽然他最终没有摆脱奴隶的地位，但鲁迅显然赋予了他在“酷的教育”下觉醒的可能。就这样，先觉者（夏瑜）死了，但毕竟有人献上纪念的花环；凡庸者（阿Q）在将死时也似有本能的觉悟。鲁迅“含混”地写出了内心绝望与希望并存的复杂。这既与他在30年代提出的“酷的教育”命题有着内在的思想逻辑关联，又显示出这一命题背后不易觉察的内在矛盾：“酷的教育”固然可以激起“奴隶造反”，让他们“踏着残酷前进”，但“暴君治下的臣民，大抵比暴君更暴”。“酷的教育”让“奴隶造反”具有历史的合理性，但在蒙昧愚顽者中，它只能引发愚蛮的反抗。如何走出以暴易暴的历史恶性循环，是鲁迅精神求索中始终存在的极大困惑。对“中国人失掉自信力了吗”的反诘和回答并不能阻止他“于浩歌狂热之际中寒；于天上看见深渊”。[①] 夏瑜坟上的“花环”在夏四奶奶的眼中只是因为他受了“冤枉”而“特意显点灵”，他的死得不到即使是母亲这样的心爱者的真正理解——情感在历史面前是如此的脆弱。在阿Q看来，夏瑜的死是因为他“造反”：“造反是杀头的罪名呵”，应该“满门抄斩，——嚓！嚓!”，在观看屠杀革命者时，阿Q一定也是瞪着狼一般的眼，发出豺狼般的嗥叫，并连称“好看好看”的看客（以他的想法，夏四奶奶也该死——“臣民”的残暴甚于“暴君”）。

“惨象，已使我目不忍视了；流言，尤使我耳不忍闻。”人身虐杀的“惨象”使人触目而惊心，对虐杀提供依据的“流言”在事后的出现既是对被已无法辩诬的被虐杀者的污蔑，更是对“苟活者”的“瞒与骗”，在它的背后潜藏着更深的阴谋和更大的杀戮。因此，相对于主流叙事对施受刑罚者行状的叙述和描写，鲁迅小说注重的是刑罚观看者的神情、姿态和话语，尤其是刑罚执行前后的言论——鲁迅在《阿Q正传》中称之为“舆论”。在《阿Q正传》的结尾（在小说最后自成一段，也是一个“层次”），作者以整整一段的篇幅写了未庄和城里的“舆论”。未庄人“自然都说阿Q坏”，他的“被枪毙便是他的坏的证据”。“城里的舆论则不佳”，他们不仅因为“枪毙并无杀头这般好看”，还因阿Q“游了那么久的街，竟没有唱一句戏”害他们白跟一趟而不满足。未庄舆论的“无异

---

① 鲁迅：《野草·墓碣文》，载《鲁迅全集》第2卷，人民文学出版社1981年版，第202页。

议”和城里舆论的“不佳”看上去是赞同与否的相反评价，但二者的立足点不同，城里人显然比未庄这些“不见世面的可笑的乡下人”的眼界和要求更高一些：被杀的人一定要给我们一个好看的、不让我们失望的死法。“所有未庄的居民，全不在他眼睛里”的自尊的阿Q，“又很鄙薄城里人”的自负的阿Q，似乎是一个游走于城乡、彷徨无地的“孤独者”——他不是，但他又确乎被“大团圆”了，尽管无论是他自己还是他的同胞对他的表现都不满意。乡下人和城里人尽管“鉴赏水平”有高下之分，但在“他该死”这一点上二者还是一致的。对于前者来说，阿Q的“坏”是他“该死”的原因和证据。对于后者来说，阿Q的死于弥补其无聊和空虚是有益的，所以阿Q也该死。阿Q作为与看客处于同等地位的庸众的一员，之所以既成了小说叙事的中心，又成为看客关注的焦点，其中自有作者的良苦用心。“暴君的臣民，只愿意暴政暴在他人的头上，他却看着高兴，拿‘残酷’做娱乐，拿‘他人的苦’做赏玩，做慰安。”（《热风·随感录六十五暴君的臣民》）受刑者阿Q和孔乙己、单四嫂子、祥林嫂甚至夏瑜一样，是不幸把他们从人群中孤立出来，使他们成为众人眼中的“弱者”。在一个弱者充斥的世界里，彼此都是宣泄自己压抑、空虚、痛苦、绝望的出口，每个人都是阿Q。弱者的世界即沙聚之邦。

可以明白的是，鲁迅不是唯“群众”“革命”“主义”是从的纯粹的阶级论者，否则他就不会采取这样一种出乎常人意料之外的方式来分析“影响”，记叙“言论”，叙述“酷刑”。鲁迅是寄希望于将来的，“……然而说到希望，却是不能抹杀的，因为希望是在于将来，决不能以我之必无的证明，来说服了他之所谓可有……”① 但他又对“黄金世界”表示了深刻的质疑：“我疑心将来的黄金世界里，也会有将叛徒处死刑。”② “革命无止境，倘使世上真有什么‘止于至善’，这人世间便同时变了凝固的东西了。”③ 发展永无止境，人只是历史的“中间物”，在任何的“新”中都会有黑暗、矛盾，任何的“新”都是可疑的。鲁迅曾说：“所怕的是

① 鲁迅：《呐喊·自序》，载《鲁迅全集》第1卷，人民文学出版社1981年版，第419页。

② 鲁迅：《两地书·四》，载《鲁迅全集》第11卷，人民文学出版社1981年版，第20页。

③ 鲁迅：《二心集·黄花节的感想》，载《鲁迅全集》第3卷，人民文学出版社1981年版，第410页。

成仿吾们像符拉特尔·伊力支那样居然获得大众，那么他们大致更要飞跃又飞跃，连我也会升到贵族或皇帝阶级里，至少也总得充军到北极圈内去了。译著的书都禁止，自然不待言。”[①] 鲁迅说出了他的担心和忧虑（此后的历史又一次不幸证明了鲁迅的远见卓识），但却以“相反”的姿态进入了创作。“花环”的放置甚至不被最心爱者所理解，但它毕竟存在于先觉者的坟墓上，注视着这非人的人间；“救命”还没喊出来，阿Q就死在鬼火般的狼眼中，但他毕竟在此之前就感到了生的本能冲动。可这一切，却又最终淹没在“流言”“舆论”和蒙昧的黑夜中。绝望与希望缠绕在一起，仿佛进入了无止的循环。但鲁迅并没由此陷入绝望与空虚，他在“用这希望的盾，抗拒那空虚中的暗夜的袭来，虽然盾后面也依然是空虚中的暗夜”。[②] 鲁迅终生所坚守的就是这“反抗绝望”的人生哲学，他一生就在这将来/现在、明/暗、死亡/新生、新/旧、友/仇的矛盾和裂缝中经受着爱/恨、哀/怒、空虚/充实相依相偎的生命体验和拷问。《药》《阿Q正传》独特的“酷刑”叙事形态就形成于鲁迅对中国历史与现实的个体体验和深邃思考，形成于他内心深处的激烈的矛盾冲突和对绝望的决绝反抗。

生活于奴隶时代的鲁迅，始终没有走出奴隶的时代，但他以对这个可诅咒的时代所进行的大爱大恨的真诚书写，为我们这些奴隶的后代留下了最可宝贵的心理证词和精神、灵魂的参照坐标。

在翻看了诸多记录残杀酷刑的中国野史后，鲁迅先生不禁感慨道：“有些事情，真也不像人世，要令人毛骨悚然，心里受伤，永不痊愈的。残酷的事实尽有，最好莫如不闻，这才可以保全性灵，也是‘是以君子远庖厨也’的意思。”而莫言却偏偏以“令人毛骨悚然，心里受伤，永不痊愈”的酷刑叙事，冒犯正人君子的“莫如不闻”和卑躬健忘。如果说，在鲁迅的酷刑叙事中着重描绘了剖析、批判了“看客”形象和“看客”心理，从而使“看客”成为我们这个民族麻木不仁一群人的代名词的话，那么，在《檀香刑》中，莫言不但写了看客，还写了刽子手——在“赵甲狂言”章塑造了一个四十年以杀人为乐，视凌迟为艺术的刽子手中的

① 鲁迅：《三闲集·“醉眼”中的朦胧》，载《鲁迅全集》第4卷，人民文学出版社1981年版，第66页。

② 鲁迅：《野草·希望》，《载鲁迅全集》第2卷，人民文学出版社1981年版，第177页。

“状元”形象。莫言曾这样谈起《檀香刑》的创作动机：鲁迅先生写过受刑者（革命者）和观刑者（看客），只没有剖析过“施刑者”。施刑者究竟是何种心态？那个割开张志新喉管的人，是一种什么心态？那个往林昭嘴巴里塞上膨胀球以防止她呼喊的人，那个把子弹射向她的身体，还向她的母亲索取子弹费的人，是一种什么心态？“假设当时让我去干这件事，并且告诉我这一切都是出于组织的信任、革命的需要，从此革命大家庭将对我永远敞开怀抱，否则我将永远被打入另册，我会不会去干？十有八九会的。每个人心里都隐藏着一个赵甲。他的残忍，是出于奴性，也是出于恐惧。他是专制社会的必然产物。”在谈到小说中令人毛骨悚然的酷刑叙事时，莫言说：“其实我也不是不考虑，是不是这样写太残酷了，但像《檀香刑》，不这样写就无法把刽子手写出来。现实生活可能比我写的还要狠，我写的东西有些还是很温情的，潜意识在起作用。”[①]《檀香刑》里的赵甲形象，因隐喻了国民性格中的“施刑者”成分而获得了普遍的深意，他创意卓绝、技艺高超、残忍可怖的施刑过程，亦由此化身为一场让人寝食难安的另类反讽，也因此“酷刑”叙事在呈现施刑过程的同时，也为阅读者创造了审视与反思的空间。

关于这一点，莫言也有着明确的意识：“在《檀香刑》里当然写到了刑，但我写刑并不是如某些人所说的那样是为了展示暴力，而是想展示人性中的阴暗，而是想揭示一种不仅存在于历史中，也存在于现实中甚至存在于人心中的酷虐文化。”[②] 小说在“小甲傻话”部分不无讽刺地以虎须见本相暗喻了人性中兽性的一面。刽子手赵甲的本相是只黑豹，狗肉西施孙眉娘的本相是赤白大蛇，而县令钱丁的本相原是白虎一只。赵小甲的“傻话”无疑揭示出书中的真理：在屠杀中，人性的价值被抹去，剩下的只是兽性的掠杀与残食：“俺看到，校场的边上，站满了老百姓。有男有女，有老有少。有的还保持着本相，有的变化回了人形，有的正在变化之中，处在半人半兽的状态。这么远也看不清张三李四，猪狗牛羊，只能看到一片大大小小的头，在阳光下泛着亮。”观看的人则在兽性的捕食表演

① 李晓犁：《莫言：现实生活可能比我写的还要狠》，http://culture.netbig.com/topic/1016/20010418/102099.htm。

② 莫言：《是什么支撑着〈檀香刑〉》，载莫言《小说的气味》，春风文艺出版社2003年版，第110页。

中获得观赏的乐趣与兴奋。

埃利亚斯·卡内提这样说："一头狮子追逐一群羚羊，羚羊被它吓得一起逃跑，而一旦狮子逮住其中一只羚羊，它就会停止追捕，这只羚羊就是它的牺牲品……这只牺牲的羚羊给其他的伙伴们带来安宁。一旦那些羚羊发觉狮子得到了它要的东西，恐惧顿时烟消云散，它们从群体逃跑转而恢复到了通常的群居状态。"① 刑罚中"看客"之所以能够享受观刑的场面是源自相对安全的心态。他们也参与了将内心恐惧转移给受刑人的行为之中。无论是以公开的酷刑捕捉和慑服肉体，还是将人们的灵魂作为教化的对象放置在"政治肉体"② 中。这里的灵魂并非一种幻觉或一种意识形态效应而是某种现实的存在，是一种权力运作的结果。它不仅体现出这种权力的运作——刑罚，而且还体现出知识的指涉——教化。"这个灵魂是肉体的监狱"。③《檀香刑》中的施虐者与受虐者就是这样的灵魂，施虐者被驯化成杀人的机器，而受虐者身上所体现的是被驯化灵魂的权力。他们共同依附于刑罚制度，他们的存在价值只有借助杀人表演才得以显现。

这样，施刑者赵甲、受刑者孙丙、广场上的围观者就在权力面前处在了同一个平面上。"从人性的角度讲，每个人，其实都是受刑者、观刑者、施刑者三位一体。我相信当年在菜市口处决戊戌六君子时，那观刑的人山人海中，大多是可以用善良来定义的百姓。但那些刽子手，之所以要那样夸张地表演，就是为了满足这些善良的看客的需要。而那些受刑人，之所以能够那样慷慨悲歌，视死如归，其中也有为了看客而表演的成分。这样，受刑者、观刑者、施刑者，就是一种合谋的关系。"④ 莫言没有因为受刑者孙丙是个不折不扣的抗德英雄，就给予他极高的道义地位，也没有对刽子手的任何贬损之词，用道德的标准去对他们进行宣判，他对于看客的描写，也不像鲁迅笔下的看客那样麻木不仁。他们来看孙丙怎样赴死，来听受刑者的最后高歌，来做孙丙最忠实的观众，与他完成生前的最

① ［德］埃利亚斯·卡内提：《群众与权力》，冯文光等译，中央编译出版社 2003 年版，第 218 页。

② ［法］米歇尔·福柯：《规训与惩罚》，刘北成、杨远婴译，生活·读书·新知三联书店 2003 年版，第 30 页。

③ 同上书，第 31 页。

④ 术术：《莫言：我的写作还能成长》，《新京报》，光明网光明书评（http：//www. gmw. cn/content/2004 -04/19/content_ 14514. htm）。

后一次狂欢。虽然所有的人都知道檀香刑是极为残酷的刑罚，其酷烈程度远在凌迟之上。

俺看到，多少个乡绅胡须颤，多少个女人泪汪汪。多少个孩子张大口，口水流到了下巴上……

俺看到在俺的猫腔声中，在众乡亲的猫叫声中，袁世凯和克罗德满面灰白，那些官兵洋鬼子们一个个面如土色，如临大敌。人生能有一次这样的演唱，孙丙死得其所啊！

这里的围观者不同于《阿Q正传》等小说中的看客。因为他们不是旁观者。他们与受刑者流着相同的血脉，他们与受刑者在心灵上、精神上默默沟通。正是受刑者、施刑者和看客们对苦难的一种共同的承受意识，构成了我们民族精神的另一面。

俺身受酷刑肝肠碎～～遥望故土眼含泪～～

台下的群众中响起了抽噎哽咽之声，抽噎哽咽之声里夹杂着一些凄凉的“咪呜”，可见人们在如此悲痛的情况之下，还是没有忘记给歌唱者帮腔补调。

遥望着故土烈火熊熊～～我的妻子儿女啊～～

台下的百姓们仿佛突然意识到了自己的职责，他们不约而同地发出了形形色色的“咪呜”。在这大片的“咪呜”之声里，出现了一声凄凉激越的哀鸣，如一柱团团旋转的白烟直冲云霄：

“爹爹呀～～俺的亲爹～～”

这一腔既是情动于中的喊叫，但也暗合了猫腔的大悲调，与台上孙丙的沙哑歌唱、台下众百姓的“咪呜”帮腔，构成了一个小小的高潮。

酷刑的意义不在于剥夺受刑者的生命而在于通过拖延死亡的过程制造痛苦，通过受刑者痛不欲生的生理痛苦、难以承受的心理痛苦和悔不当初的现场悔过，来以儆效尤达到杀一儆百的目的，并使围观者意识到统治者至高无上的威权和尊严。所以公开刑罚并非为了伸张正义而是为了极大地彰显权力。如此就可以理解施虐与受虐倾向所呈现出的享虐主义心理。如果以正义为刑罚的尺度，享虐心理必然有违正义，体现出麻木不仁、冷血残酷的非正义因素，表现出反常的心理特点。但倘若以维护统治权为刑罚的根源，享虐心态就很容易理解：它成为权力报复的一种组成部分，由于参与了这种权力报复而获得一种分享统治者权力的假想。这也正是余姥姥行刑数十年，杀人数千才悟出的一个道理："所有的人，都是两面兽，一面是仁义道德、三纲五常；一面是男盗女娼、嗜血纵欲。面对着被刀脔割着的美人肉体，前来观刑的无论是正人君子还是节妇淑女，都被邪恶的趣味激动着。凌迟美女，是人间最惨烈、凄美的表演。观赏这表演的，其实比我们执刀的还要凶狠。"

赵甲想起师傅说过，当年在菜市口凌迟那个绝代名妓时，切下她的玲珑的左耳，真是感到爱不释手，那耳垂上还挂着一只金耳环，环上镶嵌着一粒耀眼的珍珠。师傅说法律绝不允许他把这只美丽的耳朵掖进自己的腰包，师傅只好把它无限惋惜地扔在地上。一群如痴如醉的观众，犹如汹涌的潮水，突破了监刑队的密集防线，扑了上来。疯狂的人群吓跑了吃人肉的凶禽和猛兽。他们要抢那只耳朵，也许是为了那只挂在耳垂上的金耳环。师傅见势不好，风快地旋下妓女的另外一只耳朵，用力地、夸张地甩到极远地方。疯狂的人群立刻分流。

在刽子手和受刑者联袂演出的大戏中，犯人现出瘫倒在地的孬种相，看客们就鼓噪鼓动加油，让他扮演一个英雄好汉（第一场刑罚），刽子手余姥姥腰斩犯人失手，犹如名角唱破嗓子，他们就喝倒彩、起哄，以致余姥姥在凌迟美人时担心，如果活儿做得不好，愤怒的看客就会把他活活咬死。莫言笔下的看客与疾首蹙眉的鲁迅先生笔下愚昧麻木的看客迥然不同。在小说自始至终都充溢着浓重的"戏"的氛围中，每个人物都是其间的演员，他们都有自己特定的角色，生、旦、净、末、丑，他们需要做的就是各司其职，把属于自己的角色演好。从孙丙到赵甲到围观者都在按着自己的角色和原则实践着轰轰烈烈、豪迈悲壮、慷慨悲歌的人生大戏："囚车行进在大街之上，路边的看客熙熙攘攘。演戏的最盼望人气兴旺；人生悲壮，莫过于乘车赴刑场。俺孙丙演戏三十载，只有今日最辉煌。"

孙丙在刑场上演出了给所有人观看的一台大戏。其女眉娘说：

> 爹呀爹……你一个草民百姓，走街穿巷混口吃的臭戏子，闹腾到了这个份上，倒也不枉活了这一世。就像那戏里唱的，“窝窝囊囊活千年，不如轰轰烈烈活三天”。爹，你唱了半辈子戏，扮演的都是别人的故事，这一次，您笃定了自己要进戏，演戏演戏，演到最后自己也成了戏。

《药》《阿Q正传》以一种独特的方式来叙述“酷刑”，致力于“酷虐文化”的揭示与批判。小说着重表现观刑者，人的精神存在和国民的劣根性是其关注焦点。在看/被看、施刑/受刑位置的转换中，潜藏着作者强烈的复仇意识。小说在对刑罚所造成的“影响”和引起的“舆论”的叙述中蕴含着鲁迅的“中间物”意识和“反抗绝望”的人生哲学，显示出他对历史、现实和自我的深刻困惑和决绝批判。

莫言在一次演讲中说：“酷刑的设立，是统治阶级为了震慑老百姓，但事实上，老百姓却把这当成了自己的狂欢节。酷刑实际上成为了老百姓的隆重戏剧。执刑者和受刑者都是这个独特舞台上的演员。”① 莫言笔下的刑场景观则不是义愤填膺的悲剧，与国民劣根性无涉，看客们的出色表演，使本来只应显示统治权力威慑力量的惩罚仪式，变成一个狂欢的庆典，法律被颠覆，权威受嘲弄，罪犯成英雄，是非荣辱、权力秩序及其符号均被颠倒。《檀香刑》正是营造这样一个未被遮蔽的原初民间生活形态，一种与启蒙话语和革命话语完全不同的民间话语。在其中，民间同化了一切，民间话语容纳了个性的差异，大家都以各自不同的方式参与着来自民间的刑场狂欢。而这种狂欢的背后无疑隐藏着中国政治和中国文化的密码（作者在小说中借德国总督克罗德之口，对这一点作了饱含抑郁愤激之情的概括：“中国什么都落后，但刑罚是最先进的，中国人在这方面有特殊的天才，让人忍受了最大的痛苦才死去，这是中国的艺术，是中国政治的精髓。”），揭示了专制皇权以及生存其间的国人的“吃人”本相和病态心理。因此，正如论者所说，《檀香刑》的意义“不是为了津津乐道地向人们展示某种刑罚的惨烈过程，而是通过这种过程，向我们透示了另一种常常被历史的虚荣心所湮没的强悍的‘文明’遗迹。它与鲁迅笔下的

---

① 莫言：《作为老百姓写作》，载莫言《小说的气味》，春风文艺出版社2003年版，第16页。

狂人实质上属于异曲同工”。[1]

但需要注意的是，《檀香刑》中创作主体的态度却呈现出一种批判与赞赏、痛感与快感之间的暧昧和游离状态，而这恰恰显示了主体在启蒙立场和民间立场之间的矛盾和犹疑，以及基于时代文化语境而促生的作家心理的微妙调整[2]，这与鲁迅那种截然分明的启蒙心态是有明显的差异的。

① 洪治纲：《守望先锋——兼论中国当代先锋文学的发展》，广西师范大学出版社 2005 年版，第 291 页。

② “九十年代中期的时候，一些学者提出在下一个世纪谁决定一部书的命运，究竟是什么人在读书，他们提出一个‘中产阶级’的概念，声称要为中产阶级写作。他们说，要想自己的书卖得好的话就得讨中产阶级的欢心。莫言说，‘在中国，中产阶级的提法还为时过早。这些年社会上出现了大量轻的、软的、绵的作品。我个人来讲不喜欢这些作品，但我没有资格，没有权利不让别人这样做。所以我想用一种民间的东西，所谓民族的东西与这些所谓轻的、软的、绵的东西来一个对抗。’”（参见武卫强《〈檀香刑〉情节太残忍优雅女士不宜读》，《青年时讯》2001 年 8 月 17 日）

第五章

“日常生活”的多重面孔

——20世纪90年代以来小说的“日常生活”叙事批判

第一节 现代性情境中知识分子精英话语的“日常生活”叙事及其批判

日常生活是人最具体、最现实的生存实践场域。人的饮食饱暖、婚丧嫁娶、柴米油盐，以及一切社会关系和社会活动，都汇集于日常生活。因此，日常生活是人存在的根基。如此烦琐世俗、庸常琐细的日常社会何以成为作家表现和理论家探讨的对象呢？换句话说，日常生活在何种语境中，何种意义上，成为不断言说的对象？有一点是可以肯定的，就是日常生活的不断被言说，标志着日常生活被发现或被赋予了某种特定的意义和价值。那么，这种意义和价值到底是什么？是什么问题情境使得这种言说成为可能和必然？尝试性的回答，是“现代”使“日常生活”变成了一个问题，一个艺术问题、美学问题，一个哲学致思问题。一句话，“日常生活”是一个现代性问题。只有在现代性语境中，“日常生活”才被赋予了某种确定的、坚实的、明确的意义和价值，这与传统的“日常生活”意义和价值显然不同，尽管古人也有日常生活。如唐小兵所言：“‘日常生活’同‘现代城市’一样，是现代性的标志。这并不是说前现代的社会形态里，便没有日常生活，芸芸众生便不生老病死、饮食男女；恰恰相反，正是在现代平民社会里，柴米油盐、家长里短的‘过日子’本身才正式成为一个意义范畴和思辨对象。如果说前现代，尤其是农业手工业式的社会里，人们的日常生活常常被赋予神圣性或者浓厚的象征意义，亦即直接的感官生活被不断地转译成某种超验的意义和目的，那么现代城市文化则正是肯定日常生活的世俗性和不可减缩。日常生活，以至人生的分分秒秒，都应该而且必须成为现代人自我定义自我认识的一部分，如果不是全部的话。”① 作者甚至认为：“因为正是在对日常生活的正视和体验中，我们方得以进入现代文学的基本命题和精神实质。”②

晚清、“五四”以来，内忧外患的社会危机赋予了知识分子鞭挞国民灵魂、批判现实社会的历史职责，这种精英意识将知识分子的目光牢牢吸附在革命、启蒙、种族、国家、阶级、批判等话题上，使他们无暇顾及日常生活中的世俗需求。在这种对“现代性”的追求冲动中，对于“启蒙”“革命”“解放”等宏大话语的大力提倡，无形之中遮蔽了日常生活的价值，并在事实上造成了对日常生活的蔑视、压制和抹杀。“日常生活”的合理性、合法性，被宏大话语所取消，从而普遍被视为一种现代恶俗趣味。新文学阵营便认为表现小市民日常生活的“鸳鸯蝴蝶派”文学是“现代的恶趣味——污毁一切的玩世和纵欲的人生观”③。实际上，此种对“小市民恶趣味”的批判和讨伐是左翼文学对非左翼文学界所使用的一种常见的批评。

具体来说，自晚清、“五四”以来，精英话语通常采用的“日常生活”叙事姿态主要有两种。

其一，批判日常生活、超越日常生活。将“五四”新文学的鹄的视为建构个体的人，倡扬人道主义和个性主义的启蒙叙事固然不错，但对新文化主将如陈独秀、李大钊、胡适、鲁迅等来说，家族、伦理、种族、国家等是需要彻底破坏的“虚伪的偶像”，是“野蛮时代狭隘之偏见所遗留”。④ “我们现在所要求的，是个解放自由的我，和一个人人相爱的世界。介在我与世界中间的家国、阶级、族界，都是进化的阻碍，生活的烦累，应该逐渐废除”⑤，“国家者，保障人民之权利，谋益人民之幸福者

① 唐小兵：《蝶魂花影惜分飞》，载王晓明主编《二十世纪中国文学史论》（上卷），东方出版中心2003年版，第112页。

② 唐小兵：《〈千万不要忘记〉的历史意义——关于日常生活的焦虑及其现代性》，载唐小兵主编《再解读：大众文艺与意识形态》，北京大学出版社2007年版，第234页。

③ 茅盾：《真有代表旧文化旧文艺的作品吗?》，载《茅盾全集》第18卷，人民文学出版社1984年版，第311页。

④ 陈独秀：《独秀文存》，安徽人民出版社1987年版，第738页。

⑤ 李大钊：《我与世界》，载《李大钊选集》，人民出版社1962年版，第221页。

也。不此之务，其国也存之无所荣，亡之无所惜。”[1] 但正如汪晖所论：“五四人物的上述思想并没有形成逻辑一致的体系……‘种族’、‘国家’只有作为‘从前当作天经地义的’‘一种偶像’时，它才会成为‘个体意识’的否定对象，超出‘反传统’的范畴，它们恰恰构成了‘个体意识’的形成前提和部分归宿”[2]，对于“五四”知识分子而言，“民族思想都是一个不言而喻的存在，一种绝对的意识形态力量”[3]。也正因此，汪晖认为，以政治民族主义而非文化民族主义为核心建构的现代民族国家思想成为“五四”新文化的主旋律，而启蒙思想始终不过是“中国民族主义主旋律的‘副部主题’，它无力构成所谓‘双重变奏’中的一个平等和独立的主题”[4]。对此，刘禾也有类似的阐释：“以往对现代文学的研究都过于强调作家、文本或思想内容，然而，在民族国家这样一个论述空间里，‘现代文学’这一概念还必须把作家和文本以外的全部文学实践纳入视野，尤其是现代文学批评、文学理论和文学史的建设及其运作。这些实践直接或间接地控制着文本的生产、接受、监督和历史评价，支配或企图支配人们的鉴赏活动，使其服从于民族国家的意志。在这个意义上，现代文学一方面不能不是民族国家的产物，另一方面，又不能不是替民族国家生产主导意识形态的重要基地。”[5] 在现代文学的形成和建构过程中，一直存在着诸种话语纠缠所构成的悖论性张力：个性主义与人道主义、现代个体话语与民族国家话语、启蒙话语与救亡话语、阶级革命话语，等等。诸种话语此消彼长、犬牙交错，共同运行于一个互相缠绕、纠结的结构性关系中，建构出一个表征性抽象权力空间。

以鲁迅为例，他一面大声疾呼：“仰慕往古的，回往古去罢！想出世

---

① 陈独秀：《爱国心与自觉心》，载《陈独秀文章选编》（上），生活·读书·新知三联书店1984年版，第72页。

② 汪晖：《中国现代历史中的“五四”启蒙运动》，载王晓明主编《二十世纪中国文学史论》（上），东方出版中心2003年版，第157—158页。

③ 同上书，第158页。

④ 汪晖：《中国现代历史中的“五四”启蒙运动》，载王晓明主编《二十世纪中国文学史论》（上），东方出版中心2003年版，第159页。

⑤ 刘禾：《文本、批评与民族国家文学》，载唐小兵主编《再解读：大众文艺与意识形态（增订版）》，北京大学出版社2007年版，第3页。亦可参见王晓明主编《二十世纪中国文学史论》（上），东方出版中心2003年版，第471页。

的，快出世罢！想上天的，快上天罢！灵魂要离开肉体的，赶快离开罢！现在的地上，应该是执着现在，执着地上的人们居住的。”[①] 一方面又标识自己“深恶先前的称小说为‘闲书’，而且将‘为艺术的艺术’，看作不过是‘消闲’的新式的别号。所以我的取材，多采自病态社会的不幸的人们中，意思是在揭出病苦，引起疗救的注意”[②]。这种游移、矛盾的心态，体现在《伤逝》中，日常生活是一个巨大的陷阱，因而也是一个被批判的对象。曾宣称“我是我自己的，他们谁也没有干涉我的权利！”的子君在与涓生同居后，整天被日常生活的琐细所围困，“生白炉子，煮饭，蒸馒头”，“还要饲阿随，饲油鸡……都是非她不可的工作”，“终日汗流满面，短发都粘在脑额上”，“管了家务便连谈天的工夫也没有，何况读书和散步”。“子君的功业，仿佛就完全建立在这吃饭中。吃了筹钱，筹来吃饭，还要喂阿随，饲油鸡；她似乎将先前所知道的全都忘掉了，也不想到我的构思就常常为了这催促吃饭而打断。即使在坐中给看一点怒色，她总是不改变，仍然毫无感触似的大嚼起来。”纠缠于家庭琐事的子君，逐渐沉沦下去，成了涓生“来开一条新的路”“勇往直前”的障碍，“我觉得新的希望就只在我们的分离；她应该决然舍去”。在鲁迅的笔下，人在日常生活日复一日地循环和空转中失去了自身的本真状态。日常生活成了囚禁主体自由的牢笼和制造冷漠、冲突乃至死亡悲剧的直接导火索。

基于精英知识分子话语对日常生活的价值意义及其性质特征的态度，日常生活中的休闲、娱乐、游戏等欲求，都被其启蒙理想和革命情怀所遮蔽或悬置。对于主流话语而言，庸常琐碎的日常生活只会是革命、启蒙、批判等现代性追求的障碍和烦累。这实际上，是以非日常生活的真理性否定日常生活的卑微性。其目的就是提醒民众：只有从世俗的、烦琐的、冗杂的日常生活中脱身而出，个体才会获得本真存在的自由。

其二，对日常生活内容进行裁剪，以使之符合非日常生活的叙事话语。在这种方式中，“日常生活”虽然以常态出现，却只是一个有待加工

---

① 鲁迅：《华盖集·杂感》，载《鲁迅全集》第3卷，人民文学出版社1981年版，第49页。

② 鲁迅：《南腔北调集·我怎么做起小说来?》，载《鲁迅全集》第4卷，人民文学出版社1981年版，第512页。

的材料，在将之改头换面的过程中，精英话语指向的永远是日常生活之外的非日常生活，而不是日常生活本身。在这里，“日常生活”只是达到其非日常生活目的的一个手段和工具。因此，对非日常生活真理性的追求决定了精英话语在处理“日常生活”时，必然是有所选择、有所侧重、有所回避的。许子东曾对曹禺的《日出》、张恨水的《啼笑因缘》、张爱玲的《沉香屑·第一炉香》做过很有意味的比较：“曹禺的《日出》、张恨水的《啼笑因缘》和张爱玲的《沉香屑·第一炉香》，是三部文学史意义很不相同的作品。但这三部作品的基本情节却颇为相似：都描写了一个女人如何贪图金钱虚荣而沉沦堕落的故事。女主人公（陈白露、沈凤喜、葛薇龙）都是年轻貌美，都有学生背景，她们都放弃和背叛了自己的情感原则，或成为交际花，或嫁给年老的军阀。当然，三部作品对这同一个故事有着不同的写法。如果我们把这女学生的堕落视为一个过程，那么其中的转折点便是她初次为了金钱而屈从一个她所不喜爱的男人的那个时刻。从这个转折点着眼来考察三部作品，我们不难发现其间叙述结构上的差异：《日出》是‘略前详后’，《啼笑因缘》是‘详前详后’，而《第一炉香》则是‘详前略后’。同一个情节模式，因叙述重点和角度不同，其主旨和意义也相去甚远。”① 不同的讲述重点根源于不同的话语模式：《啼笑因缘》和《沉香屑·第一炉香》作为以世俗生活为主要叙事内容的文本，自然要将主人公的日常生活世界作为基础性叙事场域，详写其作为俗人的日常生活史，以引起读者对日常生活现实的共鸣；而《日出》作为批判性精英文化叙事，为了达到自己启蒙民众、鞭挞社会的目的，必须去掉那些影响这一意图表达的细枝末节——如“女主人公如何堕落”的内容，使读者只看到社会对女主人公的迫害，相对忽视女主人公自甘堕落的可能性与心灵轨迹，从而把批判的矛头直接指向现实社会。正是通过这样一种精心筛选和构造，“日常生活”便成了由启蒙理性、社会批判、阶级革命话语所共同构成的表征性抽象权力空间中的一个组件。

知识分子精英话语这种以“社会进步”的名义抹杀日常生活价值的合理性的做法，从身体的角度来看，实际上是一种“身心二元”观念的反映。在西方，“由于启蒙运动，知识和哲学的思考被突出地强调出来，

① 许子东：《重读〈日出〉、〈啼笑因缘〉和〈第一炉香〉》，载许子东《当代小说阅读笔记》，华东师范大学出版社 1997 年版，第 47 页。

人类活动根据古典的区分，被化分为高级和低级两个部分。理性代表了人类的高级机能或能力，它属于一个纯粹的思的领域。而琐碎平庸的日常生活是不值得关注的，它与人的感性低级机能有关。笛卡尔的心身二元论就是这种观念的产物。"① 尽管"五四"启蒙运动本身并没有西方式的截然对立的理性与感性的二分，在很多时候感性生活和理性生活的价值是同时被重视的，但是，由于民族生存问题的紧迫性，民族、国家意识就成为整个社会生活中占主流的思想意识，而以个人身体为主体的感性的日常生活的意义和价值则被忽略，这在事实上构成了对日常生活的否定。张爱玲曾说过："我发现弄文学的人向来是注重人生飞扬的一面，而忽视人生安稳的一面。其实，后者正是前者的底子。"② 从这个意义上看，20 世纪 40 年代张爱玲、苏青、予且等作家要"从柴米油盐、肥皂、水与太阳之中去找寻实际的人生"③，就是力图突破启蒙叙事的闭锁，还原"日常"的真实状态，即让"日常"回到"日常"，肯定人的现世生活，以日常生活的经验主义、实用主义逻辑去消解对日常生活的本质化、历史化、崇高化、神圣化和寓言化的书写，使日常生活获得自足的意义。在《创世纪》《连环套》《桂花蒸——阿小悲秋》《小艾》《结婚十年》《续结婚十年》《歧途佳人》《两间房》《妻的艺术》等小说中，张爱玲、苏青、予且等都是由日常生活的衣食住行来诠释人物，通过铺展日常生活的物质细节，通过对小市民的点滴生活情趣的津津乐道和对私人化的生活空间的描摹，使自己从各种观念的和想象的世界回到了地面。她们质疑了启蒙主义宏大而抽象的自由、独立、平等的观念和命题，直率、通俗而又实际地审视凡俗人生与世俗人情，如予且所说："我们每个人都是有个灵魂的……但有时因为物质上的需要，我们无暇顾及我们的灵魂了……为保存我们这个宝贵的'生'，我们就堕落一点罢！""人生最大的目的，就是求生。"④ 这既可以视为身处沦陷区的作家保全性命于乱世的不得已的选择，也可以看作对现代性的一种无奈、低调却又机警的抵抗策略。

---

① 周宪：《审美现代性批判》，商务印书馆 2005 年版，第 390 页。

② 张爱玲：《流言》，花城出版社 1997 年版，第 178 页。

③ 张爱玲：《必也正名乎》，载《张爱玲典藏全集》第 4 卷，哈尔滨出版社 2003 年版，第 13 页。

④ 予且：《我怎样写〈七女书〉》，《风雨谈》1945 年 6 月第 19 期。

第二节 全能政治情境中革命话语“日常生活”叙事及其批判

在20世纪50年代至70年代政治、经济、文化高度同一的同质化社会话语系统中，40年代已取得压倒性地位的左翼文学及其意识形态逐步实现“一体化”的建制并由此走向僵化。“日常生活”以其与生俱来的“原罪”，被指认为一个需要被清理被批判的语词，无论是在文学秩序还是在小说文本中，它都无法自主地存在。“日常生活”的位置、特征、内涵和本质唯有在与“工农兵生活”“火热的斗争生活”“社会主义革命和建设生活”等“公共生活”以及“社会主要矛盾”“时代的本质特征”等本质性话语构成的二元性关系中才得以确立。

这首先涉及“当代文学”的题材分类与等级秩序的确定。“题材”之成为问题，一个尖锐激烈的话题，原因就在于它所反映的是当代文学叙事中的话语权分配问题。“‘题材’决非一客观自然存在的创作材料或素材，而是业已经由当代文化—权力结构划定、构建的具有等差级别的言说范围。”[①] 这一问题早在1942年《在延安文艺座谈会上的讲话》（以下简称《讲话》）中就已得到法典性地阐释和规定。作为奠定当代文学基本格局和走向的纲领性文件，《讲话》明确规定：文学应为“人民大众”即“工人、农民、兵士和小资产阶级”尤其是为“工农兵”服务。而“中国的革命的文学家艺术家，有出息的文学家艺术家，必须到群众中去，必须长期地无条件地全心全意地到工农兵群众中去，到火热的斗争中去，到唯一的最广大最丰富的源泉中去，观察、体验、研究、分析一切人，一切阶级，一切群众，一切生动的生活形式和斗争形式，一切文学和艺术的原始材料，然后才有可能进入创作过程”[②]。因为只有人民群众的生活中“本来存在着文学艺术原料的矿藏”，虽然“这是自然形态的东西，是粗糙的东西”，“但也是最生动、最丰富、最基本的东西；在这点上说，它们使一切文学艺术相形见绌，它们是一切文学艺术的取之不尽、用之不竭的唯

---

① 黄子平：《“灰阑”中的叙述》，上海文艺出版社2001年版，第3—4页。

② 毛泽东：《在延安文艺座谈会上的讲话》，载《毛泽东选集》第3卷，人民出版社1991年版，第860—861页。

一的源泉。这是唯一的源泉，因为只能有这样的源泉，此外不能有第二个源泉。"[①] 可以说，《讲话》是造成日常生活及其叙事在"当代文学"叙事中被悬置的最重要的政治原因。在政治权威的眼光中，不同的人群阶层的"生活"自有其不同的价值差异，而"工农兵生活"才是合法的"人民生活"。在权威意识形态的赋予下，"人民生活"这一能指的所指单一、贫乏且固定，并在后来历次文艺论争和运动中日趋绝对——只能是工农兵的生活。因此无产阶级革命文学的任务就是要在先进的人生观和世界观的指导下，努力从纷繁芜杂的工农兵日常生活常态中，通过"典型化"手法对生活进行归纳和概括，揭示出工农兵生活现象下那些本质性、规律性、历史性的特征，"……马克思列宁主义是一切革命者都应该学习的科学，文艺工作者不能是例外。文艺工作者要学习社会，这就是说，要研究社会上的各个阶级，研究它们的相互关系和各自状况，研究它们的面貌和它们的心理。只有把这些弄清楚了，我们的文艺才能有丰富的内容和正确的方向"。[②] 只有这样才能创作出"比普通的实际生活更高，更强烈，更有集中性，更典型，更理想，因此就更带普遍性"[③] 的作品。

这背后显然涉及马克思主义的唯物主义历史观和阶级论政治文化逻辑。按照马克思主义的观点，历史的发展有一定的规律和方向，现实的表象下潜存着现实的本质，而能否反映出这一本质、规律和方向，则是判断文学作品价值的主要标准。这一历史哲学极度强调哲学、文艺对历史、现实的介入和批判性，它不是提出一些空洞的概念和理想，而是要让生活于现实世界中的人们认识到现实存在的矛盾，从而让受现实压迫的人意识到压迫，使他们对自己所身受的沉重的压迫和耻辱大吃一惊，从而激起他们的改变现状的勇气。它所要求的文学也就是以人和阶级的解放为核心的、批判的、革命的、实践的文学品格，表现于文学中，就是"社会主义现实主义"创作方法的提出及文学创作实践。"对于文学与日常生活的关系，左翼文学内部的不同派别都表现出相当的一致，即必须将之安放在一个意义严格的组织结构中，从而获得其非日常性。"[④] 对"日常生活"的警惕

① 毛泽东：《在延安文艺座谈会上的讲话》，载《毛泽东选集》第 3 卷，人民出版社 1991 年版，第 860 页。

② 同上书，第 852 页。

③ 同上书，第 861 页。

④ 洪子诚、孟繁华主编：《当代文学关键词》，广西师范大学出版社 2002 年版，第 235 页。

和拒绝，“一方面有着左翼文学所遵循的现实主义的恩格斯式定义的来源；另一方面，在当代文学中，也与意识形态对文学的日益理念化、象征化的诉求有很大关系”①。所谓“现实主义的恩格斯式定义”，可以进一步理解为《苏联作家协会章程》中提出的“社会主义现实主义”创作方法。它同时又作为创作指导原则和评价尺度，被引入小说创作和文艺理论之中。“艺术描写的真实性和历史具体性必须与用社会主义精神从思想上改造和教育劳动人民的任务结合起来”的规定透露出对创作中“真实性”“典型化”和“乐观主义”“理想主义”的期待，这是理解“社会主义现实主义”的关键。因此那些非日常生活领域即“社会的主要矛盾和主要斗争”因其具有更丰富的社会历史信息，且最能体现历史的本质特征和规律而天然地拥有题材上的优先性。而日常生活则基本上指涉一种平庸琐屑的、缺乏革命激情与理想，不能实现意义生产和增值的非总体性生活方式。“日常生活”叙事中必须体现出政治动向、阶级斗争，由此实现对“日常生活”的道德训诫和“思想”提升。“……日常生活本身无法获得意义，无法获得显身于现代世界中的合法性依据。除非将它彻底地置于现代目标的控制之下，打碎它的自身逻辑，将它完全同质性，才能去除其平庸性质，获得崇高的意义。”② 否则小说对“日常生活”的表现是对“小市民落后趣味”③ 的迎合，是知识分子小资产阶级立场、趣味的表现和流露。“日常生活”话语在与“本质性话语”的二元关系中处于劣等、非法的地位，只有经过清理和批判，并被充分典型化、历史化、崇高化之后，才能通过“本质”的清洗和替换而成为较高的权力话语。在权力经营的主流话语网络中，未经改造的“日常生活”只是一种缺乏本质性、必然性统摄和引导的零散的偶然性存在。20 世纪 50 年代至 70 年代对“深入生活”“体验生活”的倡导，有其特定的深层蕴含：需要小说家“深入”“体验”的是“工农兵生活”（包括农业合作化、工商业改造、工业化建设和军事斗争生活等）；通过“深入”“体验”，实现对作家小资产阶级立场、观念、趣味的改造，并获得穿透生活表象、把握生活本质和历史规律

---

① 洪子诚、孟繁华主编：《当代文学关键词》，广西师范大学出版社 2002 年版，第 235 页。

② 薛毅：《日常生活的命运》，载贺雄飞主编《守望灵魂：〈上海文学〉随笔精品》，中华工商联合出版社 2000 年版，第 30 页。

③ 茅盾：《在反动派压迫下斗争和发展的文艺》，载谢冕、洪子诚主编《中国当代文学史料选（1948—1975）》，北京大学出版社 1995 年版，第 39 页。

的整体性眼光，通过对“日常生活”的典型化、本质化、历史化处理，达到“真实性”表现。因此，“日常生活”不仅仅是作品的题材内容，它也隐含着时代的审美规范、美学品格乃至更深层的价值评判和阶级立场问题。

与对“社会主义现实主义”的强制性推行同时推进的就是对“自然主义”“小资产阶级恶趣味”的彻底否定和对“批判现实主义”的有限度接纳。按照左翼文化逻辑，日常生活几乎就是“自然主义”的代名词。对文学工具理性的强调，使得左翼文学对“自然主义”创作倾向始终保持了高度的警惕。在1942年的《讲话》中，毛泽东就曾明确表示文艺的任务是应该把自然形态的“这种日常的现象组织起来，集中起来，典型化”创造出“比自然形态上的文艺更有组织性，更有集中性，更典型，更理想，因此更带普遍性”的文艺。而“自然主义”基本可以看作与“自然形态”相匹配的一个概念。它通常意味着缺少作家的加工、组织、典型化等艺术处理，“照相似的记录生活，罗列现象。对于作品中所描写的事实缺乏应有的选择和艺术的裁剪，对自己所描写的人物命运采取超然的冷眼旁观的态度，把人物的思想感情描写成低级的、庸俗的”。[①] 虽然它也反映现实，但相对于经典的现实主义而言是一个“次一级的概念，一种有缺陷的，或者表面化或者歪曲了现实的‘现实主义’”。在新中国成立前夕召开的第一次文代会上，茅盾对国统区“反动文艺”中的一类做了延伸性的概括阐释：“还有‘第三种’作品，用的是新文艺的形式，表面上可以不接触政治问题，但所选择的题材都是以小市民的落后趣味为标准，或布置一些恋爱场面的悲喜剧，或提出都市日常生活中一两点小小的矛盾而构成故事，给小市民发泄一点生活上的小牢骚而决不致引起对现社会统治秩序的根本怀疑……”[②] 是什么“恶趣味”“落后趣味”让左翼文学如此大动干戈？深究下去，无非就是所谓的“现代城市平民的日常生活所肯定的世俗性和平庸性”[③]。但是在那样一个理念至上（阶级理念、革命理念、平等理念等）、精神极度膨胀的年代，日常生活因其世俗性和平

① 周扬：《建设社会主义文学的任务》，载《中国作家协会第二次理事会会议（扩大）报告、发言集》，人民文学出版社1956年版，第31页。

② 茅盾：《在反动派压迫下斗争和发展的革命文艺》，载谢冕、洪子诚主编《中国当代文学史料选（1948—1975）》，北京大学出版社1995年版，第39页。

③ 唐小兵：《蝶魂花影惜分飞》，载王晓明主编《二十世纪中国文学史论》第1卷，东方出版中心1997年版，第281页。

庸性，而被视为“低级趣味”。

仔细考察当时批评界将描写日常生活与自然主义文学相联系的逻辑，可以看到日常生活在当时文学权威话语中的真实面目和地位：无冲突、不典型、不符合马克思主义文学观中在“典型环境”里塑造“典型人物”以及在矛盾冲突中塑造人物的创作原则。即便有如茹志鹃描写“家务事、儿女情”的《百合花》等得到来自主流文学的肯定，但评价却很有限度。论者认为作品虽然从日常生活场景和事件中发掘出普通人“内在精神世界的美”，但同时又认为“作家有责任通过作品反映生活中的矛盾，特别是当前现实中的主要矛盾”。[①] 按照这种理论逻辑，日常生活描写得再好也只能作为那些描写重大题材和英雄人物的“补充”。对《百合花》的这种评价基本可以代表主流文学批评在20世纪50年代至70年代对整个日常生活及其叙事的态度。文学中的“生活”被严重本质化，是否能反映社会本质和规律就成为文学题材的合法性边界。而关于日常生活的世俗琐细叙事因不具有被当时的政治意识形态有效整合的巨大的社会意义和历史空间，无法完成发挥文艺对人民群众的政治意识导向作用和对新社会、新生活、新人的重塑任务而最多只能被谨慎地有保留地加以肯定。

左翼文艺理论家胡风在20世纪40年代末提出：“哪里有人民，哪里就有历史。哪里有生活，哪里就有斗争，有生活有斗争的地方，就应该也能够有诗。”[②] 此即所谓的“到处有生活论”。这一理论被认为“直截了当地否定了革命作家必须到人民群众中间去，必须参加人民群众的斗争”[③]，而遭到林默涵、何其芳的批判。1954年胡风在著名的“三十万言书”中将林默涵、何其芳的批判斥为放在“读者和作家头上”的“五把‘理论刀子’”之一：“只有工农兵的生活才算生活；日常生活不是生活”[④]，并坚持自己的观点：“不理解日常生活就一定没有可能真正理解以日常生活为土壤的斗争生活，不理解普通人就一定没有可能真正理解从普通人锻炼

① 欧阳文彬：《试论茹志鹃的艺术风格》，载洪子诚编《二十世纪中国小说理论资料》第5卷，北京大学出版社1997年版，第336页。

② 胡风：《给为人民而歌的歌手们》，载《胡风全集》第3卷，湖北人民出版社1999年版，第439页。

③ 何其芳：《现实主义的路，还是反现实主义的路》，《文艺报》1953年第3期。

④ 胡风：《关于解放以来的文艺实践情况的报告》，载《胡风全集》第6卷，湖北人民出版社1999年版，第303页。

出来的英雄人。”[①] 从某种意义上说，胡风的罹难，可以看作其试图在经验与超验、日常生活与“斗争生活”（非日常生活）、日常生活话语与宏大话语之间填平鸿沟，建立有机联系，从而避免被表征性抽象权力空间彻底空洞化的努力的彻底失败。

在一体化的全能政治时代，主流意识形态主要采取了或圣化日常生活，或取消日常生活存在的合理性与合法性两种途径，来解决对日常生活领域的焦虑与紧张。

前者是把社会政治生活日常化，主张像经营一种日常生活一样经营社会政治生活，也就是说日常生活通过与社会政治生活合而为一而被收编在社会生活之内，因此具有超越日常生活本身的社会政治意义。就如一滴“水”，普通的水，平凡的水，因为它能“折射太阳的光辉”，所以自身就具有不平凡、不普通的光芒。水也就不是水了，而是太阳光芒的折射物。就像水被无限圣化一样，平凡普通的日常生活“在政治现代化的照耀下趋近圣化了，它变成了一个光芒万丈的神圣的日常生活，它具有无可比拟的理想色彩”[②]。表现在小说里，就是正面人物均能在日常生活里获得无限的价值提升和庄严感、神圣感，仿佛自我的日常生活就是社会主义伟大建设事业的缩影和化身，我不是“我的”，而是“我们的”；我的日常生活也不是我的“日常生活”，而是“斗争生活”。两者合而为一，不分彼此。照此逻辑推演，“我”和“我的日常生活”几乎完全被后者所覆盖与取消。这一点在小说、散文和话剧中体现得尤为明显。20 世纪 50 年代占主导地位的散文作品侧重纪实性，或多或少地带有通讯报告的色彩，故常名之为“通讯”“报告”或“特写”。它们在一系列特定的“先进”“题材”中挖掘特定的“意蕴”，传达崭新的“观念”。艺术想象和艺术情感的被遏制，使得对“日常生活”的升华性“叙述”成为散文的主要艺术传达方式，正如汪曾祺在《〈当代散文大系〉总序》中所指出的：“不管什么题目，最后都要结到歌颂祖国，歌颂社会主义，卒章显其志，有点像封建时代的试帖诗，最后一句总要颂圣。”杨朔、秦牧、刘白羽的散文可谓代表。话剧典型的如《霓虹灯下的哨兵》《年轻的一代》《千万不要忘记》

① 胡风：《关于解放以来的文艺实践情况的报告》，载《胡风全集》第 6 卷，湖北人民出版社 1999 年版，第 302 页。

② 蓝爱国：《日常生活：喧嚣与拯救》，《文艺争鸣》1997 年第 6 期。

等都将都市日常生活指认为“物”“欲”“享受”的引诱，其中暗含着贪图享乐、腐化堕落、背离艰苦创业和优良革命传统的道德训诫。《千万不要忘记》中的“日常生活”从香烟、皮夹克、毛料服、三鲜锅烙、罐头、酒等奢侈品、生活细节和生活趣味的“小节”中看出“大问题”：“这是一种阶级斗争啊！这种阶级斗争没有枪声，没有炮声，常常在说说笑笑之间就进行着。”并一再告诫：“是啊，这是一种容易被人忘记的阶级斗争，我们千万不要忘记！”

这里实际已接触到日常生活被取消的问题。圣化的结果也就是非神圣也即世俗的取消。生活的日常性和人的凡俗性被无限拔高，人的在世性维度被当作鄙俗、肮脏、不齿之物加以清除，世界被充分地洁净化，存在于神性眼光中的只能是经过精神过滤的虚幻风景。如果不借助圣化的救赎，日常生活必将受到鄙视和驱逐。《创业史》中，改霞之所以离开梁生宝，就是出于对婚后革命激情可能被琐屑的日常生活磨失的想象性恐惧。《山乡巨变》中的邓秀梅之所以拒绝婚姻、家庭及一切日常生活内容，原因就在于，在她看来，革命才是她唯一的也是终极的价值追求。依循这一逻辑，《红岩》中的甫志高之所以能成为一个“经典叛徒”，其主导诱因也在于他对日常生活和日常情感的迷恋，而没有自觉地将日常生活与情感视为革命的拦路虎和绊脚石。因此，《青春之歌》中“林道静拒绝的，不仅是余永泽这个人，还意味着她拒绝了与时代，与社会改造，与理想，与浪漫主义格格不入的个人的日常生活”。这些人物形象和情节构造不仅是文学创作的需要，而且是文学创作者个人选择的反映与再现①。笼罩在主流政治话语光环下的精英知识分子，在长期的革命生涯中已经培养起一种对

① 据杨沫的儿子老鬼回忆，杨沫年轻时入党愿望非常迫切。而革命时期入党，不但不能提干也没有权力，反而要冒被通缉、被追杀的生命危险。在那样严酷的环境中，杨沫之所以以入党为追求、以和党员的交往为幸福，正是因为她从内心深处把“革命”当成了自己的生活主旨，在随后的人生中，她始终以党的事业为生活的唯一目标，对于日常生活，她不仅摒弃了个人的物质生活享受，而且远离了亲情。她对同事关怀备至，甚至于细心到送对方袜子，而对待自己子女的态度，用作者的话来说就是“母亲以自我为中心，很少想着孩子——长这么大没见过母亲干过一件为孩子而牺牲自己的事”。她不重亲情，对亲戚态度冷淡，对孩子不近人情，冷若冰霜，“与自己的孩子动不动就断绝关系”。对自己的亲生儿女不管不问，甚至于儿女生病、被害，也是如此。她的女儿小胖无辜被害，她不但不去查明真相，反而为犯罪嫌疑人开脱。老鬼的哥哥患病，杨沫不但不关心他，反而说他装病，怀疑他偷钱引起争吵还与他断绝来往。三年困难时期，他们兄弟经常饿肚子，母亲杨沫把点心、营养品等藏在自己屋里也不让他们染指。老鬼被错划为

“非日常生活”状态的自觉追求，在他们看来，衣食住行、婚丧嫁娶等日常生活琐事只是政治、革命、工作等非日常生活实践的物质基础，前者本身没有意义，只能依附后者获得自身存在的合理性。取消了个体的独特性和丰富性，取消了非日常生活的日常性基础的后果，便是个体的缺席或个体的神化、异化，便是生命存在本真状态的缺失。人，被剥离掉了人的物质性基础和世俗性维度，成为抽象的权力象征符号体系构成的原材料。它凌驾于个体经验性之上，是神化的人、圣化的人、纯精神的人、纯意志的人，也是虚假的人、空洞的人、符号的人，是单一的、纯粹的忠诚于某一权威结构的理想性/理念性人格。在这一时期的典型叙事文本中，一切都处于一种合乎目的性的构造状态，因而一切都是有序的、可把握的、可解决的、规整的、典型的、乐观的。这种文学表露出对历史的积极介入的热情，承载了关于国家、集体、历史、民族、阶级的群体性想象，真诚地传达了国人对于民族、国家及历史本质和规律的集体性信仰，有着突出的责任感、使命感、崇高感。同时，也必须承认，为了建构一体化、同质化的革命文化空间和社会主义文化领导权，它对私人、日常生活空间的剥夺，以及为了追求革命生活的圣洁化而实施的严酷的惩罚性批判。这实际上造成了20世纪50年代至70年代作家生存体验、生命体验、审美体验的严重异化，主体心灵的极度扭曲和生命内容的极度荒芜。

20世纪50年代至70年代日常生活叙事的匮乏隐含着对“新生活”中的日常生活的焦虑，如何安排工作八小时，睡觉八小时之外的其他八小时？如何解决游离于社会组织和结构安排之外的个人的日常生活？这自然就成为主流意识形态的心结。是把八小时完全放手给个人支配，还是以国家的名义对八小时进行收编和改造？在泛政治时代，一切不能被政治语码解释的事件都面临一个极其危险的处境，一切不能被政治阐释的意义都将是无意义的。因此，无论是“革命历史题材”“农村题材”“工商业改造题材”“工业题材”小说，还是政治抒情诗，抑或是承续延安传统的散文、特写，都普遍呈现出对公共生活的热衷，对私人生活的疏离和对与“日常生活”密切相

（接上页）反革命，杨沫漠然置之。老鬼在北大读书时，在家与父母发生思想观念上的冲突，杨沫竟然给校方写信揭发和谴责儿子的言行，并要求学校严管必要时给予处分。很显然，在杨沫看来，“家庭”这一日常生活领域是“革命”“工作”和“事业”的拖累（可参见老鬼《母亲杨沫》，长江文艺出版社2005年版）。

关的人情、人性、人道主义等“人”的话语的否定、批判。

但“日常生活”对写作主体所独具的渗透性和亲切感，使作者在从事具体创作实践时总是有意无意地露出“日常生活”的冰山一角，在《红旗谱》《林海雪原》《铁道游击队》《“锻炼锻炼”》《赖大嫂》等小说中，“日常生活”总能透过主流革命话语的缝隙闪露出一种动人的美妙情致。遗憾的是，它们只是存在于主义工程彻底竣工前的偶然闪光和碎片化存在而已。

第三节 消费主义文化情境中的“日常生活”叙事及其批判

“现代化”诉求成为20世纪80年代初建设现代民族国家叙事的首要目标。它重新询唤“人”的话语并将其置于社会思想文化的核心。“对于以经济发展为目的的世俗的‘现代化’目标的追寻，‘现代化’对于生活的全面改造及由此带来的生活的极大改善一直是新时期小说的基本叙事目标。”① 从某种意义上讲，“新时期”小说叙事合法性的确立，可以理解为“日常生活”叙事合法性的确立。以人、人性、人道主义等宏大叙事话语为依托，人的日常生活内容、日常情感内容被赋予了充分的合理性与合法性。不仅如此，“日常生活”叙事有力地担负起了对“文革”“政治化叙事”的批判职责。在《伤痕》《蝴蝶》《月食》《芙蓉镇》《许茂和他的女儿们》等“新时期”小说代表性文本中，“日常生活”（或“生活”）与“政治”构成了互不兼容的二元对立项。它们通过对“政治”伤害、破坏“日常生活”“日常情感”的戏剧化叙述，强有力地颠覆和解构了“政治”。这是对“政治异化”的批判，更是对“幸福生活”由此开启的承诺，也是对更具普遍意义的世俗伦理价值系统的肯定。借用“新歌剧”《白毛女》的表达，就是：“‘文革’把人变成鬼（或神），‘新时期’把鬼（或神）变成人。”“文革”被“新时期”叙述为民族健康机体上的痈疽（或毒瘤），民族历史发展的“非常态”（或“病态”），正是“新时期”又使“生活回到了正常轨道，人们又回到应有的位置”②。

---

① 张熙武：《从现代性到后现代性》，广西教育出版社1997年版，第5页。

② 雷达：《一卷当代农村的社会风俗画——略论〈芙蓉镇〉》，《当代》1981年第3期。

同时，我们也要看到，在20世纪80年代的小说叙事主流中，日常生活并非纯自然状态的“日常生活”。它体现着那个特定时代的特定人文价值和历史意识。虽然它并不再以某种单一的、纯粹的理念为皈依，并不再以被纳入表征性抽象革命符号体系为荣，但从它与“政治”所构成的二元性结构，并由此确立自身合法性的方式来看，它同样也是“政治”的、“历史”的。只不过，它被重新置于另一个全新的现代性框架中，并由此获得了全新的内涵和意义。我们可以看到，在这里，日常生活仍旧带有或多或少的理想化色彩，尽管小说叙事越来越倾向于日常生活的表现，但在叙事的周围仍笼罩着或浓或淡的传奇氛围，作品的主人公主要仍旧是英雄或英雄化人物。

对于20世纪80年代中前期的中国文学来说，无论是回望、反思历史（如“伤痕文学”“反思文学”“知青文学”），展示现代生活场景和现代化进程（如“改革文学”），还是返顾传统文化（如“寻根文学”“风俗小说”），也无论是现实主义、现代主义，还是后现代主义，都将“日常生活”的景观、事件、人物、情感、伦理道德、文化习俗和人际关系等方面纳入自己的艺术表现版图，并在各种文学思潮的互渗交替中，历时性地展示出“现代化”总体话语对“日常生活”的整合状态。尽管此时中国社会的意识形态、价值观念和文化结构已经发生了重大变化，但“现代化”的信仰和焦虑仍然强劲地弥漫于思想文化界，“日常生活”也在“现代化”焦虑的笼罩下被纳入有目标、合目的性的历史化叙事状态。正如文学思潮的迅速更迭一样，历史化叙事中的“日常生活”也跃动着清晰明确的历史发展观念，它集中而典型地反映了“现代化”进程中，各阶层、各行业中国人的生活方式、行为方式、价值观念和思想情感。这是一种把“日常生活”的现实记述融入总体历史进程的写作实践。“历史化”赋予文本内容超越感，在叙事的渐次展开中揭示出时间的线性发展中的永恒与同一。80年代，小说叙事的“历史化”追求，既使它成为“现代化”事业的有机构成，又使它以巨大的社会、思想和精神能量吸附着民众关注的目光，从而成为社会思想文化的中心。同时，对“日常生活”的“历史化”也使之褪掉了平凡、琐屑、凡俗的一面，与现代化历史进程中的客观现实构成一种桴鼓相应的互动关系，进而实现客观现实的“历史化”，将其形塑为一个向着明确的既定目标阔步迈进的必然的、连续的、完整的历史进程。“日常生活”由此具有一种“寓言性”，散发着美好的诗意光泽，历史化的文学也充溢着积极的公众参与热情和向上的理想激情。

张洁的《沉重的翅膀》，谌容的《减去十岁》，张辛欣的《在同一地平线上》，刘索拉的《你别无选择》，王安忆的“三恋”、《小鲍庄》等在题材内容、主题内涵、艺术手法、美学风格等方面都存在明显差异的文本，却有着共同的“日常生活”历史化取向，都以“日常生活”切入现代化进程，展示身处其间的普通人的生活体验和思想情感。日常生活的酸甜苦辣、矛盾犹疑、失败挫折都被整合进“现代化”宏大叙事中，感伤、痛苦、死亡等负面情感和现实因“现代化”神话的光环笼罩，带有了悲剧性的崇高力量。“文学讲述这个时期的历史，建构一整套的历史表象。在这样一种被称为‘新时期’的历史进程中，文学使历史的延续与断裂具有合法性，从而使历史整体上具有了合法性。”① 现代化进程既是把“人”和“日常生活”从传统的板滞僵化和等级秩序中解放出来，赋予其主体能动性的过程，也是用现代理性将纷乱无序的世俗化经验性过程整理成一个秩序井然、目标明确、具可操作性的历史化过程。在叙事历史化过程中，作家既是民众思想情感的代言人，又是“现代化”观念意识的阐释者与传达者，他们的作品在生活中产生了广泛影响，并建立起民众的“现代化”乐观想象，激发出其积极的建设热情。民众的积极反馈，又让作家在“现代化”意识形态工程的建构上更加投入。文学在自身历史化的同时也历史化现实，现实和文学在互动中普遍充溢着一种浮泛的激情和虚幻的乐观。阿格妮丝·赫勒认为：“日常生活在总体上是对象化。但是，这并不意味着每一具体的日常活动都是对象化，更不是说所有对象化都处在同样的层面上，具有同样的程度，更不必说具有同样的有效范围。”② 对于20世纪80年代的小说来说，日常生活的意义和价值在叙事历史化中得到了空前凸显，但其多元多面、混沌无序的复杂性却被有意无意地遮蔽。

对日常生活的“紧张”和缺乏足够的热情，使注重叙事、文本结构和语言等形式层面的革命性实验的先锋作家普遍以“虚构”为艺术圭臬，传统意义上的“虚构”以及对“日常生活”的陌生化处理转换成为“元

① 陈晓明主编：《现代性与中国当代文学转型》，云南人民出版社2003年版，第226页。

② ［匈］阿格妮丝·赫勒：《日常生活》，衣俊卿译，重庆出版社1990年版，第52—53页。

叙事”和对“形式”的陌生化处理。日常生活的完整性、流动性消失而蜕变为“叙事”的工具性符码。这种精英主义的日常生活叙事，实际上是对日常生活经验和日常生活情感的颠覆，由此来引起读者对日常生活的反思和质疑，使读者在得不到完整的符合传统逻辑的日常生活叙事之后，转向对凌驾于日常生活之上的精神世界的思考。这也显示出先锋作家与现实生活之间的紧张关系。正如先锋时期的余华曾说：“……我既不会和现实两败俱伤，也不会和现实握手言和。这不只是我个人面临的困境，几乎所有优秀的作家都处于和现实的紧张关系中。在作家的笔下，只有当现实处于遥远的状态时，他们作品中的现实才开始理直气壮地出现，并且闪闪发亮。”① 在先锋作家的眼中，只有与“支离破碎，而且真假杂乱和鱼目混珠”的现实保持一种紧张关系，并通过小说叙事、小说文本结构和小说语言等形式层面的革命性实验创造出的“作品中的现实”与“心灵现实”，来超越并取代“日常生活”现实，方能缓解作家与现实的紧张关系。

“作为‘文革’后的一代作家，新潮作家……既不拥有‘历史’发言权，也不能在现实领地里大显身手。可是他们拒绝历史和现实而在文本中重建一个‘自我’的叙事游戏和语言欢乐为特征的活动。”② “文革”记忆的淡薄，对现实生活的冷漠，使先锋作家在世俗化、商业化浪潮中，疏离“日常生活”而倾心于以拼贴的方式来营造自己的文字方舟和语言乌托邦，这使其小说缺乏一种明确的历史意识，即使是一些具有明确时间标志的文本（如马原的《拉萨生活的三种时间》《早上八九点钟》，格非的《大年》，余华的《一九八六年》《西北风呼啸的中午》等），也缺乏时间意识的有力统摄，而只是在一个时间点上，以空间的形式营造创作主体的叙述圈套、叙事空缺，展现冷漠叙事和暴力美学。总体上看，“先锋小说”以“虚构”为叙述起点，极力排斥日常生活现实对文本的入侵，“日常生活”在先锋作家眼中不再是创作素材和灵感源泉，也不再具有主流话语的政治性限定和精英话语所赋予的至高无上的价值，它是叙事营造出的一种语词幻觉，而“人”也被改造成一个丧失了主体性、必然性，不再

① 余华：《作家与现实》，载李延青主编《文学立场：当代作家海外、港台演讲录》，河北教育出版社 2003 年版，第 178 页。

② 吴义勤：《中国当代新潮小说论》，江苏文艺出版社 1997 年版，第 30—31 页。

受日常生活规律和历史发展规律的支配，可以在虚拟空间和语词幻境中随意出入的角色，成为叙事的操作工具和语言幻象。先锋作家通过“形式”对“日常生活”的取消，来缓解与现实间的紧张关系，弥补对生活现实的隔膜和匮乏。

“新写实小说”一反“先锋小说”对“日常生活”的抗拒和对“叙事”“语言”等形式要素的凸显，取消作家和语言的权力，破除“叙事”造成的小说与读者和日常生活的隔离，让原色原味的生活具象得以还原性呈现。经过非历史化、非典型化处理，“日常生活”在此前所蕴含的乐观格调和诗意氛围丧失殆尽。在“新写实小说”中，现代性线性时间场景被充满琐碎细节的后现代性空间场景所取代，被主流话语和精英话语所合力抑制的日常生活的物质性、世俗性全面迅猛而锐利地切入了人们的现实生存和精神生活。作家对“生活”和“自我”的日常化、市民化定位，既显示出对小说取材的限定和对平民化叙事风格的追求，也显示出现代化神话溃退之后，作家由精神到物质、由超越到认同、由抵抗到追随的全方位移动。同“先锋小说”相比，“新写实小说”进一步放弃了对精神世界和语言本体的建构，但它们又共同体现出以“空间”代替“时间”的叙事向度。“时间”不再具有神话般的绝对意义，它依附于平面的空间而存在。无论是重写历史，还是还原现时态生活，“新写实小说”都无法建构起对历史和现实的整体性理解与想象。

如果说，20 世纪 80 年代与 90 年代之交是中国现代化进程由“改革开放”阶段进入“市场化”阶段的过渡，那么 90 年代和 21 世纪则是这一进程的全面展开。日常生活成为小说最重要的题材来源和表现对象。其原因主要有：首先，90 年代以来，大众社会、国家权力和市场资本的合法性支持；市民阶层的壮大；国家提高人民生活水平的一系列政策法规以及资本在消费市场的利润再生；等等。“现代化”这一概念所包含的世俗化、物质主义、实用主义的内涵开始全面显露，与物质、欲望、肉体、声色犬马、纸醉金迷相关的现代日常生活也从 80 年代的浪漫化想象中走进了跨世纪民众的视野等都促成了今日小说日常叙事的盛行。其次，消费社会日常生活审美化已成趋势。杰姆逊、费瑟斯通、韦尔施等对此趋势都有过精到的分析，他们认为，消费社会或后现代社会已经打破了传统艺术和生活的界限，艺术成为商品已经成为普遍的文化景观。“到了后现代主义阶段，文化已经完全大众化了，高雅文化与通俗文化，纯文学与通俗文学的距离正在消失。商品化进入文化，意味着艺术作品正在成为商品，甚至理论也成了商品……后现代主义的文化已经从过去那种特定的‘文化圈层’中扩张出来，进入了人们的日常生活，成为了消费品。”① “艺术可以出现在任何地方，任何事物上”②，过去不被作为艺术的东西如今也被作为艺术来理解。这种消费社会的日常生活审美化趋势也为90年代以来日常叙事提供了全球化的理论支持。

一切正如丹尼尔·贝尔所说：“真正的问题都出现在‘革命的第二天’。那时，世俗世界将重新侵犯人的意识。人们将发现道德理想无法革除倔强的物质欲望和特权的遗传。”③ “日常生活”——这一世俗世界的代名词摆脱了过度“历史化”④ 的限约，走出匿名失名形态，显露出混沌复杂、元气淋漓的本相，突兀地呈现在作家面前，成为进入当代叙事不可绕过的宽广地域。“新写实小说”率先宣告了一个现实的、凡人的时代的来

① ［美］杰姆逊：《后现代主义与文化理论》，唐小兵译，北京大学出版社1997年版，第162页。

② ［英］迈克·费瑟斯通：《消费文化与后现代主义》，刘精明译，译林出版社2000年版，第95页。

③ ［美］丹尼尔·贝尔：《资本主义文化矛盾》，赵一凡等译，生活·读书·新知三联书店1989年版，第75页。

④ 詹姆逊认为，“历史化”是马克思主义美学的绝对律令，同时也是马克思主义作为一种批评视野的真正优势所在，因为它使得对文化文本的阐释最终回到对具体的历史境遇和社会条件的理解。所以他的后现代理论致力于把作为美学风格的后现代主义与现今资本主义的社会经济基础结构相联系。在《政治无意识》中他集中阐释了“历史化”问题。他指出：“决不是在任何层面上都得到充分实现的文学结构，将有力地向底层或难以想象的或难以言说的层面倾斜，简言之，即进入文本的政治无意识，从而使后者分散的主要义符（semes）——当据这种意识形态的封闭模式加以重构时——本身就坚持不懈地直接把我们引向文本完全无法控制或掌握（或用诺曼·霍兰德较具启示意义的术语，即管理）的那些力或矛盾传达信息的威力。所以，通过根本的历史化利用，那种逻辑封闭的理想，起初似乎与辩证思维不相协调，现在证明是揭示那些逻辑和意识形态核心的不可或缺的工具，而这些核心又正是某一特定历史文本所不能实现或反之竭力所遏制的。”（参见弗雷德里克·詹姆逊《政治无意识》，王逢振、陈永国译，中国社会科学出版社1999年版，第38页）陈晓明认为：“‘历史化’说到底是一种现代性现象，它是在对人类已经完成的和正在进行的实践活动建立总体性的认识，并且是在明确的现实意图和未来期待的指导下，对人类的生活状况进行总体评价和合目的性的表现”，“历史化也是将历史文本化和寓言化”（参见陈晓明主编《现代性与中国当代文学转型》，云南人民出版社2003年版，第224页及第254页“注释”）。

临。此后，“日常生活”就成为潜伏于跨世纪小说创作中的暗流，激荡在跨世纪小说家的“前思维”中，影响着他们的价值立场选择和叙事情感基调，成为一种“历史无意识”。与20世纪80年代相比，跨世纪小说普遍注重将琐屑的日常生存经验纳入表现版图，在日常化经验中发现被宏大叙事和普泛化抒情所遮蔽的诗性并力图有效地传达它，从具体的日常生活中寻找着惊喜和意外。

“新写实小说”普遍化的“日常生活”叙事与“先锋小说”对现实生活的刻意回避（逃避）有关，甚至是后者的触底反弹。“新写实小说家”无奈而决绝地向20世纪80年代文化启蒙立场告别，对后者所倡导的“人的主体性”进行了无情的消解，并对日常生活原生态进行了非批判立场的认同。他们以现实生活的强大力量为说辞替自己的日常化叙事辩护，回避现实社会中多种文化精神的存在，也回避主体在多种文化精神的冲突中确立主体性文化价值的可能与责任。

“新写实小说家”并不是对时代的艰难处境无所体验和感知的人。相反，他们对现实和自己的立场、态度不无感慨并有着非常“理性化”的表达。[①] 同“先锋小说”相比，“新写实小说”进一步放弃了对精神世界和小说本体的建构，但二者又都体现出以“空间”代替“时间”的叙事向度。“时间”不再具有神话般的绝对意义，它依附于平面的空间而存在，是一种反历史化的虚化的、庸常的时间。因此，由“先锋小说”对日常生活的回避和敌视到“新写实小说”对日常生活的亲近、认同，不仅仅是文学内部的自然转换，它同样显示出在大众消费文化兴起之后，“先锋小说”那种以回避现实生活的方式拯救日常生活的美学理想的破灭，这种破灭也显示出大众世俗文化、消费文化对文学形成的难以阻挡的冲击。

同样是以日常生活为主要叙事域，池莉们的烦恼人生与张爱玲那种从骨子里透出的彻底的苍凉有着根本的不同。身处动荡悲凉的时代，张爱玲显然无法摆脱历史魅影的纠缠，在她看来，“时代是仓促的，已经在破坏

① 池莉的体会是：“现实是无情的，它不允许一个人带着过多的幻想色彩。自我设计这个词儿很流行很时髦，但也只有顺应现实才能获得有限的收获。”（池莉：《我写〈烦恼人生〉》，《小说选刊》1988年第2期）刘震云说得也很明确：“我们拥有世界，但这个世界原来就是复杂得千言万语都说不清的日常身边琐事。它成了我们判断世界的标准，也成了我们赖以生存和进行生存证明的标准。”（刘震云：《磨损与丧失》，《中篇小说选刊》1991年第2期）

中，还有更大的破坏要来。有一天我们的文明，不论是升华还是浮华，都要成为过去。如果我最常用的字是‘荒凉’，那是因为思想背景里有这惘惘的威胁”。[①] 面对着对日常生活来说具有强大的摧毁力的时间，面对着战争年代个体生存的危机，张爱玲在人类文明行将毁灭的末世意识的“惘惘的威胁”中依旧执拗地坚执着日常化的个体维度。她既是一个执着于日常生活的现世主义者、享乐主义者，又是一个对生活充满悲剧感的人；她通达人情世故，但却冷漠寡情，独标孤高；其叙事如话家常，却对读者规避着自己的内心。在她的叙事中，有着生活的底子，又有着对生活的穿透与超脱；有着对日常生活的津津乐道和对微末而又具体的生命欢悦的执着，却又时时洞见众生的“可笑”与“可怜”。她的作品立足于日常，给人以日常的感觉，却又能够超出日常，从日常生活的裂隙中，生发出虚无和苍凉，这使得她笔下的日常生活既有真实的气味、气息，又有着一种飘忽和恍惚，也使得其叙事充满细节而又不显琐碎。

张爱玲曾这样解说《传奇》的封面：“封面是请炎樱设计的。借用了晚清的一张时装仕女图，画着个女人幽幽地在那里弄骨牌，旁边坐着奶妈，抱着孩子，仿佛是晚饭后家常的一幕。可是栏杆外，很突兀地，有个比例不对的人形，像鬼魂出现似的，那是现代人，非常好奇地孜孜往里窥视。如果这画面有使人感到不安的地方，那也正是我希望造成的气氛。”[②] 从这番阐释中，可以看出张爱玲对“日常生活”（“家常的一幕”）与“现代性”（“现代人”）关系的理解。前者的传统、安稳、沉静、亲切，是一种传统秩序中的惯常生活情态，也是身处乱世的张爱玲的理想；后者的“突兀”则对这种惯常生活情态和理想造成了潜在的威胁和“恐怖的气氛”。日常的现在都有过去的烙印和影子，日常生活和情感空间也不断被瞬息万变的外部世界所渗透和重塑。世界阴晴变换，晦暗不明，置身这个世界的作家，面对着这剧烈的转变，转瞬即逝的城市场景，和眼前脆弱而不堪一击的世界，感受着那些隐藏在日常琐事中的新式与旧式之间的张力。这种不和谐的“参差的对照”，造就的是一种荒凉、挽歌、末世、苍凉的心境。这种心境，这种与日常生活之间的张力，这种雅俗兼具的叙事

① 张爱玲：《倾城之恋》，花城出版社 1997 年版，第 2 页。

② 张爱玲：《有几句话同读者说》，载金宏达、于青编《张爱玲文集》第 4 卷，安徽文艺出版社 1992 年版，第 266 页。

品格，这种对个体生命的微末而又实在的哀乐的执着，与池莉们是大异其趣的。在后者那里，完全世俗化、庸俗化乃至神话化的日常生活大获全胜。

与“新写实小说”叙事风格相近，而在叙事姿态和底蕴上又有所差异的是以卫慧、棉棉、周洁茹、朱文颖等为代表的“70年代作家”的“日常生活”叙事。

“新写实小说”更多以普通市民或底层贫民为主人公，表现他们灰色或黑色的人生困境。池莉《烦恼人生》中的印家厚是钢铁厂工人，《不谈爱情》中的吉玲是小店售货员，《太阳出世》中的赵胜天是工人、李小兰是图书管理员，其他的还有公共汽车司机、小吃摊摊主、肉联厂工人、中年下岗女工，等等。他们都属于普通手工劳动者和产业工人阶层。刘震云的《塔铺》《新兵连》《单位》《一地鸡毛》《官场》《官人》《故乡天下黄花》《故乡相处流传》等或写小人物，或从草民的视点描画权力纷争、钩心斗角中各色人群尤其是“大人物”的“小”。刘恒的《杀》《萝卜套》《连环套》等“乡村小煤窑”系列，《伏羲伏羲》《狗日的粮食》等“食色”小说也大多叙写生活在偏远地带的农民、窑工等下层人物。方方的《风景》《黑洞》《桃花灿烂》《落日》，苏童的《离婚指南》《妇女生活》，叶兆言的“夜泊秦淮”系列等小说也以平民生活为题材。“新写实小说家”把普通人的自然生活状态用沉静、细腻的笔法传达出来，在庸碌粗鄙的写实性叙述中透露出作家或同情悲悯，或辛辣嘲讽，或温情脉脉的态度。所以，“新写实小说”并没有也不可能纯客观，只是它们在放弃了启蒙主义精英话语高高在上的位置后，传达了“后单位”时代个体辗转于残存的群体意志与萌动的世俗消费欲望之间的无奈精神处境。而在“70年代作家”那里，这种个体与日常生活之间的无奈感已经随着消费市场的“成型”而逐渐消退[①]。从卫慧们小说文本的叙事上看，她们大都以“当

① 对于她们来说，“我的小说就是我的生活。我关注我身边的男女，他们都是一些深陷于时尚中间的人，当然我也是他们中间的一个……我们崇尚潮流，自我感觉良好”（周洁茹：《〈你疼吗〉·自序：我想我是鱼》，长江文艺出版社2000年版，第1页）。“我的主人公和我一样都具有梦游般的气质，我们像空气一样在城市里飘来飘去，面对身处于其中的城市（上海）我们既爱又恨，城市的浪漫城市的冷酷我们都真真切切无时无刻地感受着……世界在变，年轻的一代面对这世界，他们的价值观或生存态度，还有文化的视角统统在变，所以不是我太另类（那些所谓的另类故事只是我们这些人的日常生活），而是目前仍占主流地位的人们还找不到进入新生代文化体系的钥匙。”（卫慧：《痛并快乐着》，《南方文坛》1999年第6期）“写作特别需要与生活荣辱

下”作为叙事时间，在故事时间与叙事时间的弥合中传达写作者当下的情绪、感受和个体的经验、遐想。在卫慧的《像卫慧那样疯狂》《蝴蝶的尖叫》《上海宝贝》，棉棉的《香港情人》《糖》，周洁茹的《鱼》《熄灯做伴》《点灯说话》，朱文颖的《俞芝和萧梁的平安夜》，金仁顺的《月光啊月光》，张欣的《无人倾诉》，池莉的《来来往往》《小姐你早》《一夜盛开如玫瑰》等非“历史化”的叙事中，历史化叙事中所包蕴的乌托邦激情业已消歇，日常生活未经历史化便径直涌入文本空间，不经历史意识和时间向度的整合便挤作一团。它不能在时间的推演和时间的差异与对照中显示出现实的总体流向。时间的淡出与空间的凸显同步而行，“空间”成为其叙事的起点和内容，也是物质展示和欲望表演的舞台。贫富并存、苦乐相依、哀怨交加的都市日常生活被剪裁、编辑成繁华炫目的都市消费文化景观。詹明信将后现代主义的特点概括为：“现实转化为影像、时间割裂为一连串永恒的当下”①，并指出：“后现代主义现象的最终的、最一般的特征，那就是，仿佛把一切都彻底空间化了，把思维、存在的经验和文化的产品都空间化了”，而且这种空间是“一种新的空间形式，而不是那种旧的空间形式，也不是材料结构和物质性的空间形式，而是排除了深层观念的文字纯表面之间的捉摸不定的关系、对我们的生活和思维方式产生影响的那种关系”②。卫慧们放弃了叙事历史化的追求，她们不再建构意义的深度模式。

需要注意的是，“70年代作家”笔下的日常生活是先经过精心挑选，再加以删减简化，并进行膨胀放大的“日常生活”。卫慧称其写作为“‘cool’味写作”③。这种“cool味”日常生活叙事是“冷淡的”，因为它

（接上页）与共。”（朱文颖：《金銮殿，或者看得见天使的地方》，载林建法、徐连源主编《中国当代作家面面观：寻找文学的魂灵》，春风文艺出版社2003年版，第471页）“我实在是一个深陷红尘的人……我在写作中总难舍弃最后一点点温馨，最后一点点浪漫。”（张欣：《深陷红尘，重拾浪漫》，《小说月报》1995年第5期）

① ［美］詹明信：《晚期资本主义的文化逻辑：詹明信批评理论文选》，张旭东编，陈清侨等译，生活·读书·新知三联书店1997年版，第419页。

② 同上书，第293页。

③ 卫慧自述：“‘cool（酷）’这个词虽然已被媒体用滥，可依旧可以用来形容像我和我笔下的那些主人公的日常生活状态，取其英文的确切意义就是‘冷淡的’，对一切见怪不怪，我行我素，不再像上一辈那样处处喊口号了。”（卫慧：《痛并快乐着》，《南方文坛》1999年第6期）

与社会、群体、公共、政治无缘，只关注存在于以欲望为动力的生活碎片中的原子化个人；它“不再像上一辈那样处处喊口号了”，叙事的意义仅仅因为它是一种个体生活—消费方式。她们不再如陈染、林白、徐小斌们一样在写作与日常生活之间保持一种紧张的张力关系，实施艺术对日常生活的批判功能，并在批判中进行自我认同和主体的构建。卫慧们“对一切见怪不怪，我行我素”，对“上一辈”的经验和权威不再具有任何依赖性、继承性，也不再具有叙事历史化的任何冲动，而“服从灵魂深处的燃烧，对即兴的疯狂不作抵抗，对各种欲望顶礼膜拜，尽情地交流各种生命狂喜包括性高潮的奥秘，同时对媚俗肤浅、小市民、地痞作风敬而远之”①。她们似乎丧失了提炼、把握日常生活意义的能力，意义的生成空间被物欲、情欲挤压成一个平面，符号的能指直接与非本质化、非总体性的日常生活合而为一。文本中精致细腻的感性化修辞不仅掩盖不了而且更衬托出意义的苍白与贫乏。《上海宝贝》《糖》《熄灯做伴》等大都因提炼和把握日常生活意义的激情与能力的匮乏，而成为展示激情和激情消退后的慵懒、自伤心理的“公开的日记”，符号的能指与被剪辑的、非历史化的日常生活在被挤压成平面的意义生成空间中同流合污。“艺术与日常生活之间的界限坍塌了，被商品包围的高雅艺术的特殊保护地位消失了。……任何日常生活用品都可能以审美的方式来呈现。”② “新写实小说”从平庸、粗劣、冷酷、惨烈的生活提炼出来的有限诗意、些许激情和黑色幽默情调，在“70年代小说”中被逐出由“贵族”“白领”“另类”等形象、趣味所构成的“叙事场”外。韦尔施对后现代日常生活审美化图景进行了清醒的反思：“处处皆美，则无处有美，持续的兴奋导致的是麻木不仁”；“在日常生活审美化已经如此成功之时，艺术不应再提供悦目的盛宴，反之它必须准备提供烦恼、引起不快。如果今天的艺术品不能引起震惊，那它多半表明，艺术品成了多余的东西”。③ 在“70年代作家”笔下，日常生活实际上是被美化了，被传奇化了。他们提供的是“悦目的盛宴”或盛宴后些微的感伤、些许的孤独，而非“烦恼”或“不

① 卫慧：《像卫慧那样疯狂》，珠海出版社1999年版，第40页。

② ［英］迈克·费瑟斯通：《消费文化与后现代主义》，刘精明译，译林出版社2000年版，第36页。

③ ［德］沃尔夫冈·韦尔施：《重构美学》，陆扬、张岩冰译，上海译文出版社2002年版，第168、169页。

快”，更谈不上痛苦或苍凉。同样，它们引起的“惊奇”也远甚于“震惊”。

阿格妮丝·赫勒认为：“历史是社会的实质，因为社会的实质无非是连续性。因此，人性的存在寓于其历史性之中。”① 日常生活是一个与人的生存直接相关，人的生存和再生产以及人的消费、交往、观念等活动在其间存在并展开的人性世界。日常生活和人性密切相关，二者都因社会性、历史性的参与而有了多层性与流动性，从而避免了被抽象化、本质化的命运。“新时期”小说中日常生活世界的回归是以反对“当代文学”过度历史化（本质化、抽象化）叙事发端的。这种“反历史化”倾向在80年代“思想解放”和“新启蒙”运动中，对瓦解元话语统治起到了积极作用。但在20世纪90年代主流话语退出历史前台而改为幕后操作时，失去反叛对象的“反历史化”进而与市场—消费型文化相沟通、合流。

作为“日常生活”叙事同盟军的“反历史化”叙事倾向，在跨世纪小说的历史叙事中体现得同样明显。90年代以来的日常生活世界被经济、科技、文化的高速发展切割并被压缩到一个世界背景之中，内在于生活世界的自在价值和意义世界也随之被埋葬了。在这些“反历史化”的历史叙事中，虽然没有现实生活场景的直接描述，但在其叙事底层同样遵循着跨世纪特定历史条件和文化语境中的日常生活逻辑。历史叙事建立在主体独特的时间体验之上，只有将个体体验和偶然事件放置在一种按照时间顺序展开的叙述次序中，才能使个体性、偶然性在其中获得感知和意义。

当作家为摆脱被异化的日常世界，为弥补家园缺失的失落感和幻灭感而向历史求助时，“反历史化”的日常生活体验也同时被带到了历史叙事中，此即所谓的“新历史小说”。乔良的《灵旗》，莫言的《红高粱》《丰乳肥臀》，刘震云的《故乡天下黄花》，刘恒的《狗日的粮食》，张炜的《古船》，李晓的《相会在K市》，格非的《大年》，陈忠实的《白鹿原》等小说有意从“大叙事”转向“小叙事”，用“微观史”取代“宏观史”，用“民间野史”替代“官方正史”。传统历史叙事都是宏观史、“大叙事”，被认为具有最权威的真理性和宏伟性。吕森认为，后现代历史著述的一个特殊之处是微观史学。作为一种表现历史的后现代形式，它与宏观史相对立。它所描述的是单个的个人而不是社会或阶级，从时间上看，它所讲述的甚至是

① ［匈］阿格妮丝·赫勒：《日常生活》，衣俊卿译，重庆出版社1990年版，第32页。

一天或几天而不是一个时代或长时段的历史；从空间上讲，它是村落或城镇而不是一个国家或帝国。“这种从下往上的历史，即所谓‘小历史’（little history），慢慢成为历史研究的模式。”[①] “新历史小说”复活了欲念、仇杀、原罪等长期被禁锢或忽略的非理性，侧重表现历史的偶然性、非连续性，力求用人性弱点、宗族意识、权力争夺、伦理道德等来解释人物的行为动机。其基本风格是日常化的、反英雄化的，它用弗洛伊德的精神分析学替代了马克思主义的政治经济学，而将前者作为历史发展的推动力，并通过对小说人物心理—欲望世界的发掘，作为历史得以推进的动力，同时也作为小说叙事推进的动力。如刘震云《故乡天下黄花》从一个普通村民的角度，审视马村半个多世纪以来的风云变幻，认为这一幕幕的“历史”，不过是一场场争权夺利的闹剧，每次遭殃的不过是一些无辜的村民。孙殿元、李老喜、许布袋、赵刺猬、赖和尚、卫东、卫彪这些从古到今的头人们，无一不是利欲熏心的无赖之徒。这是站在民间的立场上，对乡土历史的再认识，也是对宏大叙事的一种反叛和颠覆。对世俗欲望的认同压倒了精英主义的启蒙主题，宏大的革命抒情被日常欲望的展示取代。

在“新革命历史小说”中，作为英雄的主人公不再是“十七年”“革命历史小说”中的主人公那般神化，也不再如“新历史小说”中的主人公那般猥琐粗俗、纯为某种欲望的符号，如都梁《亮剑》中的李云龙，徐贵祥《历史的天空》中的姜大牙（姜必达）和邓一光《我是太阳》中的关山林，石钟山《父亲进城》中的“父亲”等，都是经由诸种因素重构的英雄。这一方面，延续了“革命历史小说”中革命英雄的气质和血性，以其为叙事资源；另一方面，又汲取了20世纪80年代人道主义启蒙叙事对“人”的理解和阐释，作为它的第二重叙事资源——“英雄也是人”，而相应地减少了“革命历史小说”对人物阶级觉悟、革命信仰与革命理想的突出；还有一点，即在消费主义文化语境中，对大众文化逻辑和主流意识形态的双重迎合。因此，第一，“新革命历史小说”的主人公从言行做派、生活习惯、心理个性及思想意识上，都带有草莽英雄或绿林好汉般的匪气。第二，对欲望场景的表现、对性的原动力的揭示，不仅在“新历史小说”中随处可见，就是在“新革命历史小说”中也屡见不鲜。

---

① ［德］吕森：《历史秩序的失落》，载张文杰编《历史的话语：现代西方历史话语译文集》，广西师范大学出版社2002年版，第82页。

这可以理解为，在英雄走下神坛的同时，“性”也被纳入了大众消费文化逻辑。所以在诞生于大众市场文化语境下的“新革命历史小说”，同样充满了对英雄激情如火的性爱场景的书写。如《我是太阳》经常以军事化的词汇将床榻比喻为“另一个战场”，对英雄的热烈情爱给予浓墨重彩的表现①。那些注重宏大历史叙事架构的小说尚且如此，更不要说那些以戏说/戏仿为基本叙事目标和风格的“历史”小说了②。

① “那天夜里关山林将滚烫的土炕变成了他另外的一个战场，一个他陌生的新鲜的战场。他像一个初上战场的新兵，不懂得地势，不掌握战情，不明白战况，不会使唤武器，跌跌撞撞地在一片白皑皑的雪地上摸爬滚打。他头脑发热，兴奋无比，一点儿也不懂得这仗该怎么打。但他矫健、英勇、强悍、无所畏惧，有使不完的热情和力气。在最初的战役结束之后，他有些上路了，有些老兵的经验和套路了，他为那战场的诱人之处所迷恋，他为自己势不可挡的精力所鼓舞，他开始学着做一个初级指挥员，开始学着分析战情，了解战况，侦察地形，然后组织部队发起一次又一次的冲锋。他气喘吁吁，大汗淋漓，精神高度兴奋。他看到他的进攻越来越有效果了，它们差不多全都直接击中了对手的要害之处。这是一种全新的战争体验，它和他所经历过的那些战争不同，有着完全迥异但却其乐无穷的魅力。他越来越感到自信，他觉得他天生就是个军人，是个英勇无敌的战士，他再也不必在战争面前手足无措了，再也不必拘泥了，再也不会无所建树了。对于一名职业军人来说，这似乎是天生的，仅仅一夜之间，他就由一名新兵成长为一位能主宰整个战争局面的优秀指挥官。乌云始终温顺地躺在那里，直到关山林把战争演到极致，直到关山林尽兴地结束战斗，翻身酣然入梦，她都一动不动。”（邓一光：《我是太阳》，人民文学出版社 1997 年版）

② 如《江南》2003 年第一期所发表的薛荣的中篇小说《沙家浜》。由于这篇小说从故事情节到人物形象与人所熟知的现代京剧《沙家浜》构成了有趣的互文关系，从而引发了极大争议。杂志社于第四期封二的显著位置以《江南》杂志社的名义刊登了《我们就刊发小说〈沙家浜〉的学习与认识》的书面道歉信，向“所有读者、新四军老干部和‘沙家浜’的父老乡亲表示由衷的歉意”。杂志社自我检讨：“不应该受西方价值观念的影响，以完全错误的所谓‘后现代主义’、所谓‘实验文本’来取代严肃的革命文学。革命京剧《沙家浜》中的英雄形象源于生活，高于生活，是典型人物。这些英雄形象已深植于广大人民群众心中，不能因江青篡夺了革命文艺工作者的成果而予以简单否定，反其道而行之。这种极端的做法是违背生活真实和革命文艺规律的。出现这一问题的另一原因是……丧失了应有的政治敏感性，导致政治把关不严，导致了小说《沙家浜》的发表，引起了不良的社会影响。”一部在思想和艺术上无甚突出之处的小说，之所以引起争议的一个重要原因，在于其对革命者世俗性快感甚至迷狂的情欲的描写，这显然突破了革命历史叙事和主流意识形态的禁忌，如对红莲与阿牛的爱情描写：“阿牛扯住她（红莲），不让她走，却顺势拉下了她的裤子，阿牛跪在地上，环手抱住红莲的腰身，把脸伏在她的腰间。红莲又急又羞，连忙挣扎着推开阿牛。阿牛却疯了一般，把红莲扑倒在地，他整个地圈住红莲，把嘴往红莲身上乱啃。红莲开始还奋力挣扎，慢慢地她反紧紧抱住阿牛。她哭着，却兴奋得大叫，她不顾一切地剥去阿牛的衣服，反转身来，把阿牛压在身下。本来就疯狂异常的阿牛，让红莲突如其来的举动给镇住了，这不是他认识的红莲，红莲骑在他身上，咬他、掐他，把阿牛弄得异常兴奋。”

“日常生活”既是人类的生存空间，又是文本意义得以生成的空间，对它的回避、恐惧、迎合，或简单地采取激烈的政治批判和道德批判，都是毫无意义的一厢情愿。正如叙事历史化并不能保证艺术实践的成功一样，“日常生活”也只是进行成功艺术创造的必要条件而非充分条件。相对于“当代文学”传统对“日常生活”的漠视、歧视和压制，跨世纪倡扬回到“日常”“经验”“事实”和“常识”无疑是回到了“人”和“文学”的起点。相对于80年代带有浪漫色彩的启蒙叙事，跨世纪小说叙事从诗性乌托邦的营造彻底转向了对当下日常性存在的揭示。

对于中国当代小说来说，日常生活的回归无疑具有重大意义。日常生活是一个与个体生存和个体经验世界密切相关的概念。如论者所言：“一般说来，所谓日常生活，总是同个体生命的延续，即个体生存直接相关，它是旨在维持个体生存和再生的各种活动的总称。”① 日常生活世界是个体的人从生到死一直生活于其间的经验世界。它既为个体的生存平面提供不可缺少的意义空间，同时也是一个社会的文化基础和意义源泉。在跨世纪小说中，日常生活不仅是普遍性的叙事题材内容，也是它得以存在和发展的现实文化时空，在很大程度上，日常生活甚至成为跨世纪小说叙事的总体美学特征或价值评判准则。日常生活在小说叙事中地位的凸显，与“新时期文学”告别包括“革命现实主义”和“社会主义现实主义”等在内的“当代文学”理念及其经典叙事模式，重归“现代化”话语和“人学”话语是相一致的。“新时期文学”打破了主义话语铸造的压抑个人日常感性空间的铁笼，将一种具体的、变动的事实或历史叙述原则引入“新时期”当下现实生活的基本图景中，用一种以“世俗化”“实用化”的现代化模式取代了传统现代化模式。从“伤痕”“反思”“改革”小说开始，人情、人性、家庭、血缘、私人空间、吃饭问题、住房问题、穿衣问题、恋爱问题、婚姻问题乃至生育问题等日常交往活动、日常消费活动和日常观念活动——这些“日常生活”的题中之义，塑造了与“当代文学”有着极大差异性的叙述空间。这对以往浮夸僵硬的意识形态和过度历史化的小说叙事来说，是一种必要的清醒剂或解毒剂，敞开了曾被长期遮蔽、禁锢的广阔场域。

但是，跨世纪小说“日常生活”叙事也存在着诸多不可忽视的问题。

① 衣俊卿：《现代化与日常生活批判》，人民出版社2005年版，第12—13页。

首先，它呈现出明显的审美日常生活化特征，热衷于把日常生活场景直接剪贴到文本中，以艺术民主化的名义极度扩大了文学的范畴，文学的特质、艺术的独创性被对日常生活的惰性/惯性复制所取代。这实际上是对文学的贬低和对日常生活的神化。这种认识显然与作家对日常生活的结构和图式本身所具有的对创造性、突破性思维的压抑机制缺乏充分认知有关。

“日常生活是一个由语言、对象和习惯等规则规范系统所维系的、重复性思维和重复性实践在其中占主导地位的自在对象化的领域。”① 海德格尔认为，日常生活的主体是处于平均状态的常人，日常的存在是一种可悲的沉沦，已经失去了与真理世界敞开的通道，唯有艺术与真理还保持着亲密的关系，艺术可以通达澄明无蔽的本真的存在的世界。“诗乃是对存在和万物之本质的创建性的命名——决不是任意的道说”②，无疑，在海德格尔那里，以极端的方式被完全庸俗化的日常生活，有着吞噬一切的可怕力量。而诗是真理世界的表达，它为世人提供的是一种合乎人的本质的尺度。许茨认为，虽然日常生活是一个实用动机为原则的世界，但游戏和艺术世界则摆脱了实用主义的支配。因此，在他看来，日常生活世界的某些问题需要通过其他世界来解决。在这里许茨意识到了艺术、游戏、梦等对日常生活世界所具有的超越和批判功能。无论其在日常生活里寄予了多少对既有文学的反抗，它仍局促在日常生活的经验性、狭隘性和重复性里。赫勒在《日常生活》里也曾分析到：日常生活作为个体的自在对象化受实用主义的制约不可避免，存在抑制创造性思维和实践的趋势。在日常生活里的个人是不自由的。“日常生活的这种特性决定了日常叙事的先天不足，未经艺术过滤的日常经验直接进入叙事必然会磨钝作家的艺术感觉。”她认为，日常生活作为个体再生产领域具有不可或缺不可替代的作用，具有自在性质的日常生活虽然在本体论意义上是人类存在发展不可或缺的基础和坚实的平台，离开日常生活基础人类将无法存活。但是，以重复性思维和重复性实践为特征的日常生活结构和图式又具有保守性和惰性。这样，作为人生存基础的日常生活反过来限制了人的自由而全面的发展，常常起着阻碍个性发展、侵蚀创造性实践和创造性思维领域的消极作

---

① 衣俊卿：《文化哲学十五讲》，北京大学出版社 2004 年版，第 221 页。

② ［德］海德格尔：《荷尔德林和诗的本质》，孙周兴译，载《荷尔德林诗的阐释》，商务印书馆 2000 年版，第 47 页。

用。所以从这个意义上说，这自在的日常生活是异化的而且拘泥于物质性的。日常叙事也缺乏艺术的拯救功能。而艺术的自由精神是自在对象化通向自为对象化的重要桥梁。只有这样，日常主体才可能获得精神的拯救。而作为90年代小说叙事主导性潮流质疑的日常叙事，恰恰主动放弃了这种艺术拯救努力，任其主体在自在的日常生活中沉沦。在此潮流中，文学的关怀精神从何体现成了一个绝大的问题。

作为一种非日常生活实践，文学应该突破“日常生活”内在的惰性和保守性，而不应仅仅停留于对“事实”“经验”和“常识”的展示、描摹。而跨世纪小说的“日常生活”叙事恰恰对“事实”“经验”和“常识”以及生活的自在性表现出浓厚的兴趣，它们时常把现实生活给定的场景、规则和主导文化模式作为无须审视和反思的前提接受下来。

与其形成鲜明对照的是，纳博科夫曾深恶痛绝地谈到“常识”对文学的侵蚀：“常识毁灭了众多温文尔雅的、为过早出现的一些真理之一线月光而欣喜异常的天才；常识对罕见的美妙画面吹毛求疵，因为在意味深长的马蹄上长出一棵蓝色大树简直是疯了；常识还愚蠢地蛊惑强国去征服与之平等而柔弱的邻居，历史的断沟提供了这样的机会，如果不去奴役便是可笑。常识根本是不道德的，因为人类的自然品性就像魔术仪式一样毫无理智可言，这种仪式早在远古的时间朦始就存在着。从最坏处说，常识是被公共化了的意念，任何事情被它触及便舒舒服服地贬值。常识是一个正方形，但是生活里所有最重要的幻想和价值全都是美丽的圆形，圆得像宇宙，或像孩子第一次看到马戏表演时睁大的眼睛。”① 在文学叙事面前，日常生活既是叙事滋生并茁壮成长的土壤，也是主体精神超越的高地，同时又是引人陷落的泥淖、致人迷失的迷宫。“日常生活”叙事在祛除“虚伪的形式”和虚妄的本质观，以生命直觉的方式去触摸、体验事物时，不应退回到单纯摹写生活的老路。它可以也应当在呈现事物的图案、纹理、裂痕时，对事物做出人性的理解，意识到所处的历史现实语境对自身创作的渗透，从而突破琐碎经验的铁律和固有想象方式的制约，完成对日常生活的再编码。跨世纪的一些“日常生活”叙事通过对存在的、历史的观念的悬置和对本质、先验的还原，逃避先在的意义植入和观念羁绊，在一

---

① ［美］弗拉基米尔·纳博科夫：《文学讲稿》，申慧辉等译，上海三联书店2005年版，第328—329页。

种“本真”的“客观”实在中寻找蛰伏其间的美学生长点，在日常生活最细微的褶皱处，咀嚼生存中异化的精神痛感。《我们的七叔》《野骡子》《活着》《许三观卖血记》《把穷人统统打昏》《障碍》《我的柏拉图》等小说以舒缓、节制而尖锐的笔调呈现了被崇高、优雅、激情、高尚等“大词”所遮掩的生命状态，在灰暗、鄙俗的日常生活中揭示深隐着的权力压迫，将生存的苦难与卑微和一种朴素的信仰紧密融合，将广阔的生活和世间万象容纳在对良知、真情的平缓书写中，而日常生活则显得朴素而持久、纯粹却有力。

其次，跨世纪小说“日常生活”叙事存在着对日常生活的简约化、本质化的倾向。特别是，当它与一种新的意识形态结盟，甚至成为一种新的统治性意识形态时，也意味着主体对丰富复杂的日常生活的阉割和对日常生活最平庸一面的妥协，从而放弃了对更广阔的生活内容的表现，并使一切关于崇高、神圣、尊严、自由、超越、悲剧等表述变得可疑、可笑，滑稽。“简化的蛀虫一直以来就在啃噬着人类的生活：即使最伟大的爱情最后也会被简化为一个由淡淡的回忆组成的骨架。但现代社会的特点可怕地强化了这一不幸的过程：人的生活被简化为他的社会职责；一个民族的历史被简化为几个事件，而这几个事件又被简化为具有明显倾向性的阐释；社会生活被简化成政治斗争，而政治斗争被简化为地球上仅有的两个超级大国之间的对立。人类处于一个真正的简化的漩涡之中，其中，胡塞尔所说的‘生活世界’彻底地黯淡了，存在最终落入遗忘之中。”① 昆德拉认为小说的精神之一是复杂性，强调每部小说都在告诉读者“事情要比你想象的复杂”②。90 年代以来小说的日常生活叙事存在着突出的“简化”现象，而且这种“简化”所导致的结果就是建构起了一个具有总体性、本质化特征的形而上的“日常生活”概念。因此，“简化”是与“本质化”并行的，是对生活的欺骗、篡改，是对存在的遮蔽。在跨世纪这个“非历史化”的散文时代，小说叙事中“日常生活”的被剪裁、被简化，在某种程度上，使“日常生活”成了一个被资本促成的文化神话，一个从象征价值体系中获得自身意义的仿像。他们营造的只是“半张脸的神话”（王晓明语），其小说文本中的“日常生活”属于蛰居现代都市的哲

① ［捷］昆德拉：《小说的艺术》，董强译，上海译文出版社 2004 年版，第 22—23 页。

② 同上书，第 24 页。

人、诗人、漫游者、“新富人”、消费者和享乐者。挣扎在生活边缘的城市贫民，下岗工人、疾病患者、残疾人群、进城打工者等“非主流”人员、“不成功人士”的日常生活则难入其法眼。“有时我们会产生错觉，生在城市、长在城市，难道还能体验出乡村的感觉来？其实这一点都不奇怪，我们的城市相当年轻，还完全没有自己的规模，更谈不上风格和韵味。而我们的行为风格，倒常常是纯粹‘农民式’的——这是指狭义上的陈旧和偏见。”① 这句话可谓意味深长，它真切地传达出对城市“现代化”程度不够的不满，隐含着对城市底层人群的漠视，直露地反映了对农民的傲慢和指责。在这种狭隘的观念支配下，凋敝破败的乡村、贫困无助的农民、勤劳的父亲、愁苦的母亲、失学的儿童、横行乡里的基层干部等广大农村和贫困地区的“日常生活”，在这些怀着“中产”“小资”或“另类”情结的都市宠儿眼中根本就不是“生活”，或者说，只能算是“劣等生活”。如李杨所指出的那样：“在世俗化过程中，日常生活不仅只是大众社会的图腾，而且还是权力机构和利益关系的交汇点。正是在这个所谓的日常生活领域，国家权力和市场资本都发现了彼此的利益和各自的合法性：权力在其中找到了制定国家现代化发展政策的现实依据——日常生活是人民大众根本利益的直接表达，同时也找到了权力秩序的合法性；资本则意识到日常生活就是广阔的消费市场，是实现利润和资本再生产的物资场所；如此一来，权力的发展主义和资本的消费主义就在日常生活的公共领域达成了共识，协调了利益，使‘日常生活’不可阻挡地成为世俗时代的新神话。也就是说，‘日常生活神话’成为了国家权力、市场资本共同打造的‘现代’镜像，成为世俗化过程中文化想象的历史产物，它不但是权力与资本利益的桥梁，而且又引导着大众社会的梦想，它因此也逻辑地成为市场时代和消费社会的主导神话，拥有了意识形态的话语霸权。日常化写作制造的这种‘日常生活审美观’，在客观上表现出来的意识形态倾向事实上已经背离了它的写作初衷，渐渐走向了它的反面——它本来是为了消解传统文学的本质主义规定及其意识形态性质，但在消解对象的过程中，它也在日常事物上强行设置了一种本质性的规定，变成了新神话的制造者。”② 隐含在90年代以来小说日常生活叙事主流深层的是一

① 张欣：《慢慢地寻找，慢慢地体验》，《中篇小说选刊》1995年第4期。

② 李杨：《文学史写作中的现代性问题》，山西教育出版社2006年版，第284页。

种绝对主义和本质主义的思维方式。叙事主体往往否认了日常生活和历史之间的复杂机制，丧失了对这一复杂机制进行艺术表现和阐释的耐心，而用一种僵硬的本质主义的日常意识形态来剪裁日常生活，来整齐划一地呈现日常生活的单一颜色。作家们让我们看到的是，这个日常世界是个具体的、有形的世界，也是一个凝固的、恐怖的世界。基于对90年代以来日常生活的绝对主义和本质主义的理解，他们对结构这个世界的历史—现实—文化逻辑视而不见。

伊格尔顿指出："事实陈述毕竟还是陈述，它以一些可以怀疑的判断为其假定的前提。"① 正是以某些"可以怀疑的判断"为前提，跨世纪的写作者不仅对"日常生活"的多元性和多向性视而不见，而且对其笔下"半张脸"式的都市"日常生活"的认识、评判和表现也含混不清、暧昧难辨。一些作品过于倚重形而下的此在向度，而淡化了对蕴含着更高境界的彼岸的关注，一味排斥以启蒙精神为内核的思想和灵魂对"日常生活"叙述的介入，无法将生活经验转化为诗性经验，艺术文本的纯正和简洁也由此受到伤害。

再次，跨世纪历史叙事的"日常生活化"，无论是"怀旧"式还是"解构"性，都是以"反历史化"为基础展开的，这使它无法建构起关于自身的连贯的叙述顺序，无法将过去的经历，现实的活动、体验以及对未来的预期，转换成时间的统一体，以充当日常生活的一种有意义的次序，来缓解一系列"现在"时间的流动所带来的焦虑。"关于历史意识的解释工作是一个建立认同的过程，对个人与集体都是如此。认同是这样一种概念：某人和他人的关系与和自己的关系一样，二者具有一致性。这种一致性具有共时性和历时性两种维度。……在历时性上，这种自我的被反映与自我的变化相关，也与未来它与他者的关系相关。在这方面，认同是一种连续性概念，它指每个人或集体在其生命过程里必须经历的变化中，他自身始终一致。"② 萌发于现代性需求的主体建构是现代化这一总体性进程的核心内涵，但在中国现代化进程中，总体性不是以合理的方式而总是以

① ［英］特雷·伊格尔顿：《二十世纪西方文学理论》，伍晓明译，陕西师范大学出版社1987年版，第15页。

② ［德］耶尔恩·吕森：《危机、创伤与认同》，陈新译，载陈新主编《当代西方历史哲学读本（1967—2002）》，复旦大学出版社2004年版，第296—297页。

“危机”或“缺席”的形式显示自身，前者导致一种难以解脱的焦虑，并由此催生出文化激进主义和道德理想主义，它以极端的态度将人的日常生存纳入过度历史化叙事之中，从而否定了人的现世维度；后者是20世纪70年代末以来文化转型引发的总体性破解的伴生物，作家在反对过度历史化的同时，对这一转型缺乏自觉的历史意识而将日常生活本质化、神话化，这是他们在面临现代化总体性危机时的无奈选择，因而带有明显的文化保守主义和犬儒主义色彩。中国现代性这两种不同的呈现形式既贯穿于近代以来的中国历史，也是跨世纪“日常生活”叙事中存在的一个结构性冲突：作家激进的愈发激进，保守的愈发保守，而真正的文化启蒙却在不断的延宕中无法走向日常生活世界的深层。

跨世纪小说“日常生活”叙事的世俗化，始终联结着小说个体化过程，但又被主流意识形态所深深制约。市场经济发育，导致文化市场发展及传媒业迅猛进步，在为文化表意带来新工具的同时，也深刻改变了文学面貌。一方面，是以类型为特点的通俗文学兴起，如武侠文学、言情小说、侦破小说、财经小说、通俗历史小说，进而形成雅与俗的区隔；另一方面，纯文学内部，世俗化思维也极大地影响了作家创作，如王朔、贾平凹、刘震云、余华、刘恒、池莉、苏童、朱文等一大批作家。20世纪80年代集体性启蒙主义消散了，取而代之的是世俗性准个体意识的觉醒。凡人甚至是庸人的欲望、世界观、生存价值、生命体验，成为诸多小说叙事靠拢的目标。这种倾向，在80年代末尚有批判意味的“新写实小说”中就已现端倪。而在90年代“新现实主义小说”中粗鄙的真实恐怖性和哲学上的反思性，已逐渐消退，小说家们不再怀着悲愤与抵抗的复杂心态，转而认同甚至美化世俗性原则。对这个问题，我们应有清醒认识，一是世俗化是启蒙再叙事结果，也是“中国现代性”宏大叙事发展的必然结果。在“十七年”、80年代小说宏大叙事性中，世俗化，特别是欲望化特征，一直是“被压抑”的现代性品质。没有现代传媒和市场经济的世俗化催生，现代性宏大叙事，始终不能进行其完整性的构建。二是世俗化进程虽然促生了中国“再启蒙”叙事个体化表述的多样性，但同时也对其造成了伤害。世俗化，或成为毫无精神性可言的庸俗欲望泛滥，或因世俗化的意识形态妥协性，导致启蒙色彩淡化，最终使确立“世俗化个体”成为无法完成的任务。谢有顺对此有过分析：“日常生活和身体经验又是如何成为消费社会中的叙事主角的呢？我认为，有两点特别值得注意：一是注重生活中的细节描写；一是把生活艺术化和仪式化。可以说，这两点是90年代小说叙事走向读者的重要策略，它同时也暗合了消费社会的潜在需求。90年代以来，小说叙事开始向日常生活撤退。随着市民社会的慢慢形成，以及中产阶级的崛起，日常生活日益受到尊重，自然，它在小说中的书写地位也开始合法化——过去那种拒斥日常生活、把日常生活贬斥为黑暗、庸俗的代名词的写作思想宣告终结。精致、复杂的细节描写，使生活的所有角落都无处藏身，越私密的细节，越能取悦于读者。‘口述实录’‘半自传体小说’‘真情告白’之类的叙事文体，正是通过不厌其烦的细节描绘，来满足读者的隐秘心理。”① 对于作为知识分子的作家，他既需要以日常生活为营养基，又需要认识到文学的非日常性特质，在对日常生活的体察、观照中蒸腾出彻底的现实批判、自我批判意识和正视贫困、承担苦难的勇气，通过叙事历史化促进自我向历史的生成，在叙事与现实的互动中实现对历史的承担。同时，真理的传达、阐述与呈现对于小说来说固然不可或缺，但它必须首先经过主体的个体化理解并听从艺术内在规律的支配，倾听生命的脉动，追索灵魂的轨迹，用现实的光烛照历史、自我和人性的黑洞，化形而上的修辞为生活的饱满血肉，并在常识、经验终止之处开始个体艰难而自由的精神行旅，唯有如此，才不至于出现“播下龙种，生出跳蚤”的荒谬奇观。“日常生活决非没有良知与正义，决非没有对意义的维系和创造能力，它们被生活之外的力量压抑、歪曲因而只能处于自在状态中。知识分子只有去发现、守护这一切，将它们表达出来，才不致于陷入仅仅用欲望去解读生活的偏见之中。”② 唯有破除过度“历史化”神话的笼罩，怀着一颗敬畏之心与日常生活进行真诚的平等对话，在“自我”与“日常生活”形成的必要张力中，对存在进行个体化体验与反思并形成个体化理解，主体才能通过叙事解放出更具行动—介入力量的、活泼充沛的能指性符码，构建出一个独到而超越的艺术世界。

---

① 谢有顺：《消费社会的叙事处境》，《花城》2004年第1期。

② 薛毅：《日常生活的命运》，载贺雄飞主编《守望灵魂》，中华工商联合出版社2000年版，第34页。

第六章

总体性溃散与影像表意策略
——20 世纪 90 年代以来小说的影像化叙事批判

20 世纪 90 年代以来，以影像为代表的视觉文化正越来越占据优势，影像文化尤其是影视文化逐渐实现了对 90 年代以来小说的渗透。90 年代以来小说的影像化特征形成于它所遵循的仿像之所以构成的符号逻辑，这取消了文字文本与外部世界之间的外观差异。造成这一审美形态的原因在于现代性生存境遇对其自我认同机制提出的新的考验。如何在影视与小说建立如此密切的互动关系的语境中保持小说独立的地位和审美价值，是需要慎重对待和思考的严肃问题。

第一节　影像化叙事与后现代视觉文化逻辑

丹尼尔·贝尔曾断言："目前居'统治'地位的是视觉观念。声音和景象，尤其是后者，组织了美学，统率了观众。在一个大众社会里，这几乎是不可避免的。""当代文化正在变成一种视觉文化，而不是一种印刷文化，这是千真万确的事实。这一变革的起源与其说是作为大众传播媒介的电影和电视，不如说是人们 19 世纪中叶开始经历的那种地理和社会的流动以及应运而生的一种新美学。"① 其表现之一就是，以影像为代表的视觉文化正越来越占据优势，对以文学为代表的书写文化构成了强有力的挑战和挤压。影像文化，也可称为仿像文化或意象形态文化，作为一种视觉文化，它是现代消费社会的产物，其基本形态是现代高科技复制技术生产制作出来的仿像。视觉文化的极致就是现实与影像的距离无限趋近于

---

① ［美］丹尼尔·贝尔：《资本主义文化矛盾》，赵一凡等译，生活·读书·新知三联书店 1989 年版，第 154、156 页。

零。正如尼古拉·米尔左夫所说："新的视觉文化的最显著特点之一就是把本身非视觉性的东西视像化。"[①] 当下的小说叙事在向着"图像化"的道路狂奔，这是视觉文化为90年代以来的文学叙事带来的直接结果。

本章所论90年代以来小说影像化的含义主要包括三点：第一，作为一种市场营销策略的作家影像文本对其文字文本的直接嵌入。它把传统的文字阅读与"读图时代"的视觉阅读融合起来，既使人赏心悦目，又满足了"祛魅"时代读者对"个人/隐私"的窥探心理。这一点在女性写作中有集中体现。作为一种市场时代"人性化"的关怀，它往往把作者的各个时代——童年的天真烂漫、少女的诗意纯真和成年女性的成熟魅力分配在黑白或彩色的照片中。大幅度的广告宣传、集束推出的丛书形式、内在的读者视角等种种对文学想象力的直接干预手段，使小说变成了读者能够及时而轻松地接受的大众文化产品。典型的如卫慧的《上海宝贝》的封面是经过光影美化的卫慧淑女风照片；棉棉的《盐酸情人》则用经过模糊处理的女人胴体作封面。第二，小说文本与影视传媒的联姻，即文学的"触电"。这一点往往有几种形式的表现：由文字文本转化为影像文本，如苏童的《妻妾成群》《红粉》，刘恒的《伏羲伏羲》《贫嘴张大民的幸福生活》，陈源斌的《万家诉讼》，王朔的《动物凶猛》，余华的《活着》，池莉的《来来往往》《生活秀》，海岩的《玉观音》《你的生命如此多情》《拿什么拯救你，我的爱人》，王海鸰的《牵手》《中国式离婚》，周梅森的《绝对权力》《国家公诉》，等等；由影像文本（电子文本）转化为文字文本或二者同时推出，有所谓"影视同期书"之说，如电视剧《青衣》与电影文学剧本《青衣》，电视剧《激情燃烧的岁月》与同名小说，其他如刘震云的《手机》，李冯的《英雄》，王小平的《刮痧》，郭敬明的《无极》，姜伟、薛晓路、张静的《不要和陌生人说话》等。电视剧《大雪无痕》《大宅门》以及电影《幸福时光》等热播后，同名小说都成了畅销书。山东文艺出版社借张宏森《西部警察》播映的余热，推出了小说《大法官》，发行量很快就超过了11万册。而由小说改编的28集电视连续剧《大法官》在中央电视台播出后，第一天就有15%的收视率。一时间，影视与小说互利互惠，皆大欢喜。再有，作家对电影导演的追

① ［美］尼古拉·米尔左夫：《什么是视觉文化》，载《文化研究》第3辑，天津社会科学院出版社2002年版，第3页。

随，这些作家往往被戏称为某某导演的“御用作家”。1993 年，苏童、赵玫、须兰、北村、格非等几位纯文学作家竞稿《武则天》，写“命题作文”。吴滨、史铁生、莫言、刘毅然、余华、苏童、贾平凹、格非、杨争光、叶兆言、朱晓平等 11 位严肃文学作家，联合创作了 20 集电视系列剧《中国模特》。余华在一个访谈录中谈道：“我在文坛的地位在 1987 年、1988 年时就确立了，但那时是在小圈子里。……那时候，我们的书只印两三千册，出版社赔钱出。后来有了第二渠道，特别是新闻界的介入，救了我们。”① 所谓“新闻界的介入”实际上也包括了对其作品的电影改编和再加工。苏童曾公开表示过对根据其长篇小说《米》改编的电影《大鸿米店》的不满，但颇具意味的是，这篇早在 1991 年就完稿的长篇小说却是随着《大鸿米店》在 2001 年的解禁而引起众多读者的关注。在这种情况下，小说创作的自由度受到不同程度的限制，作家在题材的选择、主题的表现、人物的塑造、情节的设置、语言的运用等方面要考虑到未来的影视改编，甚至要先期为导演和演员着想。这样，创作的双重目的，改变了小说创作的传统方式，形成了小说与影视文学的“共生”现象。海岩、邓一光、张宏森、周梅森、王朔、苏童、刘恒、莫言、余华、二月河等一大批小说家在创作中都自觉地对影视剧本流露出共同的兴趣，他们的小说具有了更多的影视话语特征。对此，评论家丁帆认为：“视觉艺术的冲击力是巨大的，其怪圈是先生产电视剧，然后回过头来再写小说，这种次序差是违反艺术规律的。我们说，通常应该是先有小说，然后再改编为影视作品，但是，现在却是先建立视觉效果，然后重新创作，也就是先把市场摆了进去。这个是当下中国文学的一大特色，很多著名作家在创作的时候都不得不考虑潜在的市场。”丁帆以毕飞宇的两部长篇小说为例，进一步分析道：“如果站在一个真正的学者的角度来观察的话，《平原》更有人性的张力，而《推拿》就时时可以看出作者过于注重潜在的市场的需求。当下，几乎每一位作家在创作的时候，都或多或少地暗含着这样的意图。尤其是在写性的时候，在小说场景的设置、人物细节的设置等方面，作家都会考虑影视的效果、视觉的效果，因为他们要二次出售，要卖给电影，

① 许晓煜：《谈话即道路——对二十一位中国艺术家的采访》，湖南美术出版社 1999 年版，第 255 页。

电视。”[①] 第三，也是本文要着重论述的，影像文化尤其是影视文化对90年代以来小说叙事纹理的渗透。

当90年代以来的中国融入“全球化”潮流以后，市场通过花样翻新的“现代化”符号，使自己成为主体实现自身梦想的平台。在市场这个平台上，西方先发型现代化/资本主义国家成为中国未来的模型和示范。政治、经济、文化等各种因素不分传统与现代地被等质地动员起来作为商业资源。革命、历史在“再叙事”中变成了对“激情燃烧的岁月”的浪漫追忆，变成了戏谑调笑的放松剂或大众爱情幻想的催化剂，一种带世俗色彩的讽喻性景观。而影像更以难以想象的吞噬性力量控制着人们的生活，规约着作家的想象、感知和思维。当现代性在中国还是一项未竟工程时，后现代文化悄然登陆。詹姆逊认为：“我相信，后现代主义的出现与这个晚期的、消费的或跨国的资本主义的新时期息息相关。我也相信，它的形式特征在许多方面都表现出这种社会体系的更深层的逻辑。然而，我只能展示其中之一的一个重要主题：即历史感的消失，在这种状态下，我们整个当代社会体系逐渐开始丧失保存它过去历史的能力，开始生活在一个永恒的现在和永恒的变化之中，而抹去了以往社会曾经以这种或那种方式保留的信息的种种传统。”[②] 历史感的丧失，使时间与过去、主体与过去的关系都变成了空间性的存在，意识形态的传统结构也遭到破坏。这里没有永恒，只有流转不息的瞬间。历史溃败后，一切都凝定于现在。历史——这个传统文学中纵深延展的时间性意象，在90年代以来的诸多小说中转换为在一个平面上呈现的影像。

第二节　影像化叙事中的时尚消费景观呈现

小说的影像化叙事并非只是在90年代以来小说创作中才出现，蒙太奇作为电影的基本镜头语言，已被广泛地运用到文学文本的生产之中：罗布－格里耶曾用摄像机的眼睛来描摹外部世界，凸显“零度写作”的美学风格，海明威借助于第三人称视点的叙事灵活性将电影叙事中的交叉剪

① 丁宗浩主编：《重估中国当代文学价值》，春风文艺出版社2010年版，第58页。

② ［美］弗雷德里克·詹姆逊：《文化转向》，胡亚敏等译，中国社会科学出版社2000年版，第19页。

接技巧转化为小说蒙太奇。电影美学家 B. 日丹在《影片的美学》中指出："具有整体与局部新的相互关系的镜头的动态结构、角度和透视、叙事的急剧转换"这一影像原则早已密集地渗透进现代文学的结构中，现代小说愈加关注造型性、细节、手势和角度，"我们时常见到在时间上彼此相距甚远的场面发生复杂的蒙太奇转换和'叠化'，见到各种不同的、截然相反的叙事层次富于表现力地交织在一起"。① 在他看来，不熟悉电影就难以理解现代小说的风格。因为当这些典型的影像叙事手法被运用到小说文本中时，小说便会呈现出迥异于传统文体形态的特色：偏重空间意识和视觉效果，空间化的场景呈现制约了小说叙事的历时性，快速而频繁的场景转换导致叙事流程的割裂、零散，外在的动作表现取代了内在的心理描写，影视中的其他技巧如平行剪辑、声音过渡、特写和叠印等都开始被小说叙事所模仿。而与此同时，对直观化效果的追求也相应稀释了语言艺术本身具有的思想内蕴。

90 年代以来小说的影像化特征形成于它所遵循的仿像之所以构成的符号逻辑，即符号的能指与所指之间复杂的张力和差异消失后，能指与所指在一个平面上直接同一，能指与现实生活直接同一。这一点在都市小说对世俗化消费景观的描写中体现得更加明显。当主人公或神情沮丧或神采飞扬或踌躇满志地游走于城市躯体时，映入眼帘的是豪华商厦，大型购物中心，被香樟和法桐环绕着的街道，闪烁的霓虹，色彩变幻的大屏幕广告，古香古色的怀旧餐厅，暧昧、恍惚、飘忽诡谲的酒吧，喧嚣刺激的迪厅，幽暗优雅的咖啡馆，缤纷艳丽的时装，多姿多彩的身体等纷繁错杂、五光十色的极富视觉冲击力的影像。如果要购物，他们可以去赛琳、布鲁玛琨、范思哲、路易·威登等精品专卖店；如果累了，可以坐下来喝卡布奇诺，吃哈根达斯；如果要"休闲"，可以去文身、瘦身、健身、整形、整容、美体、美容、美甲、做爱、做头。当他们意犹未尽地回到家里，可以闲散慵懒地按动遥控器观赏各种言情、侦探的类型剧或冗长拖沓的家庭肥皂剧，可以随意翻翻引导消费潮流的时尚杂志，读读艾伦·金斯堡、卡尔维诺、索尔·贝娄、卡佛、杜拉斯的小说。他们被影像的生产包围，影像在很大程度上控制了欲望、情感的生产和再生产。也因此，90 年代小说叙事的影像化往往包含着对流行、时尚的图像展览式表达。它擅长以画

① ［苏］B. 日丹：《影片的美学》，于培才译，中国电影出版社 1992 年版，第 439 页。

面感极强的语言和修辞来直观地呈现都市里的时尚奇观，赋予这种奇观以可视性的形象。现代都市社会就是一个居伊·德波所说的“景观社会”，景观化是都市的一个重要的甚至是本质特征。按照他的理解，大规模的都市化进程已经将人类社会带入了一个景观社会：“在现代生产条件无所不在的社会里，生活本身展现为**景观**（spectacles）的庞大堆聚。直接存在的一切全都转化为一个表象。”① 在这个时代，“看的视觉”被提高到以前触觉所曾享有过的特别卓越的地位。因为“在真实的世界变成纯粹的影像之时，纯粹的影像就变成真实的存在——为催眠行为提供直接动机的动态虚构事物。为了向我们**展示**人不再能直接把握这一世界，景观的工作就是利用各种各样专门化的媒介”。② 德波认为，“费尔巴哈判断的他那个时代的‘符号胜于物体，副本胜于原本，幻想胜于现实’的事实被这个景观的世纪彻底证实”。③ 德波认为，景观不是附加于现实世界的无关紧要的装饰或补充，它是现实社会非现实的核心。在其全部特有的形式——新闻、宣传、广告、娱乐表演中，景观成为主导性的生活模式。在生活中，景观成了决定性的力量，它制造欲望，欲望决定生产。它的本质是拒斥对话。景观是一种更深层的无形控制，它消解了主体的反抗性和批判性，使主体迷醉于景观的累积和堆砌中，其生存体验和审美体验被种种建立在都市魅惑景观基础上的幻像所决定和控制，同时，作家也不由自主地沉迷其中，借助影像化艺术生产的方式参与到都市空间的想象性建构中，不仅在叙事中描绘着都市影像，也赋予都市空间以表征意义。这点仿佛在女性叙事中体现得最为集中。齐美尔曾如此分析女性与时尚的关系：“女性强烈地寻求一切相关的个性化与可能的非凡性。时尚为她们最大限度地提供了这二者的兼顾，因为在时尚里一方面具有普遍的模仿性，跟随社会潮流的个体无须为自己的品位与行为负责，而另一方面，又具有一定的独特性，对个性的强调、对人性的个性化装饰。”④ 女性倾心于通过对时尚和富有活力的外部世界的追逐，以增加其对自身差异的感觉，建构起其内在的稳定的自我认同。同时，通过对消费方式、消费内容、消费美学风格的选

① ［法］居伊·德波：《景观社会》，王昭凤译，南京大学出版社2006年版，第3页。

② 同上书，第6页。

③ 同上书，第130页。

④ ［德］齐美尔：《时尚的哲学》，费勇、吴曣译，文化艺术出版社2001年版，第81页。

择，她们也有效地建构和展示自己的话语权力——关于自身身份、文化特定、格调、品位等。张欣的小说中到处点缀着“沙驰”皮鞋、“毒药”香水、“古驰”手袋、“香奈儿”女装等时尚符号。安妮宝贝《告别薇安》中男女主人公的爱情始终伴随着各种流行时尚；网上谈情说爱，讨论香水的品牌与气味，听帕格尼尼，吃哈根达斯，在西式酒吧和真锅咖啡馆约会。卫慧《上海宝贝》中倪可抽“七星”牌香烟，洒“CK”香水，穿“廿曰侧”服装和香奈儿衣裙，吸“Hash”毒品，系201牌领带，用屈臣氏浴霸，家具则是宜家。池莉《来来往往》中康伟业的着装和饰品，“一块瑞士劳力士金表，梦特娇皮带和英国气垫皮鞋。皮鞋的牌子康伟业倒没有什么讲究，他的经验是一定要是正宗进口，价格基本要过千元，脚一进去就舒服。之所以要上千元，倒不是卖弄价格，只是因为现在的进口皮鞋不过千元是不可能有什么好皮质和好款型的。手表这东西就得戴名牌了。瑞士劳力士就是好，手表界的常青树，无一处不精致，无一处不完美，无一处不替你的手腕着想，用几辈子都不坏，是一个值得为它掏钱作为传家宝的好东西”。张欣《如戏》中时尚的装束是：“上身穿祖领的黑色莎美娜莱卡紧身衣，下面配了一条红色前侧高开叉的筒裙，行走间美丽的大腿时隐时现。”在这里张欣运用鲜明的色彩对比活色生香地点化出了时装的华美靓丽。男作家同样显示出对商品景观的热衷。何顿《弟弟你好》中“华宝身上的铜臭味越来越重，手上除了八只金戒指还戴了金手链，脖子上换了根铁链子样的金项链，只差戴耳环了”；《太阳很好》中的马艳，“两只手上戴6只金戒指，金耳环的坠子上镶着两颗黄豆大的红宝石。据她说……4000块一颗。她右手食指上的那枚金戒指上镶的红宝石价值人民币3万元”。

都市景观是商品社会的表征，是欲望化的空间。高档住宅区、迪厅、酒吧、咖啡馆等都市景观集中体现了市场消费主义与欲望消费主义的结合。卫慧的《纸戒指》、邱华栋的《摇滚北京》等小说中充斥着对酒吧、迪厅的欲望狂欢的展示性、炫耀性、宣泄性的描写。安妮宝贝的《伤寒的天空》呈现了洋溢着迷乱和颓废气息的酒吧场景：“吧台边挤满跳舞的人群。充满迷幻的电子乐。黑暗中的汗水和欲望。洋人浓烈的香水味道。颓靡的白色长枝花朵。琥珀色的酒精。古怪的镜子里有苍白的容颜。长发的女子，柔软的腰肢。”邱华栋的《环境戏剧人》中不乏消费场景和豪宅的描写，“这是北京最大的一个高级别墅住宅区。那像珠宝项链一样串起来的别墅都透露出一种奢华的气息。每户平均都有三百多平方米的私人花园，这些别墅分为美国草原型、北欧浪漫型、巴洛克型、地中海型、北欧传统型、乔治亚庄园型等六种款式，一些私家车安静地停在道旁”；“东花市高级住宅区，那里住了不少有钱人。我看见很多漂亮的私家车沿着一幢幢欧式的公寓楼一字儿排开，浑身闪耀着这个时代铜臭气十足的光芒，那么幽暗而又令人伤心”。张者《资本爱情现在时》、张欣《亲情六处》、孙建敏《金色天堂》等小说中也都充斥着对中产阶级生活空间的感官化、视觉化描写。影像化的描述方式、富有装饰性和形式感的叙述语言，相当成功地凸显了都市的消费时尚，“这些描写越来越像 MTV 或流行音乐的描述，它们与消费社会的主导象征符号——城市广告，共同构建着当下的视觉符号体系”。①

90 年代以来小说的影像化特征，取消了文字文本与外部实在世界之间的外观差异。从“新写实小说”到“新状态”“新体验”“新市民”“现实主义冲击波”“女性写作”，都可以把现实中的所见所感所闻写得历历在目、栩栩如生。在影视艺术的影响下，现代小说摒弃了传统的结构方式，把事件处理的重心从时间转移到空间上。“它们不是根据历史或故事中历史时间的连续性或性格发展的连续性来进行安排的；它们倾向于在空间或通过各个意识层次工作，力求得到隐喻或形式的力量。”② 为了达到小说空间化的目的，小说中的情节被分割为零星的碎片，并插入了许多对色彩、光影、声音描绘的非情节因素，完整的故事、合乎逻辑的事件发展过程已不复存在，客观时序被空间场景的描绘所取代。曾在广西电影制片厂工作过的林白深受电影的画面感、慢镜头、特写和空间结构手法的影响。林白坦言，美国导演斯坦利·库布里克的《发条橘子》对她写《致命的飞翔》就产生了深刻影响：“我喜欢暴力的某种形式。但那肯定不是真正的暴力，而是暴力在电影上的慢镜头，是暴力的影子，《发条橘子》中美丽的乳房和令人惊异的洞，这种组合令人心碎，这个场面脱离了《发条橘子》，单独飞翔在黑暗中，它化作了一个露着乳房的女人，潜入我的

① 陈晓明：《表意的焦虑——历史祛魅与当代文学变革》，中央编译出版社 2002 年版，第 457 页。

② ［英］马尔科姆·布雷德伯里、詹姆斯·麦克法兰：《现代主义的名称和性质》，载《现代主义》，上海外语教育出版社 1992 年版，第 36 页。

梦境，有时猝不及防地出现在我的小说中。我的《猫的激情时代》中就有这样一个画面。”[①] 西班牙导演路易斯·布努艾尔的电影对《子弹穿过苹果》的启示：“这张剧照（布努艾尔导演的《一条安达鲁狗》的剧照）好像正是那个令人震惊的细节的前奏：锋利的刀片马上就要划破这只被掰开的眼球了。尽管我在1994年才看到这张图片，但我写于1988年的中篇小说《子弹穿过苹果》却受到了它的影响。”[②] 希区柯克的电影对《一个人的战争》和《致命的飞翔》的影响：“希区柯克对我的影响超出了我自己的预料，《蝴蝶梦》和《鸟》的画面在我毫无觉察的情况下潜入了我的长篇《一个人的战争》和中篇《致命的飞翔》，成为它们精彩片断的组成部分。”[③] 陈染《私人生活》等小说深受瑞典导演伯格曼的电影《呼喊与细语》《野草莓》《第七封印》《沉默》等的影响，时常运用电影中常见的心理蒙太奇手法。通过梦境、追忆、臆想、内心独白等手段，揭示主人公的内心世界。潘军的《对门·对面》以分镜头手法为基本叙事结构，故事靠场景转换来推进，情节以人物对话来推动，人物以A、B、C、D来命名，画面感、空间感突出。

90年代以来小说的影像化同时也意味着细节描写的突出。“新体验”“新市民”小说对普通市民日常生活细节的描写，“现实主义冲击波”对基层干部心理和官场游戏规则的披露，“女性写作”对女性性心理、性意识和身体的展示，“70年代作家”对城市物质奇观的呈现，都形成一个与实在世界近似甚至同形的表意体系。世界被把握为充斥着细节和碎片的影像。

正如耿占春所描述的：“没有故事及其虚构的情节化操作可以让现代小说家施展身手，现代小说找到了日常性和日常生活的细节描述这样一个领域，从而展开一个新的叙事空间。……现代小说家对日常生活的细节的微观式的注重与他对现代生活的平庸判断、生活的意义的欠缺的描写是相映成趣的现象。……现代小说家的叙事能力在于描写几乎什么都没有发生的日常生活。在传统的故事情节经散纬脱时，细节构成了日常生活之布。细节的琐碎既构成了生活的平庸也构成了生活的真实。现代小说家在这样

---

① 林白：《玻璃虫：我的电影生涯》，作家出版社2000年版，第229页。

② 同上书，第252页。

③ 同上书，第256页。

的背景里，以细节描写代替了传统叙述的情节匠心营造。正像没有故事的状况成了我们平庸生活的特征，现代小说总是结束于一个细节，结束于未完成的‘现在进行时’，而取消了结束于一个故事高潮或者一个突发事件的逆转。加在生活世界的戏剧化的叙述模式被消解了。”①

王安忆用密集的物质性实体语汇诉说家长里短、展示怀旧情怀，《长恨歌》里的弄堂、西区马路上的树阴、乔治式建筑、哥特式建筑、尖顶钟塔、楼顶平台、老饭店的砖缝和石棱、山墙上的爬山虎、洋房里的琴声……《“文革”轶事》以居室布置的罗列，渲染带有异国色彩的怀旧情调：布满遗迹的房子、欧洲风景的瓷砖画、浴缸上生锈的水龙头，积灰的热水汀、电话机插孔……邱华栋小说中则以酒店、购物中心、高级公寓、商场、银行等堆积出一个物欲旺盛的现代消费景观。爱德华·茂莱说过：“在电影里，人们从形象中获得思想，在文学里，人们从思想中获得形象。”② 在影像化的小说中，小说文本中那种千转百回灵魂挣扎、剧烈深刻的精神搏击、入木三分的性格刻画、峰回路转的情感历程、欲说还休的生命况味消散于种种影像的变换、剪辑中，人们可以看到喋喋不休的台词、走马灯式的动作、支离破碎的人物、浮光掠影的造型等，在语言与画面的缝隙中，思想无法挣脱而出，而文学的灵魂逐渐地枯萎。

第三节　影像化叙事与总体性破解

造成90年代以来小说呈现如此审美形态的原因在于现代性生存境遇对其自我认同机制提出的新的考验。现代性不仅是一种无限趋前的时间意识，更是一种现代社会制度。在高度现代性阶段，人的日常社会生活和日常体验等基本“在世”状态，都具有全球化性质，“现代性所带来的变迁过程内在地与全球的影响联系在一起。而被带入到全球转型的浪潮中去，那种真切的感受却是令人坐立不安。最重要的便是，这种变迁也是强烈的，它已深入个体活动的情境当中以及自我的构造当中。……没有一个人

---

① 耿占春：《叙事美学：探索一种百科全书式的小说》，郑州大学出版社2002年版，第26页。

② ［美］爱德华·茂莱：《电影化的想象——作家和电影》，邵牧君译，中国电影出版社1989年版，第114页。

能够轻而易举地保护一种世俗性的‘当地生活’而不受较大的社会系统和组织的影响”①。高度发达的现代传媒、来往密切的商业活动和散布各处的跨国集团公司把“世界生活”“世界意识”植入个体的生存中，“世界”以“缺席的在场”形式使个体的本土生存状态介于在场与缺席、实在与虚幻的含混和交织之间，导致了本质化、整体化的文化也无法生成。对于个体来说，现代性的“世界”是抽象的、普遍的，“自我”是具体的、特殊的（有差异的），前者远远超出了后者在这个“超级空间”中自我定位的能力，正如詹姆逊指出的：“空间——后现代的超空间——的这种最新变化最终成功地超出单个的人类身体去确定自身位置的能力，人们不可能从感性上组织周围的环境和通过认知测绘在可绘制的外部世界找到自己的位置。”② 虽然中国尚未进入美国式的“后现代超空间”，但现代性制度对本土文化体验的抽离现象，在90年代以来的中国现实中无疑或多或少地存在着。

在总体性破解的文化氛围中，90年代以来小说的影像化和细节化特征表明它正在丧失把握现实的自信。在坚实而强大的现实和抽象而普遍的“世界”面前，它不得不面临因“元叙事”解体而带来的叙事危机并由此产生无法自抑的认同焦虑。一方面，它以“个人化”书写细腻隐秘的“内部风景”：孤独、焦灼、犹疑、困惑、歇斯底里、强烈的无意义感和无力感。另一方面，它走向现实，以再现性方式描画外部景观：人与物的直接感性（感官）——视觉/色泽、嗅觉/气味、触觉/质地——特征被刻意强调，细节的突出，逼真的现场感，等等。这两种倾向看似南辕北辙，实则在经验主义这一点上殊途同归。只是“个人化”写作表现的是内心生活场景，它往往通过“性”或“欲望”并以“身体”的形式呈现为一种带实证色彩的现实。而仿真式写作同样也只能整合世界的一角或一面，以片面而生动的叙述对现实进行简化或强化处理。特别强调的是，这种仿真式写作对现实的叙述往往也以“欲望—本能”为关节点，把“欲望—本能”看作人性的内核，从而抽象了欲望也抽象了人性。在祛除了人性的

① ［英］安东尼·吉登斯：《现代性与自我认同》，赵旭东、方文译，王铭铭校，生活·读书·新知三联书店1998年版，第216页。

② ［美］弗雷德里克·詹姆逊：《文化转向》，胡亚敏等译，中国社会科学出版社2000年版，第15页。

历史性、社会性因素之后，个体有限狭隘的经验覆盖、替代了广博繁复的现实，自我也以表现所谓的“人性的本质”为借口使自己从历史中抽身而出，小说的现实批判性因此而大打折扣。在把改革/转型时期的困境、艰难、困惑、感伤归因为“市场”“商业”“利润”“时尚”“人性”的同时，它同样是以欲望、经验为核心与“个体化”写作走在了一起。在90年代以来小说中，经验主义代替了现实主义，主体与现实、与世界的关系被以“真实”的名义大大地简约化。而隐藏在经验主义背后的则是一个无所执、无所信的虚无化主体，他不相信在自己的视线之外存在着一个博大的世界，而这个世界的最大意义就在于它为个体的丰富性提供了无限的可能。否定了这个世界存在的可能和意义，割断了世界与自我之间的这种肯定性关联，将实在的、具体的、有限的个体经验复制为文本中的经验世界。这固然使小说具有了充分的可辨认性、可理解性、可阐释性和可接受性，但既定的现实规则、世俗规范和“思想”秩序在无形中也被作者自觉不自觉地接受下来而成为创作的前提，并贯穿于作家对“现实”也即经验的呈现中。

由此，我们看到，在小说“再现论”回归的背后，是作家精神超越性和现实批判性的丧失，他们在对“现实”/经验滔滔不绝喋喋不休的言说中，我们看到了他们对现实的回避，看到了他们在经验约束下对现实的躲闪和避讳。在小说对个体经验的颇具稳定性的表现中，我们没有看到作家对生活内部的深刻悖论的精微揭示，经验的四处漫溢宣告了深入的灵魂勘测和执着的精神漫游的终止。“在后现代主义的文化里，形象也是有着同样的非真实化的效果。尽管它很忠实地复制出现实，但也正是在这种复制中，形象将现实抽掉了，非真实化了。”[①] 这种经验式的、实证论的写作，把人性固着为一个抽象的、凝固的、静止的结构模型，实际上就是把变动不居的历史和流转不息的现实胶结为一个存在于主体经验直观之内和意料之中的纸面世界，一个虚构的现实神话和人性神话。在这里，作家不再对现实抱有任何“幻想”，他们是实际的、实在的，因而也是虚无的；但他们也并不悲观、绝望，因为现实已经被其“经验”所掌握、所阐释，他们以此认定了现实的合理成分，接受了秩序的合理性，所以尽管虚无、

① ［美］杰姆逊：《后现代主义与文化理论》，唐小兵译，北京大学出版社1997年版，第208页。

感伤，他们却不悲观、绝望。他们以美学的方式承认了历史对人的塑造，接受了人对历史的屈从，其认同焦虑在这种轻松和惬意之中慢慢缓释、化解，但同时，小说对历史、现实和人的叙述却因现实介入性和精神超越性的双重缺失而陷入了僵化、板滞的困境。

第四节　影像化叙事与小说伦理

应当看到，在影视话语与小说话语之间存在着较为复杂的关系。一方面，影视与小说之间存在着一种相互转换机制，前者可以转换为后者，后者也可以转换为前者。因为从叙事方法与技巧、艺术表现手法和结构层面来看，小说与影视存在着诸多相通之处。小说常用的表现手法是叙事、描写、抒情和议论。在影视中，与小说的描写、叙述分别相对应的是镜头、蒙太奇，而小说中的抒情成分和议论成分则可以通过空镜头和画外音来实现。同时影视艺术中同样存在着小说中的各种修辞手法。作为一种语言表达技巧，修辞依据题旨情境，运用各种表现手法调遣和调配语言材料，以恰当而生动地表现思想感情。影视语言是景别、构图、光线、色彩、镜头、人物的有声语言、音响、音乐等视听元素的系统整合。它作为一种特殊的大众化语言，同样具有丰富的修辞手段——象征、隐喻、对比、铺陈、映衬、夸张、反复、排比等。此外，二者在生活容量以及结构上的相似性，也是小说影视化生存的前提和基础。从生活容量上看，电影的容量受到时间的限制，相当于中、短篇小说的容量，而电视（连续）剧的容量则较少受时间限制，在容纳长篇小说方面有着无比的优越性。从结构上看，中国传统的章回体小说与现代电视连续剧之间似乎存在某种亲缘关系。可以说，“四大古典名著”的电视剧改编，历史题材小说尤其是二月河等“帝王系列”小说改编所引发的收视热潮与此有着密切的关系。正是由于小说与影视之间这种可转换性的存在，小说的影视化生存成为现实。而另一方面，二者之间又有着“不可转换性”，这是二者本质上的区别与对立。由于这种“不可转换性”的存在，小说的影视化生存又面临着小说“韵味”失落的严重后果。对于小说来说，这种“不可转换性”的根源在于小说的独特性。

小说的独特“韵味”来自于距离：由形象显现的间接性、渐缓而内在的叙述和描写等而营构出来的“距离”。法国作家居埃蒂斯说：“写小说，乃是和自己、和世界保持距离。”① 因为只有保持距离，作家才能客观、冷静地对人物、事件和世界进行整体性的把握和叙述，才能颠覆我们早已习以为常的那种施加在我们的思想、精神和生存之上的权力体制，才能使读者获得一种意义体验的满足。小说不仅仅止于对现实问题的简单归纳，更须揭示出意识形态的复杂性，于混沌中呈现极具张力的意蕴。米兰·昆德拉说：“小说作为建立在人类事物的相对与模糊性基础上的这一世界的样板，它与专制的世界是不相容的。这一不相容性不仅是政治或道德的，而且也是本体论的。这就是说，建立在唯一的一个真理上的世界与小说的模糊与相对的世界两者是由完全不同的方式构成的。专制的真理排除相对性、怀疑、疑问，因为它永远不能与我称之为小说的精神相调和。”② 从这个意义上说，小说的天质是反专制主义的。而在影视化成为主导叙事格调的小说中，个性的声音往往都被抹杀或遮蔽了。③

由此，如何在影视与小说互动的语境中保持小说独立的地位和审美价值，怎样使影视化的手法成为拓展小说艺术空间的有效途径，使这种传统艺术形式适应读者的审美需求而不失去自我等，都是小说需要慎重对待和思考的严肃问题。正如爱德华·茂莱所指出的：“如果要使电影化的想象

---

① 吕同六主编：《20世纪世界小说理论经典》（下卷），华夏出版社1995年版，第170页。

② ［捷］米兰·昆德拉：《小说的艺术》，孟湄译，生活·读书·新知三联书店1992年版，第13页。

③ 王安忆认为：“我觉得电影是非常糟糕的东西，电影给我们造成了最浅薄的印象。很多名著被拍成了电影，使我们对这些名著的印象被电影留下来的印象所替代，而电影告诉我们的通常是一个最通俗的，最平庸的故事。……电影特别善于把名著平庸化，大众化，变成一种可使大家广泛接受的东西。”（参见王安忆《心灵世界——王安忆小说讲稿》，复旦大学出版社1997年版，第111页）王朔很清楚地讲出了这两者创作的不同：“影视不同于小说大概也就在于那体现的是一个集体意志，很多人参加劳动，最终都参与了意见，在角色身上倾注了自己喜爱的品质，最终还你一个陌生人。当然，影视于今首要在于谋利，受欢迎便是成功。”（参见王朔《现在就开始回忆》，载《看上去很美》，华艺出版社1999年版）以《甲方乙方》《天下无贼》蜚声文坛的职业编剧王刚就明确表示：“写剧本是一件特别可怕的事。因为它很难有自己的意志，是一种被迫劳动。……在我眼里，小说才是艺术，一般意义上的剧本只是商品，是没有主动精神去做的商品。因此，对我而言，小说创作高于一切。”（参见《〈天下无贼〉赢得观众、票房〈英格力士〉征服读者、评委王刚：“雅”“俗”共赏》，载《文学报》2004年12月30日第2版）周梅森曾自言：“小说要求平实，生活化，但电视剧要求有‘戏’，‘戏’就是戏剧化，夸张，放大，巧合，与小说的要求背道而驰。”（参见《北方土地上的英雄气息——访著名作家周梅森先生》，《中国图书评论》1999年第11期）

在小说里成为一种正面力量，就必须把它消解在本质上是文学的表现形式之中，消解在文学地‘把握’生活的方式之中，换句话说，电影对小说的影响只有在这样的前提下才是有益的：即小说仍是真正的小说，而不是冒称小说的电影剧本。”① 所谓“真正的小说”也即具备小说本性的小说。小说的本性包括语言和通过心理描写对人的内心世界的勘测与表现两个层面。用语言而非用画面讲故事是小说的特性也是它的优势。小说的“韵味”就来自于此。文学之所以为文学，很大程度上取决于语言上的某种独立品格与不可替代性。文学作为语言的艺术，其本质规定之一就是通过纸质媒介，将阅读作为其最基本的接受方式。阅读意味着可打破物理时空的限制自由地联想和想象，而相应地排斥“听”和“看”等身体性介入。也即作为语言艺术的文学，意味着文学是一种非感官的感受，非具象的形象。想象，是它最根本的艺术属性。只有文学更具通过想象，超越自身、反观自身，获得生命与感性连接，并还原外部感性世界的无限可能。一切艺术的构思都需要文学的想象介入，一切韵味和境界，也都靠文学来提升。“文学是语言艺术”与俄国形式主义将“文学性”作为文学本质并不相同。形式主义批评理论认为文学是“有组织地破坏普通语言，系统地背离了日常语言”的写作方式，“文学既不是传达观念的媒介，不是社会现实的反映，也不是某种超越真理的体现”②。总之，形式主义所谓的“文学性”，只能是语言自身的某些特点，而不是文学的本质。事实上，语言绝不是小说的简单外壳或载体，而是小说的直接“存在”。也就是说，语言作为小说的传达媒介，其自身的特性也就作为小说的组成要素而存在。文学一旦丧失了语言上的跋涉和历险，而只是追逐趣味，这无疑丧失了文学的真谛。因为说到底，文学的独特价值，恰恰是语言的历险上——通过语言的历险，文学和人才能回归自身，才能找到存在的家。由语言所塑造出来的幽默、讽刺、隐喻、反讽、象征、寓意等艺术效果，体现了小说艺术得天独厚的长处，这是影视艺术所无法比拟和难以转译的。

法国文学理论家纳塔丽·萨洛特认识到：“由于顽固地坚持过时的技

---

① ［美］爱德华·茂莱：《电影化的想象——作家和电影》，邵牧君译，中国电影出版社1989年版，第302页。

② ［英］特雷·伊格尔顿：《二十世纪西方文学理论》，伍晓明译，陕西师范大学出版社1987年版，第4页。

巧，小说已经变为一种次要的艺术了。现在应当采取类似现代画的行动以寻求小说独特的创作途径和特有的表现方式，把不属于自己范围的东西让给其他的艺术——特别是电影艺术。正如摄影现在已占有了绘画所放弃的园地而且获得丰硕成果一样，电影也可以把小说所放弃的东西收拾起来，并使之更完美。”在她看来，面对影视艺术的竞争，小说如果不能在自己的领域中有所创新，其生存将成问题。而小说要有所创新，必须对其旧的内容和形式进行彻底改革。现代小说的目的在于探索前人所未发现的新的心理领域，透过日常生活的表面现象，发掘意识下的“潜在的真实”，描写心理活动的形成及运转过程，写出“灵魂的颤抖”和“灵魂的深”（鲁迅语）。现代小说的一个重要特征就在于打破传统小说的常规，不再把反映和摹写外部世界的现实作为自己的根本任务，而转向了对人的主观世界的探索和挖掘。比如，意识流小说作为小说的一种模式，旨在通过内心独白、内心分析和感觉印象来展示人类的潜意识活动，表现出对影视艺术的反抗和不兼容性。福斯特明确指出：“小说的特性表现在作者可以自己谈也可以通过人物来谈他的人物，还可以在人物自言自语时安排我们去听。作者有门路进入自我内省的境界，并且能够从那里更深入一层去窥视潜意识。”[①] 日本电影理论家岩崎昶也曾做如下分析：“自从对形象描写具有无比优越性的电影出现以来，的确在文学家们的身上产生了一种反作用，他们更加感到文学应该集中全力描写心理，以便更好地发挥它的特性。”克拉考尔在《电影的本性——物质现实的复原》中说：“当然，小说也常常热衷于描绘实体——脸、物体、风景，等等。但这只是小说所掌握的世界的一部分而已。作为一种文字的作品，它能够因而也倾向于直接提出和深入探究内心生活的事件——从情绪到观念、从心理冲突到思想争论。实际上，一切小说都侧重于表现内心的发展或存在的状态。小说的世界主要是一种精神的连续。这种连续性常常含有某些非电影所能掌握的元素，因为这些元素并不具有可资表现的客观形态。”[②] 小说的发展历史表明，小说艺术的现代化进程，也就是描写人物心理世界、探索人类心灵奥秘的进

① ［英］E. M. 福斯特：《小说面面观》，载卢伯克、福斯特等《小说美学经典三种》，上海文艺出版社 1990 年版，第 269 页。

② ［德］克拉考尔：《电影的本性——物质现实的复原》，邵牧君译，中国电影出版社 1993 年版，第 301—302 页。

程。在某种意义上，对人类心理和精神世界探究达到的深度也就是小说艺术的高度。

本雅明曾经对那些对时代逢迎拍马却不抱任何幻想的所谓“最佳的思考者”给予了辛辣的嘲讽：“无论是画家克勒这样的烦琐艺术家，还是罗斯这样纲领性很强的艺术家，他们都摒弃了传统的人的形象，那种庄严、高贵、以过去的牺牲品为修饰的形象，而转向了赤裸裸的当代人，他们像新生婴儿哭啼着躺在时代的肮脏尿布上。”他进而指出：“我们变得贫乏了。人类遗产被我们一件件交了出去，常常只以百分之一的价值押在当铺，只为了换取‘现实’这一小铜板。”[①] 这一出自 70 多年前的判断，在今天看来更像是一种预言，对于单纯强调写实、个体、经验、细节的 20 世纪 90 年代以来的小说来说则具有盛世危言的意义：在市场化生存空间中，文学必须超越影像文化对现实的符码操作规程，坚决地与后者那种对现实的认同和逢迎态度相脱离，与现实保持必要的时间和空间距离，使持久的批判力和强劲的想象力自然地产生于对现实的再编码之中。

① ［德］本雅明：《经验与贫乏》，王炳钧、杨劲译，百花文艺出版社 1999 年版，第 255、258 页。

第七章

意义的“内爆”与仿现实主义美学

——20世纪90年代以来小说的新闻化叙事批判

20世纪90年代以来小说叙事的一个重要表征就是文学话语与新闻话语的纠结，或者说，小说在叙事形态上呈现出明显的新闻化特征。美国传播学理论家库利说：“传播的历史是所有历史的基础。”不同时代传媒的不同特点必然对包括文学在内的人类精神生活方式产生广泛而深刻的影响。在20世纪90年代以来的文学中，报刊、电影、电视、互联网等大众传播媒体，以各种大众化形式传播着文学作品。因此，传统的文学样式与审美趣味、文学传播方式与途径、文学作品的市场与受众等都将受到前所未有的冲击和发生变化。90年代以来小说生存在一个由文学—国家—市场三元构成的现实语境中，国家和市场共同构成了文学的资源主体。流动变幻的市场和消隐无形却又无处不在的国家意志使创作主体呈现出某种含混的“个体性”。这一主体是对含混不清的现实的暧昧折射。出于对原有意识形态主观决定论模式对现实的镜像式、观念性整理的反感，出于对审美精英对现实的批判性书写的回避，也因为个体对现实的粗糙、朴素的经验主义式的感知，90年代以来小说家在一种小心翼翼又大刀阔斧，琐屑卑微又沾沾自喜，绝望无力又昂扬亢奋的奇妙心理和精神状态下进入对“现实”或“现象”的叙述之中。“影响的焦虑”和“现实的焦虑”双重阴影的笼罩，导致了小说家感受外部生活意义时的个体化、内向性以及主体自我内在核心的不稳定感。他们似乎热衷于追踪现实，叙说现实，但经验的、犬儒的态度又导致他们对现实的“视而不见”。90年代以来小说在不需要以文学为新闻的时代，奇特地流露出对“新闻”的偏爱。

瓦尔特·本雅明在20世纪30年代曾经慨叹“讲故事”这门古老艺术的衰落，“讲故事这门艺术已是日薄西山”，“要想碰到一个能很精彩地讲一则故事的人是难而又难了”，“讲故事缓缓地隐退，变成某种古代遗风”。他引用《费加罗报》的创始人威尔梅桑的一句话：“对我的读者来说，拉丁区阁楼里生个火比在马德里爆发一场革命更重要。”从这句话中，他概括出了新闻报道的特性：“公众最愿听的已不再是来自远方的消息，而是使人得以把握身边的事情的信息。”[①] 这与“讲故事”在本质上是格格不入的。本雅明认为“历史地讲，多种多样的传播模式是互相竞争的。老式的叙事艺术由新闻报道代替，由诉诸感官的报道代替，这反映了经验的日益萎缩”。[②] 在一个机械复制的时代，新闻报道以更快的速度、更大的力度影响着当代人的生活和阅读，威胁着小说的生存。新闻媒体改造着小说叙事的风貌，“现代社会一方面把叙事分解为新闻报导或新闻调查之类的东西，另一方面资本社会并没有忘记人们爱听故事的古老天性，现代社会把叙事虚构变成了一种大规模的文化工业。古老的叙事艺术和讲故事的能力在认真严肃的小说叙事领域没落了，却成了一本万利的文化工业。讲故事的艺术从小说叙事中衰落，为广告所充斥的商业社会却到处都在讲述商业神话，用讲故事的形式向人们描述商品世界的乌托邦”[③]。

第一节　文学话语与新闻话语的纠缠

有一种流行的看法认为，小说是情感、想象和审美，是以语言的纯粹性和个性化为主导诉求，从而生发诗意的艺术化书写，而新闻包括通讯、特写、消息则是事实，写实，是一种评述结合、以述为主的实用文体，是在日常语言基础上生产出来的叙事话语，两者分属于不同的话语构成。其实，这其中存在着一种似是而非的误解。在新闻和小说之间原本就不存在泾渭分明的界限。法国文艺理论家埃夫拉尔从词源学的意义上进行了如此说明：“Nouvelle 是一个多义词，既指作者杜撰的虚构故事（短篇小说），又可代表报刊报道的时事信息（新闻），这种一词多义使得杂闻与短篇小说的关系更为密切。19 世纪，在报纸版面上同时出现了这两种体裁，加

---

① ［德］瓦尔特·本雅明：《本雅明文选》，陈永国、马海良编译，中国社会科学出版社 1999 年版，第 309 页。

② ［德］瓦尔特·本雅明：《发达资本主义时代的抒情诗人》（修订译本），张旭东、魏文生译，张旭东校订，生活·读书·新知三联书店 2012 年版，第 143 页。

③ 耿占春：《叙事美学：探索一种百科全书式的小说》，郑州大学出版社 2002 年版，第 2—3 页。

之它们面向的是同一阅读群体，这便使兼有新闻性与文学性的短篇小说的特征变得更为含混不清。”① 如果说，(短篇) 小说本身就具有一定的新闻性特征，那么新闻同样也具有文学性特征，新闻话语可以运用文学话语惯用的形象化描写及细节刻画等手段，使新闻叙事同样获得“细节的生动”。“能让读者看到、听到、闻到，甚至能触摸到，这就是活的新闻。”新闻应写得让受众能感觉到，使新闻具有“感觉化”，“新闻感觉化，是指读者、听众或观众接受和感觉新闻报道刺激的能力，如听觉、视觉、嗅觉、触觉、味觉。这种刺激能够给读者带来愤怒、悲伤、压抑、快乐、愉悦甚至疲劳、口渴、饥饿和性冲动的感觉。运用记者或新闻事件目击者的全部感官，去抓取细小的、具体的细节，给故事一种生命”。② 对新闻进行形象化的描写和细节刻画，不仅可以给受众一种立体的感觉，还可以给受众以身心的愉悦。这很生动很形象地概括了形象化描写及细节刻画等手段在新闻叙事中的有效运用。此外，新闻叙事也可以利用文学叙事的叙事者多重复调叙事，来强化新闻叙事的“真实度”和审美张力。“最终，新闻报道不得不装扮起来，从形式到风格都近似于故事叙述 (新闻故事)。事实与虚构之间的严格的界限日趋消失了。新闻和报道，甚至于编者评论，都以休闲文学的行头粉饰起来，同时，纯文学文章则一心一意瞄准着，以严格的‘现实主义’方式，复制完全成为陈词滥调的现实，于是，从这一方面来看，小说和报道之间的界限也消失了。”③ 对于这一点，作家格非有着自觉的意识：“今天的新闻写作与文学写作的界限较之于本雅明和什克洛夫斯基的时代，已发生了很大的变化。一方面，新闻写作大量地吸取了几乎所有的文学表现手段，比如说时空倒置、插叙、提前叙事、重复叙事、反复叙事等等。这些本来属于文学的技法，新闻写作者早已得心应手。在激发读者的思考方面，新闻写作者也一改过去冷漠和中立，只要有必要，他们可以随时增加情感的浓度，从而提高新闻作品的感染力。由于‘后新闻’这样一个概念的出现，许多新闻事件的采写在引人入胜方面并不逊色于小说。另一方面，为了增加文学的所谓客观性，文学特别

---

① ［法］弗兰克·埃夫拉尔：《杂闻与文学》，谈佳译，天津人民出版社 2003 年版，第 40 页。

② 李希光：《新闻学核心》，南方日报出版社 2002 年版，第 202 页。

③ ［德］哈贝马斯：《公共领域的结构转型》，曹卫东、王晓珏等译，学林出版社 1999 年版，第 196 页。

是小说，实际上也在向新闻学习，作者故意弱化作品的虚构特质，从而模拟新闻事件的纪实笔法，让事件来讲述自己。”① “对于一部分作者而言，写作过程变成了从阅读到阅读的过程：作者通过浏览互联网，阅读图书，观看电影，获得某些信息，然后再通过一定的修辞手段将它重新变为阅读对象。今天的作家习惯于依赖互联网的新闻，或大量的电影光碟获取写作材料，进而进行拼贴式改写的例子并不罕见。”②

我们所说的90年代以来小说中新闻话语与文学话语的纠缠，首先表现为前者会借助文学的技艺和手法编织具有一定文学性的新闻故事，从而与文学话语争夺表征空间。《太阳报》的创立者本杰明·戴认为新闻话语如果要把传统文学读者吸引到自己一边，就需要：“用一种新的、‘通俗的’新闻形式——包括犯罪、性和人情味报道的活泼混合——吸引大量受众。”③ 布迪厄更是一语中的：“社会新闻，这向来是追求轰动效应的传媒最钟爱的东西；血和性，惨剧和罪行总能畅销。”④ “构架（framing）新闻”理论则认为：“新闻故事是以影响公众领会其内容的某些方式被构架（framing）出来的。构架是通过选择某些故事而舍弃其他故事而进行的，还借助于那些用来被表现选择供广泛传播的故事所使用的技巧，例如，将信息融会在叙事格式之中，将特定的角度强加给观众，这些角度强调某些细节而舍弃其他细节，例如争执、危险或冲突。”⑤ 这种借助文学技艺和手法编织出来的新闻话语，游离于新闻与文学之间。

其次，作家以重大的或影响较大的新闻事件为引子、切入点、题材或叙事线索，在此基础上展开虚构与想象。此类小说往往以真实的新闻事件和人物为素材。较为典型的例子是广州女作家张欣，其《沉星档案》《浮华背后》《深喉》都有真实的新闻事件为底子和摹本。作为二者的混合物，它既具有通俗文学、流行文学的话语形态和美学趣味，而它对事件当下性和真实性的突出又是一般文学作品所难以或不屑于比拟的。正是因为

① 格非：《文学的邀约》，清华大学出版社2010年版，第51页。

② 同上书，第37页。

③ ［美］罗杰·菲德勒：《媒介形态变化：认识新媒介》，明安香译，华夏出版社2000年版，第57页。

④ ［法］皮埃尔·布迪厄：《关于电视》，许钧译，辽宁教育出版社2000年版，第14页。

⑤ ［美］戴安娜·克兰：《文化生产：媒体与都市艺术》，赵国新译，译林出版社2001年版，第15页。

如此，《沉星档案》出版后，广州有媒体声称《沉星档案》一书写的就是被害的广东电视台著名主持人陈旭然的故事。张欣本人还出来澄清："如果说一点影子也没有，那也不客观。这也是我们这些写当代生活小说的人的尴尬之处。《沉星档案》借用的只是这一新闻事件的一个壳，全书的人物、故事纯属虚构。我试图通过一个女孩子短暂的一生，表达我对生活的一些思考和感受。为了防止有人对号入座，我在构思全书时煞费苦心。而且读者可以看到，我在书中，无论对生者还是对死者，都充满了尊重和同情。以新闻事件为外壳或引子创作成小说的，在文学史上也不少见。如台湾女作家李昂的《杀夫》，也是根据一桩新闻事件创作而成的。但读者从中读到的是作者对女性命运的同情和思考，而不会简单地将它与新闻事件划等号。"① 除了《沉星档案》，张欣的《浮华背后》也以轰动一时的"厦门远华案"为由头。而其《深喉》则更与广州三大报业集团——《南方日报》《羊城晚报》和《广州日报》之间的激烈竞争有关，以至于引起了媒体的广泛关注，而发表此小说的《收获》杂志在广州的零售也几乎断货。

最后，拟新闻的小说叙事。此类小说未必以真实的新闻事件和人物为蓝本，但也刻意追求以一种新闻化笔法、纪实性笔触，给读者一种新闻报道般的现场感和亲历感。比较典型的是一些"新字号"小说，如"新写实""现实主义冲击波""新体验""新市民"等。不能否认这些小说中有着现实的影像和个人的日常生活经验，也不是说它们对外部实存世界和现实生存逻辑没有反映，恰恰相反，这些小说对官场游戏规则和腐败内幕，对一些特定阶层（"新人类"、下岗工人、基层干部等）和其他一些"社会热点"问题（国企困境、干群关系的紧张、民工生存、官员腐败等）进行了持续而不乏尖锐的道德关怀和艺术表现。尤其是被称为"现实主义冲击波"的小说，切近现实问题的题材取向，对转型期现实生活的热切关注，对现实生活所呈现出的矛盾交错的繁复性与难以把握的混沌性的表现企图，以及从文本中渗透出来的强烈的民间意味、平民意识和现实参与感等，都使它成为轰动一时的创作现象。何申的《穷县》《穷乡》《信访办主任》《年前年后》《县委宣传部》，何申的《村民组长》，谈歌

① 陈志红：《作家张欣否认〈沉星档案〉影射被害主持人陈旭然》，2004 年 1 月 4 日，北方网（http：//ent. enorth. com. cn/system/2001/01/04/000079996. shtml）。

的《大厂》《大厂（续篇）》《年底》《车间》，关仁山的《大雪无乡》，刘醒龙的《菩提醉了》等小说确实在一定程度上反映了民众的生活状况及与其现实利益息息相关的国企改革、工人下岗、农民抗费等现实问题。但是，在这些小说叙事的背后，作家与现实的关系已超出了“真实性”话语和“人学”话语的传统限定，二者之间建立了一种稳定的富于新的意识形态涵蕴的想象关系。“新市民小说”强调主体对于现实的亲身体验，强调对“处于城市社会生活的现实背景”之下的市民阶层生活的“演绎和阐释”（“‘新市民小说联展’征文暨评奖启事”）。在仿真式的摹写中，“现实”仿佛重新焕发了生命活力。不仅如此，它们还以高度的现实指导性，极大地发挥了“官场指南”“商场指南”“精品购物指南”“城市旅游手册”等功能。这种对大众传播媒介的靠拢，使以“个人化写作”著称的新世纪小说，在叙述个体经验时，无法触及其灵魂深处。在文本中，除了一些稍具个性化的话语表达之外，无法触及深刻的心灵透视、精神分析、道德反省和更高的信仰问题。“个人化”被压缩到一个极其狭隘的生活趣味之中。写作类似一种新闻性的轻松惬意的关于奇闻逸事的讲述，一种“道听途说”“街谈巷议”的再次复制和浅表诉说，一种带有时尚风格的浅吟低唱，一种获取信息、满足好奇和窥视之趣的休闲式琐谈。

第二节　“新奇”与“审美”

对于读者而言，这些被视为“热点”的现实问题所引起的往往是“新奇”而不是“震惊”。本雅明认为，在现代社会中，新奇原则替代了审美原则，新奇的重要来源之一就是新闻——“无论何时，你只要扫一眼报纸，就会发现它（指经验，引者注）又创了新低，你都会发现，不仅外部世界的图景，而且精神世界的图景也是一样，都在一夜之间发生了我们从来以为不可能的变化”①。这种“以为不可能的变化”在现代转型时期，造就了人们强烈的震惊体验，这种体验得以产生的前提是五光十色、光怪陆离的现代（城市）生活：变动不居的现代社会和错综纠葛的人际关系，制造出复杂多样的生存体验。渗透着新闻话语的新世纪小说，仿佛

① ［德］瓦尔特·本雅明：《本雅明文选》，陈永国、马海良编，中国社会科学出版社1999年版，第305页。

是记录现代城市生活、体验的笔记，在其中作者丧失了抒情欲望、审美欲望，而只保留了叙事的实用功能。90年代以来小说新闻化叙事要做的就是不断去发现那些“以为不可能的变化”并借此变化不断炮制出各种震惊效果，它们在不断地生产着“新闻”，但在这过程中人们的震惊体验也在被不断消解。震惊不断地被生产出来，随后又不断被刷新。无论是呈现苦难，还是展示罪恶，无论是描写欲望，还是书写禁忌，暴力、丑恶、苦难、罪恶等一切都在小说的新闻化叙事学中得到解放，而传统的道德惩戒和行为规劝意义却被逐渐消解。于是，“震惊”随之被一种更现实、更理性的感觉体验——“新奇”所取代，因为“震惊”是排他的，是处于对象之外的疏离和拒绝，而“新奇”是忘我的，在对象之中流连和玩味。某个悲剧事件的书写，也许会轻轻触动人的恻隐之心，但对大多数读者而言，肆意泛滥的此类信息只是替代故事的功能稍微满足一下大众的猎奇欲望和冒险体验，甚或安抚一下躁动不安的灵魂。

其他一些小说则注重将现场性和亲历性作为创作基点，注重对当下生活场景的描述，注重叙写事件的来龙去脉，强调作家不仅是生活的旁观者、评判者，而且应以生活参与者的身份去亲历民间生活，体味人间的酸甜苦辣。“新体验小说”的倡导者认为：“……叙事者将和被描述者一起成为作品的主人公，叙事者的亲历线索将是小说的线索之一。”① 毕淑敏深入某临终关怀医院实地采访，不仅作笔记、作录音，而且还以“患者”身份躺在死过无数人的病床上观察生命结束的瞬间，体验死者最后的心灵脉动，写出了探索“死亡”与“关怀”的《预约死亡》。袁一强租一辆载客三轮，当了十天“板儿爷”，深入了解“板儿爷”的辛酸生活，发现其心灵中的闪光，写出了《祥子的后人》。李功达请在街边等活的木工上门打家具，描写民工的坎坷人生（《枯坐街头》）。王愈奇关注“房虫子”（《房主》）。这些小说大都根据作家亲身采访、体验所得到的第一手材料写成，大多以第一人称叙事视角构成顺时序的叙事结构，重视亲历过程的真实生动和作品构架的自然顺畅。“新市民小说”侧重描写现代市民在市场化城市空间中的奋斗、挣扎和沉沦。邱华栋的《环境戏剧人》《手上的星光》《时装人》《持证人》《化学人》《蜘蛛人》等“城市空心人”系列小说，描写了形形色色的陌生城市世界的闯入者在“轮盘城市”“像老虎

① 陈建功：《少说为佳》，《北京文学》1994年第2期。

机般的城市”中的生存和历险，挣扎与奋斗。《公关人》揭示城市中人际关系的淡漠与隔绝；《时装人》《持证人》表现标准化、组织化的城市空间对个性与自由的束缚，宣泄对被符号化、物质化的命运的焦虑；《化学人》表达对陷入工业化的城市生活的恐惧；《城市狂奔》将城市视作对象去搏击和挣扎。张欣的《伴你到黎明》《如戏》《首席》等小说则以“商战”和“寻情”双线交织的叙事线索，把残酷的商场搏击与伤感的情感失落穿插在一起，来表现都市白领丽人差强人意的情感生活。

“杂闻的写作是以一种模棱两可的策略为依据的，因为一方面，杂闻努力确保事件的真实性，这与现实小说很相似；而另一方面，它讲述了一个奇特惊人的‘童话’，突出了事件的独一无二、耸人听闻与非同寻常。”[①] 也即，新闻话语一方面会力图取保客观真实，为此它会尽可能容纳丰富的细节，进行逼真的描绘；与此“现实策略”相伴随的另一方面是力图制造意外、惊异、恐惧或愤怒的效果。对于新闻来说，它的功能“并非提供信息或是知晓某一事件，而是满足广大公众的压抑本能以及最暴力的冲动（弗洛伊德所说的死亡本能）。媒体对生活的曝光正巧对应了人们渴望探秘的好奇心”。[②] 新闻话语在叙事视角、叙事模式的选择上，以新闻传播效果的最大化为目标，以新闻价值实现的最大化为目标。新闻话语模式的选择，叙事视角和叙事结构的选择，都遵循新闻真实和新闻传播的需要，围绕着新闻“事件”来展开。像《沉星档案》《浮华背后》《深喉》这样的新闻化小说，借助轰动一时的焦点事件、新闻人物来吸引读者的注意力，以满足读者大众对新闻事件背后的“内幕”“真相”或“黑幕”的好奇心与窥视欲。同时，为了更好地吸引读者，小说力求写得“好看”，因此，新闻化叙事往往注重选择与大众缺位吻合的内容，如罪行、冤案、腐败、爱情、凶杀、性、欲望等戏剧性因素，悬念迭起，情节曲折离奇，极尽煽情之能事，迎合大众的猎奇与窥隐冲动，满足其感官愉悦与心理刺激。

渗透着新闻话语的新世纪小说，注重以公众、时尚的趣味和流行的尺度传达特定受众群体的狭隘的公共表情，为了创造眼球经济，它甚至会制

① ［法］弗兰克·埃夫拉尔：《杂闻与文学》，谈佳译，天津人民出版社2003年版，第11页。

② 同上书，第14—15页。

造一些所谓“热点话题”和“时尚潮流”。所以，它表述的是一种局部的真实或虚构的“整体”经验。因此，问题不在于这些小说是否涉及现实的某一侧面、传达了一定的现场感，而在于它们更多的是站在某一特定阶层的暧昧立场上满足于对局部生存现场的描摹，满足于根据现实生存的逻辑来新闻化、功利式地“再现”生活。事实上，作家的叙事能力正在衰退，推进小说往前发展的力量，往往是当下现实经验的可能引发的新奇感和故事本身对可能读者的吸引力，至于故事后面是否有作家的心灵跋涉和灵魂的搏斗与挣扎，是否能够让读者掩卷深思，能否让他们与作者一同追问自我，作家似乎并不关心。小说越来越陷入一种和新闻争风邀宠的尴尬境地。这些小说大都不是从理性批判而是从道德调停和情感化解的立场将权欲、利欲、物欲对人的压抑、剥夺置换为个体心灵的忧郁、感伤或自得其乐。卫慧写作的理想是：“做一朵公共的玫瑰，开放在世间和人群面前”，“变成扇着翅膀的尤物”（《像卫慧那样疯狂》）。在一种貌似另类、激进的生活观念和生活方式下，流淌的是沸腾不息的世俗享乐欲求和追逐时尚潮流的平庸美学情趣。张欣自述创作的目的：“文学没有轻松的一面也是很可怕的”，“都市人内心的积虑、疲惫、孤独和无奈，有时真是难以排遣的，所以我希望自己的作品能为他们开一扇小小的天窗”。[①] 于是，生活的沉重、文化的重负、人的失落感被都市商场传奇和优雅缠绵的温情叙事所化解。城市人艰难的生活处境、激烈的生存竞争被浪漫的小资情调（有着“臭虫般的活力”的“另类”也是一种形象妖冶而精神病态，看似活力四射实则苍白脆弱的“革命小资”）和白领阶层感性的生活情趣改写成现代都市生活的美好镜像，幻化为一种关于“市场”的消费性意识形态场景。这种渗透着新闻话语的文学叙述确乎为人们勾勒了一幅更丰富、更生动也更透明的生活图景，但在其中想象力成为日益贬值的物品。

第三节 “虚构”与“信息”

20 世纪 90 年代以来小说的新闻化叙事，具有一种侧重于信息传达的表象化风格。如果说文学是一种虚构叙事，关注完整的“故事”和对故

① 张欣：《身陷红尘，重拾浪漫》，载张欣《〈岁月无敌〉·后记》，长江文艺出版社 1996 年版。

事的讲述，那么新闻则以现实情境为依托，聚焦于零散的事件之上。这些小说提供了一些关于“现实”的“信息”，却因对现实的高度“追踪”而无法呈现出创作主体积极的精神态度。它们极度忽视了对现实进行历史化理解，忽略了对外部冲突所引起的内心震荡、撕裂，以及人之为人的特定精神质素与这一绝望、困惑心境的搏击、克服或无效克服过程的悲剧性的揭示。这一缺陷在产生了较大影响的“现实主义冲击波”小说中尤其突出。“故事（story）是以特定的方式表现出来的素材。素材（fabula）是按逻辑和时间先后顺序串联起来的一系列由行为者所引起或经历的事件。事件（event）是从一种状况到另一种状况的转变。”[①] 作为一个叙事单位，“事件”小于故事，它强调的是发生、行动、变化和突转而不必像故事那样情节流畅和起承转合，强调结构的完整、内容的自足、逻辑的合理和繁复的修辞。从对现实的表现上讲，这一批小说未能从直观的生活表象中揭示其背后的体制问题，它们所反映的社会现象和问题缺乏充分的真实性，既体现不出19世纪欧洲和俄罗斯经典现实主义的“写真实”原则，也体现不出20世纪中国左翼革命文学突入现实内部、为劳苦大众鼓与呼的价值取向。不仅如此，它们对世态人心和人性裂变的表现既迎合了主流话语的意识形态诉求，又诉诸偏激的道德化评判，充分体现出对某种其合理性已逐渐耗尽和丧失的现实秩序和文化秩序的附着、依从乃至迎合，似乎只有以人格尊严和道德为代价分享艰难，才能渡过难关、分享“现代化”的美妙果实，似乎一切“现世”的牺牲都是达到“来世”幸福这一目的的手段，似乎只有浮泛的道德优势才能挽狂澜于既倒——这也许是它能够在现实中功成名就、全身而退的原因。90年代以来欲望搏击的血腥，权势占有者和既得利益者对弱势人群的残酷榨取，官（权力）商（资本）勾结所犯下的可怕罪恶，以“服从大局”的官僚化说辞或以“市场公平原则”为名义对人的生存、生命和尊严进行的无耻剥夺……总之，面对堕落的现实或现实中的堕落现象，一个有着严峻的生命危机意识和深厚博大的人道主义情怀的作家理应感到悲悯和愤怒，并把这真切的情感和决绝的态度融入对现实的真切描述中。因为，只有厚重而真切的现实才会催生浑然而博大的想象。而“现实主义冲击波”小说却丧失了真正的现实主义精

---

① ［荷］米克·巴尔：《叙述学——叙事理论导论》，谭君强译，中国社会科学出版社2003年版，第34页。

神，它是现实主义伟大传统的蜕变和堕落。刘醒龙的《分享艰难》《寂寞歌唱》《生命是劳动与仁慈》，谈歌的《天下荒年》，李佩甫的《学习微笑》等都在不同程度上显露出当代文化批判立场的缺失。谈歌《大厂》中的厂长吕建国在河南大客户因嫖妓被抓以后，绞尽脑汁疏通关系，帮其逃脱法律的制裁，原因只是这个财神爷能给他带来巨额订单。为此，他甚至特意叮嘱厂办主任老郭："姓郑的要什么，你就陪他干什么，只要哄得王八蛋高兴，订了合同就行。"《年底》中的刘厂长为召开订货会在宾馆包了一层楼，想方设法讨好客户，甚至以厂办女招待小李同意嫁给客户的傻儿子为代价，订下了1000万元的合同。刘醒龙《分享艰难》中的孔太平善待暴发户、地头蛇洪塔山的唯一原因，也是因为"现在镇里的财政收入很大一部分来源于这座养殖场。……实际上，这座养殖场关系到自己今后的命运"。养殖场是镇财政收入的支柱，有了钱就能给孔太平带来政治上的收益。因此，他会花钱托关系、找门路，将状告洪塔山公款嫖妓的检举材料烧毁；甚至在自己的表妹被洪塔山强奸时，他还说服舅舅放弃告状，力保洪塔山不倒，目的却是能够在回县城后占据一个有利的权力宝座（"回去后上面给他安排一个什么位置，这才是至关重要的"）。"现实主义冲击波"小说就因对现实丑恶现象一味迁就、妥协，而缺少了真切的深度人文关怀，它既在表层揭示了现实中的恶、丑和处境的艰难，却又在深层"劝说"人们要接受由某些阶层所褒扬的文化和道德体系——它们往往被表述为深植于人性的普遍有效的价值观，使人能够把丑与恶对人们的压制、压抑和剥夺视为自然秩序的一部分。因此，对人性之恶与丑要忍让、要"理解"、要"分享"，从而导致了小说在叙事伦理上求真、向善与爱美之心的缺失。文学成了说服人们尤其是弱者要适应现状、向现实妥协的手段而不是一种对社会、现实的反抗或批判形式。这一切显然与其代表作家关心民间疾苦的宣言格格不入。① 由于直接的问题性和观念性制约，"现实主义冲击波"小说不仅"缺少'深度写作'的

① 谈歌、关仁山、何申、刘醒龙等作家在创作谈中都不约而同地写道："对于作家，'主义'并不重要，重要的是，永葆真诚的责任和良知，还有一份对民间和土地的亲情。""对于一个真正的作家来说，必须以笔为家，面对着普遍的流浪世界，用自己的良知良心去营造那笔尖大小的精神家园，为那一个个无家可归的灵魂开拓出一片栖息地，提供一双安抚的手。"（参见关仁山《作家眼里的现实主义》，《小说家》1997 年第 4 期；刘醒龙《信仰的力量》，《延河》1996 年第 4 期。另可参见何申《往事如烟几十秋》，《小说家》1996 年第 5 期；谈歌《小说与什么接轨》，《小说选刊》1996 年第 4 期）

模态而陷于平面直观，以致达不到审美的‘深度模式’”，[①] 而且缺少真正现实主义的批判力度和人道主义力量，失去了真正现实主义所包蕴的深沉博大的悲悯情怀和超越精神。与新闻话语的类型化特征不同，文学叙事是一种非类型叙事，是完全服从于叙事者思想表达、艺术追求的需要，是一种纯个性化叙事。它所要侧重传达的是作者的主观情感，而不是围绕某一件事件或呈现某一现场。在文学作品里，“事件”“现场”并非叙事的目的，而应当是作者主体意识的载体，是主体个性化灵魂和精神的承载者。而20世纪90年代以来的诸多小说则缺少了内在的精神支撑，那么其题材上深层开掘的缺乏，人物形象上缺少内心灵魂的勾画，其创作中严重的自我重复和相互间的雷同，也就不难理解。

20世纪90年代以来小说的新闻化叙事，也表现出一种对同质化的“经历”“体验”的符码复制趋向。它尽量贴近现实并反反复复地提出有关生存和生活的相似问题，但小说对这些问题的表现却大都极为代码化，它往往将丰富、复杂的现实经验组织成特定的技法（久而久之成为“惯技”），依赖于相似的叙事技巧传达着相近的体验，每篇小说似乎都在表现其“独有”的一套角色与情境，但特定的情节线索所给出的基本上却是难脱窠臼的情节变种，并牵涉固定的角色类型：事业顺心而情感不尽如人意的中产和白领，生活窘迫而自我缓解的城乡平民，财大气粗却道德败坏的暴发户，财政艰难却为民着想并得到百姓理解的乡镇干部和国企领导，满怀财富攫取欲望却屡屡碰壁的城市闯入者，等等。本雅明曾用经验（Erfahrung）和经历（Erlebnis）来区分传统社会和现代社会给人的不同的精神—文化影响。他指出：“经验其实是一个关系传统的事物，无论在集体存在中还是在私人生活中都是如此。与其说它是牢牢扎根于记忆中的事实的产物，不如说它是在记忆中积累的往往无意识的材料某种汇聚的产物。”“如果严格地说这里包含着什么经验的话，这种经验就是个人往事的某些内容与集体往事的素材的结合。”[②] 也就是说，经验体现出叙事者（讲故事的人）对过去与现在、个人和集体、特殊和一般的整合，其中蕴

① 丁帆：《批判精神和道德立场的确认》，载丁帆《文学的玄览（1979—1997）》，北京出版社1998年版。

② ［德］瓦尔特·本雅明：《巴黎，19世纪的首都》，刘北成译，商务印书馆2013年版，第193、196页。

含着由长期的体验所产生的智慧。但在 90 年代以来的中国社会中，我们也正经历着本雅明所曾经历过的经验能力的丧失和经验的贬值，而被本雅明称为“经历”的个人瞬间破碎的体验则为小说家所普遍感受，这表明个人无法用经验的、传统的方式（知识、技艺）对周围急剧变幻的现实材料进行有效的整合。90 年代以来小说中普遍存在的新闻化风格与主体对“经历”的过度依赖和超量使用密切相关。

因此，90 年代以来小说叙事的新闻化风格，宣告了小说和报道、事实和虚构之间的界限日趋消失。从某种意义上说，这一界限的消失，是当代小说叙事困境的表征之一。从某种意义上看，造成这一后果的原因之一就是现代性语境尤其是当代传媒对现实和作家的深刻影响。

首先，现代性时空分离（separation of time and space）导致个体性生存及体验的同质化。吉登斯认为，所有社会的个体都有关于过去、现在和未来的时间感，所有社会及文化都有其特定的空间感知。总体来看，前现代社会中，时间和空间总是联系在一起的，而且通常是根据空间来推演时间的，某个时间总是与某个空间中的某个事物相联系。进入 18 世纪后半期，机械钟的出现使时间可以与空间分离开来，从而造成“时间的虚化”，并进而导致“空间的虚化”，“随着时间的‘逝去’和空间的‘隐遁’，在场和不在场交织在一起”①。

其次，现代景观社会对个体本真性生存与批判性意识的抑制。法国哲学家居伊·德波认为，现代社会是一个景观社会。“景观不能被理解为一种由大众转播技术制造的视觉欺骗，事实上，它是已经物化的世界观。”而且，“景观不是影像的聚积，而是以影像为中介的人们之间的社会关系”。② 也就是说，景观化对于现代社会来说是本体性的，人无法独立于景观之外。景观“是永远照耀现代被动性帝国的不落的太阳”，“是被囚禁的现代社会的梦魇”③。景观社会是一个“真正颠倒的世界，真相不过是虚假的一个瞬间”④。景观在造成一种娱乐的迷惑的同时，“使人们保持一种无意识状态”，人们只要去看，不要去思考和对话，因为“景观是对

① ［英］安东尼·吉登斯：《社会的构成：结构化理论大纲》，李猛、李康译，生活·读书·新知三联书店 1998 年版，第 233 页。

② ［法］居伊·德波：《景观社会》，王昭凤译，南京大学出版社 2006 年版，第 3 页。

③ 同上书，第 5、7 页。

④ 同上书，第 4 页。

话的反面”。[1] 没有思考和对话，当然就无法实现对景观的本真性批判。景观社会的中的人们宿命地取一种了单向度默认的状态，彻底偏离自己本真的批判性，沦为权威景观的奴隶。简而言之，在德波看来，置身于景观社会，“所有共同体和所有批判意识都消解了”。[2] 现代社会的符号化、景观化，使我们远离真实的世界，更多地认同与符号化、平面化的生活，沉醉于现实世界的景观和细节里。

最后，现代传媒导致个体经验的同质化。格非认为，由电视、报纸、互联网等现代传媒建构起来的信息传播网，因具有的“神话般的魔力和能量”而成为当下时代的“超级叙事者”。而这导致的后果是：严厉打击了写作者表述经验时的自信心，在一定程度上带来了“叙事伦理中冷漠的相对主义”；作者拥有的经验“也越来越不具备具体可感的质地”。格非进一步考察了社会分工对主体经验的影响，认为“整体经验不可阻挡地碎片化这一事实，发生在我们日常生活中的每一个领域”。这样一个经验被传媒和社会分工严重同质化的趋势，“不仅使得主体性、独异性、个人化等一系列概念变得虚假，同时也在败坏我们的文化消费趣味”。

在一个消费时代，汲取了文学话语诸种优长的新闻话语在某种程度上正在取代文学话语的传统功能。何谓文学话语的传统功能？它与新闻话语的本质区分到底在哪里？也许这是一些很难马上给出令人信服的答案的问题。格非如此分析本雅明对文学与新闻在题材的规定性、写作方式、阅读效果等方面进行的区分：“本雅明的结论是，文学就内涵而言，其容量要大于新闻。假如新闻是一杯水，那么文学的水一定会从杯沿溢出来。新闻是一种短时效的消耗品，它是即用即弃的，我们读完一则新闻，意味着完全占有它，获悉事件的起始、发生、发展和结果及其影响等所有信息。也就是说，新闻是可以被完全消费的阅读对象，没有什么剩余。而文学创作则不同，在某种意义上，它可以被消耗，但真正的文学作品往往不能被阅读所穷尽。当我们读完一部小说时，我们固然已经消费了它，但总有一些不便消化的硬核会存留下来，既然如此，我们马上就问，这个硬核到底是什么呢？”[3] 那么，这个“硬核”到底是什么呢？格非没有直接给出一个

---

① ［法］居伊·德波：《景观社会》，王昭风译，南京大学出版社2006年版，第6、8页。

② 同上书，第8页。

③ 格非：《文学的邀约》，清华大学出版社2010年版，第50—51页。

明确的答案。他认为，要解决这个疑问，单纯地从文学与新闻的问题规定性上来探讨还远远不够，还要从文学的功能性入手，“并将之充分地历史化”[①]。据此，格非提出一种“内在超越”的观点：“文学固然离不开对现实经验的陈述和描述——不管是直接描述，还是通过隐喻的方式来呈现，同时，文学也是对这种现实经验进行超越的象征。”[②] 我们需要以坚实的现实为根基，从现实中取得可信任的材料，尊重一种日常的情理；既避免背对现实和人生经验的苍白虚构、闭门造车，又不大众化地描摹生活经验以分享新闻的荣耀。这就需要我们的作家坚守文学的独特性，坚持对人类内心、精神的不懈追索，坚持对现实和灵魂细节的精微观察和雕刻，建构起想象生活在别处的可能性的能力。

① 格非：《文学的邀约》，清华大学出版社2010年版，第52页。

② 同上书，第58页。

第八章

多元含混的现代性与表情暧昧的性别映像

——20世纪90年代以来女性叙事批判

第一节　女性主体的历史性生成及“去历史化”境遇

20世纪90年代以来女性写作以鲜明的个体话语方式通过与历史对话，探求女性“自我”生成的基点，揭穿隐蔽在现实背后的历史诡计。女性历史写作的多形态存在，显示了女性写作者与历史对话的信心。世纪末女性写作告别了其传统写作的无意识和无政府状态，力图以鲜明独特的个体话语方式探索女性自我意识的生成基础，“人没有本性，他所有的只是……历史”[①]，女性作者以个体和女性的身份，进入历史的领地，开辟了一片属于自己的花园。而女性的历史写作存在的多种形态，显示出女性写作者以性别主体特有的方式与历史对话的信心和行为。

从个体的角度观察历史，反思历史，在世纪末女性写作中是传统的一脉。这类小说的切入点是社会——历史，反思的对象也是重大的历史事件。宗璞的《南渡记》《东藏记》，张抗抗的《赤彤丹朱》是其典型代表。前者的两“记”叙写主人公孟樾、吕碧初夫妇等在抗战中所经历的种种人生变故，展示中华民族被烽火灼烧的内心创伤。张抗抗的《赤彤丹朱》以宏阔的时空背景，对席卷中国的红色风暴进行社会学层面的还原、重访、剥离和解构。小说对革命的反思，不是将革命淡化为远景，而是将革命作为人物活动的舞台，表现“人在革命中”和“革命中的人”。作者一方面突出还原革命风暴中人的理想主义、浪漫情怀，把在传统革命小说中

① ［英］奥特伽·伽塞特：《历史是一个体系》，载汤因比等《历史的话语》，张文杰编，广西师范大学出版社2002年版，第434页。

被压榨成红色符号的“人”赋予理想、情感和饱满血肉，实现对黑格尔式历史理性的反思；另一方面以大革命、新中国成立、镇反、反右、“文革”等带有标志性的事件为重建历史的基石，不断征引解放前报纸的各类文稿作为历史的见证，试图还原出一种经过拨乱反正的新历史。这是一种史迁式的考据、实录工作。张抗抗试图以“浪漫”“理想”“情缘”等带有温馨人性色彩的词语对历史进行情感化处理，却又被正统的史学精神束缚了感性和灵性之笔，繁冗枯燥的新闻稿件在不自觉间吸走了作者刚注入历史的新鲜血浆。黑格尔曾以理性为最高逻辑，革命者也曾以革命为最高宗旨，一切都要服从这种“最高”信仰，它曾将无数生动活泼的生命毫不怜惜地抛入历史行进的铁轨，以增大战车前进的摩擦系数。历史不是人的创造物，它是一个任凭规律驰骋的舞台，规律超过和压倒了任何主体，人成了侍从和工具，凡是历史上存在的，只要是必然，也就“应该”。历史被如此绝对化，人就没有了位置。《赤彤丹朱》对黑格尔式的历史理性形成了一种反驳，这是与《红旗谱》《红岩》《青春之歌》对革命历史的正面回忆录式写作不同的反思录式写作，但作者重建历史的企图又使小说的后半部分出现了与前此不同的价值向度，小说前后文体风格的碰撞厮杀也发出了不和谐音。

中华民族既不同于希腊民族，也不同于希伯来民族与印度民族。前者本质上是一个哲学（形而上学）与科学的民族，把无尽的知识探求作为人的本性；后者本质上是宗教民族，一向把生活奠定在具有超越性的绝对体验中。而历史，可以说是中华民族的本质规定。历史叙述是中国文化中权威意识最高的文体，六经皆史，“经就是古人的史，史就是后世的经”。[①] 历史民族的独特性是在对历史的独特态度之中显现的。“故谓中国乃一史学国家，中国民族乃一史学民族，中国文化乃一种以人文为中心之文化，而史学尤为其主要表现，主要业绩。”[②] “史，记事者也。从又持中。中，正也”（许慎《说文解字》）。中国史官诞生时初始职能主要是天文术数、祭祀、军事等，以后才逐渐派生出记言记事的职能。随着历史发展，史官职能在发展变化。“史官”这一概念的内涵也在衍生。但史官所

① 傅杰编校：《章太炎学术史》，中国社会科学出版社 1997 年版，第 26 页。

② 钱穆：《中国学术通义》，载刘梦溪主编《中国现代学术经典·钱宾四卷》，河北教育出版社 1999 年版，第 1035 页。

记之言所记之事的真实性却从未遭到怀疑。从这个意义上说，中国历史就是史官不断地撰写着真实可信的历史，而不是对历史进行不断的修撰、阐释，甚至改写。从《春秋》的“微言大义”到《史记》的“考信、实录”，史学家关注的焦点是历史的真实，对历史的过程却不如何在意。历史在他们看来总是实在客观的客体，与主体无关，它对主体的意义和价值不是因为它既是由主体塑造而成的，同时又在塑造着新的主体，而是因为它可以作为外在于主体的经验，给主体提供可资借鉴的范例。《赤彤丹朱》式的写作在世纪末女性写作中并不太多，但两种价值取向截然相异的历史观并存于同一文本，说明了这些作家受“实证、考信”的传统史观拘囿之深。

与张抗抗式的社会学层面反思历史不同，王小妮的《1966：两个姑娘进城看电影》的反思更见深度和技巧。小说以两个农村姑娘进城看电影为叙事原点，并把它放在特殊的时代背景下加以放大观察。中国的1966年是个特殊时期，1966年的县城是个特殊空间。这个特殊的时空，对于两个农村姑娘来说，是个完全陌生的存在。她们感到自己“进入了一个稀奇古怪的地方”，“几乎不知道该往哪个方向走”。作者以两个姑娘原初单纯的心理为映镜，照出了那个时代的“异在”特征。小说对历史的反思达到了哲学层面，是《城堡》般具象与抽象的统一，比单纯的社会学层面的反思更见深度。刘索拉的《浑沌加哩咯楞》反映的也是那个非常岁月，却是用尽气力来调侃、反讽那个时代的荒唐。作者用黄哈哈这一儿童的口吻和视角，自豪的口气里埋伏着对可笑和荒诞的无情嘲弄：这是“革命时期”才会出现的事情。反讽使该书充满了极大的艺术张力，时代的荒谬一览无余。

同样是对革命历史的反思，宗璞、张抗抗基本上沿袭的是传统的史观和反思手法，着重点也放在社会学层面；王小妮、刘索拉则不再将考据实录，微言大义的传统史观和历史的客观性作为创作靶心，而是以纯粹个人化、女性化来化解历史，对历史的认识也延伸到了存在的层面，富有具象和抽象紧密结合的哲理化意味。

宗璞、张抗抗、王小妮、刘索拉的写作无论是将历史的反思触角伸到社会化还是哲理化层面，都是将历史作为完整的实体存在，蕴含着作者在“历史”这块坚实的土地上翻播、耕种的潜在意旨。林白、须兰、王海玲的一些小说则是乘着历史的碎片在想象和情绪的海洋里漂流。须兰的《纪念乐师良宵》写数十年前南京沦落的前前后后，进入良宵、须兰、读者视野的是乱世之中的狂欢，沦陷前糜烂的艳情和经由须兰那双无远弗届无微不至的女性思索之纤手的触抚的重重苍白悲凉的家庭故事和人际关联，包括那段未曾绽放便已凋零的恋情，而周遭发生的一切变故，北平事变、淞沪之战、南京危城，则与人不相干到令人吃惊的地步。小说中没有厚重的思想，没有浓重的怜悯，有的只是飘忽如同游丝的情绪。相对于城市的战火硝烟，从小说中看到更多的是秦淮灯火。须兰曾说："我爱的一些小说总是这样一种清冷冷的味道……这个好感的概念是笼统的，不牵涉任何政治性的东西，只是觉得这些遥远的时代比较神秘，比较怪——才气纵横又有点醉生梦死，繁华中透着冷清——比较合乎我对于小说的口味"［《古典的阳光》（创作谈）］。言词中露出对小说情绪性、神秘性、非政治性的青睐，这在须兰的《宋朝故事》《武则天》《思凡》等小说中也能见到。林白的《回廊之椅》叙述发生在20世纪20年代的事，是在经典革命历史文本中占主导地位的密谋暴动和叛徒出卖的故事与在经典革命历史文本从未出现过的女性亲密接触和坦露的故事的交错结合。但林白有意采取了"换位"和"对比"的手法，将密谋暴动者（章孟达）的无畏无惧，革命者（陈农）的卑琐阴暗，白面书生（章希达）的软弱怯懦，纯洁女性（朱凉和七叶）的素雅高贵，在换位中交错对比，形成与经典文本中逆向相对的人物气质和情感倾向。作者似乎无意通过小说实现对政治和历史的反思，而只是想在主导意识形态的边缘作一己之呼吸和想象。"这种集体的记忆常常使我窒息，我希望将自己分离出来。将某种我自己感觉到的气味，某滴落在我手背的水滴，某片刺痛我眼睛的亮光，从集体的眼光中分离出来，回到我个人的生活之中"（林白《记忆与个人化写作》）。在中国历史的传统中，占据历史叙事中心地位的不是平民布衣，而是帝王将相、王公贵族，不是油盐酱醋，而是关乎国计民生的大事，所以中国历代官史、正史都是"巨型寓言"，小人物从来都无立锥之地。女性写作者以关注普通人和平凡人生的悲悯姿态，对大时代里的小人物、小事情给予充满个人化色彩的形象展现。回忆，则成为生活于世纪末的女性写作者与历史接通的主要途径。"他（指历史学家，引者注）的事实属于过去，而过去是一去不复返的。我们不可能重建它，不可能在一种纯物理的客观的意义上使它再生。我们所能做的一切就是'回忆'它——给它一种新的理想的存在。"① 就这样，历史被"回忆"融入了当下的境遇和空间中，正如

① ［德］恩斯特·卡西尔：《人论》，甘阳译，上海译文出版社1988年版，第221、222页。

詹明信所说："要知道，这些所谓的'怀旧电影'从来不曾提倡过什么古老的反映传统、重现历史内涵的论调。相反，它在捕捉历史'过去'时乃是透过重整风格所蕴涵的种种文化意义；它在传达一种'过去的特性'时，把焦点放在重整出一堆色泽鲜明的、具昔日时尚之风的形象，希望透过掌握30年代、50年代的衣饰潮流、'时代风格'来捕捉30年代、50年代的'时代精神'……'怀旧'的模式成为'现在'的殖民工具，它的效果是难以叫人信服的。"① 这些文本都无意"重写"历史，而是抓住它的一点影子，对它进行想象性描述。在这些小说文本中，叙述者都不是以历史叙事权威的面目出现，它以历史边缘人的姿态，置身于世纪末光怪陆离的社会文化语境中，用平静、温和乃至冷淡的语态，与历史进行平等对话。叙述者不再仅是某种理性或意识形态的代表，脱下层层重甲，叙述者还原成一个浸泡于世纪末文化液汁中的有血有肉、有思有情的活生生的自我主体。以主体形式存在的自我的塑造，离不开自我意识的觉醒，更离不开与历史的血肉关联。纯净透明，无传统意识形态污染的写作不具有政治道德意味，它是现代人情感的附着物，也是现代人怀旧情绪对"历史"资源的"消费"，是不计历史真实性的想象和情绪的固态化。

与这种具有明显的想象性、情绪性的历史回忆型写作不同的是一种描写重大历史时代中小人物真实人生的小说。典型的作家有上海的王安忆和王晓玉。王安忆着重表现都市和时代的大背景下对人生世俗的关怀，她放笔于饮食男女、吃穿用度、身边琐细。《文革轶事》写乱世中亭子间的"派对"和乱世男女的复杂纠葛，在那百无聊赖无事生非的调情底下蕴含了末世人生凄苦无奈生就出的互助愿望。作者通过对张家壁炉架上欧洲风景的瓷砖画，浴缸上生了锈的热水龙头，积起灰尘的热水汀的描写，体现了一种乱世求乐和伤时怀旧相结合的复杂人生情感。王晓玉的《阿贞》以解放前、"文革"初、80年代初等几个历史时段作为测量历史河流的标尺，描述阿贞一家的遭际。这遭际既像与周围的历史变故无关而纯属个人性格与品质问题（阿贞父亲曾君伊与灵芝不和，与陈立立、小护士私通终以强奸罪入狱）；但又似与周围的历史事件有关（阿贞为保家庭和母亲先是参加红卫兵，后又与红卫兵头头结婚；为让弟弟返城，制造假病历卡）。作者用委婉平实的语流

① ［美］詹明信：《后现代主义，或晚期资本主义的文化逻辑》，载詹明信《晚期资本主义的文化逻辑》，张旭东编，陈清侨等译，生活·读书·新知三联书店1997年版，第458—459页。

叙写身处历史之流的平凡人物的家庭变故和情感流动，讲述大时代里的小故事。在这种类型的历史写作中，历史始终是风筝上的丝线，风筝飞高了，丝线若隐若现，仿佛消失了，风筝却依然牢牢系在线上，却不知谁是真正的持线者，即使贵如帝王也会迷茫：“我是父母和朝臣之间那个无足轻重的孩子吗？我是那个被剥夺了对于傀儡戏的热望的孤独无依的孩子吗？我是行走在长安十里长街和洛阳城间喧杂人群中那片单薄的叶子吗？”（须兰《武则天》）在强大而神秘的历史面前，个人显得如此孤苦弱小，无所凭依，像一个孤苦的亡灵，怎么也不能摆脱历史暗箱的操纵，阻止随风飘荡的命运。历史小说都存在历史题材与个人如何衔接，如何交织碰撞，以至解释对方的问题。属于个人记忆的“历史”与故事和社会舆论所承认的“公共史”、正统故事差距极大。这里牵扯着一个记忆的权力的问题。谁的故事有权威构成一个时代历史大故事的主流，谁的故事是支流甚至逆流，关系到对历史记忆解释的道德标准的制定权。其中有这样的选择：是通过个人的故事来重解历史，还是把个人的故事削减成为符合正统历史的形状使之进一步得到巩固？如果倾向于前一种，那么个人的故事将对正统提出一些令人思索的挑战，如果属于后一种，那么正统的大故事又一次以个人故事为幌子为其宗旨服务。如果说须兰、林白式个人化极强的历史写作是以历史的浮光掠影为一苇而引渡一己之情绪、情感的话，那么王安忆、王晓玉这种反映历史中真实人生的写作便具有踏踏实实、一步一个脚印的现实生活实感。前者是个人梦想借历史时空的漫游，“梦想不是精神的虚空。它更是那感受到心灵充实的时刻所赐予的礼物”①。须兰们正是通过个人故事来重解历史，直接或间接地对正统提出了挑战，确立了个人的主体性，使生活在传统的“集体”“公共”阴影下的个人也作为对话的一方具有丰富的情感、情绪和思索的力量。王安忆们正是在寻找一种具象与抽象，形上与形下合二为一的过程中，通过对生存情态的具象描摹，抽象出时代和生活的精神实质。

当另一种类型的女性写作指向历史文本时，一个重大的文类受到了致命威胁。历史的神圣性、庄重性、客观性遭到了彻底的怀疑。保罗·韦纳认为“历史首先是对情节的叙述”，而“一个历史事件不仅是已经发生的事，而

① ［法］加斯东·巴什拉：《梦想的诗学》，刘自强译，生活·读书·新知三联书店 1996 年版，第 81 页。

且是能够加以描述，或者已经在编年纪事和传说中描述过的事”①。也就是说，历史存在只有通过历史叙事呈现出来方能使人对它产生意识，没有经过历史叙事固着和过滤的历史存在，没有各种符号材料的媒介和中介，我们就不可能把握真实的历史材料——过去的事件和人物。但是，历史真实的客观存在并不能说明历史叙事话语的中正无私。辛德斯、赫斯特对历史客体进行完全否定，“历史客体就是对曾经存在的人与事物所作的‘表述’。表述的实体是保留下来的记录和文件。历史客体，即曾经存在过的东西，只存在于作为表述的现在模式中，除此之外就不存在什么历史客体……”② 海登·怀特创立的“元史学”理论更是彻底打破了客观、真实的历史与想象、虚构的文学之间的界限：“我们需要重新修正历史编纂学的叙事模式中通常使用的诗歌与散文之间的区别，认识到同亚里士多德一样古老的历史与诗歌的区别既阐明了历史与诗歌又混淆了这二者。所有的诗歌中都含有历史的因素，每一个世界历史叙事中也都含有诗歌的因素。我们在叙述历史时依靠比喻的语言来界定我们叙事表达的对象，并且把过去事件转变为我们叙事的策略。历史不具备特有的主题；历史总是我们猜测过去也许是某种样子而使用的诗歌构筑的一部分”，“人们过去区别虚构与历史的作法是把虚构看成是想象力的表述，把历史当作事实的表述。但是这种看法必须得到改变，我们只能把事实与想象相对立或者观察二者的相似性才能了解事实”。③ 叙述人的存在表明，叙事是个人行为，历史话语为个人的叙事所定型。叙事的特权——谁被授权叙述历史，如何叙述历史——将使“客观”与“公正”服从于个人解释。女性写作对“历史”的致命一击是对历史叙事文本的戏仿。如同历史叙事文本一样，小说叙事人煞有介事地征引种种历史典籍，不厌其烦地考证史料；另外，叙事人又毫无顾忌地主宰叙事，让种种历史叙事首先表现为个人叙事的语言作品。王安忆《进江南记》同时展开历史的考据和历史的瓦解：前者来自典籍的旁征博引，后者来自叙事人自以为是的断言。《进江南记》一开始就援引《南村辍耕录》的一句话作为依据，解释乃颜旧部

① ［法］保罗·利科：《法国史学对当代史学理论的贡献》，王建华译，上海社会科学院出版社 1992 年版，第 68、70 页。

② ［美］弗雷德里克·詹姆森：《马克思主义与历史主义》，张京媛译，载张京媛主编《新历史主义与文学批评》，北京大学出版社 1993 年版，第 42 页。

③ ［美］海登·怀特：《作为文学虚构的历史本文》，张京媛译，载张京媛主编《新历史主义与文学批评》，北京大学出版社 1993 年版，第 177 页。

如何进入江南。然而，后面的叙述中却不断出现“我设想”“我想”“我不喜欢”“这一点也是我所需要”这一类轻率口吻来填充空白，裁决疑难。一系列沧桑变幻的历史故事纷至沓来，历史学的森严门规却形同虚设。这样，历史存在退居到历史叙事的阴影下面，等待叙事人的驱遣。王安忆的《纪实与虚构》更大规模地利用历史的考据和历史的瓦解制造了一个似是而非的家族神话，历史叙事的权威被女性作者剥夺殆尽，成为一场虚构的话语游戏。历史叙事文本也就成为“纸面上的王国”。历史叙事在某种程度上也体现一种“小说的智慧”。须兰的《武则天》更为直截了当地写道史官苏安恒撰写的史籍由“预言”“无耻的谎言”“被埋没掉的历史”组成，而由唐中宗李显撰写的史书竟与苏安恒撰写的史籍互补互存，并且是对后者的修正。须兰在这里逐层摧毁了历史叙事所谓的“公正性”“客观性”。

此类戏仿式写作使人们开始怀疑历史叙事的可信程度。传统的史学是把“从中持正”（《说文·史部》）、“客观之学”（章炳麟语）作为“信史”的主要特征，而且立此标准又主要是以历史为“记事之书”这一观念为依据。然而这一观念本身便有问题，历史不仅要记事，还要察变思迁，洞流索源，这就无法排除史家丰厚主观情绪的渗透和浸染。这种戏仿式写作直接通过对历史叙事的质疑表示了对这种历史叙事之中的历史存在真实性的探索。此前几类女性历史写作共同体现了通过对历史存在的想象性表现，撼摇历史叙事的传统意义。这分别是从形式和内容两个层面对历史叙事的戏弄。

女性写作者还从作为一个女性的独特思考和体验出发，通过对自我作为性别的历史存在进行还原，达到对传统男性历史叙事的揭秘。如风而逝的历史存在和迄今流传的历史叙事中，女性被传统的男性文化社会做了“镜像化”处理。“多少世纪以来，妇女都是作为一面镜子，映照出两倍于正常大小的男人形象，具有神奇和美妙的作用……如果（妇女）开始讲真话，镜子里的形象就缩小；那么，男性的合理性就成为问题……镜子的视点至关重要，因为它担负着生命的责任；它刺激兴奋着神经系统，如果把它拿开，男人就会死，好像吸毒鬼不能享受他的可卡因。”[①] 女性被挤压到历史和文化的边缘，成为一块不能被男性阳光照耀的黑暗大陆。女

① ［英］弗吉尼亚·伍尔夫：《自己的房间》，转引自桑德拉·吉尔伯特、苏珊·格巴《镜与妖女：对女性主义批评的反思》，董之林译，载张京媛主编《当代女性主义文学批评》，北京大学出版社 1992 年版，第 289 页。

性的历史叙事权被剥夺，她们在男性历史叙事中湮没无闻，失位失名乃至被扭曲篡改。女性写作则以女性叙述者的身份对女性历史进行重构。赵玫在写《武则天》时曾说："我觉得我不仅应当尊敬她，还应当以一颗女人的心去理解她、感觉她、触摸她。我应当做到设身处地地为她想"，写出"这个伟大女人的令人震撼的心史"。她笔下的武则天天性聪明，才智过人，判断准确，行事果断，尽管报复心重但所追求的是平等自由纯真之爱和对女人的尊重。须兰的《武则天》一针见血，"李敬业反武则天的扬州兵乱，其实他们是感到羞耻"。武氏的登基在男性社会具有"女性"和"篡位"的双重"大逆不道"，故而传统历史叙事不是用淫逸来丑化她，就是用贤明来抽空她。赵玫、须兰的《武则天》则力图使这个传统历史叙事中不正当不丰满的形象得到修正和饱满。王安忆的《伤心太平洋》，徐坤的《女娲》，池莉的《你是一条河》，赵玫的《我们家族的女人》《朗园》塑造了一群支持着生命中不能承受之重的女人，洞见了男权历史对女性的压抑和女性对男性权力模式的模仿。这种模仿，或无意或有意，都显示了男权文化网络统治下女性的别无选择，她们只能任由男权文化因子进入自己纯洁健康的肌体，并在自己体内孕育成熟，从而改变自己作为一名女性的纯粹存在，不同程度地成为男性文化的呈现物。小说中弥漫着一种难以逃避的宿命感。

"历史是社会的本质，因为社会的实质无非是连续性。因此，人性的存在寓于历史性中。"① 世纪末女性历史写作，从宗璞、张抗抗、王小妮、王晓玉到林白、赵玫、须兰、王安忆，逐渐从传统宏大叙事的客观中立、男性中心退出，站在女性立场，用个人化、情感化、想象性、情绪性从历史存在和历史叙事两个层面重新理解，重新阐释，重新感觉历史。世纪末的女性历史写作作为女性/个体主体性建构实践之一种汇入了历史之流，女性通过对历史的书写而把自己写入历史，她们"通过与历史或故事的交融而自己构成自己"（胡塞尔语）。作为一个生活在现实社会中的实践的人，他必然处在复杂人际关系的聚结点上，必然是悠久漫长历史的前台显示，唯有具备自觉的个体/女性意识，才能切肤触摸到历史水流对"自我"的浸泡，也才能与历史展开自觉而坦诚的对话，通过对话，使自我成为真正意义上的"个体/女性"。

---

① ［匈］阿格妮丝·赫勒：《日常生活》，衣俊卿译，重庆出版社1990年版，第32页。

第二节 感觉化个体叙事的可能与限度

20 世纪 90 年代以来的女性写作以对经验世界的超越和对“理性”写作、“原则”写作僵硬风格的偏离，呈现为一种感觉化的个体叙事。这种叙事方式有其产生缘由、存在形态、现实意义和可能的限度。20 世纪 90 年代以来女性写作中“感觉的蜕变”，不但造成了文本中“自我”和“现实”的缺失，而且影响了小说的叙事品格和审美蕴含。对这种“感觉化叙事”的产生缘由、存在形态、现实意义和可能的限度进行梳理、探求，也就具有超越艺术之外的现实意义。

90 年代以来的女性写作凸显了一个具有明显性别意识和感觉意识的女性“自我”形象。这个“自我”不再蜷伏于历史文化的边缘，“花木兰”式地借助“人”这个普遍而略嫌笼统的话语来表达自己。她从“我首先是一个人，然后才是一个女人”这一询唤女性之知识分子身份认同的启蒙话语和询唤女性之民族国家认同的主流话语及其规范中挣脱出来，浮现出对性别差异的具有某种新质的理解：“我是一个人，但首先是一个女人。”这种对女性“自我”的重新体认和定位，不但赋予“人”这个经典话语新的内涵，是对人/男人合二为一的具某种含混性特征的文化语码进行彻底拆解和重新厘定，并为文化的更新和丰富提供了新的原动力，而且这种“自我”意识的萌生，也让女性写作者突破了传统的思想惯性和艺术惯性，在对世界复杂性的崭新体验和深入思考中，去广泛地寻求个性化的传达感觉世界的多种艺术可能性。从某种意义上说，90 年代以来的女性写作就是一种女性/个体相结合的感觉化写作。这种“感觉”是一种不同于日常感觉的（生理的和心理的）充分的艺术感觉（它比原初生活形态更形象、生动、精细、凝练，也更富艺术感染力），显示出对经验世界的超越和对“理性”写作、“原则”写作的粗糙、僵硬“风格”的偏离，独具思想和艺术魅力。

90 年代以来女性写作“感觉化”特征的形成，必须从其所处的历史和现实的文化语境与文化形态出发，进行多方考察，才能得到充分合理的解释。相对于感觉化的女性写作，此前的文学写作（包括女性写作）是被某种单一的思想、道德、意志、原则、伦理，或者说被某种实用理性文化所严格制约下，进行的自觉或不自觉的写作实践，这种实用理性文化极力排斥各种不能被其吸附、吸收并彻底消化的、带有明显作家个体特征的各色感觉。因为艺术感觉作为一种感应方式，不仅直接与感官发生关系，而且它也是感性到知性的中介物，是知觉。也就是说，它不仅能展现出经验世界的全部丰富性，而且能够揭示出作家对生活底蕴的深刻理解，进而完成精神升华。艺术感觉的丰富、多维、个性化及其无限性使人（包括作者、读者两方面）看到“物质带着诗意的感性光辉对人的全身心发出微笑”①。

从中国当代历史发展进程来看，新中国的成立实现了民族独立和人民当家做主，私有的、个人的观念被公有的、集体的观念所取代，集体主义成为人们新的道德原则、价值标准和行为规范，个体信仰和人生目标融入共产主义的普遍理想之中。这是中国当代文学（1949—1976）生长的现实的精神土壤和气候。以《在延安文艺座谈会上的讲话》为代表的毛泽东文艺思想被确立为新中国文艺的指导思想，为工农兵服务成为新中国文艺的发展方向，这标志着文艺创作中群体本位的正式确立。对俞平伯《红楼梦研究》的批判，对电影《武训传》和胡风文艺思想的批判，涉及世界观、方法论、学术思想、文艺思想诸领域，意味着对意识形态领域唯心主义和个体本位的清理，是群体思想对个体思想的彻底肃清。在文艺理论界，“人情”“人性”“人道主义”“写中间人物”成为禁区，“形象思维”的观点也被认为是贬低乃至抹杀了文学创作中的理性作用而受到批判。毛泽东军事思想、阶级斗争学说成为文艺创作必须遵循的根本原则。文艺作品大多表现一个阶级、阶层对另一阶级、阶层的改造或消灭，或者展示某一阶级、阶层的个体成员（主要指剥削阶级，包括资产阶级、小资产阶级、地主阶级等）经过曲折的自我改造而成长为对立阶级、群体（主要指被剥削阶级，包括无产阶级以及城乡无产者）中一员的艰难过程。农业合作化、工商业改造题材的小说如《山乡巨变》《三里湾》《创业史》《上海的早晨》等多表现阶级改造主题；革命历史题材如《红日》《保卫延安》等多表现阶级消灭主题；“成长”小说如《青春之歌》《红旗谱》等多表现阶级阶层成员的个体自我改造和群体“新我”的重塑。当然，这种划分是机械、简单的。更为复杂的是，阶级改造与阶级消灭往往同时

① ［德］马克思、恩格斯：《神圣家族》，载《马克思恩格斯全集》第2卷，人民出版社1957年版，第163页。

进行，个体改造经常融合于阶级改造和阶级消灭之中（否则个体改造也就失去了现实意义）。总之，诸类题材的小说创作基本都是一种在实用理性指导下进行的群体叙事。作家只是某种实用理性和群体意志的阐释者、传达者，其作品往往因强烈的概念思维和逻辑推断特征而形成一种普遍的认知模式，具有所谓独特的认识作用和教育价值。作家的自由感受、个体生命激情和生命冲动在实用理性和既存道德的控制、约束下，只能在文本的缝隙中，或在群体宏大叙事的遮掩下，以破碎的或隐蔽的形态自觉不自觉地流露出来，显示着个体与群体、感性与理性间的内在紧张，典型的有以《林海雪原》《铁道游击队》《苦菜花》等为代表的以英雄传奇为主体叙事、带有浓郁民间气息的“革命英雄传奇”，以梁三老汉、盛佑亭为代表的“中间人物”，等等。

在新时期之初的“伤痕”“反思”“改革”等小说中，随着“人的复归”和作家对人的认识不断深化，小说叙事中所流溢出的艺术感觉已有所改观，但与善于通过缤纷斑斓的意象来传达作者的主观情绪和心理感觉的“朦胧诗”相比，这里的艺术感觉仍显得简单而粗砺，缺乏感觉世界所应有的内在的复杂性和无边的丰富性。人的心灵世界的敏锐纤细、气象万千没有得到与其相称的艺术呈现。宗璞、王蒙、张洁等作家的小说，或将主体心灵感觉融入诸般事物，以“意象”传达心理现实；或将看似纷繁无绪的生活感受纳入主人公的意识流动中，以视、听、嗅诸般感觉交织成一个复杂的心灵世界；或舍弃结构章法，以个体感触传达出主体受挫、理想遭践踏的痛苦与愤激。刘索拉、徐星的小说在对感知内容的强化夸大中表现了个体生存的荒诞感，传达出个性发展受阻的心理躁动及对外界权威的反抗情绪。这种个体与社会、自我与传统格格不入的心灵感受在莫言、残雪的小说中进一步发展为对外部世界的恐惧和对个体处境的忧虑。其小说通过对个体潜意识和群体潜意识的挖掘，表现种种敏感细腻、虚幻夸张的感觉，理性淡化而感觉愈显。莫言以色彩、声音、形状等表象形式创造了一个波谲云诡、寓意深远的感觉世界；残雪则注重让读者从虚幻、变态的心理感觉世界中反观现实世界，从而体味一种抽象的人之存在的极端体验，直到20世纪90年代末，这种叙事的感觉化倾向才在女性写作中得以普遍彰显并成为一股引人注目、发人深省的潮流。

90年代以来的女性写作者们营造了一个个特色独具的感觉世界，体现出“感觉化叙事”的群体性自觉。“写作的艺术就是唤起大量感觉的艺术”[①]，艺术创造始于创造主体对外部世界生活现象的艺术感觉。在某种程度上，艺术就是一种感觉艺术。艺术感觉既不单纯地弄清物界真相，也不追求自身的社会功能。它超越了“真”“善”的目的，达到了既非物象又非心象的超心物界域[②]。与思维的公共性不同，艺术感觉具有特殊的私人性，它是主体的生命感觉，是把客体视为充满生命力的有机整体进行总体的审美观照。它在一定艺术情感的制导下，形成一个与创作主体内在情绪相统一的具有特定意义的艺术感觉世界。普鲁斯特认为，在作家笔下，任何事物都能呈现出“美感”来，他本人就在钟楼、教堂、田野、花草与阳光中发现了一个新的世界。这一“新的世界”之所以具有美感，是作家赋予了事物独特的审美感受的结果。正如伍尔夫在评价詹姆斯的作品时所指出的那样：“亨利·詹姆斯的世界似乎没有物质的疆界，每一件事物都能被思想的光芒所穿透，并且允许有二十种不同的含义。”“他（指普鲁斯特，引者注）的整个宇宙沉浸在理智的光芒之中”，“那最普通的行为，例如乘电梯或吃糕饼，不再是一种机械的动作，而是在它们的过程中重新勾起了一连串的思想、情绪、观念和记忆，它们原来显然是沉睡在心灵的底壁上”。[③] 90年代以来女性叙事的美感创造通常是借助作家对所描绘事物的感觉投射来完成的。它饱满细腻的感觉化特征在文本的意象营造、语言表述、布局结构等方面都有所体现。“个人化写作……以个体主体性来面对生命，这种写作所面对的世界也是个人的感官所感受到的世界。”[④] 林白的小说是个体的感性与智性、心灵与身体相统一的生命涌动的世界。她的《沙街》形神兼备、神秘空灵，它有着灰房、码头和船只，生长着炫目的指甲花和苍翠的青苔。“沙街”亦真亦幻，虚实相生，它和黑夜中满河玫瑰浩荡而下的“京城”一样，是从作者纤敏的感觉末梢生发出的灵魂显镜。海男的小说有着斑斓色块的强烈碰撞：不安分的秋天、金色的雨滴、粉红色的焦灼、漫山遍野的金盏菊……作者用强烈的色彩点染出一个诗意盎然、可视可感的死亡世界。“沙街”“京城”“死亡”这些

---

① ［法］让·皮埃尔·理查：《文学与感觉》，顾嘉琛译，生活·读书·新知三联书店1992年版，第133页。

② 吴亮：《什么是艺术感觉》，《文艺评论》1985年第4期。

③ ［英］伍尔夫：《论小说与小说家》，瞿世镜译，上海译文出版社2000年版，第270页。

④ 林白：《死亡的遐想·几句话的序》，上海书店出版社1998年版。

充满新异内涵和感受的新型意象，显示出女性写作者神与物游的灵性与洒脱，是一种新感性的显山露水。它们犹如德勒兹和夸达里所说的“游牧思考”，仿佛“地下茎”的抵抗运动，通过微操作的游击与现代实用理性和群体意识对垒抗衡，突破巨型叙事的坚实外壳脱颖而出，昭示着一种新的个体生命感受力的萌发。为了更有效地呈现这种新的感受力，女性写作者一改传统的语言“工具”观，尝试着一种朦胧混沌的感觉化语言。

> 我还是愿意想象丛林中的蓼，一个在阁楼里湿漉漉凉滋滋皮肤像蛇一样的女人在丛林里是多么合适，她就跟树的颜色一样，她要是脱掉长袍赶路，裸露着她那橄榄色发亮的乳房……林中的瘴气流泻到她裸露的皮肤上就像月光流泻到河面上，使她遍体生辉。（《子弹穿过苹果》）
>
> 当苏密美轮美奂的身体裸露于眼前，她心里悄悄地一阵颤栗。一种浑沌未开的女孩子为成熟女性的魅力所慑憾的颤栗。在那个浅蓝色窗帘后边映着秋阳光照的黄昏，苏密女神般的胴体烙上她的记忆。颈的曲线，乳的丰满，胯的光滑，没有一处不叫她动心。（《等待黄昏》）
>
> 年轻的丹姐站在开满大朵大朵红硕花朵的木棉树下，天地间布满蓝色纯净的光泽。（《青苔》）
>
> 女人的美丽就像天上的气流，高高飘荡，又像寂静的雪野上开放的玫瑰，洁净、高级、无可挽回……（《一个人的战争》）

林白在谈到自己对语言的捕捉时说：“声音和颜色使我想到了语词，对语词的辨认力即是‘绝对听觉’，我感到这是一个有意义的词，它表明了对语词的天然的敏感，天生的辨认力，意味着语词在感觉层的反应”，“写作就是用自己的语词来寻找现实……用它们构成一个我所能把握的现实”①。在林白的写作中，“语词”“感觉”“现实”（虚构的，可把握的）有着一种内在的同质性，其小说语言及其构成物（现实）浸透了主体感觉，因而是充分感觉化的。在《一个人的战争》中，她把主人公林多米

① 林白：《语言与声音》，载林白《死亡的遐想》，上海书店出版社 1998 年版，第 188—189 页。

的成长过程和个性特征充分视觉化（“青涩坚硬的番石榴”），不仅有形象，而且有质地/触觉、色彩/视觉和味道/味觉，并在高度浓缩的未来“回望”叙事中找到了传达感觉的最好方式。

王蒙在评论陈染时，曾说：“她的小说……不无中国式的飘逸空灵与西洋式的强烈和荒谬……她有自己的感觉和制动操纵装置，行于当行，止于所止。”① 语言作为小说的构筑材料，在其使用、变形和连接过程中，必然呈现出一定的“意识形态性”，它的外部存在（口语与狭义的书写文字）自然刻有无数历史的、文化的、传统的痕迹，但它最终源自生命深处并表达生命本身。这是一种有生命的感觉，它用一种整体性的方式去把握对象并把它完美地展现出来。陈染的《潜性逸事》《另一只耳朵的敲击声》《站在无人的风口》《与假想心爱者在禁中守望》等小说以臆梦一般内敛式的写作，明确地表征女性是用全副身体感受与世界发生关系和纠葛的；《沙漏街的卜语》《纸片儿》等叙事话语流淌于情绪与感觉之间，仿佛充满某种神秘气息的女性呓语。海男的《鼓手与罂粟》《私奔者》《圆面上跑遍》等小说叙事散漫无羁，以飘渺无定的诗歌节奏呼应着女性的心理、情绪和感受。徐小斌的《双鱼星座》《敦煌遗梦》将叙述的象征性、描写的异域性和感觉的神秘性相交织，把女性的自然爱欲和生命体验上升为一种对自我救赎和存在本质的形而上探求。海男的方式更具个人风格：“由于饥饿使他感到时间的流动像一堆生锈的东西，是一条金属船，虚无地飘动着，猛然插进深色的暗礁”（《横断山脉的秋祭》），赋予饥饿的痛感、钝感、眩晕感以坚硬的物质感，深沉压抑的颜色和剧烈动作的情态。

女性写作不仅在意象营构、语言表述上具有明显的感觉性特征，就是在文本的布局结构上也是如此。《站在无人的风口》以红白玫瑰战争为贯穿全文的一条线索，以经过作者寓言化处理的高背扶手椅和红白长椅的争斗为另一线索。两线互相交织，玫瑰战争写英国两大家族的争战最终使王朝覆灭，这是历史；而两个男人为争夺一个女人而终生厮杀，最终使她没有成为一个真正的女人，这是现实。对话在现实与历史之间发生，它超出了单纯的一方，使历史为现实所照亮，所填充，使现实具有历史根据，现实同时也被历史的智慧穿透。

---

① 王蒙：《陌生的陈染》，载《王蒙说》，中央编译出版社 1998 年版，第 114 页。

这种“感觉化”叙事在卫慧、棉棉、周洁茹、朱文颖、金仁顺等“70年代出生”女性作家的写作实践中，呈现出一幅更为彻底直接的感觉化、感性化乃至性感化、艳俗化的特征。

卫慧在《梦无痕》中描述静夜聆听音乐给人带来的迷离恍惚之感：“CD在唱机里丝丝缕缕地飘响，蓝色的烟雾，波浪质感的音乐，仿佛从遥远的地平线传来，夜的呼吸带着宁静和伤感穿透我，又带着宿命折回那个永恒的遥远。”《愈夜愈美丽》里这样描写弄堂：“走进弄堂就是沁人肌理地走进了上海人的日常生活。小而曲折的弄堂藏在大马路的梧桐掩映的皱褶里，藏在高而疯狂的钢筋建筑的背后，像纸醉金迷灯红酒绿堂而皇之的一户大人家里的一个小小后院，平实沉静地过着自己的日子。”

在她们的笔下，僵硬的理性化、伦理化、群体化的传统价值观念被放逐、被嘲谑，以往追求灵与肉和谐一体的个性观念也不复存在，而以“身体”为核心的感性、感觉占据了主宰地位，其语言普遍具有饱满的感性质地，能够带给读者以感官的愉悦或刺激。“现实重要的是恢复我们的感觉。我们必须学着看得多一些，听得多一些，感觉得多一些。”“我们需要用一种新的性爱来代替经典注释。”① 苏珊·桑塔格写于20世纪60年代的名言揭示了20世纪90年代末女性写作者作为欲望化个体的“感觉化”叙事的奥秘。

“70年代作家”这种感觉化叙事与90年代以来中国文化的都市化、商业化、消费化有着内在的呼应，是作家置身于现代都市景观丛林中所形成的独特都市空间经验的话语言说。都市生活方式、都市空间特征、都市生活体验给小说叙事带来了主题、内容、艺术手法和美学风格上的全方位转化。“70年代作家”借助对西方文化的阅读和想象，书写都市空间改变所带来的生存体验、情感体验和审美体验的根本性变革。正如贝尔所言：“随着城市数目的增加和密度的增大，人与人之间的相互影响增强了。这是经验的融合，它提供了一条通向新生活方式的捷径，造成前所未有的社会流动性。在艺术家的画布上，描绘对象不再是往昔的神话人物，或大自然的静物，而是野外兜风，海滨漫步，城市生活的喧嚣，以及经过电灯照明改变了都市风貌的绚烂夜生活。正是这种对于运动、空间和变化的反

① ［英］戴维·洛奇：《二十世纪文学评论》（下），葛林等译，上海译文出版社1993年版，第482页。

应，促成了艺术的新结构和传统形式的错位。”① 从“70 年代作家”小说叙事上看，文本都以正在经历的“当下”为叙事时间，在故事时间与叙事时间的弥合中传达出书写者当下的情绪、感受和个体的经验、遐想。卫慧的《像卫慧那样疯狂》《蝴蝶的尖叫》《愈夜愈美丽》《上海宝贝》，棉棉的《香港情人》《糖》，周洁茹的《鱼》《熄灯做伴》《点灯说话》，朱文颖的《俞芝和萧梁的平安夜》，金仁顺的《月光啊月光》等小说大多选取这种无历史无将来无他人生活为参照的单维且缺乏伸缩性的时间，让人物徘徊在逼仄、冷漠的模拟现实中。这种叙事时间的设置，使小说在感觉的逼真性中只能成为展示写作者狭窄经验和臆想的工具，而不能产生超越个体和现实的审美快感。同时，她们大多选择带有写作者浓厚个体经验性的精品屋、时装店、咖啡馆、影院、舞厅、酒吧作为叙事空间，显示出对派对、大麻、同性恋、爵士乐等都市非主流文化以及 CD 香水、摩尔烟、高脚凳、口香糖、Wag 舞等商业消费品的青睐。她们在幽暗、颓废、失控的空间中释放感性、放逐理性。在现实都市消费文化场景中，她们运用前所未有的自由去获取感性的满足。女性写作者放弃了对意义的深度追求，不再将小说视为一件内在结构浑然一体的艺术品，而是将其看作对物质感受和消费欲望的精美包装。充分视觉化、嗅觉化，闪耀着精美雅致的物质光泽的孤立场景凌乱杂陈，堆积成小说的主体部分。赖以串联场景的是写作者杂乱无章、缺少意义附着的意识或感觉。也就是说，写作者用一种随意、杂乱的主体感觉来结构文本，用充分感觉化的物质场景来填充文本的空洞。其文本结构零散，叙述缺乏节制，沉溺于自我玩弄的感官娱乐而无力自拔，最终成为一个缺乏思想向心力的、无奇不有无所不包的万花筒。“时间”不再是意义的展开，它碎化为一系列永恒的、脱魅的当下片段。“艺术和日常生活之间的界限坍塌了，被商品包围的高雅艺术的特殊保护地位消失了。……任何日常生活用品都可能以审美的方式来呈现。”② 在“70 年代出生”女性写作者那里，艺术“感觉”被极端地发展成感官刺激和官能享受，她们丧失了实践主体性，只是简单地传达、复制个人的感

① ［美］丹尼尔·贝尔：《资本主义文化矛盾》，赵一凡等译，读书·生活·新知三联书店 1989 年版，第 94—95 页。

② ［英］迈克·费瑟斯通：《消费文化与后现代主义》，刘精明译，译林出版社 2000 年版，第 36 页。

官体验，而没有将“感”的形式进一步转化为“觉”的形式——“悟性”。缺乏“悟性”统摄的一般感觉只能停留在感性刺激的基础上，而不能飞向“自由美”的知觉目标，进而形成具有特定艺术蕴含的感觉集合。写作主体的内部感觉由于缺乏理性思维的整合而不能获取外部世界的意义，这使其文本只能滞留在感官展览的肤浅层次。与张洁、王安忆及林白、陈染等“60 年代出生”女性作家相比，她们所进行的并不是一种完全意义上的“感觉化”叙事。王安忆在“三恋”、《岗上的世纪》《米尼》等小说中，以“情”与“欲”的对抗、冲突作为其思考起点，通过文明与肉体，权力与情欲，快感、激情与绝望的冲突，蒸腾出对现实生存合理性的质疑。这是一个个体“自我”寻求意义的艰难过程。林白认为，个人化写作“是一种真正生命的涌动，是个人的感性与智性、记忆与想象、心灵与身体的飞翔与跳跃，在这种飞翔中真正的、本质的人获得前所未有的解放”。① 她的《回廊之椅》《致命的飞翔》《守望空心岁月》《一个人的战争》是“心灵”与“皮肤”的结合，它们竭力以个体感受、个体经验和个体记忆来反抗标准化、平面化的集体记忆，确立作为人和女人的主体地位。陈染也表达过对写作的精神深度的追求：“写作的时候，我愿意进入一种精神深处，然后能够达到一种自省的，或者反省整个人与社会的一种深度的状况。”② 她的《与往事干杯》《潜性逸事》《私人生活》等小说显示出作者对女性个体“自我”的辨析与确证，寻找着对种种规范、世俗和心灵的“墙”的穿透。相对于王安忆、林白、陈染们对“深度感觉世界”的探求，卫慧、棉棉们钟爱的是平面化、影像化的、奇观化的“单维感官场景”。“70 年代出生”女性写作者们似乎丧失了提炼、把握现实和意义的能力，意义的生成空间被挤压成一个平面，符号的能指直接与日常生活的琐细之物合二为一。文本中感觉的细腻精致不仅掩盖不了，而且更衬托出意义的苍白、贫乏。

宗璞、张洁、王安忆、刘索拉以及陈染、林白等“60 年代出生”女作家追求的是写作对外部世界的象征与超越，她们在与日常生活的对抗状态中竭力保持精神的独立和高耸。在她们看来，通过写作“要使事物脱离

① 林白：《记忆与个人化写作》，载林白《死亡的遐想》，上海书店出版社 1998 年版，第 174 页。

② 陈染：《性别的人》，载陈染《不可言说》，作家出版社 2000 年版，第 152 页。

日常生活状态从而变得熠熠生辉，使平凡的事物变得不平凡，使不平凡的事物变得更有震撼力”。[①] 在“70 年代出生”女性写作者那里，“本我”终于挣脱“自我”的控制而上升到意识层，在“快乐原则”的支配下，不断追求感性欲望的满足，这导致了“距离的消蚀（eclipse of distance）现象，其目的是为了获得即刻反应、冲撞效果、同步感和煽动性。审美距离一旦消蚀，思考回味也没了余地，观众被投入经验的覆盖之下。心理距离消灭后，充满本能冲动的梦境与幻觉的‘原本过程’（弗洛伊德语）便得到了重视”[②]。对“70 年代出生”女性写作者来说，“我的小说就是我的生活。我关注我身边的男女，他们都是一些深陷于时尚中间的人，当然我也是他们中间的一个……我们崇尚潮流，自我感觉良好”。（周洁茹《你疼吗·自序：我想我是鱼》）“对于众多男人来说，我算得上春光滟滟的小美人（有一双日本卡通片里女孩子特有的大眼睛和一个如可可·夏奈尔的长脖子）。”（卫慧《上海宝贝》）“在男人世界里，我长期地成为一个软弱的女人。我是如此的软弱，我是如此的需要爱，我深知自己的可怜之处，我善于展示我的顾影自怜。”（棉棉《糖》）可见，“60 年代出生”作家对朦胧的诗意品格和文学表现性价值的追求，被世俗文化的“暴露”和“窥视”所替代，“70 年代出生”写作者追求的是散文时代的商业利润和消费价值。在放逐理性、扫荡意义、否定“自我”之后，个人丧失了其主体性和自由本质，蜕变为谋求商业利润的工具和文化商品的奴隶。这种“个人”正占据着“个性”生成的无限可能性空间，阻碍着真正个性的萌生。

马克思曾从感觉主体和感觉客体两个方面对人本身的解放进行了分析。他认为人的感觉对象必须是“人的”对象，是人借以发展自己全面丰富的本质，供人们进行创造和享受的对象，必须是对象化了的人的本质。只有在对象世界中复现出人自身的全部力量的性质，人才能“不仅通过思维，而且以全部感觉在对象世界中肯定自己”[③]。关于感觉主体，马克思首先肯定人能占有对象，必须具有与一定对象相适应的主体感官和能

---

① 林白：《手记 12 篇》，《大家》1997 年第 5 期。

② ［美］丹尼尔·贝尔：《资本主义文化矛盾》，赵一凡等译，生活·读书·新知三联书店 1989 年版，第 31 页。

③ ［德］马克思：《1844 年经济学哲学手稿》，《马克思恩格斯全集》第 42 卷，人民出版社 1979 年版，第 125 页。

力，真正的人的感觉是“由于它的对象的存在，由于人化的自然界，才产生出来的”。同时他着重强调：“五官感觉的形成是以往全部世界历史的产物”，那种“囿于粗糙的实际需要的感觉只具有有限的意义”①。不可否认，文学是一种在对外部生活现象的艺术感觉的基点上进行的“唤起大量感觉”的艺术，所以“艺术的目的，在于按照想象而不按照认识来提供对事物的感觉；艺术的创作过程是将事物个别化的过程，是在于模糊形式、增加感觉作用的差异程度和持续时间的过程”②。在实用理性文化、群体文化、伦理本位文化占据强制性的压迫地位时，人的触觉、听觉、嗅觉、味觉等诸般感觉都被囚禁，此时女性个体的感觉化叙事以对抗性姿态，率真坦诚地表现出现代人在现实生活中欲望的追求、心理的困惑和人生的挣扎，在矛盾冲突中塑造出一个充满生命活力和价值评判的“自我”的内宇宙——作家的感觉世界，这是一个感觉与知觉相统一的世界，所有的感觉映像在一个感觉中心（存在于主体的思维中）的引导下，形成一个诗意的、具表现性的感觉集合。宗璞、张洁、王安忆及林白、陈染、徐小斌、海男等叙事的“感觉化”的意义与价值就在于此。但“感觉是一种可以熄灭的东西，可以封闭和沉醉的东西。从严格意义上说，感觉与理智时时刻刻在相互缠绕，将其机械两分只意味着我们无法摆脱语言的粗糙。正因为如此，当感觉与理性的简单对立被虚构出来的时候，当感觉崇拜成为一种潮流并且开始鼓励思想懒惰的时候，感觉的蜕变就可能开始了”③。“70 年代出生”女性写作者对“当下”的选择使写作主体进入了一种单调、狭仄的“自我”封闭状态，她们将纷繁复杂的现实生活简化为酒吧、迪厅、咖啡馆等单一的消费场所，这又导致了现实原形的消失。感觉的弥散，不仅使真实的意义不复存在，也影响了文本的叙事品位。影像化场景的无序连缀，显示出写作者试图以浮华重彩来达到强烈的感官刺激效果，使读者在能指的滑动中走出沉思默想的姿态，投入“本我”的狂欢。

马尔库塞把新感性看作单向度人的解放途径，他的整个批判理论的最终

---

① ［德］马克思：《1844 年经济学哲学手稿》，《马克思恩格斯全集》第 42 卷，人民出版社 1979 年版，第 126 页。

② ［美］马尔库塞：《新的感受力》，绿原译，载王潮选编《后现代主义的突破——外国后现代主义理论》，敦煌文艺出版社 1996 年版，第 355 页。

③ 韩少功：《感觉跟着什么走？》，《读书》1999 年第 6 期。

目标也就是要实现艺术批判和改造现实的目的。他认为首先要确立一种解放了的艺术理性——审美感性。这种艺术理性不同于被剥夺了天然批判能力的工具理性，它寄寓了否定与超越现实的新生力量，它的最终目的，正如马尔库塞所指出的，要确立一种“新的感受力”：“新的感受力说明生活本能克服了侵略性和犯罪感，将会在社会规模内促使人们感到十分必要废除不义和悲惨，而且将会促成‘生活标准’的进一步发展。”① 新感性不是以感性取代理性，而是最终要达到两者的调和，这实质上是席勒通过审美活动调和理性与感性两种冲动，从而实现人的自由解放思想的现代翻版。

“新感性”仅仅确立了新型生活的远景模式，而艺术要实现其变革的功能却要通过审美形式的否定性力量。艺术就是这样通过形式方面的变革，达到对现存状况的对抗和分裂，“艺术的改造即是解放”也是在此意义上而言的。批判的最终目的在于拯救，以审美为拯救绝望的手段对抗异化的力量。

放弃对“对象化了的人的本质”的探求和对本真“自我”的建构，拒绝理性思考对感觉的介入和整合，不是作为一个完整的人来对现实进行静观思虑并在文本中对现实予以象征和超越，这导致20世纪90年代末的女性写作在消费文化与视觉文化的冲击下，陷入了对感觉的自赏、玩弄和复制。20世纪90年代末的小说文本从人物、情节到“疯狂”“死亡”“自恋”“同性恋”等景观，都不同程度地存在着雷同重复之处并显露出刻意渲染的矫揉造作。感觉的蜕变，使“人”与“现实”一并沉沦并消失在虚空的颓废和麻醉中。20世纪90年代末的女性写作丧失了以个体心智的、感觉的、超越的视界对理性主义、群体本位的宏大叙事进行生动、有效的批判能力。

第三节　现代性与性别/个体认同的困局

20世纪90年代以来中国女性写作以语言为通道，以镜像理论为基础进行“自我”的重构。女性写作处于现代与后现代相融合的文化语境中面临自我建构与自我解构并行的两难处境。

---

① ［美］马尔库塞：《新的感受力》，绿原译，载王潮选编《后现代主义的突破——外国后现代主义理论》，敦煌文艺出版社1996年版，第343页。

90年代以来中国女性写作走出其混沌无序的历史，进入了一个有着确定的选择自由和明确的价值取向的多元时空。女性写作关注同样的问题，做着相似的思考，呈现出空前的整体性特征。林白、陈染、徐小斌、迟子建、海男等女作家在小说、散文、随笔、访谈录等各类文字中直接或间接地提出了自己的创作宣言，表明自己写作的价值基点、精神状态和目的归宿，以及作为女性主体进行创作的个人化立场。鲜明的自我意识使其文本各自具有独异的写作风格。同时，她们又都是以个体生存体验来折射女性/人类的集体生存体验。她们是一批以各自话语方式传达自我的自由人联合体，特色独具而又浑然一体，凝结成90年代以来女性写作的整体性、板块性特征。她们追问历史，通过对历史场景的想象性复现和对历史叙事权威的挑战，从女性的历史生成上寻找个体/自我的生成基点；诘责现实，通过与现实、自然、他者及自我的对话，寻找精神家园；通过建立和完善女性成长档案，确立女性平等不倚的真正自我。在历史和现实多元交叉的文化网络中，梳理在历史和现实的双重冲刷下“自我”被摩擦被损耗的状态，并试图以一种充满对话意识的狂欢化文体，塑造出一个女性/个体统一的“自我”。

对90年代以来的女性写作者来说，“自我”不仅意味着对个体身份的强调，更主要的是写作者对性别意识的凸显。90年代以来女性写作者对“自我”的重构，其内涵就是如何艺术化地表达个体/女性的组合。此外，她们的性别意识还表现在女性写作文本的出版上。90年代以来女性写作文本不再像以前那样与男性文本混杂一处，以致湮没了女性作家的性别特征及其在文本中显性与隐性的呈现，而是以女性文本合作结集出版的形式，展开对社会文化结构的地毯式轰炸。只有女性写作者对“自我”有了明确意识并对其内涵有了深刻理解，才会在女性文学的写作和出版中有此体现。“自我”不是某种现成的东西，她只能通过语言才能获得，是一种有意义的语言效果。一切通过语言运用去弄懂世界的方式，最终都是弄懂自己的方式，所有的理解都是一种自我理解，都是赋予自己以形式，从而把自己构造成“自我”的方式。语言“只是思想的工具”，“它跟观念结合起来又构成了生理、心理的复合单位”，不仅如此，“言语活动有个人的一面，又有社会的一面”①。索绪尔从社会历史发展的角度考察出言

① ［瑞］索绪尔：《普通语言学教程》，高名凯译，岑麒祥、叶蜚声校注，商务印书馆1980年版，第29页。

语活动的演变，认为“在任何时候，它都是现行的制度和过去的产物”①。具有自觉性别意识的女性写作者深知只有在诸体裁写作实践中，才能促进“自我”向历史的生成。在传统男性文化社会中，女性没有语言符号的制造权和使用权，只有极少数女子才能获得用男性文化符号来表达自己的机会。卡西尔以“符号的动物”代替“理性动物”作为“人”的定义，并认为只有这样，才能“指明人的独特之处”，才能“理解对人开放的心路——通向文化之路”。② 当人们不能正常地发出自己的声音，不能在话语表述中确认并实现自我，而被迫以他者的话语去言说时，他丧失的不仅仅是正当的话语权，而且是作为一个人的生存权利。在此情境中，他势必会在存在中丧失自我感觉，不再意识到自我的存在，由此造成人性的缺失。中国古代女性自我意识的匮乏，显然与她们没有话语权直接相关。延至晚清、“五四”，伴随着人的觉醒，女性自我意识也开始萌发，出现了大批操持女性话语的女性写作者。到了 90 年代，女性写作者以各具特色的独立话语方式，以建立“女性诗学”的有意识倡导，显示出女性的强大话语权，昭示着女性自我意识的蓬勃成长。“写作。这一行为将不但‘实现’妇女解除对其性特征和女性存在的抑制关系，从而使她得以接近其原本力量；这行为还将归还她的能力与资格，她的欢乐，她的喉舌，以及她那一直被封锁着的巨大的身体领域”，“写作，这就为她自己锻制了反理念的武器。为了她自身的权利，在一切象征体系和政治历程中，依照自己的意志做一个获取者和开创者”。③ 90 年代以来新型女性叙事话语的出现，对于确立女性的主体地位，实现“做人”/“做女人”的统一独具意义。“面对语词世界，女性写作既可以看成一种文化颠覆的实践，但同时更是一种文化建构的行为。”④ 女性写作给女性插上了飞翔的双翼，使女性的认知能力、实践能力得到了质的提高，这进一步增强了女性重建“自

① ［瑞］索绪尔：《普通语言学教程》，高名凯译，岑麒祥、叶蜚声校注，商务印书馆 1980 年版，第 29 页。

② ［德］卡西尔：《人论》，甘阳译，上海译文出版社 1985 年版，第 34 页。

③ ［法］埃莱娜·西苏：《美杜莎的笑声》，黄晓红译，载张京媛主编《当代女性主义文学批评》，北京大学出版社 1992 年版，第 194 页。

④ 荒林、王光明：《两性对话：20 世纪中国女性与文学》，中国文联出版社 2001 年版，第 115 页。

我”的自信心和尽情翱翔的自豪感。“写作是我的生活方式，意味着活下去”,[①]“我把内心黑暗的东西写出来，放在阳光下，让空气从它们中间穿过，疯狂的气息就逃遁了……它们是我生命的需要”。[②] 如卡西尔所说：“语言作为一个整体，则成为走向一个新的世界的通道。这里的一切进步都开辟了新的视野，开阔和丰富了我们的具体经验。想要说话的渴望和热情，并非出自单纯的要学习或使用名称的渴望，而是标志着企图探知并征服一个客观世界的愿望。”[③] 林白、陈染、徐小斌、海男、张梅或把写作看成一种独自沉思、独立行走的方式，或是把写作看成认识世界真实面目、体会温暖生动人生的手段，都标志着女性写作者企图探知并征服一个客观世界的愿望。

值得忧虑的是，90 年代以来女性写作企图在商业话语与男权话语犬牙交错，现代性话语与后现代性话语运行于同一思想平面的“混合型”社会文化结构中重建“自我”，难免要面临着种种尴尬的处境。

20 世纪 90 年代以来女性写作的一个重要理论基石是来自西方女性文化理论的“镜像”理论。在女性写作与女性批评话语中，“镜子”作为一个频繁出没的语词，其含义非常丰富，大体可有两种阐释。首先，“镜子”指涉传统男权文化。这是一种传统女权批评常用的意义。伍尔夫在《一间自己的屋子》里慧眼识破“镜子”具有“神奇和美妙的作用”：“映照出两倍于正常大小的男人形象”。她把“镜子”看作维护男性的合理性，维持男性生命的需要。男性文化一方面对女性作了“镜像化”处理，使女性被抽空了丰满血肉，成为一个空洞的能指；另一方面男性文化又诗意满怀地赞赏“镜花水月”的美丽情景，制作了大量充满男性气息，体现男性优越的“品花宝鉴”。著名女性批评家吉尔伯特也说：“就像一个不愉快的伙伴，妖女并不遵从这种愿望，她为了富于启示性的革命，反对法则和秩序，潜伏在镜子的另一边。”[④] 异曲同工的是林白的文学描述：“有些女人就要从镜子里出来了，她们最英勇最活泼，因此最美丽，她们

① 陈染：《陈染对话录——另一扇开启的门》，载陈染《女人没有岸》，江苏文艺出版社 1996 年版，第 267 页。

② 林白：《空中的碎片》，载林白《死亡的遐想》，上海书店出版社 1998 年版，第 178 页。

③ ［德］卡西尔：《人论》，甘阳译，上海译文出版社 1985 年版，第 169 页。

④ ［美］桑德拉·吉尔伯特、苏珊·格巴：《镜与妖女：对女性主义批评的反思》，董之林译，载张京媛主编《当代女性主义文学批评》，北京大学出版社 1992 年版，第 286 页。

的身体触碰到镜子冰冷的表面，我听见发出了滋滋的声音，这种声音灼烧着她们的皮肤，灼痛着她们的眼睛，但我们最后听见乒的一声，镜子在空中舞蹈着，破碎在地上。”与伍尔芙对“镜子”本质一针见血的揭示不同，吉尔伯特和林白文学味十足地展现了她们打碎男权之镜的愿望。但其共同之处就是都把“镜子”作为男权文化的隐喻，男性以此满足了对女性实行“统治”和“鉴赏”的双重欲望。“镜子”成为男权文化的同谋。通过林白话语中极富质感的“身体”“皮肤”“眼睛”等词语的使用，通过林白将其小说创作看作“一个女人对镜独坐”的表白，我们隐约触摸到“镜子”的第二层含义：它是女性“对镜自赏”，寻找自我认同的重要方式。在这里，“镜子”的基本功能未变，但语词使用者却对其进行了功能置换，使之具有截然相反的含义。在 90 年代以来的女性写作中，“镜子”理论艺术化地体现为个人化写作。这是一种日记式的自传体文本操作方式，是对女性历史的校正性干预，而不仅仅是逝去事件的编年史。个体以现时所写的文本记录过去的事件，尽可能精确地回忆所发生的事件以及投入的情感。然后，写作者通过赋予特定情节以新的意义，情感和解决方式，在文本中设想出她的愿望中事件发生的理想状态。创作自传式文本的基本目的，是帮助个体自身应对过去，另一方面也是校正性情感经验的演练。对过去的重构，实质上伴随着对未来可能的生活轨道的预期。对于个人生活连贯感的发掘和维持来说，历史是一种主要的手段，它有益于逃避过去的束缚和敞开未来的机遇。以追忆性的自我书写来自我治疗，祛除“自我”肌体内的异质污染，重建新型“自我”。这首先根植于持续的自我观察之中：生命的每一时刻都是一个新的时刻，每一时刻的生命都是有关思想、情感和身体感知的反思性高度觉知。林白的“镜子”在一定程度上显示着 90 年代以来女性写作对自我的反思性也拓展到身体，身体不再是被动的客体，而成为行动系统的一部分。对身体的体验是把自我连贯成整体的手段，只有获得这种手段，个体才有可能找到自我生命的诞生之所。

在奥尼尔看来，“我们的身体就是社会的肉身”[①]，“身体是一种拟人

① ［美］约翰·奥尼尔：《身体形态：现代社会的五种身体》，张旭春译，春风文艺出版社 1999 年版，第 17 页。

化制度"[1]，而"社会从来也不是什么非身体化的景观"。[2] 身体不仅仅是我们拥有的物理实体，它也是一个行动系统，一种实践模式。在日常生活的互动中，身体的实际嵌入，是维持连贯的自我认同感的基本途径。因此，西苏认为："妇女必须把自己写进本文——就像通过自己的奋斗嵌入世界和历史一样……写你自己。必须让人们听到你的身体"，这是女性/写作突破历史象征秩序的必须："几乎一切关于女性的东西还有待于妇女来写，关于她们的性特征，即它无尽的和变动的错综复杂性，关于她们的性爱，她们身体某一微小而又巨大区域的突然骚动。"[3] 应该看到，由女性对自己身体进行唯美、诗意的叙述，是从林白、陈染等的"私人化写作"开始的。西方女性主义理论家"以血代墨"的创作宣言，是90年代以来女性写作竭力开拓"一直被封锁着的巨大的身体领域"（埃莱娜·西苏语）的潜在的理论动力源。90年代以来女性写作区别于此前女性写作的地方就是对两性关系模式的凸显，对漫长的"性政治"史的揭秘。90年代以来女性写作强调书写自我，很多时候就是直接书写女性自我躯体。但这种"镜像"化写作本身也陷入了实践和理论上的悖论。作为一种自传式的写作，它应该单纯为自身，而永远不要有为他者而写的想法。它要使个体全然诚实，通过领悟以前所记录的经验和错误，为个体的持续成长指明航向。但90年代以来女性写作者似乎显示了对自我和文学某种程度的不真诚。

现代性打开了自我反思之门，但这是在强烈地受到商品化制约的条件下才得以实现的。生活于此文化语境中，个体对个人自主性、自我界定、真实生活或个体完善的要求，都转变成了占有和消费市场所提供的商品的需求。不仅生活风格，而且连同自我实现，都依照市场的包装和分配。"自我"必须而且只能在个人的占有受到消费标准化势力所左右的情景中才能得以建构。波德里亚曾说："在消费的全套装备中，有一种比其他一切都更美丽、更珍贵、更光彩夺目的物品——它比负载了全部内涵的汽车

① ［美］约翰·奥尼尔：《身体五态：重塑关系形貌》，李康译，北京大学出版社2010年版，第37页。

② ［美］约翰·奥尼尔：《身体五态：重塑关系形貌》"导论"，李康译，北京大学出版社2010年版，第9页。

③ ［法］埃莱娜·西苏：《美杜莎的笑声》，黄晓红译，载张京媛主编《当代女性主义文学批评》，北京大学出版社1992年版，第188—211页。

还要负载了更沉重的内涵。这便是身体。”[①] “……性欲是消费社会的‘头等大事’，它从多个方面不可思议地决定着大众传播的整个意义领域。一切给人看和给人听的东西，都公然地被谱上性的颤音。一切给人消费的东西都染上了性暴露癖。当然同时，**性本身也是给人消费的**。”[②] 在消费成为主导力量的都市景观社会中，“身体”成了公众消费的领域和对象，并被简化为“性”。正如李维斯·H. 柏帕姆所指出的，在市场时代，“人类的性行为正被当作消费品分门别类，性成了一件日用品，像麦片或家具摆在欲望的超级市场里”。[③] 女性写作身处市场化语境，必然会受到市场经济下的异化、物化、标准化的制约，而具有商品化痕迹。女性“躯体写作”文本常陷入被作为“绝对隐私”出售的尴尬境地，“女性通过性解放被‘消费’，性解放通过女性被‘消费’”[④]。这从一个侧面揭示出了“躯体写作”理论和实践自身所存在的缺陷和不足。

事实上，也只有在20世纪90年代开始的消费主义语境中，“政治躯体”才能获得能量释放的自由，并迅速转化为“消费躯体”，后者因与市场结缘而无法获得真空中的纯粹性存在。也即，与此同时，带有政治意味的躯体叙事也迅速转化为围绕时尚与市场旋转的欲望化叙事。作为市场化或后现代文化语境的产物，女性文本的欲望本体化叙事可以视为后现代对感性的推崇在文学叙事中转移为对人的身体欲望的直接渗透。

如费尔巴哈所认为的那样：“旧哲学的出发点是这样一个命题：‘我是一个抽象的实体，一个仅仅思维的实体，肉体是不属于我的本质的’；新哲学则以另一个命题为出发点：‘我是一个实在的感觉的本质，肉体总体就是我们的自我，我的实体自身。’”[⑤] 在西方现代化进程中，身体的发现与确证是深受工具理性压抑之苦的现代人在“哲学肉身化”运动中的重要成就之一。

---

① ［法］波德里亚：《消费社会》，刘成富、全志钢译，南京大学出版社2000年版，第139页。

② 同上书，第159页。

③ 李维斯·H. 柏帕姆：《性丑闻与市场时代》，《天涯》1998年第2期。

④ ［法］波德里亚：《消费社会》，刘成富、全志钢译，南京大学出版社2000年版，第151页。

⑤ ［德］费尔巴哈：《费尔巴哈哲学著作选集》上卷，荣振华等译，商务印书馆1984年版，第169页。

在《斐多诺篇》里，柏拉图讨论了灵魂及迷狂等精神状态，他将灵魂和肉体对立起来，一面贬低身体，一面强调灵魂、知识、理式，把身体看作通向灵魂、真理、理式和知识的巨大屏障。基督教否定现世生活的意义，否定自身，否定生存。在基督教神学中，身体变成一个罪恶的隐喻，一种反神性的象征。柏拉图式的理念被上帝的观念替代改造。上帝是一个精神实体，身体则是接近上帝的一个巨大屏障。只有通过信仰、操守、来世、道德才能接近神。一个人要想超越自身到达彼岸世界，要想获得一种价值和意义，就必须坚持灵与肉的绝对对立，就必须不停地忏悔自己在身体上的不洁和罪恶及“肉体的一切暗示”。[①] 尼采对这种生活观的批判可谓入木三分，他说基督教“把生命视为一种歧途”“一种谬误”，是“对生命的敌视”。[②] 文艺复兴后，虽然身体和欲望不再像中世纪那样被看作是罪恶的象征，在艺术领域悄悄地展现，但仍然不是哲学的重心。笛卡尔说：“我思，故我在。”意指人的存在并非物质实体意义，而是一种精神活动，人的存在只能依赖“我思”。在灵肉二分的思维中，精神的至高无上性主宰着肉体的世俗性，身体在这个认识论传统中消失了。康德面对心中的道德律和头顶上的星空，涌现的是一种崇高感和尊严感：鼓起勇气，大胆运用你的理智。他的整个哲学生活围绕着知、行、意展开，与身体和肉体完全绝缘。理性仍然以压倒性的优势将身体远远抛到后面，黑格尔以绝对精神推演世界，将整个人类湮没在精神的历史中。西方哲学中“人被抽象为意识和精神，人的历史被抽象为意识和精神的历史，在这里，身体陷入了人的历史的无尽黑暗之中，‘精神’的现象学不论贯穿着什么样的否定辩证法，不论充斥着什么样的历史感，无论在它的进化细节上多么的精雕细刻，都不会给身体留下多余的地盘”。[③] 从尼采开始，在西方思想领域，一条自觉地凸显身体独立的意义的线索出现了。他认为“我们所获知的全部真理，皆产生于人体。这个世界以现在这种方式存在，纯粹是由我们的感觉的特殊结构所决定的，而一种与此不同的生态学结构则会使我

① ［法］米歇尔·福柯：《性经验史》，佘碧平译，上海人民出版社2000年版，第14页。

② ［德］尼采：《论道德的谱系·善恶之彼岸》，谢地坤译，漓江出版社2000年版，第91—92页。

③ 汪民安、陈永国：《编者前言——身体转向》，载汪民安、陈永国编《后身体：文化、权力和生命政治学》，吉林人民出版社2003年版，第6页。

们感知另一个完全特异的世界……”[1] 尼采深知身体在历史中的作用。人类的进化和文明进程中掩藏了多少暴力和惩罚，身体要遭受什么样的创伤和苦痛才能步入理性和道德的殿堂。他相信人应该解除束缚在身体之上的道德和理性，用身体去感受世界，做一个有血有肉的人：“肉体乃是比陈旧的‘灵魂’更令人惊异的思想。无论在什么时代，相信肉体都胜似相信我们无比实在的产业和最可靠的存在——简言之，相信我们的自我胜似相信精神……”[2] 福柯延承他的谱系学方法，考察了人类主体所遭受的惩罚与规训，试图用肉体、欲望、美等观念唤醒昏睡的现代人，让他们摆脱现代性的羁绊，挣脱道德、权力、理性的束缚，审美地生活在世界之中。尼采和福柯都关注身体，通过抬高身体在哲学中的位置，反抗了现代性。将艺术、生命和美作为一种解放手段重新注入紧张、枯燥的现代生活之中。在现代拒绝二元论的身体哲学中，梅洛－庞蒂构筑了一个“身心一体”的哲学体系。他用“身体—主体”的概念取代了身体与心灵的二元对立，“身体—主体被揭示为意义给予行为的前提条件和机体。没有身体—主体，我们就会不再存在，并且也不再有人类的经验、生活、知识和意义”。[3] 对于梅洛－庞蒂来说，离开了身体和心灵的统一来谈身体或者心灵都是荒谬的，“心灵和身体之间并不存在清楚的区分。身体的生命承载有心灵的存在，心灵存在于身体之中”。[4]

经过尼采、弗洛伊德、福柯、梅洛－庞蒂等西方思想家的发展，身体已经成为一个哲学的重要范畴，与身体相关的欲望也上升到本体论的高度，而得到深入探讨。特里·伊格尔顿在《后现代主义的幻象》中说：“后现代主义的主体，和它的笛卡尔前辈不同，它的身体是它的身份所固有的。的确，从巴赫金到妓院，从利奥塔到紧身衣，身体变成了后现代思想关注最多的事物之一。受伤的肢体，遭难的躯干，被炫耀的或者被囚禁的身体，受抑制的或者有欲望的身体。”[5] 其写作《美学意识形态》的目

---

① ［英］伊格尔顿：《美学意识形态》，王杰等译，广西师范大学出版社 1997 年版，第 226—227 页。

② ［德］尼采：《权力意志》，张念东、凌素心译，商务印书馆 1991 年版，第 152 页。

③ ［美］普里莫兹克：《梅洛－庞蒂》，关群德译，中华书局 2003 年版，第 20 页。

④ 同上书，第 8 页。

⑤ ［英］特里·伊格尔顿：《后现代主义的幻象》，华明译，商务印书馆 2000 年版，第 81 页。

的就是“试图通过美学这个中介范畴把肉体的观念与国家、阶级矛盾和生产方式这样一些更为传统的政治主题重新联系起来”。[①] 刘小枫也认为：“身体是感觉的在体论基础，感觉则是身体之在的认识论功能器官。因此，从感觉崇拜到身体崇拜，构成了现代主义向后现代主义的发展逻辑，身体成为在体论和认识论的关注焦点。”[②]

由于“身体中包含着反抗权力的力量”[③]，身体一方面处于各种权力结构之间，另一方面身体又具有主体性，它会不断寻求超越，即使在权力的控制下，身体也会以一种潜流的方式涌动在地层深处，成为女性寻找自身、认识自我的不可或缺的方式。对此，波德里亚也认同身体对于既定社会秩序所具有的颠覆性、革命性力量：“既然女性和身体在奴役中曾连结在一起，那么女性的解放和身体的解放的联系也是合乎逻辑且合乎历史的。”[④] 但是，女性的身体经验是特定历史、文化语境中的存在物，即使这种身体书写进入形而上的生命层面，女性的身体言说也会留下特定历史—文化逻辑运作的遗痕，因此，并不是所有的身体经验都一定能溢出政治、文化的控制，而展现纯粹的作为肉身的个体世界，也即并非所有文本中的欲望叙述和身体叙述都是必要的。这就特别需要女性身体写作者具有自觉的理性警醒，尤其是在都市消费文化语境中，身体甚至文学本身也被强行纳入了商品生产—消费体系，市场原则成为支配文化产品的主角，欲望和身体经常被用作卖点来兜售。“身体，这是历史之中的被压抑被包裹的甚至被碎裂的身体，也是现实的鲜活的蓬勃旺盛的欲望之躯。”[⑤] 以此为关注点的文学更注重感性价值，追求短暂的快感和肤浅的愉悦，摒弃深度模式，导致感官欲望的浮现，热衷表现即时性、偶然性和快感。应该说，一些女性写作者对此处境有着清醒的认识：“我们以前所做的一切种

① ［英］特里·伊格尔顿：《美学意识形态·导言》，王杰等译，广西师范大学出版社 1997 年版，第 8 页。

② 刘小枫：《现代性社会理论绪论——现代性与现代中国》，上海三联书店 1998 年版，第 347 页。

③ ［英］特里·伊格尔顿：《美学意识形态·导言》，王杰等译，广西师范大学出版社 1997 年版，第 17 页。

④ ［法］波德里亚：《消费社会》，刘成富、全志钢译，南京大学出版社 2000 年版，第 150 页。

⑤ 陈晓明：《不死的纯文学》，北京大学出版社 2007 年版，第 237—238 页。

种便都成为了‘秀’（show），我们所宣扬的一切超性别努力，便都成了实实在在的‘作秀’了。”（徐坤《越来越明亮》）如果说这种无意识的被动“作秀”作为90年代写作的共同处境无可逃避的话，那么90年代以来女性写作具有的普遍性的主动“作秀”则展现出女性写作重构“自我”时所面临的心理重障。女性只有使自己成为一个“他者”，对自身弱点和男权文化遗留给她的心理疤痕进行反思性书写，才能构建立起真正的“自我”。90年代以来的女性写作者如蒋子丹、池莉、徐坤、柳岩等虽然反思了女性的“母亲神话”“贞操神话”，但大部分女性文本暂时还停留在审视和反思女性性格中偏狭、自私、猜忌等较为肤浅的层面，尚未像《玫瑰门》那样达到历史和人性的深处。美化女性形象背后潜藏的则是写作者心理深处对男权文化的戒备和自我信心的不足：揭出自身的缺陷和弱点是否会成为男权文化射向自己的利箭？与此种针对男性/公共领域写作方式相同，但又具有相异的描写对象、价值取向的是日记/自传体的“躯体写作”。“身体”作为一个被自我的反思性投射和外在形成的抽象系统习惯性侵入的所在，成为女性写作构建自我完整性的重要本源。但在个人的占有受到消费标准化的势力所左右的情境中，作为面向公共和市场的“自我”叙述和“躯体写作”，很难摆脱某种程度的提高卖点的嫌疑。正如陈晓明对杨映川的《做只鸟吧》中存在的“反消费主义的社会理念”与“挪用消费社会的审美趣味”之间的暧昧与悖论所做的分析：“在小说的叙事主题方面，作者用童话般的生活理念来反抗消费社会的实利主义原则，但她在审美上却没有逃脱消费社会给予的美学趣味。作者通过人物的命运，反抗了消费社会，但她对消费社会的描写，她对人物的情感和状态的描写，却受到消费社会的深刻影响。她的那种童话般的朦胧美感，那种同性恋的情景散发的唯美主义的品味，这些正是当今消费社会最为常用的时尚美学。更不用说，作者后来把那幅画变成了一幅广告，它是消费社会的典型审美原则对作者暗示的产物。在理念上可以抵御消费社会，但在审美风格表现和趣味方面，作者却相当成功地表达了消费社会的时尚美学。”① 不仅如此，“躯体写作”自身就存在着理论上的谬误。对女性“身体”的过度书写实际上意味着对性别差异的过分强调，以至于把各领域内的差异和优劣对比，都归结于性别的不同，归结于男性对女性的优势地

① 陈晓明：《不死的纯文学》，北京大学出版社2007年版，第237页。

位，用直接的两性关系来看待、分析一切差异，是一种性别差异本质主义，一种女性的性别本质主义。这并没有摆脱男女二元对立的形上框架，没有超越波伏娃的“女性不是天生的，而是被造就的”观点，过分执着于“女性是被男性文化想象和价值取向所造就出来的”的判断。这妨碍了对女性“自我”提升根基的重新奠定和女性重塑“自我”的多种可能途径的探寻，乃至于将女性“自我”的精神性内涵剥离，侧重表现“自我”的物质性躯体，将躯体看作女性“自我”生成的根本，将“躯体写作”看作女性重塑自我的重要乃至根本途径，而直接从女性欲望中提取女性话语。

20世纪90年代女性写作，无论是美化女性“自我”的写作倾向，还是日记/自传体的写作体式，抑或“躯体写作”对“身体”的强调，都渗透出一股浓重的“自恋”写作的气息。她们往往将女性从现存社会秩序中抽离出来，回到纯粹自身，将自我封闭在狭小自闭的心理空间，回到卧室、浴室、客厅、床上、肉体上，她剥离了女性的社会性，使之成为单纯的生物性的个体。例如，林白就将女性与社会的冲突简化为女性一个人的战争：“一个人的战争意味着一个巴掌自己拍自己，一面墙自己挡住自己，一朵花自己毁灭自己。一个人的战争意味着一个女人自己嫁给自己。”① 女性写作对“自我”重建，“自我”认同的表达正游走在自恋的边缘。“由于具有多愁善感的特质，女人还会有一种将其自我意识扩大的本能，这也是几乎所有浪漫气质的人所容易有的本能，是一种近乎于妄想症的状态。”② 作为一种性格失常，自恋是一种对自我的成见，这种成见阻碍了个体在自我和外在世界之间建立起有效的边界。自恋是把外部事件与自我的需要和欲望联系起来，它只是追问：“这对我意味着什么?”“自恋意味着对自我认同的不懈追求，但这种追求一直会受到挫折，因为无休止地追问我是谁，这是一种自我专注的表达而不是一种现实可行的追寻。自恋并不热衷于维持所要求的亲密关系，它的热情局限在尽可能地去体验自我充实所需要的各种经验。自恋把身体看作一种感官愉悦的工具，而不是要把感受性和与他人交往之间联系起来。在自恋的影响下，亲密关系以

① 林白：《致命的飞翔》，长江文艺出版社1996年版，第53页。

② 王安忆：《女作家的自我》，载王安忆《漂泊的语言》，作家出版社1996年版，第418页。

及与社会世界的广泛联系倾向于先天地具有破坏性。”[①] 克里斯托弗·勒施认为“自恋就是与自我憎恨一样的自我崇拜”。自恋是“对特权自我可有无上权威幻想予以补偿的企图”。自恋者与他人之间缺乏真正意义上的交流，“其所依靠的就是连续不断地输入崇拜与偏爱的信念来勉强维持一种不确定的自我价值的感受。……个体都关注获得亲密的情境，结果使得获得亲密成为不可能。由于对自我不利的事情都不能抱有严肃的兴趣，因而也使得对亲密的追求成为一种枉费心机的努力。从与他人的亲密关系中，个体较之以前需要更多的情感上的满足与安全；而另一方面，他们又划定了一个对自恋自我保护的维持来说是必要的分离带。自恋者被引导而产生对恋人和朋友的非分要求；同时，他们也拒绝这种关系所含有的‘给予他人’的要求”[②]。90 年代女性写作中恋父/弑父、恋母/仇母情结及女同性恋景观的出现都或多或少地流露出女性的自我迷恋。其实，在“镜子”理论和实践的背后就潜藏着一股自恋的暗流。过分的自恋所导致的后果便是自闭，“一个女人对镜独坐”便是其形象化展示。这种“自画像”式的女性写作，看似脱离了“荒山”“锦绣谷”或“小城”的狭小天地，对女性经验现实不再畏惧和逃避，但却在不经意间走进了西方女权理论铺设的更为狭窄的单行轨道。[③] 在这一点上，詹姆逊的提醒对女性写作无疑是必要的：“总之，一个具体的快感，一个肉体潜在的具体的享受——如果要继续存在，如果要真正具有政治性，如果要避免自鸣得意的享乐主义——它有权必须以这种或那种方式并且能够作为整个社会关系转变的一种形

① ［英］安东尼·吉登斯.《现代性与自我认同》，赵旭东、方文译，王铭铭校，生活·读书·新知三联书店 1998 年版，第 198 页。

② 同上书，第 200—201 页。

③ 对于这一点，女作家和女性主义理论家也有警觉，如王安忆说：“女作家倘若过于限于内部世界，拼命创造幻想的话，那么创造出来的自我常常是谬误的。”（参见盛英《90 年代：中国女性文学新话题》，《中国现当代文学研究》1999 年第 4 期）西苏认为：“人必须在自己之外发展自己．在我看来，人必须跨过一段完整而漫长的时间，即穿越自我的时间，才能完成这种造就。人必须逐渐熟悉这个自己，必须深谙令这个自己焦虑不安的秘密，深谙它内在的风幕。人必须走完这段蜿蜒复杂的道路进入潜意识的栖居地，以便届时从我挣脱，走向他人。”（参见埃莱娜·西苏《从潜意识场景到历史场景》，孟悦译，载张京媛主编《当代女性主义文学批评》，北京大学出版社 1992 年版，第 224 页）

象。"[①] 这与马克思的著名论断相吻合："因为任何一个对象对我的意义(它只是对那个与它相适应的感觉说来才有意义）都以我的感觉所及的程度为限。所以社会的人的感觉不同于非社会的人的感觉。……因为，不仅五官感觉，而且所谓精神感觉、实践感觉（意志、爱等），一句话，人的感觉，感觉的人性——都只是由于它的对象的存在，由于人化的自然界，才产生出来的。五官感觉的形成是以往全部世界历史的产物。"[②] 躯体写作不仅因缺乏"世界""人""人类"维度而难以写出各种社会关系的影响与转变对个性化身体的具体塑造，而且其自身就存在理论误区。

吊诡的是，当女性写作者实践"镜子"理论观照和构建自我，寻求自我认同时，似乎并没有在意男性的窥伺，甚至于刻意张扬"自我"以引起男性/社会的侧目。女性陷入了看/被看的双重境地，"镜子"也由伍尔芙、吉尔伯特所赋予的"男权之镜"取"自我认同之镜"而代之。"镜子"含义的瞬间转换，昭示了强力而无形的男权文化的存在及其所造成的女性本体安全感的匮乏。"相对来说，日常生活的安全环境的发展，对于本体安全感的维持是至关重要的。换言之，本体安全感主要是通过常规本身来保持的。……虽然在现代社会条件下，日常存在从许多方面看已变得更为可控制和可预期了，但是本体安全性的架构也变得易于破碎。"[③] 90年代女性写作面临着无力感相对于占有之间的两难困境。如果说存在一个主题，这个主题几乎能够把所有写过有关现代社会中自我的作者都联系起来，这个主题就是个体在一个存在着广泛差异性的世界中所体验到的那种无力感。现代性所提供的许多占有机会，使得生活方式的选择具有了诸多可能，但也产生了在对现实的认知和把握中构建"自我"的无力感。女性写作实践"镜子"理论所陷入的尴尬场景，以及女性寻求自我生成基点的历史写作蜕变为一种时髦的"怀旧"艺术，都形象地展示了写作者在喧闹与漂浮中无法沉静自主的现实处境。

女性主义思潮是作为后现代主义思潮的组成部分进入中国的，是对西

---

① ［美］弗里德里克·詹姆逊：《快感：一个政治问题》，胡亚敏译，载弗里德里克·詹姆逊《快感：文化与政治》，王逢振等译，中国社会科学出版社 1998 年版，第 150 页。

② ［德］马克思：《1844 年经济学哲学手稿》，载《马克思恩格斯全集》第 42 卷，人民出版社 1979 年版，第 129 页。

③ ［英］安东尼·吉登斯：《现代性与自我认同》，赵旭东、方文译，王铭铭校，生活·读书·新知三联书店 1998 年版，第 195 页。

方整个人文传统的再审视、再思考。女性主义与后现代主义作为西方60年代以后的社会思潮，都有意颠覆传统观念形态的分类，都质疑、反诘总体性的传统信念和活动机制，都关注现代商业化社会、高科技社会、知识合理化范式已大为改观的后工业化社会中人的异化、物化状态。但后现代主义在崛起时矛头所指为西方自启蒙运动以来形成的以“人”为本的观念与全部的认识，对包括“理性”“自我”等人们赖以认识和把握周围世界的种种观念，一律加以重审。这意味着对“人”这一概念的自我解构(如：弗洛伊德指出人的意识已不再是世界的中心，人的存在成为若干随时间流逝即消失的碎片；罗兰·巴特把主体的概念消解于符码的交汇之中，鲍罗里亚认为“我”是由媒体生产出来的；福柯论证说主体在很大程度上由有效的认识型所决定，他在《词与物》中指出主体面临其悲惨的结局。法兰克福学派认为主体是文化环境而非经济环境的产物；等等)。现代社会中的“自我”是脆弱的，是易损的，是有裂痕的，是呈碎片状的。而在几千年男权统治下，妇女一直处于边缘乃至完全丧失“自我”。这样，以妇女解放、重建女性“自我”为己任的女性主义无法与大谈解构主体的后现代主义引为同道，所以必须首先将“解构”表现为一种女性意识、女性主体性建构，唯此方能在现代性文化语境中建立一种女性的“他者”声音。而这正作为一种“哲学元叙述”的倾向为后现代主义所诟病。这正是寻求“自我”建构的90年代女性写作在中国这个共时性时空中的两难。90年代女性写作构建的“自我”呈现出的是一个现代性的“自我”，正如社会世界的情景化和分散化，“自我”也出现了这样的变化。“自我”已不复存在，唯一的主体是没有核心的主体，这种主体要在语言与话语的片段中才会找到它的认同。尤其表现在女性历史写作中，林白《回廊之椅》、须兰《纪念乐师良宵》、赵玫《武则天》等历史小说都采取了与后现代主义相同的价值取向，拒绝大写的历史，认为历史随机而无目的。这就使女性写作者在寻找自我生成的历史基点的同时又参与了对自我的解构。

90年代女性写作在中国传统文化与西方女权文化的承续和挤压中生长、繁荣，中国传统文化与西方女权文化作为“他者”之镜又映射出了90年代女性写作的想象性“自我”，这种关于“自我”的想象性构建，实质上更得益于西方后工业发达国家的并非铁板一块的文化批评理论。这就决定了90年代的女性“自我”往往是扭曲变形狭隘偏执的。“个人身份就是由他或她的生理条件和智力以及他或她所掌握的成规构成的”，而“只要一个人明白，成规是相对的而且能够被其他更符合形式的成规所取代，那么能够生活于两种文化之中并不意味着自我的丧失”①。“自我”的个人身份更被社会、历史和文化语境所决定。在当代中国文化语境中，片面渲染女性生理特质的“躯体写作”及狭隘强调“女性诗学”的建立，而不能在更宽广深厚的思想文化背景下来选择、确立女性“自我”身份，并不能使女性写作呈现出更深邃宏大的思想深度和更博大宽广的人性内涵。唯有在挣脱本土男性传统文化控制的同时，超越西方女权主义这一看似平面、光滑的“镜子”的笼罩，在与传统、与西方、与男性的多重对话中，在身、心、灵魂统一的状态下，才能窥破“镜中飞翔”的“自由”假象，构建一个立体、丰满、完整的“自我”形象。

① ［荷］佛克马、蚁布思：《文学研究与文化参与》，俞国强译，北京大学出版社 1996 年版，第 121 页。

参考文献

1. ［法］大卫·勒布雷东：《人类身体史和现代性》，王圆圆译，上海文艺出版社 2010 年版。

2. ［法］居伊·德波：《景观社会》，王昭凤译，南京大学出版社 2006 年版。

3. ［法］雷蒙·阿隆：《知识分子的鸦片》，吕一民、顾杭译，译林出版社 2005 年版。

4. ［法］米歇尔·福柯：《规训与惩罚》，刘北成、杨远婴译，生活·读书·新知三联书店 2003 年版。

5. ［法］让·鲍德里亚：《消费社会》，刘成富、全志钢译，南京大学出版社 2006 年版。

6. ［法］让·鲍德里亚：《象征交换与死亡》，车槿山译，译林出版社 2006 年版。

7. ［法］让－弗朗索瓦·利奥塔：《后现代状态》，车槿山译，生活·读书·新知三联书店 1997 年版。

8. ［加拿大］查尔斯·泰勒：《自我的根源：现代认同的形成》，韩震等译，译林出版社 2001 年版。

9. ［加拿大］琳达·哈琴：《后现代主义诗学：历史·理论·小说》，李杨、李锋译，南京大学出版社 2009 年版。

10. ［美］丹尼尔·贝尔：《资本主义文化矛盾》，赵一凡等译，生活·读书·新知三联书店 1989 年版。

11. ［美］道格拉斯·凯尔纳：《媒体文化》，丁宁译，商务印书馆 2004 年版。

12. ［美］杜维明：《道·学·政——论儒家知识分子》，钱文忠、盛勤译，上海人民出版社 2000 年版。

13. ［美］弗雷德里克・詹姆逊：《文化转向》，胡亚敏等译，中国社会科学出版社 2000 年版。
14. ［美］弗里德里克・詹姆逊：《快感：文化与政治》，王逢振译，中国社会科学出版社 1998 年版。
15. ［美］海登・怀特：《后现代历史叙事学》，陈永国、张万娟译，中国社会科学出版社 2003 年版。
16. ［美］杰姆逊：《后现代主义与文化理论》，唐小兵译，北京大学出版社 1997 年版。
17. ［美］马泰・卡林内斯库：《现代性的五副面孔》，顾爱彬、李瑞华译，商务印书馆 2002 年版。
18. ［美］王德威：《想象中国的方法：历史・小说・叙事》，生活・读书・新知三联书店 1998 年版。
19. ［美］约翰・奥尼尔：《身体五态：重塑关系形貌》，李康译，北京大学出版社 2010 年版。
20. ［美］詹明信：《晚期资本主义的文化逻辑：詹明信批评理论文选》，张旭东编，陈清侨等译，生活・读书・新知三联书店 1997 年版。
21. ［日］柄谷行人：《日本现代文学的起源》，赵京华译，生活・读书・新知三联书店 2003 年版。
22. ［匈］阿格妮丝・赫勒：《日常生活》，衣俊卿译，重庆出版社 1990 年版。
23. ［匈］卢卡契：《卢卡契文学论文集》第一卷，刘半九等译，中国社会科学出版社 1980 年版。
24. ［英］安东尼・吉登斯：《现代性的后果》，田禾译，黄平校，译林出版社 2000 年版。
25. ［英］安东尼・吉登斯：《现代性与自我认同》，赵旭东、方文译，王铭铭校，生活・读书・新知三联书店 1998 年版。
26. ［英］霍克斯：《结构主义和符号学》，瞿铁鹏译，上海译文出版社 1987 年版。
27. ［英］迈克・费瑟斯通：《消费文化与后现代主义》，刘精明译，译林出版社 2000 年版。
28. ［英］特里・伊格尔顿：《历史中的政治、哲学、爱欲》，马海良译，中国社会科学出版社 1999 年版。

29. 蔡翔：《何谓文学本身》，春风文艺出版社 2006 年版。
30. 陈思和：《中国新文学整体观》，上海文艺出版社 2001 年版。
31. 陈晓明：《现代性的幻象——当代理论与文学的隐蔽转向》，福建教育出版社 2008 年版。
32. 程光炜：《文学史研究的兴起》，福建教育出版社 2008 年版。
33. 戴锦华：《隐形书写——90 年代中国文化研究》，江苏人民出版社 1999 年版。
34. 丁帆：《重回“五四”起跑线》，人民文学出版社 2004 年版。
35. 格非：《文学的邀约》，清华大学出版社 2010 年版。
36. 洪子诚：《作家的姿态与自我意识》，陕西人民教育出版社 1998 年版。
37. 黄发有：《准个体时代的写作——20 世纪 90 年代中国小说研究》，上海三联书店 2002 年版。
38. 刘复生：《历史的浮桥——世纪之交“主旋律”小说研究》，河南大学出版社 2005 年版。
39. 刘小枫：《现代性社会理论绪论——现代性与现代中国》，上海三联书店 1998 年版。
40. 罗钢、刘象愚主编：《文化研究读本》，中国社会科学出版社 2000 年版。
41. 南帆：《后革命的转移》，北京大学出版社 2005 年版。
42. 陶东风：《社会转型与当代知识分子》，上海三联书店 1999 年版。
43. 汪晖：《死火重温》，人民文学出版社 2000 年版。
44. 汪晖：《汪晖自选集》，广西师范大学出版社 1997 年版。
45. 王晓明主编：《在新意识形态的笼罩下》，江苏人民出版社 2006 年版。
46. 王晓明主编：《二十世纪中国文学史论》，东方出版中心 2003 年版。
47. 吴义勤：《长篇小说与艺术问题》，人民文学出版社 2005 年版。
48. 吴义勤：《中国新时期文学的文化反思》，江苏文艺出版社 2009 年版。
49. 许纪霖、罗岗等：《启蒙的自我瓦解：1990 年代以来中国思想文化界重大论争研究》，吉林出版集团有限责任公司 2007 年版。
50. 许纪霖：《启蒙如何起死回生：现代中国知识分子的思想困境》，北京大学出版社 2011 年版。
51. 张京媛主编：《当代女性主义文学批评》，北京大学出版社 1992 年版。
52. 张京媛主编：《新历史主义与文学批评》，北京大学出版社 1993 年版。

53. 张清华：《存在之镜与智慧之灯：中国当代小说叙事及美学研究》，福建教育出版社 2010 年版。
54. 张旭东：《批评的踪迹——文化理论与文化批评》，生活·读书·新知三联书店 2003 年版。
55. 周宪：《审美现代性批判》，商务印书馆 2005 年版。